我和祖国70年

叶 辛·著

吉林人民出版社

图书在版编目(CIP)数据

我和祖国70年 / 叶辛著. -- 长春：吉林人民出版社，2019.8
ISBN 978-7-206-16154-4

Ⅰ.①我… Ⅱ.①叶… Ⅲ.①散文集–中国–当代 Ⅳ.①I267

中国版本图书馆CIP数据核字(2019)第130852号

出 品 人：常　宏
责任编辑：赵　岩
助理编辑：程世博
封面设计：张　娜
　　　　　孙浩瀚
版式设计：杨　硕

我和祖国70年

著　　者：叶　辛
出版发行：吉林人民出版社(长春市人民大街7548号　邮政编码：130022)
咨询电话：0431-85378009
印　　刷：吉林省优视印务有限公司
开　　本：710mm×1000mm　　　　　1/16
印　　张：22　　　　　　　　　字　数：330千字
标准书号：ISBN 978-7-206-16154-4
版　　次：2019年8月第1版　　　印　次：2022年1月第6次印刷
定　　价：56.00元

如发现印装质量问题，影响阅读，请与出版社联系调换。

叶 辛

序

用佳作为国庆献礼

我出生于1949年的10月,今年70岁了。

新中国成立60周年的时候,我出版过一本散文集《我和共和国》,这本书的名字,是选用了共和国成立35周年时,我写下的一篇小文《我和共和国》。

由于我和新中国同龄,到了国庆逢五、逢十的年份,总有报纸、杂志约写感悟性的文章;也由于我的职业是作家,有一点所谓的名气,遇到这样的年份,总有电台、电视台及近年来更为活跃的互联网等媒体,来采访并提出一些问题。其中有一个问题,几乎是经常被问到的,那便是:在我人生已经碰到的逢五逢十的国庆节中,哪一个国庆节最为难忘、记忆最深刻?为什么?

我常常不假思索便回答,是1979年的国庆节。那一年的10月,我在乡间完成了两部长篇小说《风凛冽》《蹉跎岁月》的草稿,《风凛冽》是7月写完的,《蹉跎岁月》是10月写完的。正是在10月里的最后一天,我领到调进省作家协会第一个月的工资:28元整。更主要的是,1979年的10月,从偏远的乡村到省城里,整个社会酝酿着一股变革的气氛,节日的喜气里弥漫着各界人士尤其是青年人的希冀、憧憬和对明天美好的向往。

正是怀着这么一种心情,我把两部长篇小说送进两家大型文学杂志编辑部。几乎是在同时,在贵阳,我读到了1979年9月出版的《收获》杂志第五期,那上面刊出了我年初交到编辑部的长篇小说《我们这一代年轻人》。收到杂志的时候,正临近国庆节,省作家协会的老同志、山花编辑部的老少编辑,纷纷向我表示祝贺。那个年头,一个正交三十岁的年轻人,在省外上海的大型刊物上发表了长篇小说,被认为是贵州文坛的一件大事。

一年以后的10月，当时属于四川省的重庆市文学刊物《红岩》上，刊登了我的长篇小说《风凛冽》。《收获》又刊登了我的长篇小说《蹉跎岁月》。几乎是在同时，中国青年出版社把我的这三部长篇小说，一部接一部地以单行本的形式，推向社会。我不能忘记的是，《我们这一代年轻人》，初版印了15万册，定价是8角8分；《风凛冽》的定价更便宜，是6角6分，印行了91000册；而把我的名字带给广大读者并引起热议的《蹉跎岁月》，印了337000册，定价为1元1角5分。

正因为是1979年10月离开了山乡，充满喜悦和憧憬的同时，我用一双不无忧郁的眼睛，注视着山乡里的贫困：粗粝的食物、破旧的衣裳、徘徊了十年的居高不下的黑市粮价，心中暗忖：什么时候，会使各族老乡的生活也变一变呢？

这思考里不仅有我的困惑、迷茫，也有着我对老乡生活现状的同情和忧虑。

仅仅一年之后，1980年的秋冬时节，我重又来到插队10年的山乡村寨，苞谷价格跌下来了，场街上的猪肉吊起吆喝着卖，老乡们的脸上挂满了欢欣的笑。我惊问，为啥停滞不变的乡场，有了如此大的变化呢？寨邻乡亲们纷纷给我说，变了呀！变了呀！村寨上实行了责任制，粮食丰收了，鸡鸭牛羊猪随便养了，不愁吃穿了，没人来戴"大帽子"了。你多来玩玩，把寨子当成你农村里的家……我真的去了，农民们摆出米酒、满桌的菜，和我连夜地聊，原来这变化的过程中涉及上上下下这么多的人和事，原来这变化并不是像外面看上去那么简单。我敏感地意识到这又是一本书，上亿的农民在这么一场巨大的变革中解决温饱，开始摆脱贫困，多少人的命运在这么一场巨变中发生着变化……于是我凭借十年的插队生涯，凭借对中国农村变革的关注，给人民文学出版社写下三部长篇小说《基石》《拔河》《新澜》。

小说出版后受到评论界的关注，当时还是杂志的《文艺报》长篇评论的第一句便是：小说紧扣时代的脉搏，深切地关怀人民的命运……

那时的书价还是便宜啊，1984年出版的《基石》定价8角3分，1985年出版的《拔河》为1元8角5分，下半年出版的《新澜》是1元9角5分。可能正因为便宜吧，书的印数也是巨量的。

2018年是改革开放40周年，2019年是新中国成立70周年，是为了庆贺这两个有纪念意义的日子吧，《基石》《拔河》《新澜》再版了，收到样书的时候，我翻阅着厚厚的冠名为《巨澜》的长篇小说三部曲，留心了一下书价：92元。

而第20次换了封面的《蹉跎岁月》，定到了78元一本；《我们这一代年轻人》49元；《风凛冽》35元。

也许作家一辈子都在和书打交道吧，收到新版样书的那一瞬间，总要在爱不释手地翻阅时留意一下书的价格。书籍的出版、再版以及书价的变化，也从一个侧面反映了文化繁荣。我们的祖国经济在发展，社会在进步，正踏着坚实的步子，一步一步往前走。

说来说去，都是在讲再版书。在迎接新中国成立70周年的喜悦时刻，应吉林人民出版社之约，我将这些年的散文精选出来，通过我的70载的人生经历，从小见大，见微知著，记录了新中国成立70年来自强不息、顽强奋进的峥嵘岁月。

就让这本《我和祖国70年》，作为我——一个新中国的作家为国庆的献礼。

目录 MULU

第一辑 往事阶梯
WANGSHI JIETI

003 / 我和共和国
005 / 顽童变成小书迷
008 / 母　亲
012 / 往日的情书
015 / 我们的"爱之路"
020 / 妻又和我去散步
025 / 童年情结
029 / 给孩子一些什么
032 / 四菜一汤总相宜
035 / 妻子爱回娘家
037 / 往事的阶梯
061 / 三个31日
066 / 人生之书
071 / 文学馆里的照片
073 / 到佛子岭去
078 / 我曾是一个上海人
085 / 历历往事记谢飞

093 / 站在老年门槛上

第二辑　燃情岁月
RANQING SUIYUE

097 / 插队落户第一天

101 / 插队落户的时候

102 / 放牛的日子

104 / 也算写自己……

111 / 山乡小学校

115 / 也贺教师节

118 / 年　猪

120 / 土地庙

125 / 最初叩响文学之门的那些日子

132 / 乡邮员小丁

134 / 怀乡居古庙

138 / 三棵树

141 / 两副目光

143 / 告别砂锅寨

146 / 永在流动的青春河

第三辑　生命彩虹
SHENGMING CAIHONG

151 / 遥念山乡

157 / 重访砂锅寨

162 / 别亦难

166 / 乡　情

168 / 西江华彩路

177 / 路车掌故

179 / 我怀念重安江

181 / 黄果树的彩虹

183 / 世界的茅台镇

187 / 新春佳节话贵阳

190 / 辣椒与我及其他

194 / 两种生命环

198 / 20年的蹉跎村

202 / 贵州给了我们什么

第四辑　我与新中国
WO YU XIN ZHONGGUO

207 / 难忘的处女作

211 / 我和《蹉跎岁月》

221 / 一支难忘的歌

228 / 对一种生活现象的思考

233 / 说说《孽债》

275 / 我为什么写《孽债Ⅱ》

280 / 关于长篇小说《华都》

286 / 我的《华都》

294 / 我的创作与贵州

320 / 难忘的谈话

325 / 文集的题外话

329 / 好作家的名字是写在人民心坎上的

第一辑
1 往事阶梯

往事如烟,往事并不如烟。只因那烟霭雾岚之中,还是能依稀看出那一级一级往上攀登的阶梯,看到人生一步一步往前走的足迹。伴随着祖国前行的脚步,70年了,我的人生之路,就是这么走过来的。

我和共和国

一

1949年10月，在新中国成立的礼炮声中，我出生在上海的一条弄堂深处。

到1984年10月，我满35周岁了。

在新中国成立35周年的前夕，我常常想起这些年来走过的路。

19岁以前，我几乎没有离开过上海，那时候，我观察这个世界，都是以市中心的人民广场为圆心，以南京路为半径来判断是非的。我自以为见多识广，事实上，我懂个啥呀。

19岁那年，我到距上海5000里之遥的贵州山乡去插队落户，从喧哗嘈杂的大城市，一下来到偏远的、闭塞的山寨，我有过多少感触和联想啊！

在乡间，我一待就是整整10年。没有工资、没有粮票，有的只是劳动的双手。但正是在这里，我感受到了生活脉搏的跳动，思考了我们这一代年轻人的命运，真正地认识并理解了祖国的广袤大地上无数勤劳淳朴的农民。我在山乡的茅屋里提起了笔，守着一盏小小的自制的煤油灯，伴着山岭里日夜不息的啸声，写下了一些关于知识青年和山寨生活的书。我万没有想到，这些书出版以后，我会收到一千几百封读者来信，会有那么多人来跟我谈他们的心里话。我没有多少话可讲，唯一要说的就是，没有那一段生活经历，这些书是一本也写不出来的。

1984年以来，我常常对人说，我到贵州15年了，可对2900万贵州人民，我实在没有做出什么成绩来，但是，党和人民却给了我很高的荣誉，选我当了全国人大代表和全国青联常委。我常常想，我是当之有愧的。对于我来说，唯有深深地扎根于生活的土壤，伴随着时代前进的步伐，为祖国和人民，为在改革的洪流中急待开发和建设的贵州，更勤奋踏实地工作，才是对党和人民最好的报答。

二

我不是第一次接触这个题目了，新中国成立30周年、35周年、40周年时，报纸、刊物、电台、电视台都曾以这个题目让我说些什么。只因为我是共和国的同龄人，出生于1949年10月。也因为我是作家，那些话题多少总和文学有关。

1984年的国庆不是大年，按惯常说法也不属大庆。但44是个有意思的数字。对一个人来说，44岁是标标准准的人到中年。对我们的共和国来说，44周年也不能用"年轻"两字来形容了。

我们的共和国正在走向成熟。44岁的中年人，经历不能说是很丰富的。但是回首过往，我总觉得自己经历了很多很多，其间最令人难忘的，是喧嚷嘈杂、折腾不已的"文化大革命"，是命运毫不留情地把我们抛掷到偏远蛮荒的山乡。前者给我们稚嫩的心灵掀开了社会人际关系中残酷的一面，后者则使我们目睹了山寨的贫困、落后和闭塞，认识了世世代代栖息在这块土地上日出而作、日落而息、所求甚少的农民。正是在这样的日子里，我和我所有的同时代人经历了由狂热、虔诚、盲目——迷茫、消沉——思考、振作、追求、奋进这样一个三段式的思想历程，而逐渐在真实的生活中走向成熟。我们的共和国，也无例外地从三年困难时期、从"文化大革命"的阴影中走出来，走进历史的新时期。

从漫长跋涉中走出来的步子是坚实的。我们踏着坚实的步伐，还将走向美好而灿烂辉煌的未来。

顽童变成小书迷

我小时候,是个爱耍小聪明、爱逞强的调皮鬼。别人不敢往楠竹竿的顶上爬,我能爬上去,还往下做鬼脸;别人不敢从丈来高的围墙上往下跳,我敢跳下来,明明脚板心好痛,我还嘻嘻笑;下一节课的时候,我经常在偷偷地做上一节课老师布置的家庭作业,等到放了学,我把家庭作业做完了,于是就拉着没做作业的同学一起去玩。

童年时代,我跟好多在上海弄堂里长大的孩子一样,打弹子、飞香烟牌子,打康乐球,抽转轴儿,滚铁环……哪样不玩啊!光是这样玩玩也不够味儿,我经常想出新花样,不是到绍兴路上那不花钱的小花园去玩"官兵捉强盗",就是穿过襄阳南路或岳阳路,到肇嘉浜去摸螃蟹、捉小鱼。我小时候的肇嘉浜,不是现在绿荫成林、平整光洁的花园马路,而是一个臭水浜。有一次,妈妈刚给我换上了一身新衣服、一双新布鞋,我到肇嘉浜去捉小鱼,半个身子陷进了稀烂的泥污中,怎么挣扎也起不来,吓得我哇啦哇啦直哭。同去的小伙伴们吓得尖声大叫。幸好有个过路的叔叔跑了过来,使劲把我从污泥坑中拔了出来。我一身新衣服糊满了泥巴不说,第一天刚上脚的新布鞋,陷在污泥中,再也无法拿回来了。我光着脚,穿着一身臭气熏鼻子的新衣服,直到黄昏也不敢回家去……贪玩、爱耍、好逞强、好出鬼点子,这么发展下去的话,长大了会变成个什么样子……

一个偶然的机会,我看到了一本《儿童时代》,这本有字有画的书,很快吸引了我,里面的小故事、寓言、猜谜语、小游戏,还有念起来朗朗上口的小诗,比我那调皮捣蛋的生活有趣多了。比我们那条长长的弄堂,比弄堂外灰白色的柏油马路,也有趣多了。我读了一遍又一遍,还津津有味地学着做《儿童时代》上刊登的小游戏,挖空心思猜着那上面的谜语,从这本薄薄的书上,我知道了世界上有高山、大海、冰川。后来,老师每个星期的周会课,都给我们讲故事《我的一家》。每次她讲的时候,都拿着书,我以为她那本书里一定有许多的彩色画和插图,可仰着脸瞅了半天,我发现那书上光是一行行的字。老师每个星期讲一节课的速度,我忍受不了,就省下零用钱,也去买了一本《我的一家》,放学回到家,不管能不能把字认完全,连读带猜,把一本书全翻完了。呵,原来书里面有这么多吸引人的东西呢!读了这一本书,我又开始寻找另外一本。

就这样,书籍给我打开了通向生活的门户。每读到一本好书,我总是又惊喜、又震动,读完了,还兴致勃勃地给小伙伴们讲呢!书本以它壮丽绚烂的境界给我描绘了一幅又一幅图画,给我叙述了一个又一个扣人心弦的故事,它深深地吸引了我,我的空余时间,差不多都扑到书本上去了。爱上了书,弄堂里小伙伴们的喧哗声我听不见了,滚铁环、踢足球的声响也不会惹得我心痒了。

随着日子的过去,书越读越多,差不多已经脱离了顽童行列的我,开始变得好幻想起来了。

在儿童时代的这一时期,我做过多少幻想的梦啊。读了描写天空生活的书,我想着长大了当一个飞行员;读了描写大海生活的书,我立志要当一个体魄强壮的海员;读了描写战争的书,我又想着该当一名司令员……所有的梦都像肥皂泡那样一个一个破灭了。在读过高尔基的小说《童年》之后,我沉浸在他所描绘的生活中,第一次想到写书的人,第一次注意到写书的人是很了不起的。你看这个耸起额头的外国老头儿,他写了书,能感动我这个中国小孩子呢。当我仔细端详书的封面上这个外国老头儿的相貌时,我突然觉得,我在哪儿见过这个人。想了半天,总算给我想起来了,在少年宫的阅览室里,这个人的像画得老大,和鲁迅的像挂在一起。

第一辑 往事阶梯

从那以后,我开始想到,我长大了,也要当一个写书的人,也要去感动那些读我的书的小孩子。这个愿望,我没有说出来,把它埋在心底。

这又是一个"梦"。可这个梦老在做着。我知道,要叫这个"梦"变成现实,就得用功学习,认真读书,读大量的书。于是,我从感兴趣读书,变为自觉自愿地读书。而且每一本我都读得很细致、很认真,还悄悄记下读书的笔记。书已经成了我儿童时代最好的朋友。这么一来,岂止是我的小伙伴们,连我家里的人,我的班主任老师,他们都说:"顽童变成了小书迷、书呆子!"

今天,我小时候的"梦"成了现实,我也变成了一个写书的人。这可不是孙悟空眨眨眼那么快就能变个老婆婆出来的。只有我最清楚,小时候读了那么多书,对我的帮助有多大。在农村插队落户的知识青年的生活条件很差,我周围没有一点学习的氛围……我觉得,不能让光阴这么白白地虚耗过去,得像我小时候看的书中写的那样,抓紧时间学习写作,决不能半途而废,我还要叫小时候的"梦"变成现实呢。是书,给了我这么大的精神力量,努力摆脱环境的影响,不怕困难,不畏挫折,百折不挠地学习着创作,争取做一个写书的人。

我决不是要小朋友们都去当书迷,长大当作家,仅仅只想说,多读书,读好书,对我们的成长是会有良好的潜移默化的影响的。愿小朋友们学做一个正直诚实的孩子,愿书本开阔你的眼界,陶冶你的精神,长大了做一个对祖国有贡献的人!

母　亲

一

母亲，你安详地走了。

走在盛夏时节的南京城，走进中山陵脚下茂盛的树林，走回广袤的江苏大地，母亲，你是回到了故土了。

我小时候你时常说，你是在大热天出生的，以后你一定也会在大热天里离去。这话终究被你说中了。

母亲是个普通而平凡的女性，但正像很多杰出的女性一样，母亲经历了漫长的岁月。20世纪20年代你随着外公进入大上海。30年代你随着抗日的烽火携子逃难到大西南，在春城昆明度过一个又一个绵绵的雨季。40年代你回到上海……以后的日子一直过得艰辛而又坎坷。就在这段日子里，你把我们含辛茹苦地抚养成人，不等我们对你有所报答，我们都离开了你，哥哥和姐姐在南京，我和小妹插队落户去了。你从此过得压抑、苦闷、寂寞而又孤独。那个年头你时常给我写信，我是深深理解你字里行间透出的苦涩和辛酸的。

所幸1978年以后，你终于过上了十几年安定祥和的日子。那时小妹回到了你的身边，家庭的经济开始改善。生活，终于也对我们这个家庭露出了微笑。

母亲的一生，从辛亥革命走到今天的世纪之交，经历了20世纪所有的风云流变，所有的跌宕动乱。社会的演变，历史的流程，人世的沧桑，世态的炎凉，都可以在你普通而又平凡的生命中折射出来。

第一辑　往事阶梯

小时候我时常对你说，长大了我要当一个作家、好作家。那时你经常说我不自量力，骄傲自满，好高骛远。今天，作为一个作家，我要对你说，母亲，自从你病重以后，我经常在想，要以你的一生为素材，写出一部长篇小说，让人们通过你的身世，了解20世纪的中国，了解20世纪中国的普通女性，可惜这本书你再也读不到了。

母亲，你还记得1983年到1984年的那些日子吗？那一年多你来到贵阳住在我坐落于黔灵山麓的家里。春天我们去游波平如镜的黔灵湖，我们全家一起到充满诗情画意的花溪去踏青。夏天你总喜欢在阳台上乘凉，一边看着黔灵山巅上的雾去雾来，一边给我讲那些十分遥远有时又不那么遥远的往事。秋天我们同去散步、看电影。冬天，哦，冬天你爱坐在陈旧的火炉旁烤火，给我讲阳澄湖畔的故乡，讲大福庵的庭院，讲庭院里的大树和鱼塘，讲外婆和小伯伯，讲逃难途中的种种见闻。

1990年，我历经波折调回上海。按我的本意，我只是想安安心心地当一名专业作家，天天在家里写作，同时陪伴你度过一个安定的晚年。可是事与愿违，领导的嘱托，群众的信任，读者们的期待，作家们的信赖，使我不得不每天处于写作、工作、出差、开会、社会活动、行政事务的忙碌中。每天上午8点钟出门，我时常要忙到夜里10点钟才能回家。几乎天天有五六个议程，多的时候要有十来个，还只能蜻蜓点水般东忙西忙，不一定能把工作做好。

1994年你病重摔倒，真把我吓坏了。我突然之间意识到，有一天我会失去你。我想尽办法找医生，我总想把你安顿得更好一点……但我没有尽到孝道，一个人独处时我时常悲伤，这辈子我处理过多少复杂难缠的矛盾，为什么偏偏这件事就处理不好？母亲，但我是从心底深处爱你的呀！

今年春天，上海画报社把我近50年的经历，以文字和照片的形式，出版了一本《半世人生》。我选了一张你拿着《蹉跎岁月》的照片，占了满满一页篇幅。这本书第一版印了一万套。你当时的一张照片，如今变成了一万张走进了社会。我这不是奢望你流芳后世,我只是要让广大的读者知道,我有你这样一位平凡而普通的母亲。

母亲,你走得匆忙、突然。待哀思凝定,我一定要为你写一篇更好的文章,以寄托我们对你的深情和哀思。

二

所有的人都从大地上走来,所有的人都要回大地上去。

只因大地散发泥土的芬芳,只因大地盛开美丽的鲜花。

我们来到大地上,种植庄稼,呼吸空气。

我们来到大地上,成家立业,生儿育女。

我们在大地上享受团聚和成功的喜悦。

我们在大地上经历分离和失败的痛苦。

我们沐浴着大地的阳光雨露,我们经受着大地的严寒酷暑。

我们在大地上生存、挣扎、追求、奋斗。

我们在大地上走过一生的春、夏、秋、冬。

活着的人们啊,每一个人都在走过人生的某个阶段。

我们要经历贫穷潦倒的苦难,我们也要经历富贵荣华的考验。

晨钟暮鼓,春华秋实。周而复始,否极泰来。

对于历史,对于大地,一切都不过是过眼烟云。

最终,所有的钱财,所有世俗的等级,都将归化于大地。

所谓生不带来,死不带去。

哦,人生无非就是一个过程。

母亲,你已圆满地完成了这一过程,你已安然地走到了生命的尽头。

今天,我们这些子女和亲属,在这里举行最为简朴的仪式,送你回归大地的怀抱。

母亲，愿你的灵魂在鲜花丛中安息。

这些话，是我在为87岁离开人世的母亲落葬仪式上即席讲的。回到家里，心潮起伏，思绪不绝，遵亲人嘱咐，将其写下，于是便成了这几行非诗、非散文的文字。但这些话，确是我真实的心态之反映。

往日的情书

恋爱的季节是随着插队落户的岁月开始的。

就是在插队落户初期,我认识了我的妻子王淑君,开始了我们的初恋。

那是特殊年代里的爱情,那是艰辛苦涩的日子里最值得珍视的一份感情。

从1969年相识,到1979年的元月结婚,连头搭尾10年时间,其中几乎七年半的日子,我们是在分离、在两地相思中度过的。相互联系和沟通的办法,就是通信。那些年里,我们每年互相要给对方写出四五十封书信,几乎是每隔五至七天,就要寄一封信。很多时候密度更大,差不多每隔三五天就要写一封信。这些书信,成了我精神上最大的慰藉。在劳动之余,在每天不间断地学习创作之余,写信成了我最愉快的一件事情,成了我唯一的倾诉感情的方式。当然,每次收到她写来的信,我也总要读了又读,直到把信纸都焐热了,接到她的下一封信我才把上封信放进信封,珍藏起来。至今我还记得,到了她的书信应该来的日子,我总要站在寨子高处的堰塘边上,望着那个邮递员走来的山垭口,热切地、焦急地、默默地等待着。如果这一天收到了她的信,那么黄昏和整个夜晚都会感到身心愉快、精力充沛,整个栖居的小茅屋里仿佛也充满了温馨的气息。守着一盏小油灯,我会写得很晚很晚。倘若没有收到她的信,我便会在邮递员离去以后,久久地傍着夕阳踟蹰,沮丧地踏着薄暮回到我阴暗潮湿的茅草屋里。

那个年头山寨里没有电话,打长途电话得到远在十几里地外的公社邮电所,况且音息非常微弱。而电报贵至七分钱一个字(后来降至三分钱一个字)。对于一整天的繁重劳动只能换来二角几分、一角几分的知青来说,利用电报和长途电话联系，几乎是不可想象的事情。

我们唯一的联络办法，就是写信。

一晃30年了，我们的命运起了很大的变化，临时的动迁不算，我们搬了十几次家了。在搬家过程中，凡是能丢的东西，包括一些家具，包括我们喜爱的很多书籍，我们都迫于无奈舍弃了。唯独这些书信，我和妻子都珍藏着。我装在我的书柜里，她放在她的小箱子里。可惜的是，有不少书信，由于她居住的工棚被风雨所掀，雨水侵蚀了信封和信纸，字迹模糊得已无可辨认了。就是这些残缺不全的信，我们也还保留着。想想吧，那个年代留到今天的邮票、信封都成了价值连城的东西，别说这些饱含着我们青春的汗水和眼泪、希冀和憧憬的书信了。前两天，有两位记者来到我家里，看到我书桌上满摊着这些书信，他们随手拿起几只信封来看，看到信封上的邮票、信封角上印着的小小的宣传画、信封上的语录乃至"敬祝毛主席万寿无疆"的红字，情不自禁举起相机一阵"噼里啪啦"地拍摄，逗得我妻子好一阵笑。

我想，与其今天提起笔来，凭借着记忆，在往事中搜索枯肠，苦思冥想当年的那些往事或是真实的思想，不如把这些书信稍加整理，略作适当的注解，也不失为一种回忆的形式。书信的语言是那个时代的语言，书信中写到的细节是那个时代的细节，书信中提到的人和事也只可能是那个时代的人和事，且书信中感情的宣泄和倾诉，也是那个时代独有的形式。

我很为自己的这一想法激动，并且也获得了妻子的赞同。而当我着手这一工作的时候，我才察觉，它并不比我重新写一本书来得轻松。

书信太多了，读着每一封信，那个年代里经历的事情就历历在目，过电影一般在眼前晃，不知是因年代的久远，还是那时的墨水质量差，即使没被雨水侵蚀的文字，有好些也已淡漠得仅能勉强辨认了。

可有一点是可以肯定的，那就是透过信笺上的年轻稚嫩的文笔，读者诸君能看到两颗年轻炽热的心的跳动。

促使我腾出时间来编撰纂这部往日的书信集，还有一个原因，那就是随着现代通讯技术的发达,长途电话已然极为普及,电脑、传真机、可视电视进入普通人家已经成为现实。从邮电部门传来信息,今日的书信已比过去大为减少,人们预言,当我们步入下一个世纪的时候,书信将更加大幅度地减少直至从我们的生活中消失。

如若真是这样,那么,把这些书信编入"老三届"人的回忆录丛书中,就更是一件有意义的事情。

不知读者以为然否?

我们的"爱之路"

如果说恋爱是从一个人的心灵走向另一个人的心灵,那么,建立家庭之后的夫妻,就是两性之间的心心相印。

越过充满了诗情画意的恋爱阶段,随之而来的便是长期的、由无数平平常常的白天和黑夜组成的家庭生活。这也许没有恋爱时期那样罗曼蒂克,却更需要热情、信赖、忠诚和应付种种琐碎家务、超越日常烦恼的修养和能力。

可不可以这么说,成了家,爱情才真正地开始。

黔灵山耸立在贵阳城的西北面,我们小小的家庭,就在这座云贵高原名山的脚下。是沾了这座名山的光吧,我们的楼房也高高地凸现在坡顶上,周围六层楼、七层楼的屋顶,全在我住的五层楼下面。站在阳台上,可以看到半座城的风光,可以望到城外那逶迤起伏、连绵无尽的山山岭岭。尤其是在气候变化的时候,云去雾来,那米色的稠雾紧裹着山巅,那乳白色的蒙纱雾在岭腰和谷地里缭绕着,一缕缕一簇簇地飘散着,那意境真是美极了。

高有高的好处,自然也有缺点。从我1982年3月由偏远的猫跳河畔搬到这里,至今,除了节日之外,我们家厨房的自来水龙头里,白天从来没有水。

开门七件事里没有水,可没水要维持正常的家庭生活,几乎是不可想象的。

从搬进新居开始,妻就同我分了工,由我负责守上半夜,她守下半夜。恭候水龙王降临。

这样的生活真是没啥诗意可言,常常搞得很累、很疲乏,情绪大受影响。不少人曾问我,你们是怎么熬过来的,我也说不出个所以然来,四年多时间，就这么过来了，而且看来还得这样子过下去。

唯一可以自慰的是，我们夫妇之间，从未因为断水、缺水、等水、盼水这件事互相埋怨责怪。两个人结合了，就得一起分担人生道路上所有的困难、挫折和苦恼。拿她自己的话来说："既然我在千千万万个人中间碰到了你，我就认了。我从没想过要沾你这个作家什么光，你在追求我的时候，只是个什么都不是的小知青。"

这是大实话。

她嫁给我的时候是个工人，现在还是个工人。她从没要我设法替她调换过工作。我呢，脑子里倒是想过的，确实也不是不可能。但同她一讲，她就说："算了吧，我的事你还是少费神，多花点精力在写作上吧。"她不是党员，没有入过团，她只是个普通工人。她对我讲这些话，决无向我表示进步和觉悟的意思。我相信她说的是实话。

我们天天生活在一起，我总忍不住久久地凝视着她，想了解她脑子里闪现的哪怕是稍纵即逝的念头。这是不是爱情我讲不清楚，对我来说，这已经成了一种习惯。追溯起来，这习惯还是在我们相识的初期就养成的。屈指算来，我们结婚有七年多了，而我们相识，竟有17年了。

我们相识在插队时。至今我还记得连接我们两个生产队之间的那条小路，那条弯弯曲曲、时而落下谷底时而爬上坡去的小路。在初认识的几年间，我们在那条小路上不知走了多少个来回。雨声淅沥的夜晚，我们撑着伞，任凭雨点子稀疏地笃笃有声地打在油布伞面上，我们慢慢吞吞地沿着小路，绕过水田，绕过土坡，走进幽静的树林。路窄，我们不能并肩走，只能一先一后。明月在天的夜晚，我们在青杆的桦树林子里徘徊，在地面绵软的针叶松林里默默地相对伫立，话在这时候是多余的，即便有，也都在白天讲完了。但我们仍不想分离，静静地悄悄地倾听着风掠过树梢，掠过山崖，入神地瞅着清幽的月光在树林子里投下浓密的、斑驳的影子，好奇地遥望离得远远的山寨上的朦胧灯光。秋末冬初的农闲时节，我们相约着去路边的林子里捡干枯脆裂的松果；雨后的黄昏，树叶子上还挂着露珠般的雨水，我们戴上斗笠去捡鲜美的香菇；烈日当空的酷暑，我们能坐在树荫底下，足足待一整天……那时候我19岁，她17岁，我们都还太小太小，我们都把爱情看得十分庄严和神圣，也许我们就是在这样的朝朝暮暮之中加深了相互的理解。"爱，是理解的别名。"这话是不是泰戈尔的名言？

她是我妹妹的同学，在紧挨着我们寨子的隔邻大队当知青，放假赶场的时候，她常常来找我妹妹玩。我们常留她吃过晚饭再去，她一个人回去不安全，我妹妹送她呢，一个人走回来也怕。于是乎妹妹常让我送她，起先纯粹是送，后来我盼着她来，希望她晚上走，我好去送她，再后来我们便在这条山乡里的小路上幽会了。山乡里的劳动是繁重的，知识青年的业余生活是枯燥的。我之所以能在插队落户的岁月里坚持埋头写小说，一多半都是因为爱情的力量在鼓舞着我。

已经走过来了的这条生活的路，也像两个山寨之间的小路一样弯弯曲曲，崎岖不平。1972年冬天，她抽调到水电厂当学徒工去了，而我仍然还孤零零地生活在荒寂僻静的寨子里，直到1979年。我们之间仅靠书信相互联系，沟通感情。我们是在1979年的元月结婚的。结婚的时候，我还没有工资，连粮票也没有人付给我。而她已是个带着几名学徒工的老师傅了。婚是在上海结的，借的我妹妹那间小屋，想到还将回到遥远的山区，我们几乎没有添置任何东西，仅花一百几十元请了少数亲友。我当时也觉得很寒碜，不过我们更多的是觉得满足，分离了整整六七年之后，我们总算走到一起来了，总算可以一道携手并肩去走今后的生活之路了。婚后我随她来到山清水秀的猫跳河畔水电站，那里的山野散发着清新的泥土气息，那里的草坡上总有各种野花开放着，隔着深渊一般的河谷，时常还能听到猿啼鹿鸣，星期天到山坡上去，总能采回好多草莓和香菇。风光可谓美，山水可谓秀，但毕竟是人迹罕至的山沟，困难是明摆着的。首先是没有房子，她住在集体宿舍里，我也在另外的男职工屋子里搭了个铺。后来同她住一个屋的女生结了婚，那间小小的五平方米的宿舍才分给我们。再后来电站盖了家属宿舍，我们总算分到了两间屋子，有了一个稍稍像样的家。1982年初往贵阳城里搬的时候，我对猫跳河畔还真有点留恋，没有什么特殊原因，就是因为我的长篇小说《我们这一代年轻人》《风凛冽》《蹉跎岁月》是在这里写出来的，我的一些中篇小说也是在这里写出来的。这里远离市井的喧嚣，远离人世的烦扰，长途客车两天来一回，报纸只能看隔开一个星期的，是个安心写作的好地方。

从插队落户生涯里走出来的对对情侣，大约都有这样的体会，在经历了很多的分离，在有过很长时间的两地相思之后，我们都更懂得了爱情需要珍惜，随着岁月的流逝加倍地珍惜。珍惜，就得有充分的谅解和必要的容忍。这并不等于说，在我们的小家庭里永远是阳光明媚，永远像小溪流水般的轻吟低唱。不是的。世上大概还没有一对永远也不闹矛盾的夫妻，在怎样教育唯一的儿子这个问题上，在我的小说进展不顺利的时候，在她身体不适的日子里，我们免不了总要拌嘴，有时候也像所有的人一样会发脾气，甚至争得面红耳赤。但到头来总有一个人先冷静下来，而且在事后我们都会先检讨自己的不是。

我得坦率地承认，我不是一个模范丈夫。我每天的任务仅仅是送孩子去幼儿园，到了傍晚再去把他接回家。这对我来说，常常只是离开书桌的一种散步和休息。更多的时候，我总要等到她关照家中没米了，才想到该去买米；也总要等到她提醒我煤烧完了，才跑下楼去煤棚搬煤。这都仅限于我正在读书、看杂志或听音乐时，她才喊我。如若我正在桌前想着什么、写着什么的时候，她是决不喊我的。这样的默契不知是什么时候达成的。这绝不是真正的男士风度，一旦意识到这点，我总愿意帮她去干些什么，或者在她干的事情中冷不防插上一手，以此表示自己也是个勤劳的人，但这类良好的愿望，往往是以我的"越帮越忙""出尽洋相"被她奚落几句而告终。

尽管如此，我仍希望自己是个好丈夫、好爸爸。在孩子要求我的时候，哪怕再忙，我也陪她和孩子去黔灵公园走一走，爬爬山，在湖畔散散步，进动物园逗逗熊猫和孔雀。有时候，我真恨不得千方百计、挖空心思讨好一下孩子，给他买整套整套的小人书，给他买妈妈没买的贵重玩具，可不知为啥，孩子还是和他的妈妈更亲。

为此我只得满怀妒忌地望洋兴叹，却又无可奈何。有什么办法呢？谁叫我一年中总有半年要出差，要下基层去农村，要应付写作和编务，要一个接一个出去开有时候重要、有时候不那么重要的会议呢。不过，只要我从外头回来，一回到我的坐落在黔灵山麓的家里，我总会感到疲劳和困倦会顿然消失，总会觉得温暖和在其他地方永远也得不到的快活，就如同游弋驰骋在辽阔海洋上的舰艇到了平静的港湾里。

妻又和我去散步

我的恋爱时节，正是生活在偏远乡间的插队落户时期。因为她是另外一个生产大队的知青，我们恋爱时的一个主要内容，就是在两个寨子之间来回跑。不论是我跑到她那里约她出来，还是她到我生活的寨子里来玩，最终我都要送她回到那个垭口下的名叫杨柳大坝的寨子去。送她回归的时候，不论是黄昏还是夜间，我都希望时间过得慢些，我们的脚步尽量放得慢些再慢些。久而久之，我们之间就取得了默契，不知不觉地养成了散步的习惯。不要以为在偏僻的山乡里散步没有什么内容。在我们相隔的两个寨子之间，有一片静静的栽种着桦木、青松和松柏的树林子，穿过这一片小小的树林时，我们总有一种远隔尘世的宁静的感觉，我们仿佛总能听到对方的心跳。透过树叶的间隙眺望天空，天空给人的感觉也好像变了。有一回，我们在散步时，还目睹了一场山耗子和蛇的恶斗，惊得我们魂飞魄散。雨后初晴，树林里弥散着一股清新的气息，我们一边散步一边捡拾菌子和香菇。静谧的月夜，在树林边上瞅着山寨里的灯火一盏一盏地熄灭，我们总觉得这散步充满了诗情画意。

散步的习惯就这样带到了我们婚后，婚后我们仍旧居住在有山有水的乡间。还没有孩子时，她白天上班，我守在屋里写小说，她下班回来，我们从食堂买了饭菜吃完，就出去散步。这一时期的散步，要比在恋爱时从容得多，也安闲得多了。她上班时是坐在那里抄表或试验仪表，下班后的散步对她是种休息。而对趴在桌子上写了一天的我来说，散步就更是一种享受了。散步时我们兴致勃勃地去观赏泉水从溶洞里冒出来，去倾听鸟儿归巢时的啼鸣，去看成群的雀儿飞过山头。如果那是春天，我们是一定要去山岭上采摘檬檬来吃的。有时候走累了,我们就在猫跳河边的山石上坐下来休息。欣赏河岩上笔陡的悬崖,看着河水从远处流过来,又远远地拐着弯流去。

以后我们搬进了省城,离家五分钟就是黔灵公园。黔灵山被称为黔南第一峰,围绕着山峰而建的公园,全是真山真水,只要稍有空闲,我们就去公园里散步。或拾级而上登高望远,或绕湖而行观赏湖光山色,或穿越长长的隧道,或去公园深处的动物园里看动物。那时候我们已有了孩子,全凭孩子的兴趣行事。散步的习惯就这样被我们带进了省城。三口之家在散步时享受到的可说是其乐融融。

谁知这样的好光景没有维持多久,妻子不愿意和我一起出门上街了。每次约她,她总是寻找种种理由推托。时间一长,我也纳闷起来,这究竟是何故呢?挑了一个她情绪甚好的日子,我忍不住问她。哪知她张口就答:"和你去散步有什么味道?走不了几步就要同人打招呼,我计算过了,没有一次和你出去,太太平平走过一百步路的。"我听了这话,不由得愣住了!是啊,这细节怎么会被我疏忽了呢。记得搬进省城那年,我连续出版了几部长篇小说,省市报刊上发表了报道我事迹的通讯和报告文学以及评论,中央人民广播电台在连续播讲我写的小说,先是省电视台,后来又是中央电视台拍摄了我的电视片,恰好就是那年,《蹉跎岁月》也改编成电视连续剧在全国播出并获得了好评。随着这一系列荣誉的获得,我在省城里认识的人也多起来,时常在各种各样的会议和社交活动中露面。那年头电视的发展又出乎意料地快,很多活动电视上都作了报道。我在当选了全国人大代表以后,又当选了省青年联合会副主席。热情的共青团组织和一些大中学校,经常邀我去各种各样的大会上作报告或是和文学青年们座谈,认识的人也就更多了。省城的街区确实不算大,走在人行道上,总是要同各种各样的人打招呼。遇到相熟一些的,还要站下来寒暄几句,在我做来一切都很自然,似乎也很快就习惯了。但是我一点也没想到妻对此却很不习惯。是啊,回想起来,每次和她一起出去,只要遇到了人打招呼,微笑握手的同时,我总要把她介绍给打招呼的人。她呢，回回都是很尴尬地笑笑，随后站在一旁，赔着笑脸听着我们讲话，孩子小没那么多的规矩，一声连一声地在催着走，大人却又走不了。这样的散步自然就失去了很多的滋味。

被妻子一说，我也闷闷地好一阵说不出话来。从那以后，散步这一节目就从我们家的安排中消失了。难得一回兴致好，孩子又闹着要出去，我们就专门挑僻静的马路走。记得那是一个星期天，正是春光明媚的日子，我们决定要到黔灵公园去散步划船，于是就占着挨得近的优势，一大早就起了床，朝着鸟语花香的公园里走去。待我们散完步，在黔灵湖上划了一小时船心满意足地走回家时，省城里吃罢了早饭蜂拥而至的游客们才逐渐坐车来到公园。

1990年我们举家搬回到上海，在人如潮涌的大都市，再没有那么多相识的需要打招呼的脸，心想这下总可以恢复散步的闲情逸致了吧。但是我母亲家和岳母的家都处于闹市街头的黄浦区，走出弄堂就是喧嚣声不绝于耳的条条马路，马路上日夜都是川流不息摩肩接踵的人群。在人堆里挤来挤去的，还能有什么散步的情致呢？

幸好我们不久就搬到了如今已是举世瞩目的浦东的新村房子里。新村的楼房整齐，新村里的绿化让人心旷神怡，新村附近有商业区，也有不需走多远就能见到的田野。就是人行道上，也没多少行人。很自然地，我们一家人又不约而同地恢复了散步的习惯。晴天里的黄昏，节假日的前夕，或是雨过天晴的那一刻惬意的时光，我们就兴趣盎然地出去散步，兴致好就走得远一些，人若累就走得近一些。每次散步，都是我们一家人最轻松自在的时候。妻会滔滔不绝地讲她工厂里的人和事，寡言的孩子会露出笑脸讲他学校里小伙伴们的趣事，我也会讲一些并不成熟的构思中的故事。小小的三口之家家人间的沟通，就在这散步的时光进行得格外富有亲情。让我感慨不尽的是，养成散步的习惯是在我们的恋爱时节，而如今继续着散步的习惯时，我们的孩子已经是一个中学生了。

他长大了，还会有这良好的散步习惯吗？

少年时代

童年情结

两年半以前,听说我要调回上海,在贵州土生土长的我的一些好朋友,都曾不同程度地对我的回归心理表示不理解。有些相处得很熟很好的朋友甚至还半认真半开玩笑地说:"你真要走,我就要骂哩!"

对他们的这种不理解心理,我是理解的。在他们看来,我在贵州生活得好好的,当着作家、主编,上面的领导对我很器重,下面的群众和我相处很和睦,居住着四室一厅的房子,还有不少头衔,无论妻子的工作还是孩子的学校,都可以说是理想的。为什么还要离去呢?

是呵,在正式向上面提出调转时,我也这样扪心问过自己。想来想去,除了80岁高龄的母亲需要照顾,除了觉得上海的文学舞台更大一些之外,最主要的,还是一种童年情结在起主导作用。

我们这一批人,出生在上海,成长在上海,本该在上海度过自己的一生岁月。由于历史的原因,由于特殊时代的特殊命运,我们远离上海,去到偏远的山乡。后来纯粹是依靠自己的努力(我的意思是不曾开后门,不曾去孝敬什么人、对什么人拍马屁,并不是说没有获得过人的帮助),进入了省城。在贵阳这个地方,住久了也有相对的适应,但是心灵深处,总觉得这不是自己的故乡。面对上海的一草一木,每条马路,每个公园和去处,都有一股说不清道不明的感情。似乎不回上海,总还没有真正找到归宿。这种怀乡之情,没有离开过上海的人是体会不到的,不是自小在上海生活的人也是体会不到的。我把这种感情和思绪,称之为童年情结。

只有从这一角度出发,才能够解释清楚,当一些知青终于回归不了的时候，还把希望寄托在下一代身上，让自己的亲生骨肉回到上海去。当一些孩子不愿离开父母回去时，当上海的老家有人不那么欢迎孩子回归时，他们千方百计地想办法把子女硬塞回来。当有人对此表示不解时，回答仍是振振有辞："我现在回不来了，让孩子回来，等我们夫妇退休以后，还能回来。"

及至退休之后，还有这一欲望。

只能用童年情结来解释。

解开这一童年情结，实在是不易的。

当我们确信可以回归，当我和妻子津津有味、兴致勃勃地谈论着回归上海这一话题时，我突然发现，我的孩子叶田始终默默无言地听着，不吭一声。既不表示赞同，也不表示反对。这样的次数多了，我觉得孩子虽小，只有10岁，但还是有必要和他谈一次话。

于是我约他走进书房，郑重其事地请他坐下，告诉他我们的生活要有所变化，环境要有所变化。首先他回上海之后，不可能像在贵州的学校里那样当小干部了。从小学一年级到四年级，叶田都是优秀学生（为此我曾获得过很多作家不一定获得过的优秀家长称号）。他当过中队宣传委员、学习委员、组织委员、体育委员。到了上海，不可能当委员了，小队长也不能当了，不过当小干部和当群众都是一样的。我希望他思想上要有所准备，不要有什么想法。

谁知他当场回答我："我是有想法的，在贵州好好的，你们为什么非要回上海？回去后，我的好朋友都不见了，也不能爬山了，也不能去河边玩了。河滩上多好玩啊！"

我严肃地告诉他："上海是爸爸妈妈的故乡，是世界著名的大城市，很多人想去都不能去呢。在这个家庭里，我们三个人是平等的。但是平等也有原则，那就是少数服从多数。爸爸妈妈想回去，两票对一票，你得跟我们走。"

孩子噘着嘴，咕哝着说："世界著名的城市和我有什么相关？不就是满街人挤人、房子小得住不下嘛！"

这都是他以往回上海探亲时留下的印象。我也没在意，只以为他是耍孩子气。

没想到回到上海后他果然不愉快。所有见到我孩子的亲戚、朋友、同事，有些还是名作家，都曾以一种十分有把握的口吻问他："上海好还是贵州好？"

"贵州好。"我孩子说。

几乎所有问话的人都吃一惊，同时几乎不相信地望望我，接着问叶田："为什么？"

叶田要么一声不吭，要么一口气数落一大堆上海的不是：上海马路上都是人，上海的住房那么小、那么挤，楼梯那样窄，外婆那么大年纪了只能住三层阁，上海的公共汽车挤也挤不进，很少看到年轻力壮的人给老人娃娃让座……一套一套的，把大人们都说得瞠目结舌。

初回来的半年时间，我发现他经常是闷闷不乐的。遇到不高兴的事，他往往一屁股坐在地上，嚷嚷着说："我要回贵州！"闹得我无可奈何，却也没啥办法，总以为他尚小，时间久了终归会好的。

那天我送他到学校去，校门还没开，只见很多小朋友都在那里又叫又喊欢天喜地如鱼得水地玩。唯独他，背一个沉甸甸的书包孤零零地站在一群小朋友附近，羡慕地望着他们。

我的心中忽感一阵不忍，我第一次怀疑自己回上海是不是回错了。孩子在贵州的学校里，自小接受的是"我爱贵州"的教育，他对贵州的山川河谷，对那里的树林草坡有感情啊！岂是能一下子抹去、忘怀的？这是他的童年情结啊！

想明白了这一点，我不动声色地做了三件事。其一，我找到孩子的教师，告诉她因为调动搬迁，我们搬了两次家，由贵州搬回上海，又由浦西搬往浦东，请她和小朋友们打个招呼，下课、放学时，主动邀叶田玩玩，给他介绍介绍班上和学校的情况。促使我这么做的也是一件小事。孩子在浦西上学时，做过一篇作文，那篇作文我看了，写的是在贵州山区的一件事，还是很生动的。结果却得了很低的分数。教师的理由是充足的："叶田在胡编乱造，上海哪来的山？"这不怪老师，只怪师生之间不了解。我谈了情况后，浦明师范附小的张玉兰教师非常好，她专门找了三位小朋友，负责邀叶田玩，使他在新的集体中没有游离感、孤独感。其二，凡节假日，我都腾出时间带叶田去游玩、参观。半年多时间，差不多市区所有好玩的地方，都领着他去逛过了，一边逛一边给他讲解这些地方的典故或故事。其三，在日常生活中，有意识地给他讲解讲解上海的历史，上海的发明创造，上海的贡献，上海的变化发展，上海的未来……一年过去了，孩子被班上的小朋友选为中队副主席；两年过去了，孩子考上了浦东唯一的市重点中学，又当选为中队学习委员，因为他考试得了全班第一。他还写了一篇作文《我爱浦东》，登在1992年9月的《少年报》上。

我不敢说自己已经成功地解开了孩子的童年情结。我相信孩子的心里还会想念贵州。当贵州来人时，带来了折耳根、米粉、盐酸菜，他就特别高兴。他至今保留着吃辣椒的习惯，凡吃面条和馄饨、喝什么汤时，见我们没放辣椒，他总要说："给我加点辣椒。"而且他说，上海的辣椒不好吃，没香味，贵州的辣椒一闻就知道……我们家和贵州始终保持着千丝万缕的联系。我告诉他："我也想贵州，我也是爱贵州的。但我也爱上海，贵州和上海都是我们祖国的一部分。我回上海是为了解开自己的童年情结，我也希望你顺利地解开你的童年情结。有了机会，我们一定一起再去贵州走走、看看，住上一段日子。"

有什么办法呢？那是我们这一代人的命运带给孩子的，我们有责任替孩子排忧解难，有责任从孩子的角度来看问题。有首诗里是这么写的：

> 以后的日子都是孩子们的节日。
>
> 全世界的大人们，
>
> 请千万注意交通，
>
> 不要把孩子们阻挡。

给孩子一些什么

我保存了一张孩子18天时的照片。那时的他躺在襁褓里,正张开嘴哇哇大哭。

一晃孩子14岁了。眼看着他从一个呱呱落地的婴儿,长成了一个小伙子,个头已经超过了他的妈妈,心里说不出的欣慰。

他成长得很顺利。这三年来,他已逐渐克服了由内地省城步入上海大都市时的不适应,由"我爱贵州"变为"我爱浦东"(这都是孩子写过的作文题目)。他年年被小伙伴们选为中队学习委员,又考上了浦东唯一的市重点中学。除了话少一点,可以说他成长得是正常的。

有一句很有意思的话说:你天天当着孩子的面吻他,不是真正地爱孩子。真正懂得爱孩子的父母,只在孩子熟睡时才轻轻地吻他。

望着孩子熟睡中的脸,我时常会想一个问题:我们这一代独生子女的家长,应该给孩子一些什么?或者说,我们在希望孩子成为一个什么样的人?

让孩子吃得满意,穿得体面,住得舒适,无忧无虑地成长。这大约是所有父母的心愿。

切盼孩子长大了会有出息,望子成龙,望女成凤。这也是很多家长的心愿。社会上有那么多儿童书法学校、青少年美术班、小提琴班、钢琴班,每当周末的下午或是周日的早晨,无数家长拎着点心,带着玩具在这类学校门口徜徉,就是一个证明。

紧紧地盯着孩子的学习,检查他的功课、陪读,在测验和考试的前夕与孩子一起加班加点,买来一本又一本学习资料,催促着孩子练习,几乎也是社会上普遍的现象。

值得庆幸的是，我没有汇入这样一股社会潮流中。这并不是说我没有尽到当父亲的责任。我采取的是"无为而治"和"潜移默化"这样一种办法。当他的某一次学习成绩不理想的时候，我从来没有责备过他。当他偶有过失的时候，我从来不凶声恶气地训斥他。只在他需要我帮助并主动向我提出要求的时候，我才搁下手头的事情和他一起商量。但这种状况一年中也只不过两三次。我更注重的是他的品行，是希望他长大了做一个正直、正派、踏踏实实的人。

有一回发新书，无意中他把小朋友的一本书带回家来了。我们一再提醒他，第二天到学校以后的第一件事，就是把书本给小朋友。晚上他理书包时，我还特意检查了，他是否带了书。弄得孩子都不耐烦地问我们，他已经记住了，为什么还把一件小事盯得这么紧。我提醒他："你记得吗，有一回你自己的英语书找不到了，急得在家里乱翻，第二天还让爸爸陪你去浦西，直到走了好几家新华书店买到了书，你才安下心来。小朋友的书不见了，和你一样是会焦急的。做人就得这样，将心比心，时时想到别人。"孩子理解了我们的意思，第二天放学一回家，开口就告诉我们，他一到校，就把书还给了小朋友。下雨天，孩子带伞到学校去，经常和小朋友拿错伞。他若把同学的新伞错拿回家了，我们叮嘱他一定去把自己的伞换回来。他的新伞要是换来了旧伞，我们则叮嘱他不要斤斤计较地去盯着同学找伞。没关系的，反正一样是伞，都能用。

有一回，学校里发下一张表格，让学生给自己的每一位老师打分，评判老师们普通话讲得好与不好。我翻看了孩子评的分。出乎我意料的是，他给副科老师打的分都很高，而给班主任和主科教师的分，却打的很一般，有的甚至是差分。我相信他是照着自己的直觉打的分。于是我问他，小朋友们全是这样给打分吗？他说有的小朋友给主科老师与班主任打得分高。他得实事求是，不能趁打分讨好老师。说实在话，当时我确实沉默了几分钟，才对他说："你这样做是对的。"因为在我来说,这件事虽小,却委实将会影响孩子的为人。记得那是在省城生活的时候,孩子还小,老同学、知青时代的伙伴们来了,都喜欢逗他,孩子则爱往他们身上爬,渐渐养成了习惯。有时候,我家里有一些地位不低的人物来访,养成了习惯的孩子照样会往客人身上爬。这时,和我们一起生活的老人往往会喝叫孩子。我对老人说,不要喝叫孩子,对他来说,来的都是客人,没有尊卑之分。他爬正是他的可爱之处,孩子决不会因为家里走进一位市委书记,停下他的玩耍而恭恭敬敬地赔着笑脸站起来,这正是孩子比大人们好的地方。稍大一些,再往客人身上爬有失礼貌,我们及时告诉了他,孩子懂得了道理,再有客人来,不论是谁,他都不爬了。

正是在这样一些日常生活的琐事中,注重对孩子的品行教育,孩子从来不会说谎,懂得克制自己,关心他人,自觉遵守作息规则、自觉遵守各项纪律,不占小便宜。他的个性虽然不拘言笑,但周围却有很多要好的同学。放假了,总有一群群这样那样的小朋友主动找他来玩。他的老师告诉我,每次选举,他在班上的得票总是最高的。

读者朋友们通过我的叙述,一定看得出,我这个父亲当得是很轻松的。我不必叮嘱孩子该怎么学习,不必催促他何时起床,不必叮咛他不要和同学争吵打架,不必……很多事他都懂得该如何自觉地去做。哦,他们这一代确实有权利生活得比我们更有质量、更有意义。

这正是我希望给予孩子的东西。在我看来,这些东西比所有的100分,比令人羡慕的一技之长,比吃好、穿好都更重要。

四菜一汤总相宜

这是一个节俭的题目。因为即便是在贫困的插队落户岁月中,在遥远偏僻的山寨上过年,我们也不止四菜一汤。

那么这是怎么回事呢?

话得从吃辣椒讲起。记得初到省城生活时,三位山城的朋友帮我把一只硕大的组合书柜送到家里来。因而,我们特意备下了满满一桌菜肴招待朋友。事前朋友们说,你们是上海人,我们要吃就尝尝你们地道的上海味。不要吃平时吃惯了的家常菜。还因为是初到省城,头一次招待客人,我和妻就把这事看得十分隆重。早在两三天前就起草了菜单,冷盘、热炒、大菜、汤水,一气写下了22道菜肴。妻还在头一天请了假,在家里精心采购做准备。到了朋友们来的那天,恰好我所在杂志社的副主编上门来商量工作,我便邀他入座一起进餐。

菜肴一盘盘端上来了,完全是按照纯粹的上海菜取料烹饪的。谁知四位客人端起酒杯,夹了几筷菜之后,搁下筷子,光喝酒不吃菜了。当我和妻热心地劝他们多夹菜时,他们却是一味地推托,笑着说:"吃了吃了……"但事实上,盘子中的菜肴却仍不见动。我们很快发现了问题出在哪里,就坦然相告,只因你们要尝一尝上海味,所以我们在所有的菜肴中都没放辣椒。他们马上说:"我们哪知道炒菜竟可以不放辣椒呢,那么寡味怎能咽得下?"为使这顿饭能够吃得下去,我们赶紧采取补救措施,把最后几道菜回锅重炒,炒时按照贵州的习惯,重重地分别放进尖辣椒、油辣椒或酸辣椒,总算把这顿饭对付过去了。

更好笑的是最后那道汤，我们预备的是颇为讲究的罗宋汤。与其说这是一道上海菜，不如说这是一道多少年前传进上海的洋菜。就是在地地道道的上海人家庭中，做罗宋汤也被认为是费一点事的。妻因自小在家庭中能做可口的罗宋汤而自得，特意选购了胡萝卜、土豆、卷心菜、洋葱、牛肉、番茄、芹菜、鸡丝，做出了一道味醇色浓的罗宋汤。端上桌来，请四位客人尝。谁知这四位客人都只吃了一口，便像吞吃了难以下咽的苦药一般，脸呈痛苦状，再也不敢尝第二口了。特别是副主编老先生，第二天一到编辑部就四处宣传，说叶辛请客不放辣椒不说，还做出一大锅大杂烩红汤，硬要人尝。多年以后，我要离开贵州了，请他来家坐坐，他连忙大摇其手说，来坐坐可以，谢谢你千万别叫我再吃饭了，吃你们上海口味的饭在我等于是受罪。可能正是由于副主编和那三位朋友没有恶意的宣传，除了一起去山乡的知青伙伴之外，省城里的朋友们很少在我们家吃饭。而我们呢，则也基本按照上海口味安排每天的菜肴。三口之家，经济上日益改善，我们每天都荤素搭配地吃四菜一汤，汤以清淡为主。做多了既费时又吃不完，做少了似乎又觉得对不起自己，更怕正在成长中的孩子营养不够。久而久之，四菜一汤的膳食融进了我们小小家庭的生活节奏。即使逢年过节，我们每餐也仅安排四菜一汤，当然这四菜一汤的质量稍稍提高一点。到过年那些天，年夜饭、春节期间的菜肴，我们也只安排四菜一汤。只不过那四菜经过安排，做得更为考究一些，比如说吃一点平时基本不食、烹饪上较为复杂费时的菜。像在省城里平时难以吃到的螃蟹、竹笋、猴头菇……我们特意去展销会上买来，尽兴一尝。最为讲究的是那道汤，到过年时，我们就燃起今天已甚为普遍的火锅，将冬天山城里有的鱼片、玉兰片、牛百叶、鹅肠、酸菜、血豆腐、粉丝、豌豆苗、莴苣菜、菠菜、鸡片十七八样作料在火锅里烫来吃。贵州人食火锅，是起一锅滚沸的辣椒油，夹起菜蘸来吃。而我们小小的家庭里食火锅，则基本上是按照自己的习惯涮来吃，既涮菜也喝汤，边喝边添，直吃得齿颊留香，其乐融融。尽一切可能不留隔顿菜，更不留隔夜菜。临到吃下一餐时，宁愿重做四菜一汤。

每当佳节过后，人们纷纷津津乐道节日期间大吃大喝、眉飞色舞地讲起尝到的美酒佳肴时，我就没多少话可说。而当人们问及我时，我总是坦率而自在地告诉他们，我们家还是老样子：四菜一汤过新年。

由于我们坚持既注重营养，又切合实际，也不奢侈的饮食习惯，我们一家三口人多年来谁都不曾因饮食而生过任何病。相反，时而因外出参加活动，受人之邀偶赴盛宴，一道道甚为讲究的菜肴通尝后回家，这一整晚总会辗转难寐，只感到肠胃里面不对劲儿。思来想去，还是不能贪食，还是觉得自己家中的四菜一汤好。

可以为我这一观点作证的是，有一回接待联合国教科文组织搞电视宣传的外宾，我说咱们也来个"洋为中用"，午餐买快餐式的盒饭。事前有同志担心，请外宾吃盒饭，是否过于小气，是否过于简单，是否……我说没关系，我们预订稍微好一点的盒饭就行了。结果一餐吃下来，两位客人（一个是美国人，一个是墨西哥人）出乎意料地说，这是他们吃到的最为美味可口的快餐。我心里说："这盒饭，还没达到'四菜一汤'的标准呢！"

话似乎扯到家庭之外去了，就此结束罢。

妻子爱回娘家

妻子爱回娘家，不为别的，只因为我们在贵州偏远的山乡，整整生活了21年。她节假日回娘家去，以弥补21载岁月里极少回娘家的缺憾。

妻子爱回娘家，还喜欢把娘家和我们居住的潍坊新村作比较。记得，我们考虑住到浦东来的时候，有不少亲朋好友劝我们要慎重，他们委婉地说了很多理由，诸如过江的不便，浦东新村里的僻静，商业网点的欠缺，等等等等。让我们最不易忘记的，是那句顺口溜："宁要浦西一张床，不要浦东一套房。"我们实地来看过，煤气还没接进楼房，新村里，时不时可以见到有人在生炉子，煤炉的烟随风飘然而去。不过，我们还是搬来了。一来我们从外地回上海，自己没住房，要分开住在各自的老人家里。二来浦东的潍坊新村，和浦西比确实远一些，和5000里之遥的贵州山乡比，那可是太近太近了。也由于这个近，也由于起初搬来时碰到的一些小麻烦，促成了我们一遇事就往浦西跑的习惯。

妻子爱回娘家，顺路就把需要买的生活用品、食品什么的捎回来了。回家之后，随口总说一句，还是娘家的弄堂里方便。这也难怪，妻子的娘家在市中心的国际饭店附近，有连片连排沿街成市的商店，做任何事都是极为便捷的。

妻子爱回娘家。不过，我注意到，不知从什么时候起，她再不说娘家比浦东、比潍坊新村方便的话了。这是很容易理解的，我们的新村里人烟稠密，新村的前后左右，到处是便民利民的商店，光是超市，大小不一、层次不同地就建了三个。还有配套的幼儿园、敬老院。居委会、街道的干部，时常深入到居民家庭里来，派出所的民警也经常来提醒这、叮嘱那。若是有谁说声要去浦西办什么事，马上就有人告诉他，你别费神跑了，这事儿就在新村里能办。文登路变成东方路的时候，有人宣传这是浦东的南京路。可没过多久，比东方路还要漂亮、还要宽敞的张杨路修通了。由于工作关系，近几年里，我陪伴美国作家、日本作家、英国作家、巴基斯坦作家、德国作家……十几个不同国家不同肤色的作家走马观花地参观过浦东，走马观花地路过我居住的新村。其中有兴趣甚浓的，还让停车走进过新村里来，到过我的家。当我告诉他们，这是上海最普通的居民住的房子，大多数上海人都住上了这样的楼房时，他们笑了。照相机"啪哒啪哒"拍个不停。

妻子爱回娘家。但近年来她每次从娘家回来，总要抱怨娘家生活的种种不便。先说娘家买切面要走老远的路，后来的抱怨逐渐增多，大至弄堂的环境，小至给衣服拷边找不到人。原来，娘家那一片的附近里弄，不是碰到拆迁，就是翻盖高楼，生活设施纷纷拆除，确实令还住在那里的居民感觉不便。最近这一次，妻子又说了，她要把母亲接到潍坊新村来，让她老人家也享受享受新村里的方便。

哦，妻子爱回娘家，就从这件最普通的小事情上，不也能看出我们的新村小区，在发生着令人欣喜的变化嘛。

往事的阶梯

编过三卷本的《叶辛代表作系列》。编过六卷本的《当代名家精品》。编过十卷本的《叶辛文集》。感觉最难写的,就是作者自述。

是小传嘛,三五百字的小传,附在作品后面,不知在多少杂志上刊登过了,再重复一遍还是炒冷饭。

是骨鲠在喉,非要一吐为快的话嘛,这些年里,想到要讲的话,我都通过自己的书,在作品里全说了。

那么我还能说些什么呢?

往事如烟。

烟霭雾岚之中,还是能依稀看出那一级一级的阶梯。就仿佛雾涌峰浮的巍巍山岭间砌起的供人攀登的石阶,曲曲折折,弯弯拐拐,时而通向岭巅,时而直落深谷。不论这石阶多么崎岖难行,不论这石阶盘山绕坡地时常没入草丛,不论这石阶缓缓起伏地通向遥远天际的什么地方,人们照样还是能辨别出来,这是崇山峻岭的路。

人生的路不也是如此嘛。

1980 年 9 月 22 日。

这是个普通得不能再普通的日子。对我来说,它却有着另一种意义。

新华社用《刻苦自学成为作家》的标题对我进行了文字和照片报道。全国 22 家报纸转载了这条新闻,中央人民广播电台同时播送了我近十几年的经历……

我像在做梦。清晨,妹妹又同每天一早那样,把自行车扛下楼去准备上班。忽然她又像疯了一般跑上楼来，手里拿着家里订的《文汇报》，报纸上用大字标着我的名字，她激动地大叫："哥哥、哥哥，你的名字。"弄堂里所有的人都拿着报纸站在后门口……

在我们居住的那条弄堂里，几乎每幢楼都订有《文汇报》或《解放日报》，而上海的日报，照规矩都是在清晨8点以前送到订户家里的。我接过报纸，坐在沙发上，默默地读了一遍。我几乎不相信首都东直门外那座垂柳依依的幽静院落里的采访，竟会变作上海报纸上的这段文字。

我的心情也很亢奋。

8点钟，像往常那样打开收音机，上海人民广播电台在播新闻。新闻广播中，大约有5分钟，讲到了我。故乡对它的儿子，永远是怀有感情的。

自那以后，常有热心的青年朋友们来信，询问我的经历，询问我所走过的路，打听该以什么方法自学，怎样成为一个作家，怎样变成一个栋梁之材，甚至还直截了当地要我讲出成为作家的秘诀。我能回答的，只能是我所走过的路。一段短促的路而已。

1949年10月。

随着共和国诞生的礼炮声，我出生在上海的一条弄堂深处。那时的上海，真可说是五方杂处，百业纷陈，处于一个新旧交替的时代。而我，大概只会张开嘴巴哇哇地放声大哭。基于这一感性认识，当我的儿子出生以后，我特意保存了一张他18天时张嘴哇哇大哭的照片。

1957年9月。

和很多年满七岁的孩子一起，我背着书包，走进了家对面的那所小学。这所小学的名字，是我至今为止仍认为是世上最好的：中国小学。

我的家住在离建国前叫"跑狗场"、建国后改称"文化广场"很近的地方。

斯大林逝世时的追悼纪念，是我幼年时期留下的唯一印象。我家旁边的那条马路上，停满了各种各样的汽车，车上插的旗帜上，还绣有列宁和斯大林的像。

1961年8月。

暑假又来临了，上海的暑假仍是照例的炎热难耐。是像往年的暑假那样，打弹子、抓蝉、玩"官兵捉强盗"的游戏、斗蟋蟀、泡在游泳池来消磨吗？

不，我觉得不满足了，我想另外干些什么。作文课时，老师出过一个题目《我的理想》，我糊里糊涂写了一篇什么玩意儿交上去，敷衍了事。但是我的脑子里，却在认认真真考虑：长大了干什么呢？

生活，留在记忆里的生活，比这更早一些似乎就开始了。

三年级时，《中国少年报》上连载了陶承同志的《我的一家》，老师每星期给我们念一节，边念边讲解，生怕我们不能理解。我嫌她太啰唆，等的时间太长，自己掏零用钱买了一本，囫囵吞枣地读一遍，读懂了一半。从此以后，我众多的喜好中又添了一件事：读有趣的书。这年暑假里，学校开展红领巾读书活动，每个班级分到好多书哟，个个同学都可以借，只要如期归还就成。

我借了一大摞书，每天早晨坐在窗台上读两三个钟头。到暑假结束的时候，书籍成了我形影不离的好朋友。我觉得其他的喜好在消失，而读书的欲望却与日俱增。

就是在书本里，我知道上海是东方大都市，黄浦江在吴淞口流入浩瀚的东海。也是书本教会了我观察，我看到那条名字动听的苏州河太脏了，河水就像黏稠的污水，走近河岸便有股难闻的腥臭味。

书籍给我打开了通向未来的门户。书本以它绚丽多姿的意境给我展示了一幅又一幅动人的图画，给我叙述了一个又一个哀婉的、扣人心弦的故事。

谁没经过少年时代，谁又没在少年时代做着那么多幻想的五光十色的梦啊。我幻想着长大了去航海，战胜惊涛骇浪；我憧憬着未来去登山，越过雪山冰川；我认认真真地思考着，当了司令员以后，怎样像夏伯阳那样指挥千军万马去打仗……有趣的荒诞的梦，离我真正爱上文学，还有一段距离。

记得，那是我读过《童年》之后，我沉浸在书本描绘的生活中，久久地不能平静，好像有什么东西，叩击着我的心扉一般。我暗自思忖着：那些发生在外国的事情，怎么我竟像看见过一模一样呢。我抚摸着书的封面，第一次想到写书的人，第一次感到写书的人是了不起的。

看这个耸起额头的外国老头儿，他写出的书感动了我这个中国小孩子。我仔细端详着外国老头儿的相貌，突然像被火烫着似的跳了起来：我见过这个人，见过这个人的。在哪儿碰见这个人的呢，想了半天，总算想起来了。在上海市少年宫的阅览室里，这个人的像画得好大，和鲁迅先生的像挂在一起。

仿佛就是从那以后，我开始想到，我长大了，也要当写书的人，也要去感动那些读我的书的小孩子。

哦，一个多么美好却又难以达到的愿望呵。

1965 年 7 月。

在中学里念了两年，我家就搬市中心去了。那儿离黄浦江很远，紧挨着驳船簇拥、水流浑浊的苏州河。每当黄昏和清晨，只要空闲，我总是走上 5 分钟路，到苏州河边去看船民们的生活。

对我来说，那完全是另一个世界里的生活。看得出船民们是贫困的，他们在小船上煮饭、擦舱板、喝水。即便坐在乌篷下喝酒哼小调，他们小桌上的下酒菜也是极简单的。岸上便是繁华的大都市，什么吃的、用的、享受的东西都有，他们却仿佛同这一切不相干似的，只知道装船、卸船，只知道劳动。

生活还给我留下一个印象，那就是说话、做事都要谨慎小心，注意阶级斗争。说错了话，是要被批评的，重的还要挨批判。

在我们班上，班主任喜欢根据学生的家庭出身、本人是否积极参加学校的活动、班上的活动以及对她的态度，来给学生划分左、中、右。在班主任及先进学生的眼里，经常参加班级、学校组织的歌咏活动、大扫除活动、出黑板报活动，那就是思想先进的学生。反之，埋头学习，认真读书，对各类活动不怎么关心的学生，哪怕你学习成绩再好，也是在走"白专道路"，至少是只专不红，需要帮助和教育。我因为经常看一些厚本的书，而这些书的扉页上常印着一些大胡子、长头发的外国作家照片，而被老师视为不安分的学生。

不言而喻，由小学到中学，我读了能够弄到手的差不多所有的书。书本要我学做一个正直、诚实的孩子，不要撒谎，不要人云亦云，不要阿谀奉承，要脚踏实地独立思考；书本开阔了我的眼界，它使我知道了，除了繁华热闹的上海之外，世界上还有壮丽的河山和无数奇妙无比的事物；书本也陶冶了我的情操，我在书上读到"人只有献身社会，才能找出那实际上是短暂而风险的生命的意义"（爱因斯坦）等等一类格言警句，并且铭记在心。书本中好多精彩的景物描写、人物刻画，我都不厌其烦地抄录下来，同时，每读一本书，我或多或少写下一点笔记，谈谈我读这本书的感受、体会，和我喜欢它哪些方面，不喜欢它哪几处。自然，书本使得我向往丰富多彩的生活，向往有山有水的大自然。

我对前途的看法简单极了。上完初中上高中，高中毕业考大学，并且要考文科。争取大学毕业以后，当一个作家。还是在小时候，我就听说，一个人长到十六七岁，就要准备走向社会，准备独立生活了。因此，我怀着一种迫切的心情盼望自己快快长大、快快长大，投身于社会，奔向广阔的生活天地。

可眼下，年满16岁了，我却茫然不知所措。

1966年6月。

"红色风暴"打碎了我升高中的梦，不但升不了学，连按时毕业也不成，都留在学校里，停课闹革命。不知道自己该怎样向社会迈步。

我虔诚地、狂热地投身到"文化大革命"中去。看大字报、抄大字报、写大字报，把学校里、社会上看到的、听到的一切，几乎是不加选择地记在一个小小的四四方方的本子上，随身携带着，那是我的日记。也是我对生活最初的思考。所谓闹革命，就是扛着红旗游行，欢呼一次又一次最高指示的发表，欢呼《红旗》杂志一篇篇社论的发表。其余的时间，便是跟在宣传车后面捡传单，为破"四旧"的"革命行动"大声叫好，为揪出一个又一个的"牛鬼蛇神"而振奋，整夜整夜不睡地去大专院校看大字报。我只觉得，整个身心的血都因为投身于这场"伟大的革命"而沸腾……

沸腾的"革命"才进行了几个月，一种茫然的情绪就不知不觉地向我袭来了。我看到造反的红卫兵们拿着体操棒、铜头皮带打破了我同学的头，只因为他父亲在建国前开了一个小糖果铺；我看到那些高呼革命口号的红卫兵逼着"走资派"在熊熊的火堆旁爬，而火堆烧的又都是我爱读的书。至于揪头发、戴高帽子、游街示众、砸烂学校的墙壁、拆毁课桌椅、洗劫图书室、敲坏玻璃窗、拿着体操棒搞"文攻武卫"、斗"黑七类"子弟、开辩论会、打语录仗……已经是司空见惯的现象了。

这难道就是革命？我疑惧地退缩了。我把困惑埋在心头。

原先对班级里的歌咏活动、出黑板报活动就不感兴趣的我，对这样子"闹革命"，愈加惧而远之了。

到了1966年底、1967年初，我成了一个标标准准的逍遥派。

而所谓的"革命"形势，却仍在继续发展着。大中学校通通停了课，许多学校成了派仗的阵地。我读书的那所中学，也毫不例外。作为一个求知欲望强烈的学生，我已经有半年多没有打开课本了。在经历了狂热、虔诚和彷徨的半年以后，我是多么渴望着复课，渴望着进高中读书，渴望自己也像过去的很多人一样，有个深造的机会啊！可在"造反派"眼看一天比一天得势的年头里，你讲这些，就会给你戴上一顶"走白专道路"的帽子。

面对这样的事实，我只有沉默。

怎么办呢？传单、宣言、标语、口号充塞着生活的每个角落，正在打派仗的学校是进不去的。而离家很近的南京路在沸腾，上海在沸腾。面对着一派热闹得带点儿骇人的景象，我困惑地观望着、观望着，同时又在心中暗暗打着主意，不能让大好时光白白流逝，自己给自己制订一个学习计划吧。

可以说，自己潜心学一些什么的念头，便是在那些动荡的日子里产生的。

1968年12月。

1966年在等待中过去了；

1967年又在期待中过去了；

1968年眼看又要在充满焦灼和不安中过去。

严冬早早地来临了。虽然没有暖气，没有火烤，我照旧在读书。还是小学里的那个愿望，支撑着我求知的信念。鬼知道书都是从哪儿借来的呀，两年多来，我读了那么多。世界文学名著、哲学、社会科学、地理、历史、诗歌……我是完全自由的，可以任意地支配时间。人们称我为逍遥派。而我的身旁，竟然会有这么多逍遥派，初中的、高中的、大学的学生，还有很多邻居，他们和他们的同学交换书籍，交换来以后，我就拿来读，读得很快，有时还很匆忙，我随手写下一点笔记，特别喜欢的，我就抄，通宵达旦地抄。

哦，逍遥派的日子，其实并不逍遥。

要知道，选择这样的学习方式，我还真费了点脑筋呢。

在学校读书的时候，我的各门功课都不差，我要自学，该从哪儿着手呢？全面铺开吗，几乎是不可能的；只有从单方面入手。单项入手，选择哪门课呢？数理化吗，一找不到课本，二没有人可请教，三是更主要的，对我来说，那些阿拉伯数字、公式、概念太枯燥、太乏味，学起来太沉闷了，很可能半途而废。外语吗，我倒很愿意学，身边也有几个同学每天花四个小时的时间在猛攻呢，但我总觉得，要通过自学，达到较高的水平，难度太大。

唯有文学，那是我自小酷爱的，首先我有浓厚的兴趣，其次我多少还有些写作的基础，小学、中学里，我的作文不都得过奖吗，再有书籍容易找。于是我便决定了自学的主攻方向——创作。

我这样说，绝不是贬低数理化和外语，事实证明，有很多人，通过自学，在数理化和外语上取得了很大的成就。我只是想说明，一个年轻的立志成才者，冷静地分析一下主客观环境很重要。有了学习的愿望，不要盲目，不要见到什么就想学什么；更不要什么时髦赶学什么。还得从实际出发，分析自己的素质、条件、兴趣爱好，把它们同社会的需要和可能结合起来，然后再决定从哪儿入手。

一旦确定了目标，就百折不挠地往前闯，往上奔。拿今天的话来说，就是要有拼搏精神。

伟大的列宁说过："书籍是巨大的力量。"

在默默地自学的日子里，我没有空虚、无聊的感觉。我知道这是耕耘时期，无暇顾及收获。我学习着，觉得生活很充实，日子很紧凑。

确实，"夫学者不患才不及，而患志不立"。当立下了志向，生活有了目标，有了努力方向，就觉得时间不够用。

每天早晨起床后，我在桌前读书到吃午饭；午饭后就出去散步。我们家住得离南京路很近。"文化大革命"中的南京路，所有的橱窗、墙壁上都糊满了标语、口号、大字报。从西藏中路到外滩五里地的南京东路，成了我每天午饭后散步的必经路线，我在这条路上看到很多大字报，感受到"文革"的脉搏怎样地跳动着。我把这些也作为一本书来认真读——一本社会的大书。记不得是哪位作家说的，他认为一个文学青年除了要博览群书之外，更重要的是要阅读社会这一本书。我就是在照着去做。

不是吗，不是所有的人都有福气像我这样有时间、有精力的。不论刮风下雨还是烈日当空，我坚持每天午后去南京路散步，观察社会。在三四点钟，我回到家来，在日记里写下自己的点滴感受，摘录点什么，然后继续读书。晚饭后到半夜是我用来集中阅读中、长篇的时间。像陀思妥耶夫斯基的长篇小说、托马斯·哈代的作品、易卜生的剧本，对我都有一股强大的吸引力。读到类似的好书时，我常常要延续到下半夜，母亲多次催促后才会熄灯入睡。

在我的身旁，有好些同学都在自学他们感兴趣的学科，我们之间，志向虽然不一，但当一方需要什么书籍时，其他人就想方设法通过各种渠道去帮着找来。尽管批修正主义教育路线、批白专道路批得那么凶，我们这些同学的家长，对我们的学习从来都是抱赞许的态度并积极支持的。

就这样，读书，每天午后去南京路，感受书本里的精神世界，感受时代脉搏的跳动，听高音喇叭大声宣读"首都来电"，看大字报上的"××事件真相"。内心深处，一直在盼着分配、分配，怎么还老不分配我们。这天夜里，21日夜里，毛主席发表了又一条最新最高指示："知识青年到农村去，接受贫下中农再教育，很有必要。"

照例，喧天的锣鼓响到半夜，保证书、决心书、请战书、致敬电雪片样飞起。我看到了自己要走的路，暗自思忖道：上山下乡，到广阔的天地去。

我离文学之路是远了，还是近了？

我不得而知。

1969年4月。

贵州终于到了。

修文县终于到了。

迎接我们的，是一场奇特的倒春雪。雪花飘呀飘呀，飘落在盘山绕坡的公路上，飘落在送我们去山寨的卡车上，飘落在连绵无尽的、对我们来说充满了神秘感的大山的脊梁上。气温降到了零摄氏度以下，冷极啦！可我们的心，却都是热乎乎的。我们终于到达第二故乡啦。

我怀着青春的热情，投身到广阔的天地里来了。

离川黔铁路的制高点十来里地的地方，有一个远近闻名的大寨子——砂锅寨。这就是我插队落户的村寨。

这儿是修文、息烽、开阳三县交界的偏僻山区，离开上海5000里路，火车要开两天两夜。在欧洲，这么长的路程，不知跨过几个国度了。初到贵州，我睁大了一双寻找田园风光、诗情画意的眼睛，真觉得如同到了异国一般。

我相信，在这儿，我是能大有作为的。初来乍到，一切都是新的开始。首先，我要自食其力，自己养活自己。我必须适应山区的生活，学会讲贵州话，逐步增大自己的劳动量，过好思想关、劳动关、生活关。然后，我要参加三大革命运动，重新安排修文的山山水水。是的，和成千上万的知识青年一样，我是抱着虔诚的愿望来接受再教育的。

看嘛，壮丽的山川河谷，山乡的风土人情，和上海截然不同的生活环境，充满了乡土气息的民风民俗，带着浓郁韵味的贵州话。不跑到山寨来，我能知道这一切吗？我来对了，我是离文学之路近了，近了，我要写。

1970年7月。

写，谈何容易啊。插队落户的知青点茅屋里，放下四张床，就找不到放桌子的地方了。到了晚上，没有电灯。再说，白天还得虚心接受再教育呀，劳动又有多累人啊。挑粪、耙田、铲田埂、钻煤洞挖煤、在土砖窑上当小工、背灰、打煤巴、薅秧薅苞谷、挞谷子、挑窨田水、敷田埂……一天下来，回到集体户，最好脚也不洗，裹一张毛巾倒在床上便睡。

这些，倒还在其次，我可以设法克服。没有桌子，我掀起铺盖，以铺板当桌子，坐在小板凳上，写。没有电灯，用墨水瓶改制个小油灯，点起来同样照亮。劳动累人嘛，我挤一切空余时间练笔。清晨，搬条板凳，带块搓衣板，坐在后屋檐下，把搓衣板搁在膝盖上写；夜里伙伴们睡了，我以床铺当桌子，点起小油灯写。油灯摇曳的火焰，把我的帐子熏得漆黑。我妹妹曾给我洗过一次，后来，她不愿洗了，我更无暇顾及去洗。下雨天不出工，知青们聚在一块儿，抽烟、喝酒、发牢骚、打牌、吹牛消磨时间，我却找一个安静处去写。赶场天，别人为打一顿"牙祭"（川黔方言，意为改善伙食，吃一顿）忙着往街上跑，我躲在屋里写。贵州山乡到了农闲时节，出工很晚，我就起大早到村寨外山头上的古庙里去写。那儿只有破败的四壁和缺胳膊断腿的桌椅陪伴我，非常安静。我可以一直写到妹妹招呼我，该下山吃饭了才歇笔。

所以说，条件差些还能对付；但究竟写些什么、捕捉什么样的生活内容呢？这就难办了。

下乡之后，我睁大了双眼四处观察，拼命地去寻找叱咤风云的英雄人物。可插队的寨子太安静了，静得连意外的事故也很少发生。比如说有人掉进水里，哪家的房屋起了火。假使出点这样的事故，多少还能写一写舍身救火的英雄，还可能出个把勇救孩子的先进人物。可是，唉，山寨上总是那么静，那么静……相反，在乡间生活久了，随着岁月的流逝，现实生活把它严酷的一面在我的面前掀开了：乡间随处可见破败的茅屋；到了寒冬腊月，一些十来岁的孩子，只穿一条破烂得不能蔽体的裤子，还打着光脚板；每天繁重的辛勤劳动，工分却低得怕人，仅从账面上算，到了年终也不能自食其力。况且，秋后分配往往是念空账，不能兑现。天旱加上交"忠心粮"，普通社员到了春天就要挨饿，等待回销、救济，吃洋芋饭，挖野菜蕨根，所有这一切，把我们原先五光十色的理想像风吹肥皂泡似的吹走了。呵，高原上没有充满诗情画意的天国，砂锅寨也不在画山绣水中。温饱问题没有解决的贫穷山寨的景象，在我心上激起的是地震般的惊骇。

写我见到的这一切吗？

我自小接受的教育提醒我：这些是写不得的，这都是"阴暗面"，是局部地区发生的事，是生活的支流。而文学，应该写出生活的本质和主流。

我该怎么办呢？是我自小接受的观念错了，还是生活在以它的表象欺骗着我？我陷入了不知所以的苦闷之中。

这才是我走上文学之路最大的障碍。

幼稚、虔诚、困惑的我，在下乡之后的现实生活启发下，很自然地开始了思索，面对严峻的现实而思索。这样的思索引导我更好地去感受生活，去认识祖国广袤大地上，长年累月辛勤耕作的农民，去深刻理解我们这个时代。多少年以后,我才意识到,这种严肃的思考对我有多么重要。

1971年11月。

由狂热、虔诚陷入彷徨、颓丧。

这是我最感压抑和迷惘的一段时期,也是我们这一代人普遍在徘徊和苦苦地思考的时期。

"九一三"林彪事件爆发了,消息陆陆续续地通过各种渠道传到遥远的山乡,传到我已当了一年多民兵的湘黔铁路工地——苗岭腹地黄平县谷陇区的深山沟里,最后终于得到了证实。这一证实,使得我们每一个人都震惊不已,感慨、议论、争执、猜测、惊呼上当,不需组织的深谈,常常可以从晚饭后直讲到下半夜。

震惊之余,我进入了进一步的思考。思考的结果,我觉得我需要振作,需要脚踏实地地,从脚下山区的崎岖小道上,迈出我生活的脚步。

我还得写。把我最初的生活感受和对这段生活的思考,写下来。

这时候写,比前一年更困难了。因为这是在环境艰辛的铁路工地上。

湘黔铁路工地的生活,最初是"天当铺盖地当床",男同志每人发一根棍子和一张芦席过夜;后来住进了工棚,从每人八寸宽的铺位增加到一尺八寸并固定下来。每日三餐的老南瓜汤、碱水煮巴山豆。连从村寨上来的农民都觉得苦,编了顺口溜唱:"上顿瓜、下顿瓜,发了工资就回家。"成千上万的筑路队伍涌进深山老沟,周围只有零零星星的村寨,不要说缺乏副食、蔬菜,连喝水都成了问题。我们每天清晨和夜晚的洗脸水,都是从泡冬田里挑来的浑汤汤,沉淀半天都不变清。我没闲心去弄吃的,找住的,每天上班前、下班后带着一个本子,去记录苗乡的地理环境、房屋结构,去问当地的老汉和娃崽:鱼为啥养在稻田里,坡上的树都叫些什么名儿,林子里有些什么鸟,婚丧嫁娶时为啥非按一定的程式办,当地流传着哪些民歌,上山对歌时男女青年之间唱的是些啥内容,解放前的山岭河谷是这个样吗,有没有土匪,商人们带些什么进这一带山岭里来……问完了,回到工棚里,我倒头便睡。第二天一早，不等人家起床，我又爬上山头，去看米色的稠雾如何从山谷里袅袅升起，去听雀儿怎样开始清晨的啼鸣，去望苗家姑娘们蹒蹒跚跚地挑着担上坡，去观察苗家寨上怎么开始一天的生活。在寒冷的雪夜，人们都早早进了刚盖起的工棚休息，我则到苗家寨的老乡家去，和苗家乡亲们围坐在火塘边，听他们天南海北地摆龙门阵，说古道今……这一段岁月，对我来说，是一生最难忘的日子。

哦，青春之所以美好，就因为它激发人不懈地追求！青春之所以幸福，就因为它有前途。不是吗，高尔基说过："要爱惜自己的青春！世界上没有再比青春更美好的了，没有再比青春更珍贵的了！青春就像黄金，你想做什么，就能成为什么。"

是不是我太信奉这些格言了？

我在羊肠小道上跋涉着，艰难地跋涉着。为我的这些努力和追求，我开始付出代价，牙齿在连年的剧痛后一颗一颗地脱落，一遇天阴雨落，膝关节就隐隐作痛。那当然都是这段生活给我留下的纪念和烙印。

1973年5月。

退稿，一厚叠。40万字的小说稿，外面包扎的牛皮纸已经撕开了，这在乡间的邮电所里是常事。这就是说，好些人都晓得了，我在写小说。伴随着退稿，流言蜚语也传开了，"癞蛤蟆想吃天鹅肉"，"这是走白专道路，妄想出人头地"。

啊，种种不负责任的议论呀，你们说过也许就忘了，你们还是睡得那么沉。可你们是否晓得，这一叠稿子里，有着我的追求，有着我的心血啊，捧着退稿，我失望得掉了泪，吃不下饭，睡不着觉。不过，我还是默默地忍受下来了。我绝不去想反驳任何人的风言风语，我也不对任何人提起我的挫折，我要面子，我有自尊心啊！我牢记着"失败是成功之母"这句人人皆知的格言，就是在收到退稿那天，我照样铺开稿纸，继续写。我要把挫折当成是成功的阶梯。我相信，我一定能从失败中迈出步子去。我自知只有中学文化水平,我更晓得外地人学当地话味道总不对,我也明明看到生活条件的艰苦,创作条件几乎是没有的。我得精打细算省下钱来买煤油,我得指望上海那些好的老同学给我寄稿纸。但我一定要干下去。

说实话,我真希望有个人在一起聊聊文学,真希望向有写作经验的人请教啊。可在偏僻闭塞的山寨,到哪儿去找人聊文学,到哪儿去请教老师呢?我开始苦恼了,山区的劳动人民能教会我犁田耕地,能教会春播秋收,可他们不知道怎么写小说啊!在我插队的砂锅寨,整个大队一千多口人,分散住在四个寨子里,在这四个寨子中,借不到一本文艺作品,怎么办呢?

久久的苦恼逼得我思索和留神,逼得我做生活的有心人。在劳动工间歇气时,在赶场路上,在开群众会上,在寒冬腊月间守着火塘摆龙门阵闲扯时,我发现,就是在那些并不懂得写作的普通农民口里,有着惊人丰富的语言。常常一个老农说句话,会把在座的所有的人引得哄堂大笑;常常一个难以阐述的道理,只需一个简单的比喻,就能讲得形象而又生动。我开始找到了学习的方向,在和乡亲们的进一步有意识地接触中,我开始了解他们每一个人和每一个家庭的过去,以及他们在几十年生活中形形色色的表现,从而清楚地认识到,"他"为什么变成了现在这样一个人。我知道他们在忧虑什么、希冀什么、盼望什么……我如获至宝地把这一切在笔记上记下来。久而久之,记下的东西越来越多了:人们的对话,吵架时骂的污言秽语,老年人口中的谚语,接触某人某事的零星感受,思考的点滴收获,我都随时记。我还试着给周围一些熟悉的人写小传。这件事后来启发我在写作长篇小说时搞人物分析。同一种人物见多了,同一种现象看多了,我以后写他们时,脑子里就不空了。我觉得对生活的了解丰富起来,我觉得自己积累的东西也逐渐逐渐多了。除了劳动之外,我差不多夜以继日地琢磨着写作,整天试着往空白的稿纸上写点什么。

曾经发生了这么一件有趣事儿。

在附近大队的一个集体户里,因为有的知青说了嘲笑我的话,另几个同我要好的朋友，和他们争执起来，险些打架。事后我听说了，对我的好友说，谁不说句闲话呢，让他们说我好了，说得越多越好。不是我今天来打"马后炮"，当时我确是那么讲的。真要谢谢那些说风凉话的人，当时要没那么多人说，也许我的劲头还没那么大呢。真的。

除了一些人的讽刺嘲笑，还有物质上的压力。我插队的寨子没收入，有好多次，我穷得没有打煤油的钱；有无数次，我没稿纸。不说农村没有稿纸卖，商店里有信纸，我也买不起。天天写，一本信笺经不住我写几天。农村里批"资本主义"，农民买不到猪肉，吃不上油，知青也同样。生活很苦。但我怕母亲为远方的儿子担忧，我写给她的每封信，还得说："我生活得很好，身体很结实。"在上海那些自小一起长大的同学，一边给我寄稿纸，一边来信劝我，现在作家协会被砸烂了，一个知青，要现实一些，灵活一些，找找门路，尽快落实工作吧。想当作家，那除非疯了。全是小时候的理想把你弄得与生活格格不入的。

我没变成疯子，也没和生活弄得格格不入，相反我倒觉得离生活更近了。是的，时值十年动荡，社会大动乱，生活又这么艰苦，周围又没学习的空气，我也时常觉得生活过得太苦了，在无数个夜晚，我都觉得疲倦到了极点，该歇一歇，调剂调剂生活。一天劳动下来，精疲力尽，真想躺下休息啊！可往往一躺到竹笆床上，听到竹枝吱吱嘎嘎发响，看到熏黑了的帐子，我又坚持坐起身子，摸出纸笔来。我不想有半点松懈。

1975年10月。

我过了25岁的生日。

25岁意味着什么呢？对一个插队知青来说，意味着招收学徒工，人家不收了。抽调时，排斥在外了。当大学生，嫌大了。

插队五六年以后，地区的农校、师范、卫校、省财校等要重新招生。首批招的绝大多数是上山下乡知青，不过我没去报名。师范学校一个老师，出于同情亲自上门来劝说，我也没报考。不是我瞧不起这些中等专科学校。一个知青，做梦也在想着快去上学，快快离开农村呢。我想的是什么呢？

我在想，生活的目的不是要找个职业做归宿。年轻人的追求，也不仅仅是为了建立一个衣食无忧的小家庭。我还年轻呢，总得追求一些更加高尚的东西。我为什么要在追求的道路上半途而废呢，我要坚持下去。

之所以会这么想，原因是多种多样的。自从我学习写作成了公开的秘密以后，我受到了多方面的关怀和照顾。山寨上让我去耕读小学任教，小学校的老师们把我的课程都安排在上午。下午的时间，我可以在批改作业之余学习创作。给我退过稿的出版社编辑，和我在信上交起了朋友，多方面鼓励我、鞭策我，也帮助指点我。来慰问我们知青的基层慰问团的同志们，更是热情地对我表示赞扬。我们公社的干部，只要下乡来，总到我那儿坐一坐，询问一下我学习创作的情况。这一切，都使我觉得温暖和增添了信心。

当然，还得感谢我青少年时期读过的许许多多书给我的教育。在那些年里，我深深体会到"知识就是力量"这句话的意义。每当我想松劲儿的时候，我就会想起鲁迅先生所说的坚忍、认真、韧长的精神。我甚至还把他那段不要自馁，总是干的语录，抄出来贴在竹笆墙上。每当我觉得孤寂的时候，我自然会记起"自古雄才多磨难，从来纨绔少伟男"。每当我情绪低落，忧郁寡欢的时候，我总是这么想，居里夫人在巴黎求学的时候，不也是挨冻、受饿嘛。我现在还没挨饿呢，冬天是凄冷一些，也不至于冻成冰榻，坚持下去吧。

就在这样的日子里，不断地感受生活，不断地苦恼、烦闷、追求，不断地在生活中坚持做个有心人，不断地写，伴随着我一天天走过来了。我呢，竟然也一天一天逐渐地找到了表达的方式。

有谁知道，为取得这点进步，我孤零零的一个人在偏远闭塞的山寨上，多待了几百个日日夜夜呢。啊，生活是公平的，这几百个日日夜夜，毕竟没有白白地虚度。它给了我多少书本上和空泛的日子里所得不到的东西呀。我思考了我们这一代年轻人的命运，我思考了半个世纪来我国农民的命运，觉得有许多东西值得写。只是，在我找到一点表达方式的时候，出版社要借我去改稿子，电影厂要借我去改电影。有人站出来了，振振有词地不准我去修改稿子，说是：要改，在农村里改嘛！柏油马路上栽不出万年松。一个知识青年，在广阔天地里锻炼了那么多年，不能脱离生活，不能住进高楼深院，不能培养修正主义的苗子。

说得多么动听啊，偏偏他一天也没到生活里来过。

受到这样的压力时，我的心情是抑郁的，情绪是烦躁、低落的，甚至是愤怒的。可是我仍坚信，挫折不能迫使我停笔，我非要写下去不可。电影文学剧本《火娃》的草稿，就是我憋足了口气，花三天时间写出来的。

幸好我们生活中的好人总是多于无赖。我碰到了那么多关心我、支持我、帮助我的老同志、老编辑，要开起名单来，长长的一串，简直是难以数周到的。当然啰，出版社、电影学院的领导没理会这些话，仅仅停顿了没有多久，我又继续改稿了。

春天，1977年的春天。

打倒"四人帮"以后的第一个春天。

北京火车站。我站在月台上，焦急地等待着由上海驶来的火车。

我的责任编辑周晓，托他的一个亲戚，把刚刚印出来的我的处女作《高高的苗岭》，随身带到北京来，让我在车站接。

"咔嚓咔嚓"，车轮切着铁轨，上海到北京的特快列车进站了，停靠在我身前。我的心怦怦直跳，竟然会没看到车窗口伸出来的五个大字：《高高的苗岭》。那是写来让我辨认的。

当我接过那包书时，我的手在颤抖，这是我的头一本书，只有我知道，它对我是多么的珍贵。第一版，这本书印了20万册；第二版，又印了17万册。出版不久，很快翻译成了盲文、朝鲜文，改编成了连环画，并由我和导演谢飞一起，改编成电影文学剧本，拍摄成电影《火娃》，公映了。

无须说明，这本处女作是幼稚的。

1979年秋天。

我在贵州山区猫跳河畔的一个偏僻的峡谷里写作长篇小说《风凛冽》。那儿山高水深，多雾多雨。每隔两天，才从省城贵阳开来一班长途客车，送来隔了好几天的报纸，送来了脱了期的杂志。恰好我的半导体收音机坏了，外界的一切，似乎也都给重重的山岭、重重的云雾隔断了。每天，除了远处的山岭上隐隐地传来开山的炮声之外，峡谷里静极了。我正在给长篇小说《风凛冽》结尾，因为没有把握，请周围的老同志对我已经写成的稿子提意见。虽然不知道这部稿子的命运怎么样，可我仍然决定，写完《风凛冽》，立即着手写一部新的长篇《蹉跎岁月》。这本即将动笔的书中人物不断浮现在我的脑子里，我早就想写它了。只是因为找不到一个准确的开头，而在苦苦地思索着、等待着……

当时，我这么急于写作，还有一个生活上的原因，那就是我插队已经10年，快30岁了，还没有一个固定的工作。我落户的山寨说，我的户口迁出去了；县属工厂说，户口在我们这儿，你要来还是个学徒工待遇；上海街道的知青办说，你的户口不在农村，我们不能把你作为知青调回。这就是我当时的处境，我还要继续过第11年没有工资的生活，也不能再在山寨挣工分了。我必须想法养活自己。

1982年2月。

一场漫天大雪，把地处西南的省城贵阳，全笼罩在偌大的雪被里。

屋子里没生火，好冷啊！这是二戈寨的一幢楼房，我姐姐新搬的家。我趁午后的时间，在里屋写一篇后记。长篇小说《蹉跎岁月》的单行本，已经印出初校样了，关心我的出版社的领导，让我写一篇谈三部知识青年长篇的文章。我写着：

"……从1969年去插队落户，到1979年10月领上第一份工资，可以说，我走过的是一条漫长的生活道路。就在这么一条生活道路上，我思索着、劳动着、追求着、体验着，试着把我感受到的、经历过的、想到的一切写下来。

第一辑　往事阶梯

"是的，这一切和整个世界、整个人类的命运比较起来，是太微不足道了。但这一切都是我的，我不想轻易把它抛弃，我要把它写出来。"

1983年4月。

一个普通得不能再普通的日子，我病了，抱病在家里写作长篇小说《三年五载》的中卷《拔河》。9点40分，来了两位新华社记者，他们含笑告诉我，在有681个代表参加的省人大会上，刚刚宣告了选举结果，我以666票的得票数，被选为六届全国人大代表。闪光灯一亮，记者同志为我摄下了一张有纪念意义的照片。

当天夜里，我躺在床上，辗转难寝，我在想着，该怎样勤奋地工作，不断地努力，为祖国、为人民尽可能多地贡献我的一份微薄的力量。我在想着那些逝去了的岁月，想着蹉跎岁月中成长起来的一代人的命运……

我们这一代人，在当年也好，在今天也好，都有一个简单得不能再简单的称呼——"老三届"。由于我写了几本知识青年的书，写到了这一代人的命运，近五六年来，我经常收到各种各样的读者来信，累计起来，共有一千六七百封。这些信里，有的人和我谈及知识青年上山下乡这一段历史，有的人和我讲到书中一些人物的命运和遭际，还有的和我探讨一些书本以外的问题。大量的来信，都是当年的"老三届"、当年的知青们写来的，他们写了很多好话，温暖了我的心，使我深受感动。尤其是长篇小说《蹉跎岁月》改编成电视连续剧播出以后，更有好些热心的文学青年，好些念中文系的大学生，在信中问及，你是怎么走上文学之路的，你是怎么想到写《蹉跎岁月》这部书的，你是不是书中的某人，你本人当过知青吗？等等，等等。

说起来也是很简单的，就在1978年的冬天，我听说了这么一件事情：有个干部子弟，由于父亲被打成"黑帮"，关进牛棚，插队落户到了一个偏僻闭塞、有山有水的村寨。在那里，他和一个出身不好的姑娘相识了。姑娘在生产队里放鸭子，他在河滩地上放羊。在那些受歧视的日子里，是同病相怜也好，是命运的安排也好，这一对知青恋爱了，爱得很深沉。随着漫长的插队落户岁月的流逝，两个人的感情越来越好。打倒了"四人帮"，痴情的姑娘满以为命运会给她露出微笑，却不料事实给了她狠狠一棒。受迫害的干部官复原职以后，听说儿子找了个出身不好的姑娘做对象，大为光火。父母出面以高压手段干涉儿子的恋爱，儿子抵挡不住大城市和舒适的工作岗位的诱惑，抛弃了女友，酿成一个结局很惨的悲剧。

听完这件事，我受到很大震动，没有心思继续聊天，一个人悄悄地回到屋里，找出记事本，先三言两语把此事记下，并在下面写了两句话：

"这件事可以写成一部长篇小说，不过我要把它的结局写好，决不能写成悲剧。"

要是说写作《蹉跎岁月》直接的起因，就是这么一件事，很小的一件事。

1987年5月。

长而无尽头的盘山公路。我坐在面包车的前座上，正往乡间赶。

为给《多彩的贵州》大型艺术纪录片写脚本搜集素材，我们东奔西忙地在旅途上已赶了一个多月了。我们去了很多工厂，我们还去了许多村寨，和我插队时比起来，今天的农村是大变样了，但也不必讳言，我们还有好些乡间是贫穷的。我不由得联想起两年前的5月，来到我插队时的砂锅寨，那儿的一切都曾唤起我对往事的回忆。我看到农民们有饱饭吃了，有像模像样的衣裳穿了，但是，村寨上的面貌变化并不大。变化大的只是我熟悉的那些农民们老了，而我曾教过的孩子们现在都成了年轻力壮的小伙子。他们仍过着节俭的生活，粗茶淡饭，菜肴是简陋的，脸庞上挂着长年累月在山野里日晒雨淋才有的那种粗犷、质朴的笑容。面对他们，我心里直感惭愧。是的，这些年里我是出了20多本书，可我为他们究竟做了些什么呢？

我应该为他们干些事儿，我的心里应该时时刻刻有着他们。比起他们，我更应该多多奉献，更应该刻苦工作，忘我地不懈地追求……

1987年。长篇小说《家教》由《十月》杂志刊完下半部分。

1988年元月。 当选为第七届全国人大代表。

1988年8月。《家教》在北京、上海拍摄9集电视连续剧。全家从贵阳飞北京，游览了北京、天津、北戴河等地。

1989年。电视连续剧《家教》荣获全国优秀电视剧"飞天奖"。

1990年8月31日。半个月前接到调令，奉调回上海作家协会工作，所有的手续都已办妥，所有杂物已经处理，家也搬空了。这是我在贵州度过的最后一个夜晚。

1990年9月上旬。到上海作协报到，出任《海上文坛》杂志主编。

1991年7月。长篇小说《孽债》上半部分的主要章节在上海《小说界》刊出。11月，在上海浦东的新居写完全书。

1992年7月。参加中国人民对外友好协会代表团访问日本。

1992年12月。长篇小说《孽债》由江苏文艺出版社出版了单行本，先后印行两次，头次两万册，第二次一万册。

1993年2月。当选为上海市人大常委会委员、市人大教科文卫委员会委员。

1993年7月。改编完成20集电视连续剧《孽债》剧本。当选为上海市文联副主席。

1995年9月。20集电视连续《孽债》开始在上海电视台播出，创下上海电视台电视剧收视率之最，达42.7％。24日在静安寺应邀参加签名售书，一下午签出1900余本，创下近年来的签名售书之最。

1995年3月。叶辛代表作系列三卷：《蹉跎岁月》《家教》《孽债》由江苏文艺出版社出版，计印行六万套。

1995年3月至4月。先后在南京、北京、徐州、无锡签名售书，均引起热潮。其间，在南京签售1400余册，北京1400余册，无锡1700余册，在徐州达到高潮，共签售出3500余册。因人太多，很多买三册书的读者，只能在其中的一本书上签名字。4月16日，中央电视台东方时空"东方之子"栏目跟踪采访了叶辛的签名售书活动。北京电视台、电台也同时作了新闻采访。

1995年4月21日。中央电视台东方时空栏目播出"东方之子——叶辛"。

1995年6月。参加中国作家代表团访问美国。

1996年11月至12月上旬。随中国作家代表团赴日本东京，参加国际笔会的亚洲—太平洋会议。在会上，宣读了题为"都市与乡村——两副目光观照世界"的论文。在日本大阪、京都、奈良等地顺访一周。

1996年12月中旬。隆冬时节的北京，间隔已12年的第五次全国作协代表大会于中旬召开。在这次文艺界的盛会上，当选为中国作家协会副主席。

1997年8月。和北京电视界尤小刚、曹琦同赴美国、加拿大访问，历时一个月，收获颇丰。

1997年9月下旬。一个普通的秋日，全家由浦东搬到浦西的肇嘉浜路一侧。这地方离童年时代生活的永嘉路很近、很近。有人说，三十几年里，叶辛走了一大圈，又回来了。人生环形道，恰如一个圆。

1998年3月31日，在插队落户29年后的今天，重返贵州。上海电视台同行拍摄《叶辛回家》专题。此前的元月上旬，赴香港采访陈香梅女士。就在回第二故乡的10天时间里，《孽债》继获得全国电视剧"飞天奖"之后，其小说荣获全国优秀长篇小说奖，电视剧荣获上海市文学艺术优秀成果奖。创作的20集电视剧文学本《风云际会宋耀如》荣获"金狮荣誉奖"。

哦，踏着往事的阶梯，我就是这样一步一步走过来的。

结婚照

三个31日

随着年龄的增长,生日对我来说,已失去了童年时代的欢乐色彩,逐渐变得淡漠起来。忙忙碌碌、纷纷扰扰的日子里,时常还会把生日这一天轻轻易易忘记了。

但是有三个日子,在我的记忆中却怎么也抹不去。相反,随着岁月的流逝,这三个日子对我愈发地显得郑重而有意义了。那不是盛大的节日,不是民间传统的佳节,而是三个普普通通的日子。

第一个日子是1969年3月31日。那一天在上海,是晴朗的春日,灿烂的阳光仿佛特意变得格外的明丽。在长篇小说《蹉跎岁月》的后记中,我这样写到这一天:"锣声响了,鼓声响了,汽笛响了,在这一片嘈杂的响声中,红旗在挥动,人流在涌动,高音喇叭在呼叫,鲜花、笑脸中夹杂着毫不掩饰的哭泣,火车轮子滚动了……

"我就在这样一股潮流中,离开了上海,到陌生的,远在5000里之遥的贵州山乡去插队落户,去接受再教育,或者,拿当时一句最时髦的话来说:投入了轰轰烈烈的上山下乡运动。

"翻开了我生命旅程中新的一页。"

后来我在许许多多操笔墨生涯的同时代上海人笔下,读到对彭浦车站的气氛和环境的描绘。可见它给人留下的印象是深刻和经久的。生离死别本来就催人泪下,况且是在那样一个特定的时代与难忘的时刻。

对于我来说,这个日子之所以难忘,还在于它把我送往茫无可知的未来,送进了那山也遥远、水也遥远、路也十分遥远的荒僻贫困的山乡。我在那山乡里，一过就是漫长的10年。10年呵，青春有几个10年？人生有几个10年？

　　记得，乍到贵州，是在一个小站"贵定"下的车，集合好队伍，听完安排，通过一扇仅能过一个人的小门，踢踢踏踏在幽黑晦暗的路途上走了一二里，我们睡在一所中学的教室里，地板上铺着谷草，盖的是随身携带的棉衣。我在长篇小说《三年五载》三部曲的序言中写道："迎接我们的，是一场奇特的倒春雪。雪花飘呀飘呀，飘落在盘山绕坡的公路上，飘落在送我们去山寨的卡车上，飘落在连绵无尽的，对我们来说充满了神秘感的大山的脊梁上。气温降到了零摄氏度以下……"仿佛就是从那时起，从观察春日里很少见的飘雪开始，我抱着绝大的好奇，学着观察村寨上和山乡里的一切。

　　记得，在繁重累人的大忙季节以后，便是山寨多雾多雨的绵长的雨季。不要说知青们没事干。就连勤快的农民们，也都猫在屋里抽叶子烟，摆龙门阵，打扑克牌消磨光阴。哦，光阴！当时光需要消磨的时候，那必定是闲得骨头都发痒了。我除了练习写作，写累了便时常坐在淋不到雨的屋檐下，似乎是消磨光阴般痴痴地瞅着雨从天空中斜斜地落下来。雨，下小了，雨帘是飘飞的，雨丝儿是无声无息的；下大了是声音嘈杂而响亮的，农民们形象地惊呼："下响起来了！"下得不大不小的时候，山野田坝里便是一片细刷刷的声音，那是雨点均匀地洒落在树木草叶绿色植物上。

　　记得，从观察雨开始，我又看见了风。第一次说风是看得见的时候，一同下乡的知青说我想写书想"疯"了，风怎么可能看得见呢？我便认认真真地告诉他，这会儿风是从高山顶巅刮下来的，不信你听那吼啸的声音，不信你看那片高竹林全往侧边倾斜，而到了晚上，风又从垭口那里吹来，带着寒冽，带着潮气和冷雾，也带着飒飒的声响……雨是如此，风是如此，云也如此，神奇的大自然里一切的一切，自然都成了我观察的对象，激起了我浓厚的兴趣。当然更有活灵活现千姿百态的人，人的形象、人的经历、人的个性、人的举止谈吐和服饰打扮，全成了我关心的对象……久而久之，所有我潜心观察过的一切，在我笔下便自然而然地生动且逼真起来。

现在写来，那段岁月里的一切仿佛充满了诗情画意。哦不，不是这样，插队落户的日子里，更多的是劳动，是挑粪，犁田耙田，铲敷田埂，钻煤洞挖煤，上砖窑当小工，背灰，打煤巴，上粮，一天干下来，最后脚也不洗就倒在床上。还有天天如是的粗粝得难以下咽的苞谷饭和清汤寡水的"老炕菜"……只不过这一切据说在我们这些人里已经写得太多太多，我不想过于渲染了。

我想说的是，我的青春，我的思考和追求，甚至于我的恋情，都是在这段岁月里开始的。我的人生之路，就是由此走出来的。

第二个日子是1979年10月31日。又是一个31日，这是不是巧合我说不上来，但那是确实的。在长篇小说《在醒来的土地上》的后记中，我这么写道："（就在那一天）省里把我调到作协分会，我平生以来领上了第一份工资。28元整。那年，我30岁了。"已经出版了5本书，我牢牢地记着这个日子，不仅仅因为这是我离开农村的日子，而是从这一天起，我真正地确定了自己的职业，当上了自小梦寐以求的专业作家，28元虽少，但这是职业作家的工资，也因为我在此之前没有工资，只好就从最低的工资拿起，走上了我自己选择的文学之路。这个日子的值得纪念，还在于我可以不无自豪地说，我在山寨农村当了整整10年又7个月的知青，不曾为了上调，为了达到诸如升学、进工矿、上大学的目的，而去讨好、孝敬、拜托任何权势人物或是拍他们的马屁。我这样说绝非蔑视当年一些这样做过的人，他们也是迫不得已，也是出于无奈。我只想说，我没有这么做，我在偏远乡村待了这么久，那是我的选择；我当上了职业作家（确乎是早了一些），那也是我的选择。

如果说在乡间度过的漫长岁月是逆境，那么从这一天起我便步入了顺境。我的书一本一本印出来，我的作品被拍成了电影，被改编成家喻户晓的电视连续剧，我的小说不断地在电台的小说连播节目中播出，我的事迹被人写成不止一篇报告文学,并由新华社写成统发稿播发国内外,中央电视台拍摄了《叶辛和〈蹉跎岁月〉》的20分钟专题片,中央新闻纪录电影制片厂为我专门拍摄了纪录片《祖国新貌》(1982年第22号)。我从没想到在那些寂寞的乡居岁月里的困扰、思索、追求、努力、潜心写作会给我带来那么多的荣誉,我丝毫不敢怠慢,除了做好本职工作,做好杂志主编的分内工作,我唯有牢牢抓着手中的笔,今天写作,明天写作,后天还是写作。落叶枯黄的一冬三月也好,蚊蝇猖獗的酷暑炎夏也好,我都在勤奋的创作劳动中度过,让自己的作品与读者对话,让自己的感情通过文字和读者交流。这一天如果我坐在桌子前,写下一点什么,我就感觉踏实和充实。反之,不论做什么事儿,我都有点儿心神不宁,烦躁不安。日子就这样一天一天地过去,竟然流逝得那么快,那么由不得人哟。

第三个日子是1990年8月31日。这是第三个31日。这会儿我相信31日和我是有缘分的了。这是我在贵州度过的最后一天,早在半个月前,我妻子带来了上海发出的调令,半个月里我整理东西,把数千册书籍包扎装箱,还最后一次代表贵州去北京参加了全国青联七届一次会议。到8月31日,我已经把所有要带走的东西装了满满两个五吨集装箱运走了。四室一厅的房间里显得空空荡荡,一说话四壁间竟然还回荡起空鸣音。该告别的地方我都去走过了,该说的话我在一篇写给《贵州日报》的文章里统统写下了,似乎已没有多少不周到的地方。但我仍然在空荡荡的房间里走来走去,时而是在木椅上,时而坐靠在窗台上。我意识到调归上海将是自己生活中的又一次重大转折。而未来的路还很长很长,我能像以往那样,仍把脚步踩得牢实而又稳重吗?在贵州的这些年里我写下了30本书,其中20本出了单行本,最后的两本已接到了采用的通知。在今后的数十年里,我还能像以往那样勤奋多产吗?

一切都是未知数,一切都还将走起来看。但我终究仍得往前走,走回故乡,走入新的生活环境,走入一片陌生而又熟悉的天地。从21年前来到贵州,到21年后的今天告别贵州,我把人生中最美好的年华留给了这片富饶的也是贫困的乡土,我把经历的苦难和风流留给了这块一提起来就心潮难平的乡土,我也把我的脚印留在了这里。

这就是和我的命运息息相关的三个日子,三个不同的但又互为联系的31日。随着年岁的增长,我将倍加清晰地记得这三个普普通通的日子。

人生之书

这是一群我的同时代的伙伴。

他们出身不同，心性相异，青春时期各有属于自己的追求和理想。

2007年的盛夏时节，我的妹妹叶文给我打来一个电话，说她已和当年在同一个县插队落户的一二十个老知青约好，要回山乡去走一走、看一看，她也想到我们一起插队的砂锅寨上故地重游，问我到了省城以后能否帮她联系一个车，直接到山寨上去。她说他们这一帮自费游的老知青团队，日程中安排了几天自由活动时间，就是让大家各自回到三十几年前插队的村寨上去转一转。山路弯弯，其中一些偏远的村寨路途仍然十分遥远，可众人的兴致十分高涨。

半个月以后，妹妹回到了上海。到家的当天晚上，她就给我打来电话，讲起这一次第二故乡之旅，她说到达省城以后的感受，说到达县城以后的见闻，说到了砂锅寨那天老乡们竟然还都认识她……那激动的语气一点儿也不像个当了奶奶的老人，仿佛又回到了当年上山下乡的岁月。她说得更多的是与她此次同行的老知青们。因为在这十来天的时间里，他们一同坐大车，一同坐飞机，一同搭伴坐着面包车，像当年那样驶往山乡，有很多时间待在一起，有说不完的当年和今天的话题。这些人中，有的功成名就已在准备安度晚年，有的事业蒸蒸日上、干得仍然热火朝天，有的心满意足已经像她那样整天围着第三代转，而有的还在为落实上海户口而努力，有的仍抱有改变目前不那么好的生活现状的欲望，有的心灰意冷生活得很不如意……妹妹说的那些人我个个认识，他们青年时代的音容笑貌在我的记忆中仍历历在目。在

第一辑　往事阶梯

上海的知青聚会中，不少人还又见过面，只不过每次匆匆，没机会深谈。没想到就是这些同时代的伙伴，几十年里又有了那么多的经历和故事。

特别令我惊喜的是，妹妹告诉我，她还给我带回了一本《修文县上海上山下乡知识青年名册》，她说那是目前仍在县政府供职的一位上海知青送给她的，她没什么用，转送给我，也许对我的创作会有一点益处。没过几天，她就让我的外甥把名册送来了！

打开这本名册，我真是如获至宝。这是1969年我们初下乡的时候，贵州省修文县知青办的工作人员手写编制的，信笺上不但清晰地印有"修文县革命委员会"的字样，每张信笺的抬头上，还都印有"敬祝毛主席万寿无疆"一行大字。名册对上海远赴修文山乡插队落户的每个知青的简况都有反映。462个人的姓名、性别、家庭成分、政治面貌、所毕业的学校、文化程度、在上海的家庭地址，一目了然，尤其是当时正在哪个区、哪个公社、哪个大队和生产队落户，都标注得清清楚楚。如今几乎不被人注意的"家庭出身"这一半寸宽的小框里，真正是丰富多彩，有工人、职员、小业主、资产阶级、干部、反革命，还有富农、地主、摊贩、工商地主、坏分子、旧军人、历史反革命、自由职业者、个体劳动者、兵痞、伪警察、店员、伪职员，还有至今看着都是模糊的私方劳动者、四类分子……活脱是一幅上海社会的百景图。最让我激动不已的是名册最后面的那个标注着"备注"的小框，不知是知青办哪一位有心人，把所有462个上海知青离开农村以后的去向都标出来了。从字体上看，这还不是一个人标注的，显然这一备注延续了好几年，字迹有粗有细，有深有浅。原来，462个人的命运竟有如此的天壤之别。上海男女知青们，有进县化肥厂的，有在师范学校的，有在贵阳工学院的，有到乡镇农推站的，有在中小学教书的，有在税务所的，有去水泥厂的，有转往外省农场的，有转点去安徽的，有进302厂的，进铁路局的，远去四川、江苏、福建的，有到医院、百货公司、化工学校的，也有被判刑、被逮捕转往上海，判刑以后又刑满释放的，还有游泳淹死的、汽车轧死的……从"汽车轧死"这四个字,我推测作这一备注的就是上海知青,贵州人不会使用"轧死"这个词。真可谓社会上有多少职业,知青们就有多少去向;人生有多少可能,知青们的经历就有多少跌宕。比如有一位女知青的备注里写着:卫校开除退回生产队转往上海。一行字三种字体,显然是三个工作人员随着情况的变化而分开填写的,短短十几个字里透出她命运中几多的变化。名册中还有一些当年因各种各样原因出名的知青,一看到他们的名字,我的脑海里就会展现出一幕幕生动的影像:有人是先进知青,当年呼风唤雨,有人因同农民睡觉臭名远播,有人生下了孩子无奈送人,有人是惯偷,还有……无数的往事叠印在一起,我的思绪已从这本名册中飞出,不由自主地想象着:近年来,随着曾经轰轰烈烈、波澜壮阔的上山下乡运动35周年、40周年的到来,遍布全国的知青们或出书,或编画册,或拍摄影视,或出版摄影集,或聚会,或像我妹妹一样,带着子女甚至第三代,重返第二故乡,重走当年走过的路,在人数众多和各种各样小型的聚会中,我听到了多少同时代伙伴们的故事啊。内蒙古知青在风雪迷蒙的草原上跋涉,黑龙江知青在北大荒战天斗地,云南的红土地上处处留下了知青们的足迹,吉林知青至今还能用朝鲜族语言演唱,江西知青忘不了他们吃过的红米饭、南瓜汤,安徽知青一提起山芋干话题就滔滔不绝,而贵州知青或多或少都有点儿辣椒情结。正像四川知青们说的,经历过上山下乡的知青们,人生中的每一步走得都要比常人艰难许多。我陡地感觉到,就用一群知青们重返第二故乡的旅程来写一部新的长篇小说,不是一件十分有意味的事情吗?是啊,他们出身不同,心性相异,青春时期各有属于自己的追求和理想。他们曾经虔诚,曾经盲目,也曾经狂热地顺应时代抑或又失望地消沉。如今他们的心态逐渐沉静平和下来,胸怀亦随年岁的增长宽广了许多,在重新回到当年插队的山乡的旅途中,他们必然会情不自禁地思索这一代人曾经有过的信仰和爱憎,追索他们的往事和错误,回忆他们有过的希冀和欲望。他们的命运或许是色彩斑斓的,他们的心灵上或许背过一些愧疚,他们在逝去的年代里有过真诚,有过悲剧,有过如今看来十分幼稚和愚蠢的举止。在生命的旅程中,他们确实碰到过不少尴尬和无奈的情形。如今他们都已年近六旬,和走过60年历程的共和国一样,他们的人生命运、他们的痛苦和欢乐,凝聚绽放出的是生命的本色。60年,经历了一番洗礼的轮回,他们感觉到了时光的飞速流逝,历史风云的变幻流散,在殊途同归的人生之路上,他们终于明白,再辉煌绚烂的东西,最终都会输给时间。

这是不是生命的真谛?

想明白了这一点,无数知青的人生故事,都找到了一个汇聚点。是的,我写下的是一个个知青故事,或者可以说,这是我关于知识青年题材的第十本书。但是,我更要说,这不仅仅是一本知识青年题材的长篇小说,而是一本人生之书。

依照我的写作习惯,当构思几近完成以后,我要让它冷却一阵,沉静一段时间,在年轻的时候,我把它称作"等待"开头,也可以称为期待一次冲动。

2010年4月3日晚,经《重庆晚报》记者张一叶的介绍和引领,我走进了一位生病的重庆知青陈俊的家中,他是"一段埋藏了三十一年的纯真爱情"故事的主角。他和傣族女子依香娜的爱情故事,经《重庆晚报》报道以后,引起了重庆的街谈巷议,有着强烈的反响。在我探望陈俊后走出他家门口时,年轻的张一叶一次一次地问我:你会把它写进小说吗?你会写书吗?

我回答她,陈俊和依香娜的故事相当动人,我会考虑将他们的故事纳入构思中的新书。

这不是我敷衍她,其实在读到陈俊和依香娜的故事以后,我就觉得,这正是我在期待着的小说的开头。(参见《重庆晚报》2010年4月2日8版、4月6日5版)

张一叶很快把我的这点意思作了报道。这无形中给了我创作上的压力和动力。回到上海以后,我捡拾起已有两年多的构思,起笔写作了这部新的小说。

在我的设想中，本想从从容容地，每天写个三千字，花几个月时间，在上班、开会、社会活动之余，把它写完。哪知仅仅坚持了两天，从第三天开始，每天的写作量就急剧上升，只花了两个月时间，就把小说写完了。

我真的希望，读者朋友们也能像喜欢《蹉跎岁月》《家教》《孽债》《华都》《缠溪之恋》一样，喜欢我的这一本新书。

我更希望，老天继续赐我予健康，让我能写出更好的作品。

文学馆里的照片

在上海的叶辛文学馆里，有两张照片一直引起来访者的关注，那是我提供的。

一张照片是51年前的1966年拍摄的。临近毕业，我和六个平时甚为要好的同学走过照相馆，有一位同学提议：中学毕业了，毕业后有的要升学，有的要就业，各自东西，拍一张照片留下纪念。

这是上海的早春季节，作为中学生的我们谁都预见不了几个月后在全国掀起的"文化大革命"热潮。我们六个人中，有两个人喜欢摄影，一个人因为家境好，家中还有方镜头照相机。平时春游、秋游、暑期里相约着去玩，他都会带着照相机给我们拍照，拍好后洗印出来分发给我们，大家相互评论着打趣开玩笑，故而带动我们也对拍照感兴趣了。提议拍一张纪念照的是那位家中没有照相机的同学。大家都表示赞同，于是就走进南京路上的王开照相馆。一打听价格，太贵了！我们就退了出来。南京路上还有中国照相馆，声誉和名气与王开差不多，我们也不敢走进去。当时这是中国最好的肖像照相馆了。我们商量着拐弯来到离南京路不远的大上海电影院对面的一家照相馆。这是中档的照相馆，一打听价格，六寸的黑白照片合影，连加洗一共二元七角二。我们每人摊下来不到五毛钱。六个人，两个人坐在前面，四个人站后面，拍下了这一张弥足珍贵的照片。

眨眼半个世纪过去了。50年来，我们各奔东西上山下乡，接下来又相继回到上海，阿培去了美国定居，一晃近二十七八年了。年年他从美国回来探亲游玩的日子，就是我们相聚的日子，喝个茶，吃顿饭，喝一点各自带去的酒。思浩小时候就喜欢照相，在四五十岁时，他购买了一台相机。每次聚会，他就给我们每个人照相，同时拍一张合影。2016年，阿培回来了，不知哪个提议的，我们仍按当年的位置，再拍一张照片。那一天很隆重，六个人的夫人也都到场了，摆位子、选光、看背景，拍一张合影用去了半个多小时。

这两张反映我们六个人少年和老年时期的合影，见证了我们半个世纪的友情。无论是在天南海北下乡时，还是他们五人先我定居上海时，我们始终保持着联系。于我这位小说家而言，这一联系更为重要。

记得我还在贵州时，写下过好几部关于上海题材的小说《发生在霍家的事》《家教》《儿女婚姻》《恐怖的飓风》……人们问我，你已经离开上海那么久了，怎么读小说仍感觉你在上海似的，好多事儿和今天的生活形态你都知道。我笑而不答，今天我可以揭开这个谜：我这五位同学老友，父母有的是教授，有的是小学教员，有的是里弄干部，有的是普通职工，有的是资本家，有的是银行会计……都是普普通通实实在在的上海人，我熟悉他们，就如同自己的家里人。再说他们还有兄弟姐妹，半个世纪来这些弟兄姐妹的人生经历，就是五十年来上海的风情史。探亲、改稿、开会回到上海，只要和老同学坐一坐，带有浓郁社会生活气息的一个个人物和事件就来了。《孽债》的前半部书是在贵州写的，后半部分娃儿们到了上海，全是上海环境里的生活，我写得那么顺手，和这五位好友、同学的密切联系，是分不开的。

正因为是半个世纪的老朋友、老同学，况且他们谁都不是从事文学工作的，所以我从他们那儿能听到真正的对于我每部作品的意见。是好他们会说好，是不好他们会毫不留情地把意见说出来，不好在哪里，该怎么改。我从出第一本书到今年已经40年了，深深地懂得来自这些同学的意见是多么重要，多么弥足珍贵！

唯有真正的知音才会这样对待我。而这知音的基础就是五十几年的友情，人生友情。

到佛子岭去

国庆十周年的时候,1959年10月1日,哥哥送了上小学三年级的我一本红封面的硬壳笔记本,装帧十分漂亮,里面还有彩色的照片,都是祖国大地上新的建设成就和风光。

其中一张彩照,下面标明的文字是:佛子岭水库。

只见巍峨的大坝后面,是一泓碧水,煞是漂亮。

那时候我不知道佛子岭在哪里,只因喜欢那张彩照,喜欢漂亮的笔记本,我记住了佛子岭水库这个地名。

上了中学,课本里有一篇《到佛子岭去》的散文,是和巴金一起创办《收获》杂志的老作家章靳以写的。课文不长,老师要求背诵,故而加深了对佛子岭的印象。

课文里提到好几个地名:官亭、梁家滩、霍山、淠河……一些小地名,就是没有明确提到佛子岭水库在什么位置、什么地方。课文中也讲到很多从湖南、山东、成都到佛子岭去的客人,通过人们的对话,我感觉到,全国各地各行各业的人都在往佛子岭的工地上赶,去看热火朝天的工地,去仰望建设中的连拱坝。这让我更增添了对佛子岭的向往和憧憬。

再后来,爱上了文学。从国庆十周年的散文集中,又读到了《到佛子岭去》的散文,这才知道,哦,原来中学课本里的,只是整篇散文的节选,原文要长得多,于是不由自主地又读了一遍。

读了整篇散文,仍然不知道佛子岭在什么地方,只是感觉在安徽省山区的某个角落里。

乍到佛子岭

说是乍到，是因为人已经到了那座60年前开始建造的巍然大坝跟前，这才恍然大悟，原来这就是佛子岭，这就是青少年时期留在记忆中的、课文里背过的、散文集中读过的佛子岭水库。

哎呀，我使劲地回想，昨天坐着大客车，雨雾朦胧之中，从省会城市合肥出发，经过六安市，再到了六安市下面的霍山县，不知不觉间就到了佛子岭。车窗玻璃上蒙满了水汽，必须用手抹拭一下，才能看清外面的景致。章靳以当年写到的茅草棚，路边的小吃摊，都不曾看到。实在是有点遗憾。

我睁大了双眼看，有雨，雾很浓，唯有散文里写到的那条淠河，清朗而又澄净，显得十分温顺。雨雾之中，湿气很重，空气却很清新。同行的作家蒋子龙说："这地方有雾，没有霾，空气中的负氧离子高，不但夜间睡得好，午睡都睡得很沉。"来自山东的作家张炜则说："这地方好就好在不可复制的生态之美。"

可见他们的心情和我一样，虽然碰到了朦朦胧胧看不甚分明的雾天雨地，还是发现了佛子岭独特的生态。同行的张炜私底下还对我们人手一瓶的水发出疑惑的议论："为什么取名'剐水'？这个'剐'字……"

于是我仔细端详佛子岭出的这一款口感清冽的水。哦，原来佛子岭上雨雾茫茫之中，有漫坡漫岭的竹海，这水从竹根下流过，经过根须的层层过滤，佛子岭山上的老百姓世代饮用，俗称"剐水"。这水汇聚到山坡下的河谷之中，就是淠河。怪不得当年章靳以写到的"水又清又浅"的淠河，60年过去了，现在还是那么清碧呢！

我呢，说不清是一种青少年时的情结，还是望着眼前细雨中透光的水波、一湾涟涟碧水，也写下了一首小诗：雨中佛子岭，雾纱漫山林；溪色酿美酒，剐水无弦琴。

最后这一句，是从古诗"青山不墨千秋画，绿水无弦万古琴"化过来的。

清澄碧透的水色让我想到能酿美酒，当地老乡告诉我，这地方古来确有酿酒的糟坊，出的酒就以地名相称。是叫霍山酒还是佛子岭，老乡也讲不清了。

我心里说，这无关紧要，只要有依据就行。

回到上海，多少还是有点遗憾，虽然知道了佛子岭的大致方位，是在安徽六安的霍山县境内，但是一路之上，究竟有些什么见闻，具体路径怎么走，还是不甚了了。不过，总算是看见了童年时代在照片上看了又看的佛子岭水库，这可是"共和国第一坝"啊！可以说是不虚此行。

这是几年之前，2015年初夏的事。

又到佛子岭

正是怀有这一心理，今年春夏之交，恰巧有一次去往佛子岭的机会，问我愿意去否？

我欣然而往。这一次去，内心里有了准备，暗自说，得把如何到佛子岭去，该怎么去，细细地摸个透。

第一站自然是到六安。

知道六安，有两个缘故，一个是六安瓜片，一种名茶，在上海名声很大。周总理生前喜爱喝六安瓜片，邓大姐在20世纪90年代，还让办公室的同志下去代购六安瓜片。另一个原因是，高铁通了，六安到上海才3个多小时，大量出自六安的农副产品运进了上海，六安的朋友说我们是上海的后花园，茶叶、红桃、冬笋、香菇、木耳、石斛、小鱼干都运出来卖给青睐生态农副产品的上海人。

吃到六安的农副产品，喝到六安的瓜片茶，六安在上海的知名度大大提高。

这一趟走进六安，又一次到佛子岭去，我这才知道，六安还是更为响亮的大别山区的核心区域，六安不仅仅是一片农副产品的绿色山区，还是一片红色的土地，有悠久的革命传统和历史，晚年的周总理在1975年病中想着喝一口六安瓜片，是因为他怀念已逝的战友叶挺，叶挺将军转战鄂豫皖时，曾给周总理送过一筒六安瓜片茶。新中国成立后，修建的共和国第一坝，筑起的佛子岭水库，就是根治淮河的重要水利工程。佛子岭水库建好了，才把当年时不时危害百姓的水害变成了水利。

那条清澈碧透的淠河，引发我诗性一湾流水，我想起了小时候背过的课文："……这阵它的水又清又浅，发起水来可吓死人……"说的原来就是千军万马修建佛子岭水库的意义。

因为当知青时种过茶，年年春天采过茶，又喜喝茶，懂一点茶，贵州省人民政府聘我为茶文化大使。这一回走进六安茶谷，我很快发现，六安的茶，和别处的全国名茶，确有不同之处，比如西湖龙井、都匀毛尖、信阳毛尖、君山银针一类名茶，都讲究喝个明前茶，清明前后采摘的茶叶，价格大不一样。六安瓜片则讲究采摘谷雨前后的茶，况且采下来加工制作的方式也不一样，甚而至于卖出去的对象也不同。走进一碧万顷的茶谷，会看见路边书一条醒目的口号：中蒙俄万里茶道，六安五百里茶谷。

哦，原来五百里六安茶谷的茶，还远销到蒙古国和俄罗斯。

这是啥原因呢，走久了，在茶谷里喝一杯六安瓜片，品了几口，我顿时明白了，这茶喝来的最大特点是浓醇馥郁，其他的名茶在这一点上不能和它相比。怪不得它从晋朝流传至今，怪不得它曾是贡品，怪不得蒙古国、俄罗斯人都喜喝它，那些地方冷啊！喝来就感觉舒爽有回味。

走车看花，一路绕着弯弯拐拐的山路到佛子岭去，只见群山环抱的层峦之间，碧水缭绕，竹海茶坡连绵无尽，淡绿浓绿深翠，瞅得人眼也醉了。

一路同去佛子岭的作家苏童说："我知道佛子岭，是小时候集香烟牌子，有一张印着佛子岭水库。"

我听了不由得笑起来，这和我从笔记本上看到彩色照片，是同样的童年记忆。

泛舟佛子岭水库的碧水间，站在船头，仰望那巍然耸立的大坝，已然有了63年的岁月痕迹，我不由得问：

"这地方产酒吗？"

闻者哈哈大笑："怎么不产酒？产。"

"是霍山酒还是佛子岭大曲？"

"那是半个世纪前的老皇历了，"闻者继续笑道，"那时候用过你说的这两个名字，三四十个人，一个小酒厂，一年到头才出产一百万元产值的酒。"

"现在呢？"我追着问。

"现在这酒厂，每天交给国家的利税有300多万元。"

我骇然，心算了一下，一年足有10亿元。

船仍在碧水间疾行，拐弯了，我眺望着佛子岭的远近山水，随着初夏时节的风，吟出一首小诗："船行碧水间，风轻一帆悬；雾尽群山艳，万岭露笑颜。"

是佛子岭的笑颜。

是祖国的笑颜。

我曾是一个上海人

说不清是从什么时候开始的了。反正，自从我写了反映上山下乡知识青年生活的几部长篇小说《我们这一代年轻人》《风凛冽》《蹉跎岁月》《在醒来的土地上》之后，自从我写了反映农村生活的"三年五载三部曲"《基石》《拔河》《新澜》之后，自从我写了一些反映少数民族题材的小说之后，我总有一种不满足，总觉得还欠着一笔什么账没有偿还，总感到心里还有很多话要讲，在我记忆的仓库里，还有一些鲜明生动的人物形象和画面没有诉诸笔端呢。那该是啥呢？

那便是我自小是个上海人，我从小就在上海长大。随着年龄的增长，童年时代、青少年时代的许许多多往事，历历在目，那么清晰，那么牵人的心绪。是哪位作家说的，创作，便是在回忆中进行创造。不是有人说我在贵州生活了十七八年嘛。有时候，对一件事物的认识，是需要隔开一段距离的。就如同从来没坐过飞机的人，对他天天生活在其中的环境，对他司空见惯的楼房、马路、弄堂、街道的认识是有局限的一样，他会认为城市就是这个样子的。一旦他头一次坐上飞机，透过舷窗往大地上望去（当然是要晴天），哦，他会突然意识到，原来他所熟视无睹了的一切，还有另外一副面貌。我在偏远的贵州住久了，陡地回到上海，就会有种强烈的对比感，哪些东西是外地没有的，哪些东西是上海没有的，哪些东西是过去的上海早就有的，哪些东西是上海近些年来才出现的。毋庸赘言，所谓"东西"，当然不仅仅指的是物质。况且在我脑子里，在我记忆中，上海自有它那始终未曾变化的一面。记得是在小学快毕业到中学头一二年的那几年中，我和一些伙伴们刚刚学会骑自行车，做完了功课，我们就推出自行车到马路上去"兜风"，就如同今天刚刚学会骑"雅玛哈"的上海小青年在马路上洋洋自得地"兜风"一样。我们有计划地先兜大圈子，再兜小圈子，绕着上海城兜圈子，也绕着10个区兜圈子。我们骑着自行车，去过康平路、武康路、宛平路、高安路一带的高级住宅区，我们也穿行过闸北、南市、普陀区的一些破街陋巷，我们带着欣赏的眼光，观察过老式弄堂房子和新式弄堂房子的区别，对比过公寓和楼房的不同之处，惊叹过花园洋房和棚户地段的巨大差异。哦，上海这个有1000多万人口的城市，有着全世界300多个国家和地区的房屋式样，日本式、荷兰式的、法国式、英国式的，站在马路边上瞅不同的阳台和式样迥异的窗框实在是件有意思的事情。我们当然不会忘记利用自行车去远足，骑到南翔，骑到浦东的高桥，骑到松江，甚至还骑到嘉定、昆山、苏州，自行车轮胎爆了，我们还乐哈哈的。

这些事儿自然只是一帮十五六岁小伙子的闹剧，仅凭这些经历，是永远也写不成小说的。但是，恰恰又是这些事儿，加深了我对上海环境的认识，对上海地域风貌的了解。这无疑对写小说是有好处的。

"文化大革命"的风暴掀起来了。不知什么缘故，我们这些要好的伙伴们，不约而同地当起了"逍遥派"。除了去南京路看大字报，除了躲在家里看书听唱片，我们一觉得腻味了就互相串门。读书的时候就很要好，常有来往，互相都尊称对方的父母叫"爸爸妈妈"。到了"停课闹革命"的年头，我们串门聚在一块儿，就无所节制地纵谈起来，不必担心第二天上课会迟到，无须为作业所累，谈久了，谈到夜深人静，干脆在同学家阁楼上、地板上搭起铺，五六个、七八个同学躺在一间屋里继续聊。但是，随着"文化大革命"的深入，常常出现一些不对劲的时刻：兴冲冲跑到同学家去，坐下不足5分钟，就觉察到同学家里气氛不对头，赶紧转换阵地，到另一个同学家去。要好了，相互之间无话不谈，就要问，怎么回事儿？噢，是同学的父亲受冲击了，挨批斗了，关牛棚了，家里被抄了，是同学的母亲受牵累了。为啥？为过去的某件事，为解放前的某一段经历，为在单位得罪某某领导，为……讲完了，听的人都默默无言，叹息几声，另一个同学又讲起来，讲的也是他们家的情况，祖父、外祖父干什么，父母亲过去怎么样，这次遭受了怎样的冲击。天天相处在一块儿的同学、伙伴，原来一个个都出自不同的家庭，一个个家庭里都有很多很多故事，叔叔是干啥的，娘舅在做什么，这一位的爸爸是教授，那一位的父亲是烧锅炉的，第三位的父亲是老板，那模样就像个笑弥勒佛，某位同学家里从来没见"父亲"露过面。过去我们不注意、不在乎的这些情形，原来都是有缘故的，都有一段长长的或是短短的故事。有位同我很要好的伙伴，一天晚上跑到我家里，神秘地告诉我，他那当和尚的舅舅到上海来了。为什么，说红卫兵砸五台山的庙宇，他舅舅从山上跳下来，折断了腿，跑到他家来了。他还说舅舅是"佛学家"。我们慢慢地开始领悟到了一些什么，原来这就是社会，这就是社会上一个又一个家庭的内幕。糊里糊涂的，我们就在那样的岁月里慢慢地懂事了。虽然当初盛传因为记日记被批斗、惹祸的事，虽然自己也亲眼见到一些人因日记上记了些什么话惨遭毒打的场面。我还是瞒着所有的人，跟谁也不说地记下了很多很多听来的事情……

今天翻出这些笔记来看，变得很有滋味，很有意义了。老友相逢，人近中年，互相再团聚在一起喝酒聊天，问及过去那些事儿，伙伴们先是一怔，怎么你还记得那么清楚？继而就滔滔不绝地讲开了，父亲当年经商那段经历，为什么会被打成"资本家"，后来怎么落实了政策。当老板的那家抄去的财产，后来怎么还了，还了以后家里出了什么事儿。你问那位舅舅嘛，他现在受重用了，在福建讲解佛学，收了好几个研究生，终身未娶，他当和尚就为在大学时代恋爱受挫，一气之下远离凡尘的……

故事还在继续着呢。

我有多少这样的伙伴啊，有多少这样无话不谈的同学啊，另外还有亲戚，还有一些老的和新的亲戚，还有哥哥姐姐们的子女，眨眼的工夫，他们都是风华正茂的年轻人了。不知不觉的，就如与生俱来的一般，我记忆的仓库里至少有着这么几个层次的感情积累和生活积累。首先是我同时代那些伙伴们的经历和命运，其次是我们这些伙伴们的父母辈们的故事，再有就是我们这些人的祖父母们的遥远的往事。小时候不便打听，现在长大了，我又在搞这工作，问起老人们来，他们谈得可爽快哪！我有意无意中得到的素材越来越多，越来越多，创作的念头自然而然萌生了！

我一直觉得有本大书可写，不仅仅是写这些人和这些事，而且要写出历史的流程，写出沧桑变迁，写出20世纪的中国社会和它的动荡，它的进步和挫折。这本书可能写得很长，很厚。几次冲动，几次歇笔。

我总感到不能贸然而行，得酝酿得更成熟一些，得考虑得更周全一些，得写得更凝重深沉一些。不是有人说我写得太快太多了嘛（其实这并不是罪孽。近两年来，我到编辑部工作，作品写得少了，有读者就给我来信：叶辛，你到哪里去了？一个小小的主编职务，就把你引向宦途了吗？真没出息！），我得慎重些慢慢地来，不要着急，尽可能准备得充分一点。

怎么准备呢？除了有计划地进一步充实素材扩大我的视野，还得练笔。当然不能提起笔就写大部头、几卷书，随着题材的转换，用词遣句也要随之转换。而纯粹的上海话，是很难入书的。我得尝试着来，先写一些中篇，写那些我最熟悉的人和事，每个中篇只写一家人。这些人家要能代表上海的各个阶层，职工家庭、高级知识分子家庭、普通知识分子家庭、小市民家庭、民族资产阶级家庭。1983年，我写下了第一个中篇《发生在霍家的事》，接着我便写了《家教》……

原谅我还得在这儿提到贵州农村，提到我的插队落户生涯。如果说一个作家有什么长处的话，那么这个作家势必也会有他的局限，作家要受本人经历、本人气质、趣味和爱好的局限。

那是一些不易忘怀的往事。

秋末冬初，一向静寂的山寨上忽然喧嚷起来，我们集体户里的知青们纷纷跑了出去，只见青岗石级寨路上到处都是人，人堆中簇拥着一个披头散发的年轻妇女，衣裳撕破了，满脸满身都是泥痕，她一边走一边嘶声哭泣，围着她的农民们有的在咒骂她，有的在恶狠狠地喊打，污言秽语劈头盖脑朝她咒去。这不是昨天刚娶到寨上来的新娘子吗？娶她的那户农民也姓叶，还同我攀亲戚呢，下乡几年来，我同这户人家的关系一直很好。眼前的情形，究竟是怎么回事儿？

听三五成群围着的寨邻乡亲们说，天蒙蒙亮，她就逃跑了，寨上好些人追了十几里地，才硬拽着把她追回来。

原来她根本不爱我们寨上那个姓叶的小伙子，原来她早在父母替她找男人之前偷偷地有了自己心目中的人。

哦，又是一出包办婚姻酿成的悲剧。

在我插队的那个偏远的山寨上，这是第几起了？多得连我都记不清了，光是这一年，已经有过两起。那个和我一道修过铁路的袁老六，修湘黔铁路存下了一笔钱，回到寨子上请媒人说了一门亲，娶来了一个秀雅文弱的姑娘，却不料这个姑娘半夜里要用铁丝缠住他脖子扼死他。我们寨子上那个年轻貌美、个头颀长的叫李可芬的姑娘，早早地死了爹妈，自小随着儿女成群的大哥长大，从她记事的时候，她就肩负起了大哥家里里外外的好些事务，由于大哥是个独眼，大嫂是个断臂，她喂猪、料理家务、照顾娃崽，在辛劳中长大成了个漂亮姑娘，她的哥嫂却一点不顾她有了意中人，而把她许给了一个年龄比她大、个儿却比她矮得多的男人，暗中收取了这男人家订亲的款子七百多元。娶亲前夕，李可芬反抗了，悄然逃到了自己意中人的家里，结果寨上同李家沾点亲的寨邻们聚集起一大帮，硬是去把她抓了回来，关在猪圈旁边的柴房里……

在我长居乡间的10年间，周围村寨上，包办婚姻酿出的悲剧，我们这些知青可是看够了。

一出这类事儿，我们集体户茅屋里就热闹了。有的说新娘子可怜，有的说男家更惨，为娶个婆娘，一家老少勤扒苦挣不说，还背了一屁股的债啊，还有的讲，说到底是包办婚姻害死人……

讲到最后，总是摇头叹气道一句：唉，这类触目惊心的事，只有在偏僻闭塞的山寨上才会发生，那儿落后，那儿文明程度差，那儿的好些人没文化，太愚昧。要是在城市里，特别是我们自小长大的上海这样的大都市，是不会有这种事的。

当初，连我都持这样的观点。

曾几何时，就是说这些话的当年那些知青们，有的跑到我家里，闷闷不乐地坐在沙发上，向我说起恋爱婚姻中的苦闷和痛苦，有的怨自己一念之差贪图了对方的条件，有的怨家中父母替他撮合了婚姻。这不是颇具喜剧色彩吗？

时至80年代，我们的妇女刊物上，我们的社会性杂志、法制宣传材料上，不是时有关于父母威逼子女成亲、纯真的姑娘反抗包办婚姻的报道吗？

记得那是个夏天，我在省里主持一个全省小说散文作者的会议。会议期间，省报上恰好登了一篇女儿反抗父母包办婚姻遭毒打的通讯，作者们议论起来，自然而然提出一个问题，为什么到了农村逐渐富裕起来的今天，还有这类事儿发生呢？有人说，在偏远闭塞的乡村，封建的幽灵还在横行，陈旧落后的观念还在束缚着人们的思想。

当真仅仅是在乡村中才如此吗？我想起了知青伙伴们当年以嘲弄讥笑的口吻谈及山寨上出的那些事儿，而今天他们本身陷入苦闷难言的境地的状况。

生活在城市的人头脑里就没有封建的幽灵在徘徊吗？家长式的作风在我们的城市里，在社会生活的各个角落真的荡然无存了吗？

情况似乎并不是这样的。

岂止是在乡村，就是在城市，在省城里，在北京、上海这样一些举世闻名的大城市里，甚至在大城市的一些很有水平的干部，很有地位和名望、知识渊博的高级知识分子家庭里，在我们的身旁，都有一些令人遗憾的事情发生呢。

我认识这么一个人，父亲是个大学教授，父子之间平等相处，关系不错。可当这个同学找了一位饭店服务员谈对象时，他的父亲就有态度了……结果闹得父子不欢而互结怨尤。

我还认识这么一个老干部，当他和自己多年未逢的老战友晓得彼此的子女未找到对象时，于是便想当然热心地为子女撮合婚姻。子女的品貌、为人、工作都极为般配，顺着他们的意愿成了家，但是夫妇之间没有感情，一层阴影笼罩在小家庭里。

我曾多次听一些女同志抱怨，在名义上她们有了工作，可以同男人们一样从事所有的社会活动，她们也算有了经济收入和生活保障。可实际上，她们并没有真正地获得解放，她们除了要上足八小时班，回到家里还要整整地做三四个小时的家务，时间和生活本身限制了她们成家以后的发展。每当听到这样的抱怨，我便会很自然地想到法国存在主义作家西蒙娜·德·波伏娃讲的一段话："今天，妇女虽然不再是男人的奴隶，但却仍然依赖男人。男女两性从来没有平等地共享这个世界。就是在今天，虽然妇女的境遇已经开始改善，但她们仍然受着重重束缚。妇女的法律身份不同于男子，她们经常处于极为被动的境地。在抽象的意义上，妇女的权利得到了法律上的承认，但传统习俗在很多方面限制她们充分运用她们的权利。"（波伏娃《第二性》序言）

我还收到过这样一封读者来信，信里说，他屈服于家长意志结了婚，以至多少年来一直在吞噬着苦果，内心矛盾重重，且有苦难言……

这类例子可以讲很多很多。

由于陈规陋习的影响，由于我们头脑中，或多或少还有封建的幽灵在徘徊和作祟，由于客观存在的感情上的隔阂或落差，由于处在改革与开放时代，新旧思想和观念碰撞得又格外激烈，家庭内部的伦理关系中，父母与子女之间、丈夫和妻子之间，就会演出一幕又一幕虽不是大起大落却也并不是无波无澜的戏剧。

循着这一思路往深处去想，去思考，我便写下了《家教》这部小说。

历历往事记谢飞

现在来谈谢飞，似有凑热闹之嫌，自《湘女潇潇》在国际上获奖以来，他导演的《本命年》《香魂女》又一一获奖，声名大震不说，他的一举一动，无不受到敏锐的记者们的追踪报道。然而，他们毕竟对谢飞的故事不甚了了，让我读了总有一种不满足感。看到这些关于谢飞的新闻，我会情不自禁地想起我们之间的一段往事，有时忍不住从床上坐起来，拿过本子和笔，写下几句什么。每当此时，我的耳畔便会响起他不止一次说过的话："你一个劲儿地写小说，什么时候也写写自己呢！"我们初交往的那段日子，实在就是一篇小说。从我自己的角度想呢，总觉得与其构思成小说，不如直截了当地把历历往事写下来，更亲切一些。况且，前些年在一本什么杂志上，我读到过关于谢飞和我的一些描述，恕我直言，读过后，我觉得滋味淡淡的。大约由旁人来写自己亲身经历过的事，多半会有这种不满足感的吧。好了，闲言少叙，我还是从头谈起吧。

所有的事情都只能称作回忆了，连我也惊讶，从那时到现在，一晃儿，竟然18年过去了。

那是1975年的冬月，坡上的苞谷和水田里的谷子，都已收割殆尽，田土翻犁过后，在遥远的黔北山区，便进入多雾多雨的冬闲时节。山里的老百姓经历了一年的忙碌，守着树疙瘩火歇下来，好动的汉子们有的钻进煤洞去挖煤，有的干脆呼伴结伙，到树林里去打野兔、猎野猪。其他知青有的回上海，有的去了县城的五小工业，唯独我一个人，还留在寒冽冽的寨子里。我们栖居了几年的知青点茅屋，早已破烂倒塌，生产队安排我住在新盖的一间砖瓦房里，那是一间厢房，足有二十几平方米，前后两扇窗，一扇面对着寨子里的分配点——大院坝，一扇朝着莽莽苍苍的山野，风景很好看。窗上安了钢筋，却没装玻璃，穿堂风日夜呼呼地从屋头刮过。晚上，我照着当地习惯，用两只大斗笠，把两扇窗户堵上，保持一点室内的温度。睡着冷，在两床被子上头，我又堆上蓬蓬松松晒干的谷草，倒也能找到一些暖和的感觉。白天就惨了，为了使屋内有亮光，我必须把窗户上的斗笠取掉，而斗笠一拿开，亮光是进屋了，呼啸的山风却吹得人不住颤抖。城市的读者要问了，生产队没配玻璃，你自己就不能买来配吗？是呵，问得好。我能回答的是，在偏僻的山乡，没玻璃好配，十来里地外的街子上没有，40里之外的县城有没有，我说不上来，不过老乡告诉我，你从寨子上走五六个小时赶了去，首先那店子开不开就没保证。于是，我只能这样维持着。在屋内转了多少个圈圈，我终于想出了和山风斗争的办法。为了欢迎亮光进屋，我取走一个窗户上的斗笠，另一个窗户仍然堵着。同时，我找来砖，去河边的滩地上抬来河沙，和着铁匠铺子里的铁砂混合拌在一起，做成一只大炉子，烧起煤火来取暖。虽然只有一扇窗子透风进来，我借来写作的小桌又紧挨着炉火，寒冬腊月间山乡里的风，还是冷得我时不时总要跳起来跺一阵脚。就在这样的日子里，我写着一部长篇小说《绿荫晨曦》（顺便说一句，这本小说于1983年由人民文学出版社出版），过一天算一天。为什么这样说呢，因为那年秋天，我从生产队里只分到141斤湿谷子，把它晒干打成米，充其量也不过100斤，100斤米只够我吃三个多月，而进入冬月，我已吃去了一半。为了节约粮食，我和山寨上所有的农民一样，一天吃两顿饭。那时候年轻，饭量大，菜又没多少油水，两顿饭之间间隔的时间毕竟长啊，肚子时常饿得咕咕叫，几乎每天都有一两个时辰，我都要体会一回饥肠辘辘的感觉。

　　天在落雨，不知为啥，那年的雨期会拖得这么长，从10月里一直绵延进入冬月。时近黄昏，寨子里静极了，除了那如织的雨水声，几乎没有其他声音。我还在写小说《绿荫晨曦》的第14章，在这一章里，故事将进入高潮，

第一辑 往事阶梯

突然有人敲门,把说不清是写得昏头昏脑还是饿得昏头昏脑的我惊醒过来,我不由得有些恼火。

在村寨上,我闭门写小说是尽人皆知的事,况且我是耕读小学教师,寨邻乡亲们比较尊重我,尤其是在我写东西时没人会来打搅我的。

我去把门打开,站在屋檐下的是我的学生水发,他兴高采烈地扬着一封信:"叶老师,你的信!"

信是北京电影学院寄来的。因为是挂号信,信封上就写着"谢飞 缄"几个字。信很简短,在作了自我介绍之后,他说在上海读到了我的小说《高高的苗岭》的手稿,决定到贵州来和我一起改编小说,拍成电影,并通知我近日内不要离开山寨,他已订好飞机票。

我细细一算,他信上所说的启程日期,早已过了好几天。这就是说,这位年轻的导演谢飞至少已经到了贵阳。很可能又从贵阳到了修文,他离我是很近了!也许一两天之内我们就可以见面。我一把抱起了小水发,把他举起来又放在地上,我太高兴又太激动了,小水发和我一样又笑又跳。我们就在那间寒气逼人的屋子里,滔滔不绝地说着、笑着。那一天剩下的时间,我是再也写不下去了。这就是说,我的劳动并没白费,在艰辛的环境下我的写作并非毫无价值。小水发的读书成绩不好,也不懂写作究为何事,看见整日沉默寡言的我如此兴奋,干脆扯开他的童嗓唱了起来,还说晚上回家要叫他妈妈炒腊肉来吃。

雨过天晴。11月里的一天,我去赶场,偏僻的小乡场上,开进了一辆不同寻常的吉普车,在赶场农民们的围观下,车上下来了几个人,其中一位是似曾见过面的县里的首长,另一位30岁出头,披一件军大衣,是个陌生人。我远远地望着,心想别是谢飞来了?

这一预感是在4个小时之后证实的,当我在场街上办完事,正打算回寨时,公社的有线广播喇叭里在叫我的名字:"砂锅寨的叶辛来了没有,请立即到公社办公室。"

我赶了去，谢飞站起来伸出手。我们就这样相识了，寒暄几句，他让我随他一道到县城。我说我啥也没带，他说没关系，可以在县城百货店买一条毛巾和一把牙刷。

在县城招待所住着，我感到谢飞和当时决定我命运的知青慰问团之间有什么关于我的话题在商量。果然，仅住了一夜，他便让我先回寨子去，整理一下东西，等他的信到，再去贵阳。我敏感到这里头有什么难言之隐。

我忐忑不安地回到砂锅寨，在颇费猜度中熬过了整整10天，我洗被子，整理书籍，从寨子上的大队干部们嘴里，我听说了，谢飞他们那天在公社办公室，找了生产队、大队、公社的三级干部，找了寨子上一些农民，按照当时的惯例，了解我在山乡插队的表现。我的心是安然的，在山乡六七年了，除了劳动、教书，我就是写东西，应该经得起调查了解。但我又是心神不定的，因为在此之前，我曾被上海出版社借去改稿，就是慰问团中一些造反起家的要人，以"柏油马路上栽不出万年松"这样时髦的语言提意见，把我从上海喊回山乡继续接受再教育。他们想必也会这样对谢飞说的。谢飞会怎么对待他们的意见呢？

10天过去了，我接到他一封极短的来信："你先来贵阳再说。"一切尽在不言中，更增添了我的纳闷。

我当天去了贵阳，当夜住进了金桥饭店，和谢飞住一个屋，我们在屋里足不出户待了差不多一个星期，我们谈改编的设想，谈读过的世界文学名著，谈各自的经历和命运，细细地研究着场景、人物、情节、对话，甚至一些精彩的细枝末叶，都已经琢磨了又琢磨，研究了又研究。我有些急不可待了："我们为什么不动手改编呢？"

这时候谢飞瞅了我几眼，斟酌着道出一句："干脆告诉你了吧，有几个管你们知青的人，不同意让你写电影剧本。写一部电影，是一件多么有影响的大事，他们认为，我们有上百万的知青，中间有的是有才能的人，为什么偏要让叶辛这样的人来写呢？"

我跌坐在沙发里,瞅着拂动的蓝色窗帘,怔住了。

是久居乡间的缘故,还是清贫无欲的生活和读过的那些书,使我多少受到些宿命论的影响,心里顿时翻涛卷浪:如果如此与世无争、一无所求的生活都不让人过下去,那人活着还有什么意义?插队多年了,我不曾为求上调、为得一个职业去讨好过什么人,找什么人去开后门,"孝敬"过什么人,甚至去县城里办事,我也宁愿用两条腿走着去,而不愿为搭车去给人赔笑脸递香烟。我身边差不多所有的人都在这么干啊!我之所以如此执着地写,是我认定在稿纸上能写出一条我将要走的文学之路。现在这条路也堵死了,我一下子陷入了一种可怖的、冷森森的绝望情绪里。呆坐良久,我陡地从沙发上跳起来,我决定马上离开贵阳这座最好的饭店,搭乘9点50分的火车回砂锅寨去,我要回去把笔统统折断,把所有的稿纸付之一炬。在偏僻闭塞、山水遥远的乡村小学校里,远离尘世的喧嚣和纷争,过一辈子一无所欲只和大自然为伴的日子。

谢飞堵住了门不让我走,他用非常严厉的目光瞅着我,说出了一句令我震惊的话:"你的自制力呢?太冲动了!要说退出,难道我比你不是更有这个自由吗?但我有权力坐上飞机轻易就回北京去吗?"

是啊,我们相处的这几天里,省里的一些复出的红军时代的老干部,几乎每天下午或晚上都来看他。从他们的交谈中,我已知道,谢飞是革命老人谢觉哉的儿子。而作为导演,谢飞完全可以另外挑选剧本,不必在这里和一帮他视之十分可笑的人物周旋争论,承担责任。他为的是什么?

当我从感情的偏激冲动中平静下来,当我意识到社会的关怀和温暖,意识到他对我支持的分量时,我再次在沙发上坐了下来。谢飞又给我讲起一个细节,他说,他这辈子也是第一次到贵州来,对这里的一切感到人地生疏,当他初来乍到去省城里的出版社打听我的时候,出版社里接待他的人以十分肯定的语气说:"我们省里没有这么一个作者,你一定是搞错了,把云南的知青当成了贵州知青。很多外省人经常是把云贵联系成一回事的。"直到谢飞拿出了我插队的详细地址,那个人才没话说了。

讲完这件事,谢飞说:"照理没有必要告诉你这件事,但现在我觉得应该讲给你听,就凭这,你也得争气!难道你不觉得是这样吗?"

我的血又热起来。虽然还有烦恼,还有忧虑,还是觉得不踏实,我决定先把剧本改出来。一句鲁迅的诗从心底浮起:"躲进小楼成一统,管他冬夏与春秋。"

我埋头苦干,仅仅用了三天时间,按照几天来谢飞和我商量的结构和设想,写出了剧本的草稿。

谢飞读完本子,舒展着眉头笑了:"有了这个本子,再加上我在公社开的4个小时座谈会上,众人对你的称赞和好评的记录,我就有了对付那些人的武器了。时间还多,我们还可以结伴到苗族山乡去,到紫云县去,到四大寨去。"

在1975年朔风凛冽的严冬那些日子里,就是成熟如谢飞这么一位同志,都没想到,他手中掌握的也不过只是堂吉诃德手里的武器罢了。电影不可能及时如愿地拍摄。《高高的苗岭》改编成《火娃》搬上银幕,那是翻天覆地的1976年过去以后的故事,是另一篇文章的内容了。但是我们之间最初那段日子的交往,不但奠定了两人间的友谊,更主要的是影响了我对终身事业的信念和选择。

我是不可能忘怀的。

1980年在中国作协文学讲习所

站在老年门槛上

我出生于1949年的10月。

翻开2019年的日历，陡然察觉，我已经站在人们常说的"人生七十古来稀"的老年门槛上了。我出生并生活的这座城市——上海，解放70年了。我相伴着走过的中华人民共和国，也已70年了。

我直面老年的话题了。愕然之余，我不由得陷入了沉思。

老了，我将如何度过？从今往后的一年四季，我将怎么打发？今后的人生之路，该怎样一步一步往前走？

像身边的同时代人一样，天天围绕着"柴米油盐酱醋茶，琴棋书画诗酒花"，过一份安定祥和、含饴弄孙、其乐融融的小日子，任随生活无波无澜地过去？还是像有些朋友那样，无忧无虑、潇潇洒洒游世界，去了欧洲去北美，乘过数次国际航班还不够，还要到豪华游轮上体验一番，拍下世界上很多迷人的风光和景色，在手机上和亲朋分享，编成摄影册既留念又赠送朋友，并写下一篇一篇游记，咏叹大自然的鬼斧神工？

是啊，很多人就是在这样享受人生的晚秋。和小学同学重逢，和中学伙伴小聚，和插队知青们品茗，多少人在过着这样的日子啊！

"渴望在于尚能劳作之时"的罗素不是这样度过晚年的，获得诺贝尔文学奖时，罗素先生78岁了。和晚他三年获奖的丘吉尔首相一样，他不是纯粹的文学家。他更大的头衔是哲学家、数学家。这从他最主要的作品名字就能看出来，他的一本书叫《数学原理》，一本书谓《哲学论文》。如果在我们国家，拿数学原理和哲学著作申报文学奖项，评奖办公室就会劝他去报数学奖

和社会科学奖了！（一笑）

　　我也是在2011年秋天代表中国作家协会去贝尔格莱德参加国际笔会时明白这一点的。那一年，国际笔会的主席绍尔先生，是个经济学家。经打听和深入了解，我才清楚，在西方，只要写出了有价值的作品，都可以加入笔会。而你的著作只要具有文学性，就能得文学奖。从这个意义上理解丘吉尔和罗素的获奖，就无可非议了。况且罗素先生的哲学著作和数学原理，包括他的《神秘主义和逻辑学》《记忆中的画面及其他》等著作，确实是以散文笔法写下的，堪称一代散文大家。话题再拽回来，罗素先生活了98岁，罗素的外婆比他还要长寿，是英国第一所女子学院格顿学院的创办人之一（该学院由剑桥大学创办于1869年）。罗素是他外婆72个孙辈中的一个。也许正因为家族有长寿基因，他本人又长寿，罗素先生对步入晚年门槛的老人提出了两点忠告。

　　第一是不要过于沉湎于往事，而应当把心思放在未来。

　　第二是不要总想着依赖年轻人，既想从他们的勃勃生机中受到精神感染，又总想着年轻人能够报答你。即使你在经济上帮助过他们，支持过他们金钱或者哪怕是织过一件毛衣，你都不要等待和期望他们报答。

　　能做到这样，你就会很安然很快活。"快活"，罗素先生确实用了这个词眼。

　　我想，站到了老年门槛上，我确实要去适应这个门槛，去这么实践和生活。

2 第二辑
燃情岁月

风雨如磐见真情,岁月蹉跎志犹存。

10多年前,上海知青博物馆成立的时候,要我在知青广场边的知青墙上写一个简单的前言,之所以在开头的地方写上这两句,我是想对所有的朋友表示,我们经历了知青岁月的一代人,岁月蹉跎,人非蹉跎。我们这一代人的岁月,不是空白的。

插队落户第一天

42年了,我始终说不清楚,哪一天算真正的上山下乡的第一天。1995年,出版《叶辛文集》十卷本时,我写过一篇序言:三个三十一日。把1969年3月31日离开上海的那一天,算作插队落户的第一天。后来一起上山下乡的伙伴提醒我,说你应该把到达贵州的那一天,当作插队落户的第一天,因为你的双脚踏上了贵州的土地。马上又有知青说,插队落户,是插在农村生产队里,只有到了寨子上,才能算插队落户的第一天。

乍听一下,似乎都有道理。细想想呢,又有些牵强。由此也可以看出,所谓回忆性质的文章,是多么靠不住。究竟哪一天算第一天,这么简单的问题,就有三个说法。而回忆我的插队生涯,似乎又必须从第一天写起,才能算有始有终。

想来想去,还是按我原先的思路,就从离开上海的第一天写起,写到我的双脚踏上砂锅寨的土地,至于究竟哪一天算上山下乡的第一天,还是让读者诸君去作判断吧。

我坚持把离开上海这一天算作第一天,是因为这一天对于我来说,最为难忘。

记得我是在上海市中心紧挨着南京东路的贵州路培光中学操场上的公共汽车。这是巧合还是有某种象征意义,我说不上来了,你看,我去的是贵州,竟然恰恰在贵州路上的车,而按我自己毕业的学校九江中学的上车点来说,我应该在解放前称为二马路,现在的九江路上车。只因为妹妹叶文和我同行,她毕业于培光中学,为了到达农村以后兄妹俩同在一个生产队里,可以互相照顾，我的关系转到了培光中学，故而自然而然就来到了贵州路上车。

也许，这个细节注定了我这一辈子和贵州的不解之缘。

照例的锣鼓喧天，彩旗飘扬；照例的口号阵阵，给每个出发的男女同学戴上大红花；照例的和每一个来相送的亲友握手、拥抱、挥泪告别；照例的有哭、有笑地上了车。

我说"照例的"，是因为在这之前，我已经去为自己的同学赴黑龙江、吉林、大丰、崇明岛、江西欢送过好多回了。我说"又哭又笑"，也是车上的实情，哭是哭别亲友，笑是对未来充满了憧憬和希冀。

载着我的车队由贵州路转到南京路上，然后和黄浦区各个中学的车队汇合，沿着十里南京路，缓缓地兜了一圈。这是人性化的考虑和精心安排。南京路是上海的象征，上海儿女即将告别故土了，让大家最后看一眼南京路。男女生们津津有味地指着那些百年老店大呼小叫。车队驶出南京路，车速加快，往彭浦车站疾驶而去。

彭浦车站当年是货运站，不需要买站台票，有多少亲友们愿意送到车站，都可以去，而且亲友们的车队，就跟在上山下乡的车队后面，不但负责送到车站，列车出发以后，亲友们仍可以搭车回到市区。

彭浦车站的知青列车两旁，挤满了来欢送的亲友，那人山人海的场面，今天想来仍为之动容。

几十年后拍摄电视连续剧《孽债》，片头采用的画面，就是当年上影厂摄影师们拍下的纪录片画面。

母亲怕伤心得失态，没有来送我们兄妹。妹妹的哭声是在火车开出车站好久以后才平息下来的。我则一直默不作声，坐在列车一侧的98号硬座上，很少离座。心中对于未来，一片茫然。上午10时14分发的车，过浙江金华的时候，已是晚上了。列车经过56个小时的行驶，在4月2日的傍晚，抵达了贵定小站。

那时候的贵定车站，真正是个小站。列车上通知，由于贵州两派正在武斗，怕伤着上海来的知识青年，原定在贵阳下车住一晚的计划，只得取消，临时改在贵定住一晚上。第二天上午，再用车把我们送到插队的县份上去。

在硬座车厢里待了整整两天两夜，大伙儿都十分疲倦了，听说吃了晚饭就能躺下睡觉，所有的知青就在浓重的夜色里下车，排成两队，穿过验票口狭窄的小门，跟在队伍后头，紧一脚慢一脚地往前走。我们这一队走进的是贵定中学，就在校门口每人领了四张大饼，一碗菜汤，权充晚饭。知青们有发牢骚的，有说盛汤的碗是脏的，可终究饿了，还是把晚饭对付了。我所在的那一队被带到一间教室门口，教室里铺着稻草，有铺盖，没有灯。我在电筒光影里铺好了现成的被子，钻进被窝埋头便睡。刚躺下时有些不习惯，但终究太累了，没过多久我就睡着了。

4月3日的旅程十分难忘，足有七八十辆解放牌大卡车，载着我们将近一千名知青及随身行李，浩浩荡荡地开出贵定县城，引得不少贵定人站在马路两旁围观。知青们分别站在卡车车厢的两侧，看见前面的卡车已经沿着弯弯拐拐的盘山路攀上岭巅，而后面的卡车还在峡谷深处缓缓爬行。当卡车翻越山巅最高处的公路时，俯瞰峡谷里的车子，简直就似火柴盒子在缓缓移动。这情形一次次引得从来不曾见过的男女知青们阵阵欢叫。

新奇感和刺激过去以后，山路的颠簸开始折腾人了。一些女知青先有了呕吐症状，一二小时以后，不少人都有了晕车的感觉。

近午时分，我们的车队绕过贵阳城边边，前往修文方向的车队便和安顺方向的分开了。我贪婪地瞅着贵阳近郊的景色，只看见路旁全是二三层楼高的房子，五六层楼的房子，算是高的了。

又经过两小时的车程，车上有人叫：修文县城到了！我们又往外望，只见县城的街道两边，稀稀拉拉站了一些人，在向我们招手表示欢迎，还有人用上海话向我们叫：你们好！

当卡车再次加速，驶出修文县城时，我们发现，浩浩荡荡的车队，这会儿只剩下4辆卡车了。原来其他的车，都已朝自己插队的区和公社驶去了。我们这4辆卡车,载着60个知青和行李,驶往我们的目的地——久长人民公社。

气温陡然降了下来,迎面吹来的风,寒冽冽的,飘雪花了。这就是我的文学小传里写的:迎接我们的,是一场倒春雪。

抵达久长街,天擦黑了。我们在街口一家饭店里围桌吃了一顿晚饭,光线晦暗,我吃了一大碗汤泡饭,就上饭店二楼,被安排在一张靠墙的单人床上,睡了一晚。

第二天起床吃过早饭,站在十字路口等待卡车送我们去往村寨时,我抬头一看,昨晚上我们吃饭、睡觉的饭店,竟然是一座歪歪斜斜的大茅草房!

而当卡车把我们送到沙砾公路边,几十个老乡面对我们的一大堆行李,挑的挑、抬的抬,沿着田间小路,把我们六个在同一生产队落户的知青引到一幢泥墙开裂的茅草房前,指着牛屎敷的门告诉我们,这就是我们的住处时,我们都暗自愕然地面面相觑,一句话也说不出来了。

插队落户的第一天,就这么开始了。

插队落户的时候

1970年，20岁的时候，在插队落户的山乡，我摄下了一张照片。

正是春天，水丰草长季节。只是希望，在春天里却是一点也看不到。但是我仍能苦中作乐，时常背着手风琴，到离寨子四里地的水库边上去自拉自唱。原先我爱在山寨上拉着手风琴唱歌，有时在知青点的茅草屋檐下，有时在农家的门口。后来寨子里和我相处甚好的会计教育我："你别唱了，人家听见你唱，就会说你活得太安闲，给你派的活不够重。"于是我只得背着手风琴，走出几里地到平时没人去的水库边唱。那时的恋人，今天的妻子给我照下了这张相片。

身后的水库是大跃进时代的产物，当地的山民们称其"烂提篮水库"，是因为水库选址不当，漏，蓄不满水。然而挨近水库的四个大队十几个寨子，在大旱之年仍是受益的。

我喜欢去那儿，则纯粹因为那里的风光很美、很静、很安宁，远离尘世的喧嚣。水波中映着群山，树林里雀鸟的啼鸣，风声里拂来潮润的气息，让我生发出很多很多关于生活、关于小说的想象……

放牛的日子

对我来说，这是人生的第五个牛年了。

如果说第一个牛年几乎没有留下任何记忆的话，那么第二个牛年留下的，则是我最早迷恋文学这个灰姑娘的历历往事。让我难以忘怀的，是第三个牛年的经历。记得那正是1973年，已进入了我插队落户的第五个年头。颇为令人回味的，在这一年的春种秋收农忙假中，我正在放牛。

每天，天还没亮透，随着阵阵牛角声，散养在各家各户的大牯牛、老水牛、黄牛、小牛犊，就从院坝里走出来，从门里拱出来，顺着被露水打湿的青岗石级寨路，走到高高的斗篷山草坡上去。

在偏僻的、山清水秀的贵州山乡里放牛，对我来说已经不是一件新鲜事了。头几年我就时常跟着牛群上坡。1973年我已调进耕读小学教书，不需要一年到头上坡去放牛了。只在春耕秋收放农忙假的那些日子，才能重操旧业。放农忙假之前，队长算是尊重我这个"民办教师"，征求我的意见，问我农忙时节干些什么，我不假思索地说："放牛吧。"

我喜欢放牛。随着生产队的一整个牛群上了坡，来到斗篷山绿如茵的草坡上，来到鸭子塘清澈的水波边，牛们悠闲地在坡上吃草，安然地在池塘里嬉戏沐浴。而我呢，则可以静静地坐在山坡的岩石上，或者干脆舒展四肢躺在松软的草地上，瞅着青山绿水，瞅着蓝天白云，眺望着连绵无尽、千姿百态、气象万千的山山岭岭，倾听着从峡谷那边传来的悠长的时常还透着苍凉的山歌，人会静下来，青春的躁动的心会安宁下来。这时候，我时常会觉得大自然是如此的博大、壮美、和谐，而置身于自然景物里的我，又是如此渺小、如此地微不足道。蜜蜂在嗡嗡叫，蝶儿在草丛里飞，阳光灼着人的眼，牛甩着尾巴，不慌不忙地驱赶叮咬它的牛虻、飞蚊。每当处于这样的环境里，我就会想到人生的意义，想到劳动和人的关系，想到白天和黑夜，想到大自然的风雨和人世间的沧桑，想到人的有为和无为……想得累了，就环顾远近的山峦欣赏高原的风光，远远的山涧里飞泉像白练一般无声地悬挂着，清溪的流水轻吟低唱着从高处淌来又向山谷里淌去，倾泻无尽的阳光灿烂地照耀着，轻拂而来的风里有着草木的芬芳。周围是那样的静谧而又安宁，生活是那样的清贫却又平静。而时光的流逝，几乎慢得可以用手触摸得到。就是在这样的日子里我想通了很多很多平凡的有时又是深奥的道理，这样的思考使得我能豁达而平和地对待人生，对待世间的矛盾和纷争，这样的思考也使得我后来坚持不懈地拿起笔来写下最初的一些小说……

聊以自慰的是，高高的斗篷山、绿如茵的宽大的草坡和清溪，都曾被我写进了小说。《蹉跎岁月》中的主人公放牛的那些故事，几乎是我亲身经历的。

哦，那些放牛的日子。

也算写自己……

我们插队的村寨上有个铁匠铺子，铁匠铺子里有两个铁匠，年长的那个手抡大锤，年纪略轻的那个约莫四十岁的大汉掌钎。春耕大忙季节铁匠铺子"红火得很"。四乡八寨的农民们都到铁匠铺子来打锄头、打镰刀、打犁铧，铁匠铺子一天到黑都是叮叮当当的打铁声。我插队落户的寨子既遥远又荒寂。大白天群山环抱之中的小村寨上都是静悄悄的。平时除了鸡啼、狗吠、马嘶、雀儿鸣，很难听到更多的比流水比风啸更妙的声音。于是，有节奏的打铁声就成了我们这些来自喧嚣嘈杂的上海的男女青年们听到的最好的音乐。特别是清晨，由于农活繁重而酣睡不醒的男女知青们常常被打铁声惊醒，于是我们便互相招呼：懒汉们该起床了。贫下中农已在那里奋战，我们不能偷懒，这正是锻炼我们意志的最好机会……我插队的知青点是个先进点，那份儿虔诚在当时完全是真诚的。由于这个原因，我们对铁匠铺子自然而然地有了感情。遗憾的是没过多久那叮叮当当的打铁声不响了，害得我们一连几个上午出早工都迟到受批评。我们心里纳闷，两个铁匠都搞什么去了？

那一天是赶场，在乡间赶场天是个好日子，所有的男女劳动力都可以休息。在人民公社体制下，人们习惯于把男女社员称作男女劳动力，上面下来的干部开口闭口总要问，这个寨子男劳力多少女劳力多少。想想这个词真是名副其实，因为不管是男是女，只要是身体健壮的人都要出工劳动，而且干的全都是体力活，叫作劳力一点不错。

赶场天农民们都往街上跑，拿鸡拿蛋拿些农副产品，换回可怜的一点儿钱来买盐巴、打酱油、带回一点儿针头线脑。累得不行了，我就在知青点里休息，睡够了看到天气好，我便去堰塘旁边洗衣裳。这堰塘非常美，塘边栽了五棵粗壮高大的柳树，夏天柳叶儿长丰满了，柳丝儿摇曳着，远远地站在垭口上望过来，五棵柳树恰像五朵生气勃勃的火焰。我把它们写进过小说，这会儿提到它忍不住又要多写几句。

我在柳荫下洗完衣裳站起来，看到寨路上一个人用高挑担着石灰走过来了。走近了一看，不是别人，正是掌钎的大铁匠。他姓冯，和我们集体户的小冯是同姓，因此照当地规矩认了兄弟。这个冯大哥可比我们的小冯能干，他已经有了从大到小七个娃娃，最大的17岁，是个胸脯隆起的大姑娘，即将出嫁了。最小的那个还背在冯大嫂肩上吃奶哩。这位冯大嫂恰恰又姓叶，于是她又同我的妹妹认了姐妹。冯铁匠一家不但是贫下中农，不但用好听的打铁声丰富了我们的生活，还和我们知识青年沾亲带故。见冯铁匠挑石灰走来，我拿着洗净的衣裳迎上去，打过招呼我便开门见山地问：

"连续好几天你怎么不打铁了？"

冯铁匠把扁担换了个肩转脸望着我，他的脸色如同大病初愈，把我吓一跳。他定睛望着我，那双眼透出的两股青虚虚的光让我一辈子无法忘记。咽了一口唾沫，他用虚弱得低而轻微的声音说：

"我打不动铁了。我已经连续吃了11天洋芋了。"

"那你还挑担？"

"不干咋个办呢？挑石灰比打铁轻松多了。"

晾完衣裳，我把我和妹妹两个人分到的十斤苞谷装进簸箕，双手抬着送到铁匠家去。走到半路，正看到他双手捧着十几个烤熟的洋芋问一户家境略好的农民要苦丁茶喝。看到我，他不好意思地说，连天吃洋芋实在难下咽，要罐苦丁茶来喝着好吞一些。苦丁茶在我们偏远的乡场上当时只卖一角钱一斤。他见我愕然的脸色又苦涩地一笑说，所有的钱都拿来买粮食吃了。

我把苞谷拿到他家，连簸箕一起放下转身就走。铁匠家从大到小七个娃娃挨门板站着，饥饿的眼睛全朝我脸上扫来，我忍受不了这些目光。

那以后连续几天我都悒郁寡欢，像在患病。我只有十几岁，从上海来到乡间还没一年，稚嫩的心灵尚未经过这么沉的重压。

我老在扪心自问这是怎么啦，这是怎么回事儿？

农村是什么？农村对我来说就是河网密布，就是鸟语花香，就是高压电线杆一直伸展到遥远的地平线那边，就是广袤的土地上一片生机盎然的庄稼：白的是棉桃，沉甸甸的是谷穗。我自小在画报上看到的农村是这样的，我在电影里杂志上看到的农村也是这样的。我真正地相信社会主义祖国的农村欣欣向荣、蒸蒸日上，相信"社会主义到处都在胜利地前进"，农村也不例外……可这会儿，我不知所措，我茫然若失，我心情沉重。

过了很久很久，我也曾经历了饥饿，经历了艰辛的岁月，我才明白我是从这件小事开始真正了解农村，了解我的祖国，了解了生活在960万平方公里土地上日出而作、日落而息的农民。

那是插队落户的第四年，经过了又一次"大丰收"，我作为农村的一名强劳力分到了90斤湿谷子和140多斤苞谷、几斤油菜籽外加十来斤黄豆。这便是我一年的口粮，要吃365天。我利用自己的"知识"精确地做了计算，发现这些粮食刚够我吃半年。另外半年吃什么，我不知道，但我也不很担心，因为我是知识青年，我可以到公社去要救济，救济不够我还可以写信去上海让家里让亲戚朋友寄粮票来接济，实在不行我还有两条腿坐上火车可以回上海。但是，我忍不住又要想那么多农民怎么办，他们拖家带口，长年累月生活在这块土地上，他们没人寄粮票，也无法跑回上海，他们唯一的指望便是那年年如期派下来的救济粮、回销粮。

那有吃的半年对我来说过得也很艰难。我必须细心地掌握每天吃去多少粮食，煮饭时用秤称一下。大米当然好吃，但90斤湿谷子如果天天吃只能连续吃一个半月。我只得吃一天米饭，然后连吃二三天苞谷。我不会煮苞谷饭，只得把苞谷磨成粉，每天调糊糊吃。苞谷糊糊吃起来又香又有点儿微甜，那滋味儿特别好，因为吃它时我都饿得很厉害了。可这玩意儿毕竟是稀的不像米饭那么顶事，常常饭后两三个小时就饿了。闲下来我忍不住总要同农民们发几句牢骚，农民说这算啥，饿饭年头你还没遇到。农民们讲习惯了，他们说的饿饭年头就是我们时常提到的三年困难时期，在那个时期饿的才叫"恼火"。"恼火"是一句西南土话，形容事情很厉害。大概是为了安慰我，让我对眼下的日子满足，他们给我讲了很多悲惨的可怕的饿饭年头的事。我只举一个例子，他们说那年头公路两旁所有的树干都是白生生的，树皮被饥火焚烧的人们剥光了。这些树来年都死了倒掉了，它们经过一冬寒风的劲吹劲刮，终于枯萎了，它们完成了历史使命。农民们真会做思想工作，听了他们大量的叙述，我确实感到了庆幸感到了满足。我庆幸三年困难时期时生活在上海。三年困难时期留给我的唯一印象便是每到月末的24日、25日便有大堆大堆的居民围在粮店周围找营业员吵找经理吵，要求买下个月的定量粮。而营业员和经理常常"舌战群儒"并陷入重围，因为按规定下一个月的粮食最早只能在月末的26日开始卖。于是乎每月的26日清晨粮店门前必然排着长队，尔后要持续三五天。那时我确实太小，其他什么都记不住了。但我知道排队虽然不舒服，但总比剥树皮充饥强了几万倍。于是乎我的人生哲学便由此产生了，那就是：要知足。因为知足，我在那遥远的村寨上插队落户整整10年又七个月，一天不多一天不少（1969.3.31-1979.10.31）。因为知足，我在那里写出了好几本书稿。后来一本一本出版了。因为知足，我领上这一辈子头一份工资时欣喜若狂，一家伙便用了个精光，那是28元整，我是30岁那年领的。因为知足，1982年刚刚搬进省城贵阳时，我栖身在一间八九平方米的小屋内照样读书写字。因为知足，后来我总算有了两间半高楼层的房子，但那里时常十天半月地停水，日子还在往下过，我的书也还在出版。因为知足，我逐渐地变得很超脱，自然生活得也很自在。哦，仅仅是知足吗？似乎也不是……

离我插队的寨子三里地有个水库，赶场天或是连阴雨天闲得乏味我们会去水库大坝上玩，看看山连水水连天的景致。农民们给这水库起了个名字叫

"烂提篮水库"。有句话叫"竹篮子打水一场空"。竹篮子烂了那还能蓄什么水？农民们也爱夸张，其实这水库是漏的，但还能蓄上一半的水。我这人爱刨根问底，问：漏了为什么不堵？当年设计的时候为什么不把地址选好？明知喀斯特地形下头复杂，时常有溶洞暗流，为什么不细致勘察？农民们不知道为什么，当年没人问为什么，只晓得上级喊怎么干我们就怎么干。往深处一问才知道这水库是"大跃进"年头修的，红旗飘扬、口号阵阵、生龙活虎、热火朝天，况且这水库修好了周围的村寨都受益，况且到水库上来干活的农民们可以敞开肚皮吃粮不限量，况且山坳坳里挖个凹塘多少总能蓄一点儿水。水库修好了才知不能达到设计要求，水蓄到一定的高度就渗进阴河里流走了。尽管如此，农民们仍怀念地说："你当初不在，当年那个干劲是没有话说。"我是知道一点农民们的干劲的。我和他们一起修过两年湘黔铁路：下着瓢泼大雨，青壮年民工们光着膀子，穿着短裤，排着四人一行的队伍，大声吼着："下定决心，不怕牺牲……"集队去土石方工地。雨下一整天干一整天，雨连续下几天干几天。天天集合出发时那"下定决心"的吼声都喧天震响，气势壮观。我虽是其中的一分子，但对这么盲目地修水库还是摇头。

农民们见我摇头自然不高兴，他们说我还是娃娃，什么都不懂。他们说反正我们得干活，今天干明天干后天也干，有饭吃的时候干，饿饭以后活下来的人还得干。我实在听不懂，只好不以为然地苦笑一下。

后来遇到了大旱。在我插队的10年中遇到了两次大旱，其中一次还是60年不见的大旱。寨子上80来岁的老汉告诉我，60年前的那次大旱几乎把周围寨上的人都旱死了。可我和农民们一起经历的这次几乎没受啥损失，那个"烂提篮水库"下游的四个大队全都没受啥损失，因为这四个大队恰好是那点库容的受益者。

过去了10多年，我来到贵州省最好的农业县份湄潭，这里出世界评酒中得奖的"湄窖"，这里的茶叶、烤烟、油菜在省内都是出了名的。我沿着静静的湄江溯流而上，一直找到它的源头湄江水库。这地方现在不仅蓄水，还有船供人游览,成了一处名胜。我沿着水库大坝慢慢地走,终于在一个已显冷落的角落里找到一大块石碑,这石碑上记载着修建湄江水库的历史过程。这造福于后人的如今驰名世界的"湄窖"酒用水都取自湄江水库,同样始建于"大跃进"年头,石碑上详细记载着那几年里为修此水库死去的人。我站在那里,发现前后几年都死人,有的年份死的还不少,但下面决无气馁颓丧的字句,农民们照样修,继续修,终于把这水库建成了。

读着这块石碑,我突然之间懂得了当年村寨上农民们和我争论时所说的话。他们要表示的意思就是石碑上写下的字句。这石碑记下的是历史,但这历史体现着一种精神,农民们要说的,正是体现他们的意志和精神的话,而这意志和精神岂止体现在农民们身上,它恰恰正是我们这个民族充满活力和永远昌盛的源泉。

这下子我大概可以把自己的人生哲学讲清楚了,那就是:不时地知足,不断地进取。

知足能使人平心静气,知足能让人豁达超脱,知足又是在精神领域勇于进取的基础。整天怪话连篇、牢骚满腹、浮躁骚动,当然是一种宣泄,但绝不是创造,更难激发起进取之心。

因为知足和进取,我从不和任何人计较职位的高低,从不和任何人比较条件的优劣。在乡间泥墙开裂的茅草屋里,我写作;如今在冬日的阳光下有一张写字台,我仍写作。

因为知足和进取,我的家庭总是充满和睦和欢乐,在高楼层没水的日子里我们互谅互助,现在住的房子里有水了,我们更多了一份安定。连我不足10岁的娃娃也生活得豁达而自在,他早懂得了严于律己、与人为善的信条。

自然,生活中不可能永远是温暖和笑声,正如同诗里写到的,什么都会有的啊,有泥泞也有风雪……但是有着知足的情绪,有着不懈的进取心,在泥泞和风雪中我们照样可以跋涉过来。

人生是不易的。我即将迈入40岁门槛的整个经历,都说明了这一点。它不易在为人处世，不易在给这个我们共同生活的世界创造一些什么，不易在命运有时突然地会把人推上浪尖掀下深谷。正因为不易，我才觉得更需要知足与进取。

人都说写自己是很难的，要么自谦过分以示清高，要么自诩过头感觉良好。如我这样鼓吹知足和进取大约也不会受人欢迎，好在此文约定只是写自己，于是我便可以讲实话。

我自小生活在上海，19岁之前从未离开过大城市，我和我的很多同时代伙伴们一样，总认为生活在上海有种优越感，总认为住在这座大城市里见的世面大、经历得多、读的书也多。到了乡间农村，我才明白我们这种优越感是多么幼稚、多么苍白。其实我们什么都不懂，我们考虑问题只会以上海市中心的人民广场为点，以上海的马路为半径去思索，我们只看到窄窄的长长短短的马路上面那片天。后来在山乡里住久了，我才略微知道了一点什么是中国、什么是中国的农民。遇到不顺心的事情时，我不是马上发脾气火冒三丈，我总是想一想农村里度过的日子，想一想尚在不那么发达、不那么富裕的村寨上生活的农民们。这是一剂良方，确实有点儿作用。亲爱的朋友，不信的话，你试一试。

我的稿子是从冯铁匠一家子写起的，在结束这篇稿子时，我还愿意提到他，让人感觉有头有尾。冯铁匠现在老了，他们老两口60多岁了，真正地打不动铁了，不过他生的儿子现在接上了班。他一共生下八个娃娃（我插队时又添一口），除了女娃娃出了嫁，两个大一点的儿子都在打铁，一个在寨子上打铁，另一个的铁匠铺子设在公路边。两个人的生意兴隆，由于有祖传的手艺，来找他们的农民确实多。我不想夸大其词，到贵阳来找我的农民亲口对我讲，现今他们的日子过得"很红火"。我猜那意思大约是有口饱饭吃了，有零用钱花了。农民说：对，就是这意思！

山乡小学校

砂锅寨是我插队落户整整10年又7个月的村落,它静静地横卧在贵州高原三县之交的偏远山乡里。至今它都是默默无闻、没多少人知晓的。

在离开寨子半里地的山巅上,有一座小学校,乡村的耕读小学。最早,我说的这个最早指的是解放前,在山头是座像模像样的尼姑庵,里面住过好几任老老少少的尼姑。我们去插队时,还有农民指着寨子里几位老太太告诉我们,说她们当年就是庙上的尼姑,自然后来就还俗了。

尼姑庵改建成的耕读小学,一切都是简陋的,桌椅板凳缺胳膊断腿不说,有一两间教室里,所谓桌子,就是两端用砖砌上来,上面铺一块长板子。板子后面坐一溜四个学生,那就算桌椅了。

走进这所小学校,纯属偶然。下乡头两年,我们知青的茅草屋光线晦暗,没有电灯不说,放了四张床,屋内根本放不下一张桌子。而我喜欢写作,经常在膝盖上放一块搓衣板,坐在后屋檐下费劲地把自己的感受和构思写下来。大约是农民们看着我这么写太费劲,就告诉我,庙上小学校里,还有几张桌椅板凳,你可以到那里去写。我上去一看,果然如是,于是天天清晨,就带上纸笔,攀山而上,到那里去苦思冥想。山巅上有风声、有鸟语,山巅上还能眺望远近的村寨和郁郁葱葱的峰峦,一个人待着虽有些孤独,可它却能使我青春躁动的心平静。后来小学校恢复了上课,再后来我在小学校当上了老师。

那是1972年的8月,我还记得是29日,大队支书和我谈了40分钟,第二天他就宣布了经大队研究决定,由我上小学校任教。他说他本来是不同意我上去教书的，除了大队会计和其他干部力荐之外，他还特地和我谈了话，发现我讲的贵州话已经十分地道了，娃娃们能听懂，于是他就同意我教书了。

第一次，我感受到人的命运原来就是这么决定的。

教书得来不易，我就教得格外认真。小时候，母亲教过书，姨妈也是教师，记忆中她们每天晚上备课，记忆中她们曾经说过，一堂课中，有半堂课需要由老师讲解，然后做习题，然后朗读，偶尔也抽查、默写。山乡里，教师缺乏，耕读小学的4名教师，主要教语文、算术。五年级教一点历史、地理和自然。其他课程诸如唱歌、体育，一律都是不教的。教这些干什么，老乡们说，上坡干活，跟着大人哼哼唱唱，嗓门好的自会唱山歌。至于体育，那更是多事，男女娃娃从小薅猪草，爬坡上坎，学做农活，整天干活，哪不比体育强？我说这不一样，坚持把唱歌、体育列入课程，谁教呢？我。每天晚上，七点钟到七点十五分，贵州人民广播电台有一档儿童歌曲节目，一个星期教一首新歌，我打开半导体收音机（这东西在山寨上是稀罕物，只有知青才有），跟着收音机里学，学会了再在唱歌课上教学生。《小松树》《小小螺丝帽》《我是公社小社员》……一首首儿童歌曲，我记下歌词曲谱，然后教给学生。体育课也同样，我比照着学区发下来的广播体操示意图，回想着自己中小学里做过的广播体操，把比较复杂难做的舍掉，保留易学易懂易做的，一节一节教给学生。每个星期逢到上体育课和唱歌课的时候，总是小学校最热闹的时候，全校从一年级到五年级的学生，集中在一起上大课，大大小小的娃娃跟着我一起唱歌，一起做广播操，大教室里喧腾的歌声，操场上大小娃儿的欢声笑语伴着哨子声，从山巅上传到周围的几个寨子，小学校显得生气勃勃。

几个月教下来，干农活时，赶场路上，晚上去老乡家里串门，都有老乡扯住我袖子说：还是你教书行！我问何以见得？老乡说，原来我家娃娃一背书包就喊肚子痛，回来不愿做作业，只晓得赶鸭子玩。现在不同了，回家第一件事就做作业，做完作业还唱歌，吃了晚饭还要教他的老奶奶做广播操，读书读得一家喜气洋洋。

说实话,我听了以后喜滋滋的。再加上学期终了,我教的五年级中好几个孩子升上了农中。于是乎我就在寨邻乡亲们心目中成了一个好教师。

不要以为我在这里自吹自夸,关于这段教书生涯,我曾经写过两篇短文,一篇叫《一件往事》,一篇是《脚踏着祖国坚实的大地》。前一篇是散文,后一篇是在儿童文学座谈会上的发言,事后编辑让我整理成文的。两篇文章有一个共同的意思,那就是在教书的同时,我也在接受着教育。正是因为天天和这些贫穷的、衣衫褴褛的娃娃们在一起,我的心平静安然。在向他们传播基础文化知识的同时,我总是从他们的生活形态,从他们的现状,想到栖息在祖国大地上的农民们。他们一年四季辛勤劳作,渴望的无非是温饱的生活,但他们就是如此艰辛,有时候温饱都还不能达到。我经常停下课程给孩子们讲,为什么贫穷?为什么富饶的山乡人们生活得如此清苦?就是因为没有知识,没有科学文化。我自小读了很多书,我把读来的一些科学家、文学家追求知识、刻苦学习的故事讲给娃娃们听。他们眨巴着大眼睛,经常打断了我的叙述,提出一些诸如"什么是面包""什么是有轨电车"之类的问题。但是我看得出,他们是在认真地听。班上几个聪明的学生,一点也不比城市里的孩子差。算术一教就懂。初读四年级时,全班同学造句都经常出错,四年级学期结束时,他们人人都能写一篇语句通顺的作文了。

1982年,《蹉跎岁月》播出以后,中央电视台拍摄《叶辛的"蹉跎岁月"》的专题片,我和他们来到了庙上小学校,给孩子们上了一堂体育课,导演把孩子们做广播操的情形全拍了下来。当一天的拍摄结束以后,满寨的乡亲们站在寨门口送我,台阶上、土坝上、坝墙上、大树下站满了老少乡亲。导演说,他是在延安长大的干部子女,他多少年没见过这么感人的情形了。

1998年3月31日,我插队落户30年的纪念日,上海画报社编撰我的散文写真集《半世人生》,要补拍几张砂锅寨和小学校的照片,上海电视台风闻以后,特意组成了《叶辛回"家"》拍摄组,随同前往。那感人的一幕又出现了。同行者问我，这是怎么回事？我也感动得说不上话来。让我欣喜的是，原来在山巅上的小学校，终于搬到山下的坝子里来了，小学校现在建的地方，正是我们当年六个知识青年的自留地。我说这样就好多了，至少风小得多了，娃娃们冬天可以少受一点凉了。我说，不过，这自留地是一块好田土啊！学校老师说，那还不是因为你在学校教过书，小学校搬到知青原先的自留地上，有一点纪念意义。

我一时怔住，不知说什么好。是呵，一晃又是好多年过去了，但在这些年里，我从来没有和小学校和我插队的砂锅寨失去过联系。20世纪80年代，我在贵阳工作，我的学生中有的遇到包办婚姻，跑到贵阳向我求救，我打电话、写信，让当地干部做工作，不要干涉年轻人的追求，使得问题圆满解决。有当年的学生来贵阳，给我讲开发鸭子塘、开发后头坡、给寨子上农民引自来水的设想，我也要他们好好做规划，不要一口想喝下一大碗热稀饭，要一点儿一点儿搞。现在，这些设想正在一步一步成为现实。回山乡之前，巧遇《上海故事》的主编，他们这几年刊物办得好，在计划今年的实事时，决定结合广告宣传，援助10位贫困山乡的小学生五年的学费。我揽下这件事，通过贵州省希望工程办公室，他们决定把这10个名额，全部给了我插队山乡的10位品学兼优的孩子，贵州省的大报、小报，全都刊登了这条消息，既宣传了《上海故事》，又为山乡扶了贫……可能正是由于这点点滴滴的小事，使我和插队落户的寨子，和我曾经任过教的小学校，有着千丝万缕的联系，一代一代的寨邻乡亲，才会待我如他们自己人一样。

让我更觉欣慰的是，我当年教过的那一班学生中，男孩袁兴开就在砂锅寨小学教书。我报出一连串当年成绩优秀的学生名字，问及他们在干什么，袁兴开扳着指头，一一告诉我：他（她）都在这周围的学校教书，像你最喜欢的刘光秀，现在还是出名的优秀教师哩！

哦，山乡小学校，你的今天比我教书时的昨天好。你的明天，一定会比今天更美好！

也贺教师节

教师节快到了。

这是我们祖国的第一个教师节。

辛勤的园丁们欢欣鼓舞，接受教育的上亿的学生们兴高采烈。可以说，960万平方公里土地上关心祖国教育事业的每一个人，都在为我们国家多了一个这样有意义的节日而高兴。

在这喜悦的日子里，不知为什么，我常常会想起自己在乡间的小学校任教的日子，常常会想起那段日子里好些叩动人心扉的小事。

哦，那是一段值得留恋和怀念的日子。

我忘不了，任教的第一个冬天发生的那么一件事情。那是1972年，冬月将尽，地处川黔铁路制高点的久长地区，早早地飘飞起了凌毛毛。料峭寒冽的西北风吹得人只想守在火塘边不挪窝。我像平时一样，喝了一杯自制的豆浆，便赶往离寨一里多路的庙上小学校去。到了那个由原先的尼姑庵改成的小学校里，四处都是冷清清的，一个人影子也不见。我焦躁地来回走了一圈，不由得恼火了，这是咋搞的呢？到了上课时间，不但学生一个没来，连其他几位教师也不露面。这样子教书和读书，教学质量咋个上得去啊！要晓得，在到小学校之前，我向大队党支部和贫协的干部保证，一定要送一批学生进公社中学去。因为在我们下乡前后的几年中，大队所属的几个寨子，不曾有一个娃娃进过中学。

烦恼急躁之中，我抓起那根冰冷的铁棒，狠命地敲击着垂吊在梁上的圆铁柱，"当、当、当"的响声，随着寒风飘向山脚下的四个寨子。

8点3刻,来了第一个学生。随后,四五十个学生娃娃,陆陆续续地踏着泥泞的山路到学校里来了。直到九点半钟,学校里的大半学生和几个上课老师才算到了。我那个班的学生娃娃,每人背着书包,同时手里提着一只火笼,这火笼不是电视剧《安娜·卡列尼娜》中安娜用的那种高贵的护手火笼,而是用破脸盆、破瓦罐、烂花盆串几根铁丝做成的火笼。"卟卟"燃起的火苗上,架着几根干柴,烟气袅袅弥漫了整个教室,把一个本来不大的教室,熏得又呛人又辣眼睛。

天哪,这还怎么上课?本来就憋了一肚子火的我,板着脸站在讲台上。学生们似乎并没注意我的情绪,只顾闹闹哄哄地打开书包,从书包里拿出一根根干柴,小心翼翼地架到火笼上,俯身呼呼地吹着。一瞬间,满教室都是吹火声,柴灰飞扬起来,烟雾腾腾。

我恼极了。本来就迟到了,进了教室还这个样子。我一个箭步跃下讲台(原谅我那年只有22岁),对准第一排那个姓杨的11岁娃娃带来的破脸盆,一脚踢去,把破脸盆踢翻了。

整个教室的学生们被我这一粗暴行为骇住了,呆痴痴地望着我。

我退回到讲台上,准备开始一堂强调学习重要性的训话,刚把脑壳仰起来,坐在最后一排的那个年龄稍大的女学生,朝着我连连摆手。我向她一瞪眼,她又用手指了指坐在前一排的一个男生。那是个14岁的娃娃,在五年级班上,不算小了,光着脚板,穿一条十分褴褛的裤子,脸冻得发青。我惊愕得愣住了。再看被我踢翻破脸盆的杨增贵,吓得直垂眼泪,一边啜泣,一边哆嗦嗦地从书包里拿出书本、铅笔盒。他穿得更单薄,光脚板上还沾着稀泥。我的目光向全班扫去,这些偏僻山寨上的娃娃,差不多都是一个样儿。

我站在那儿,大睁着双眼,傻了!教室里的烟围裹着我们,我同学生们一起淌下了热泪。是呵,我们山乡的娃娃们,理该穿得暖暖和和,理该坐在温暖的教室里读书,可是他们穿得那么单薄,冬天还光着脚板。我虽然是个知青,虽然也穷,但我还穿着棉毛裤、毛线裤,脚上还有一双棉鞋。可娃崽们……一刹那间，我的脑子里涌起了那么多思绪，我仿佛这时候才意识到我们教室四五扇窗子都没有玻璃；我仿佛这才注意到，我们的教室连门也没有，逢雨必漏，学生们要撑着伞上课；还有那些为繁重的农活和琐碎的家务事所累的乡村教师们，他们在赶来小学校前，往往都还在挑粪、锄地。哦，让极左路线重创的贫瘠的山寨，我置身在这么一幅萧条的画面里，年头有些久了，已经麻木了。我怎会那么糊涂，做出如此粗暴的行为来……

过教师节，照理该写些吉利喜庆的话祝贺，原谅我写下了这么一段铭记心头多年的往事。我愿意告诉读者，1982年冬天，我趁回寨之际，又到了庙上小学校。小学校变了样，新盖了砖瓦房，扩修了操场，面貌一新。在小学校任教的老师还告诉我，到了冬天，学生们可以烤上火听课了。这真是令人欣喜，我请中央电视台的同志，特意摄下了小学校的几个镜头，以作留念。

不过，我还得说实话，在全国人大会上，我省教育界的代表带去了一些数字，这些数字表明，时至今日，偏僻山乡还有一些小学校设备不全，危房的数量也不算少，孩子们冒雨顶漏上课的现象仍未绝迹，乡村小学教师的待遇照旧是很低的……

让我们永远记着他们，为他们做点切实有效的事情吧。

年　　猪

　　插队落户时，我在砂锅寨的耕读小学校教书，最头疼的一件事，是班上的学生娃娃不做家庭作业。天地良心，我布置的作业，一般来说不超过一个钟头，无论是语文和算术，还是其他副科，加起来都不像今天的老师布置的作业那么多。只要静下心来，一小时之内都可以做完的。

　　但是不少学生不做作业，调皮的男生不交作业，连在学校看上去十分老实的女生也不做作业。为此现象我发了不止一次脾气。在桌子上敲击着教鞭，我提高了嗓门儿，苦口婆心地讲道理，讲完道理让不交作业的同学一个一个站起来，回答我，为什么不做作业？作业难做吗？作业多吗？

　　女生们对付我的办法就是哭，一掉眼泪，一抽泣起来，我就没了办法。

　　巧嘴利舌的男生，我问一句，他们就答一句，说作业不多，也不难，自己已经懂了，会做。

　　我追问：会做为啥子不做？

　　答复千篇一律，而且振振有词：没时间做，一回到家，书包一丢，就薅猪草去了。天黑回家之前，不薅满一背篼猪草，猪不够吃，父母要打。不做作业，老师只不过吼我们几句，不会打。

　　那么晚上呢？吃过晚饭以后，也薅猪草？我跟着问。

　　学生回答：吃过晚饭，还要斩猪草、煮猪潲，猪潲煮熟了，累得瞌睡就来了。

　　于是我便没了办法。那个年头，喂猪是农户家庭唯一的副业。人口稍多点的农户，到腊月间准备过年，最大的一件事，就是杀一头年猪。而为了有资格杀这么一头年猪，必须喂两头猪，先把一头喂大的猪交给食品站，取得杀猪的许可证，到过年前几天，你才能杀家中的一头猪。

食品站收购来的这头猪，付给农户的是收购价。那年头街上自由市场的猪肉价格，要远远高于食品站的价格。而食品站收购了猪，就按国家定量供应的配给，照国家牌价卖给居民，也即城镇户。

杀年猪在村寨上是一件大事，要事先约好杀猪匠，要烧好一大锅烫猪毛的开水，要准备好接猪血的大盆，要推好豆腐，院子里多采蔬菜，忙碌完之后请二位杀猪匠及亲邻吃一顿丰盛的午饭和晚餐，还得想方设法找来酒，让杀猪匠吃得满意。老乡们形容，要让他俩吃得满嘴流油。

吃喝之后，有的杀猪匠一人收2元钱，有的不收钱，取一副猪下水回家，两人平分。

一头猪杀下来，留一部分猪肉做成腊肉，逢年过节婚丧喜事割来"打牙祭"，或是招待客人。肥肉熬成猪油。总有一半或一小半，背到场街上去卖，换来一点现金，添置布料、买件衣裳，给娃娃付学费，留下一小点钱，应付乡间的应酬，寨邻乡亲们称之为"吃酒钱"。还有家庭必需的针头线脑、盐巴酱油，打一把新锄头……

哦，多少开销等待着杀这头年猪啊！劳力弱的人家，交不起一头猪，临近年关，杀了一头猪，就得把一半猪交了，自家只能留一半。所以家家户户，拼尽全家力量，一年到头要喂大两头猪。猪的食量大，那些年里粮食又紧张，薅猪草的任务就交到了家中的男女娃娃身上。

话要说回来，那年头农户喂养的，都是标标准准的黑毛猪，肉好吃。

土 地 庙

土地庙坐落在砂锅寨的寨子中央，青岗石砌得平平整整的大院坝边上。站在土地庙门口，居高临下，一眼就可以看到砂锅寨前面大片大片的苞谷和水稻田，老乡们称呼这一大块足有200多亩的田土谓"门前坝"。贵州人把稍微平顺一点的地方，叫作坝子。而门前坝，则可以视作大坝子了。

我们到砂锅寨插队落户的知识青年，从来没有见过土地庙香火缭绕的情景。1969年早春时节走进砂锅寨的时候，"文化大革命"早就经过了轰轰烈烈的"破四旧"阶段。故而，我们看到寨子中央这一间敞着一面墙的房子里，堆了半房间生石灰，认为这就是砂锅寨老乡用来堆石灰的房屋。

是在过了几个月以后，老乡们才告诉我们，这是砂锅寨已经建了300多年的土地庙。果然，集体的石灰出空以后，土地庙后墙上显出了佛龛，只是，没有见着土地菩萨。据年长的寨邻乡亲说，"破四旧"时砸烂的土地菩萨，塑得还是相当慈眉善目、逼真传神的。

只要是天气不落雨的日子，生产队长吹响哨子，招呼大家出工的时候，整个砂锅寨的男女劳动力，都会扛着锄头，背起背篼，挑起箩筐，相聚到土地庙前头来，听候队长的分派，哪些人挑粪上坡，哪些人下田翻犁，哪些人去采秧子，哪些人去挖开田缺……黄昏时分，或是中午回家吃过晌午饭，爱热闹又不想干家务活的农家小伙，也会聚在土地庙门前，东拉西扯说上一阵闲话。我也习惯了，只要闲下来，就往土地庙门前走，特别是月亮好的晚上，和年龄相仿的农家小伙子，天南海北地吹上一通。

1972年的夏天，下了一场大雨。连续下过一天一夜大雨之后，漫溢而来的大水把砂锅寨几块低洼的水田都淹没了。之后，又连续下了三天三夜，寨子到处都是灾情，老农们只得发出一声一声哀叹："龙起身了，洪涝来了！"

大雨下到第三天下半夜，我被一个震耳欲聋的疾雷打醒，觉得床边有什么异响，摸着枕边的电筒打亮一看，哎呀，床沿边亮晃晃的是什么呀？定睛一看，竟然是水，睡意顿时给吓跑了。

水已经漫进了我赖以栖身的黄泥墙茅草屋，电筒光影里，满屋的水把我屋里的所有东西都托浮起来，塑料拖鞋、锅盖、人造革马桶包，还有几片木板……要晓得，黄泥巴筑起的墙，给这么大的水一泡，是要泡酥的呀！恐怖的念头一个接一个掠过我的脑际，我顾不得多想，一手紧握着电筒，一手抓着床脚的一条裤子，顾不得穿上身，"扑通"一声跳进水里，踏着齐膝盖的水，冲出屋去。大院坝里，也是一大片晃动的水。这当儿，我脑子里只有一个念头，往土地庙方向跑，斜前方的土地庙，那儿地势高。

那夜我踩着水，顾不上寒冷，顾不上满身淋得透湿，深一脚浅一脚地往土地庙那头走过去。虽然是夏天，可在黔北山区，历来就有一句老少都晓得的俗谚：四川的太阳云南的风，贵州落雨当过冬。一连下了三天的大雨，气温已经很低了呀！

第二天早晨，连续下了三天三夜的大雨总算停了，10点过后，还出了太阳。漫溢在大院坝里的水退到了门前坝的大水沟里。我居住的泥墙茅草屋，水也退了。但是，被大水浸透了的黄泥巴墙，长时间地泡了半夜，有的地方已经垮塌下来，没垮的泥墙，被泡酥的泥巴也在不停地往下落。老乡对我说：这房子住不得了，是危房！

我也晓得这房子是危房，可是我住到哪里去呢？再说，屋子里的东西都被大水泡过了，黄豆、苞谷、衣裳、我写作的纸张，还有两箩筐洋芋，全被水泡得不成样子，最心痛的是那半麻袋大米，要知道，那是我天天要吃的口粮啊！米被大水一泡，煮出来是个啥子味道啊。

我走进茅草屋，拿出一只被水掀翻到床脚边的小凳子，坐在大院坝中央，双手抱着脑壳，欲哭无声。

队长走过来，我睁大一对昏糊糊的眼睛，茫然地问："我住到哪里去？"

队长显然是找人商量好了，说："有什么地方住？想来想去，只有让你住这间土地庙。"我愕然地望着敞开一面墙的土地庙，心里说：天哪，这地方怎么住？

队长像是看穿了我的心思，手一指土地庙说："现在这样子，当然不能住人，我和袁家说了，你暂且去袁朝善家住几天。我找人来，把土地庙清扫干净，砌上一面墙，安上一扇门，还给你装一扇窗，玻璃窗。"队长特别强调了玻璃窗。因为我们原先住的知青屋，是没有玻璃窗的，只在泥墙上挖了一个洞，嵌了一块玻璃进去。

没几天工夫，队长就派人用砖把土地庙砌起了一堵墙，还装上了一扇门，果然还有两扇小小的玻璃窗，把我的木床、三抽桌、煤油灯都搬了进去。但是队长说，你不忙搬进去住，刚砌的墙，石灰气息重，过了夏天你再住进去。

夏去秋来，土地庙里头干燥了，我就搬出了袁家的阁楼，住进了土地庙。夜深人静，点起煤油灯，我细细端详着庙里的一切，青岗石块足有尺把厚，三面墙都十分坚实牢固，屋顶上是瓦片，面朝大院坝还有门、窗，比我原先住的泥墙茅屋还强呢！躺在床上我时常会想，原先供在这里的土地菩萨是个什么样子？他会不会责怪我占了他的地盘呢？《西游记》中，孙悟空一跺脚，土地菩萨就会应声出来答话，他会不会也在夜半三更出来同我讲话呢？

也许他同样看我可怜吧，从来没找过我的麻烦。

一晃30多年过去了，2005年砂锅寨建起了一所"叶辛春晖小学"。老乡们在土地庙上头挂了一块牌子："叶辛旧居"。我回去看到了，对他们说，现在好些村寨都重建了土地庙，香火旺得很，你们咋不把土地庙恢复起来。老乡说，你当年住在里头，他都不找你麻烦，可见他老人家是乐意的。我们挂这块牌子，说的是实情，也让人不要忘记，你最早的那些书，是在这里写出来的。我心里说，岂止是别人，就是我本人，也不该忘记啊。

和读者在一起

最初叩响文学之门的那些日子

1973年冬天,已是我插队在乡间度过的第五个冬天了。是特定的地域气候造成了气温骤降,还是心情使然,我只觉得,这一年的冬天比往年更加寒冷难熬。

不是吗,眼看着下乡第五个年头过去了。一同从上海来的知青伙伴们,有的在又穷又破的小县城里混到了一个工作,有的干脆长期住回上海家里吃"老米饭",也有的因家境困难、因命运不济,无可奈何地走着一条条自己不情愿走的路:转点到江浙一带农村当上门女婿,参加包工队外出打小工……隔邻生产队的一个女知青,勇敢地嫁给了一位当地老乡,满以为生活会安定幸福一些,却不料婚后的日子过得比单身时更为艰难。而在我落户的砂锅寨,人去屋空、茅屋倒塌,走得只剩下了我一个,守着一间泥墙剥落、屋漏门歪的废弃的保管房,孤寂苦闷地打发着清贫乏味的日子。招工冻结;招生,要有后门。明年会是个什么样儿,不晓得;前途呢,前些年间知青们狂热地奢谈的前途,更不堪想象。

那个时候,我正处于一生中最忧郁沉重的时期。蜗居在山旮旯里的村寨上,除了天天到寨外山头古庙里去教耕读小学的农村娃娃读书写字,除了劳动和一日三餐,所有的空闲时间,我都拿着笔,往上海同学给我寄来的稿纸上乱涂乱写。既然没有钱买礼品孝敬掌权的干部,既然没有背景去开后门,那么就学着写点东西吧。文学是我从小热爱的,公开对人讲是把此作为一种精神的寄托,心底深处却仍渴望着将来能当一个作家。

在那种环境里,即便是有恒心学习写作,做起来也不易啊。写出的第一部稿子《春耕》，寄给上海的同学看，上海的同学觉得光是他们看看太可惜了，就将其转给了出版社。当时在出版社工作的编辑胡从经看过之后，曾给予过极大的鼓励和鞭策。稿子退给了我，仍不时来信希望我在乡间克服困难，以锲而不舍的精神在崎岖小路上奋力攀登。但是，写出的第二部反映铁路工地生活的长篇，还是退给了我。第三本写知青生活的小说稿，刚刚寄出，不知什么时候才能得到回音呢。按照以往两次的经验，总要耐心地等待三五个月吧。

唉，我是多么希望有人对我做些指点和帮助啊。

滴水成冰的腊月间来了。一般来说，贵州山乡的冬天并不十分寒冷；但我插队的地区，是整个川黔铁路的制高点，一片屏风般的山峦高出于连绵无尽的群山之上。一到了冬天，就有股北国的寒冽景象，一坐下来就想烤火，日子显得更加难熬。

我所任教的耕读小学眼看要放假了，山寨里的老乡在准备着过年，杀猪、宰鸡鸭、磨血豆腐。我呢，孤零零一个，不晓得怎样打发日子。放假以后，回不回上海呢？回去又能怎么样呢？看着家人、同学、朋友、邻居上班，自己还不是无所事事……

就在这样的日子里，我接到了上海出版社的一封来信，信不长，字迹很工整，大意是说我寄去的长篇小说稿有修改基础，希望我在收信后去上海一趟，商量修改出版的事宜。

我计算了一下，稿子是12月22日寄出的，上海的来信是1月9日发出的，其间还过了一个元旦，实际审稿时间只用了10来天，真快！对我来说，这机会真是太好了，小学校刚考完试，有一个半月的假期。我当即去请准了假，几天后就回到了上海。

到沪第二天，我就急匆匆地赶到出版社。笑眯眯地接待我的是位40多岁的老编辑，微胖，他说他姓谢，叫谢泉铭，老谢。从那个时候起，我就称他老谢，一直称到现在。他呢，叫我小叶。是不是看我太瘦了，第一天他几乎没有同我谈稿子,只是问了些关于我的情况及创作的经过,然后让我回家去好好休息,过一个节,两个星期之后再去。

我心里很焦急,我只请准了一个多月假,光是休息就去了两个星期,我还有多少时间改稿呀?不过出于对出版社和编辑的敬畏,我没敢说出口。那一年,我刚24岁。

两个星期以后,我又到了出版社坐满了编辑的办公室里。这回是认真地对我的小说谈意见了。尽管有一些思想准备,我还是没有料到意见竟是那么多、那么细致,甚至连一些细节、一些对话的语气,也都谈到了。越谈下去,我越觉得沮丧,这么多的缺陷,我还能在短短两个星期时间里改好吗?

抄一遍都来不及啊。

老谢好像看出了我的心思,安慰似的对我说:"不要怕时间不够,我们可以出版社名义,替你去函插队的公社请假。先请两个月。"

这一下我放心了,有两个半月的时间,稿子一定能改出来,改好。

事实证明我的思想准备仍然是不足的。

这一住下来,就整整地修改了两年半的时间。起先是住在家里改,后来因家里干扰大,搬进了打浦桥科技出版社后院里的作者宿舍。

这是一幢门字形的老式楼房,在世的年头比我们这些人的年龄还大了。宿舍供应热水,食堂就在后面花园里,很方便。

就是在这里,我和江西回来的知青小鲍一起,度过了两年难以忘怀的日子。

这正是十年动乱的最后两年,尘世间纷纷扰扰,马路上高音喇叭的喧叫和公共汽车、电车的刹车声,不时地越过高墙传进来。一无所有的我却在这里潜心阅读,修改稿子,更为重要的,是在老谢指点下,在阅读和改稿的实践中,摸索创作规律,学习着把我们感受过的生活落在稿面上,一步步找到了适合于自己的表达方式。也是在这样的日子里,我和老谢之间建立起了编辑和作者之间深长的友谊,真正走上了文学之路。

记得，刚在作者宿舍住下来，老谢就替我们几个插队知青中来的作者办了一张借书卡。凭这借书卡，可以从资料室借阅当时在社会上根本不见踪影的书籍。他常对我们说，一边修改作品，一边借阅一些名著，可以从中汲取养料；我说好多书过去读过，他说今天再读，体会是不一样的。我的心里很急，心思不在读书上，急于想针对提出来的意见作全面的修改。老谢却不让我们马上动笔，他让我和合作的小鲍先静心坐下来，共同提出一个修改的提纲。当提纲初见眉目之后，他几乎每天下午都从绍兴路的办公室步行到打浦桥来，对我们的提纲提出种种问题，从总体构思、主题、章与章之间的衔接，一直谈到每章的写法、入笔的角度、各章如何用不同的方式收笔，乃至细节的改造和运用等等，迫使我们往深处去思考、去商量。那时候，我和小鲍都有些不习惯这种方式，与其说是没有耐性，不如说是实际情况逼的。记得小鲍即将分配到街道工厂去上班，而我呢，没有工资收入不说，虽然请了假，到上海改稿，贵州农村由于粮食紧张，不在生产队劳动的人当然不可能给口粮，心里更是焦急万分的。

老谢了解到这种情况以后，一方面给我们办理误工补贴手续，一方面又把自己家里节省下来的粮票送我。当时看过我们稿子的老编辑李济生，后来任少年儿童出版社社长的陈向明同志，听说了我的情况，都曾把自家省下的粮票送给我。误工补贴是依据我所在生产队的具体工值计算的，那两年我插队的那个贵州山寨，每个劳动日值是4角，一年到头算300天，也只120元钱。现在说起来，有点儿像写回忆对比文章似的了，但当初，我正是依靠这点误工补贴和出版社几位老编辑轮流给我凑粮票，及家庭的支持，逐渐把心安下来，把全部心思用在改稿和写作上的。

由于提纲过得细，总体结构比较合理稳固，到进入真正写作的时候，我们就开始尝到了甜头。尽管每一章的定稿都付出了辛勤的劳动，有时难免返工，却没有在结构上出现过大动的现象。老谢呢，对我们写出的每一章稿子，都进行细致详尽的审读，要是感到不行，他就及时地给我们提出来，重新写；要是觉得还可以写得更好，他就让我们在原稿上进行修改润饰；要是他觉得大致满意，便直接拿起红笔，在稿纸上具体编改起来。编改完以后，他又让我们细细看一遍。有时，我们的稿面很干净，但有时候，稿面上红杠杠、红道道纵横交错，像一张作战地图。遇到这种情况，他就让我们坐下来，具体商谈为何写得不够理想的原因，同时讲一些对话、细节、景物、段落、部署的要领。我常常对小鲍说，对我们俩来讲，在作者宿舍的两年，就是出版社和编辑老师悉心培养我们的两年；我们虽然没有进入大学，但这两年比在大学文科读书收获还要大。现在讲起来似乎很简单，但是几十万字的一本书，逐字逐句地编改、润饰，劳动量真是相当大的。

从听取我们的提纲开始，到小说的全部定稿，两年多的时间里，只要没有会议和社会活动，老谢天天下午都到作者宿舍来，从午后的一两点钟，一直忙碌到晚上的十来点钟回家。我的家在市中心，坐17路电车走，老谢与小鲍家住得较近，他俩就结伴步行，走40分钟路回去。相处日子久了，我们对老谢逐渐熟悉了，那时候老谢的爱人在黑龙江，他的两个女儿都在读书，他的家庭没有拖累，却也没有时间过问女儿的学习。他是把所有的精力都放到了培养我们这些年轻的很不成熟的作者身上了。老谢对我们呢，也开始熟悉起来。他不但晓得我和小鲍在创作上各自的短处和长处，而且还知道小鲍和我各自不同的性格和脾气；当时黑龙江知青张抗抗也在修改她的长篇《分界线》，由老谢当责任编辑，他便经常针对我们几位知青作者各自的弱点、缺点和优势，要我们取长补短，互相学习，不仅仅是在创作上，而且是在为人处世上。他常对小鲍和我讲，学习创作，眼光要放得远一些，你们都有各自的生活积累，不要盯在眼前这一本书上，以后你们还要好好地写呢！所以现在更要将基本功练得扎实一些，基础牢固一些，力争将来写大作品。当时的社会上，流传着很多小道消息，不时发生着一些奇怪的事件，从偏远山乡回到上海的我们，和所有的插队知青一样对此牢骚满腹，也常常互相打听传播些小道新闻。在花园里散步，在晚饭后闲聊，我们不由得会讲起这些话题，有时不免表示出对祖国命运的忧愤，怪话也不少。我们不知道老谢对这些事是啥看法，但我们绝没因为他是长者，是出版社编辑，是我们的老师而对他有所隐瞒。老谢只是听我们讲，往往不说什么话，也不明确表态。到了1976年的春天，好像是4月份，《文汇报》上发了一篇所谓"反击右倾翻案风"的文章，老谢把报纸拿进我们的宿舍，指着那篇攻击老一辈无产阶级革命家的文章，手击着桌子，表示了极大的义愤。我们这才恍然大悟，原来老谢和我们这些年轻人的心是相通的。

在作者宿舍里，还有不少值得一提的趣事。

其一是打乒乓球。每天午、晚饭后，我们仨总要拿着乒乓球拍，到乒乓室去打半个小时的乒乓，冬夏春秋，风雨无阻，我和小鲍的球艺都不行，最初的时候，常常以悬殊比分败在老谢手下。可到了定稿的那几个月里，我们不但在创作上有了长进，乒乓球水平也有了大幅度提高，几乎可以同老谢对垒，有时还能击败他了。

其二是吃点心。老谢微胖，每顿饭仅吃二两，菜肴也要得不多。到了午后三四点钟，他总要跑到街上去买些点心进来，或是小笼包子，或是锅贴，或是煎饼等，拿进来让我们分而食之。定稿阶段，老陈（陈向明同志）也经常在下午来我们的小屋，她同样时常掏钱请我们吃点心。总而言之，在那间小小的房间里，我们工作得虽然很紧张、很辛苦，但作者和编辑之间的关系始终是和睦、融洽、亲密无间的。拿现在常讲的一句话来说，是很宽松的。

我得申明的是，由于我们的单纯和稚嫩，由于当时所处在那么一种"四人帮"禁锢文艺的形势之下，创作界本身存在的诸多禁区，我和小鲍合作的长篇小说《岩鹰》虽然出版了，却是并不成功的。但是，那段时间里跟在老谢和出版社的其他编辑如陈向明、李济生、江曾培、范政浩及少儿社的姜英、周晓、余鹤仙、施雁冰等等老同志身旁，耳濡目染，我学习到了很多关于创作的知识，找到了适合于自己的表达方式，摆脱了我插队落户时仅凭热情盲目写作的阶段；学习到了知识分子的正直、勤奋、本分和实事求是的为人。

历史是不容割裂的，人的经历更是如此。

离开出版社的作者宿舍以后，我的作品较为顺利地一部接着一部出版了，跨进了文学之门，走上了文学之路，这与我在那两年多时间里的学习和编辑老师们的帮助分不开的。

一晃10年过去了。

所有这一切都变成了往事。我呢，也由一个小青年逐渐步入中年。现在，我自己也成了编辑，坐在办公室里，那些往事时常历历在目，激励着我在自己的编辑岗位上，学习当年这些老编辑们的为人和作风，尽自己的可能对待省内外的年轻作者们。

对我来说，10多年前的这些往事，是值得留恋和纪念的，也是永难忘怀的。

让我们永远尊重那些在默默无闻的编辑岗位上踏踏实实工作的同志，尤其是老同志们。

乡邮员小丁

我插队落户的寨子叫煞角寨，又叫砂锅寨。砂锅寨这名字很好理解，就是远远地登高眺望，寨子的整个形状，犹如一只巨大无比的砂锅。

而"煞角"这个词，在西南山乡的土话中，是作最末、最后来理解的。也就是说，在修文县的辖区内，这是最后一个寨子了。走出我们寨子不远的三岔口，就是竖在连绵无尽的奇峰异谷间的开阳县和息烽县的界碑。

在这么一个偏远蛮荒的村寨上插队落户，日子又是那么的刻板无聊，平时最盼的，便是一封封远方来信了。

从家中，从故乡上海，从在全国各地插队落户的知青点上写来的书信，是我们枯燥乏味的知青生涯里一件令人兴奋的事情。而天天下午的三四点钟，盼望邮递员的到来，就成了我们生活的一个组成部分。一封封厚厚薄薄的书信，给我们捎来信息，送来温馨，带来城市里的新闻和传播得纷纷扬扬的各种小道消息。有时候不在寨子附近的山坡田土里干活，黄昏时分一回到寨上，问出的第一句话往往是：邮递员来过没有？或是直截了当地一句：有信吗？

后来和乡邮员搞熟了，我们不但晓得，他必是在下午三四点钟走到我们的寨子，而且知道他姓丁，虽然他的年龄比我们知青大，但因他的个儿小，我们都异口同声地叫他小丁。

小丁的工作十分有规律，每天上午9点，他从邮电所骑自行车赶到五里地外的久长火车站，去接9点零1分路过我们久长站的火车，把邮件卸下来，又骑车回邮电所，把挂号、汇款、信件、报纸、邮包分门别类地装好，随后就背着沉甸甸的大邮包往乡下送。由于是偏僻的山乡，寨子与寨子之间，只有坑坑洼洼的泥巴小路相通，故而他就骑不成自行车，只能步行送信、送报。

沿着崎岖小道，一个寨子一个寨子地挨着送过来，从这边绕到那边，从山脚爬上山坡，过桥涉水，走村串寨。走到我们插队的这个最后的"煞角寨"，往往是他最潇洒的时候。因为他背在身上的那只宽宽大大的绿色的帆布邮包，已经是空空荡荡，很轻松自在的了。

逢到下雨不出工，我们总要把他邀到知青点茅草屋里喝一口水，闲聊几句。打听一下公社里有什么新闻和同上调有关的消息。在这当儿，小丁往往显得格外欢乐。他喝着我们冲的麦乳精，眉飞色舞地和我们大摆龙门阵。侃得兴奋了，他还会留下来和我们一起吃碗面条。他常常说，知青们来了，他送信的邮包重多了，原先在乡下，绝不可能有那么多的信件、报纸。

小丁也有轻松的日子，那就是一星期一回的赶场。他带着信件、报纸，站在场口上，把信件和报纸分发给来自四乡八寨的知青和老乡们。这一天的工作，他往往只要花一两个钟头就能做完。

日子长了，我们看得出他对公社里的那个女知青有点儿意思。他说他是邮电职工，旱涝保收。比起一文不名的知识青年来说，每月有22元收入，是很不错的了。可是我们那位女知青，虽然对他客气，其实看不上他，她问："你这22元一个月，算国家的哪一级干部啊？"

小丁很认真很严肃地回答，24级干部拿42元，我这22元，大约是30级干部吧。引得知青们哄堂大笑。后来我们和他开玩笑：就叫他30级干部。

对我来说，小丁就更为亲切和熟悉几分，我最初的投稿是经他的手寄出去的。第一封由出版社写来约我回上海改稿的信，又是他送到我的手上的。后来我在那块土地上成了作家，他时常对我说："记住啊，我给你送过信。"

插队落户的岁月已成为遥远的过去。但是逢年过节的时候，我会给他寄去一张贺卡，遥表一点心意。每当这时候，我就想：当年的乡邮员小丁，现在该称呼老丁了吧！他是不是还像当年一样，风里雨里，狂风烈日，仍在村村寨寨为老乡们送信呢？

怀乡居古庙

每当看到名山大川中那些修建得古朴典雅的庙宇佛堂时,每当为这些涂红描锦、富丽堂皇的古庙啧啧惊叹时,在我的眼前,总会情不自禁地浮现出一座坐落在山巅之上的古庙景观,引起我深沉的遐思和对创作起步那些日子的怀念。

须知,我那最初的创作生涯,就是在这么一座古庙里,伴随着插队生活的苦闷,伴随着青春岁月里的孤独和追求而开始的。

那是插队落户初期。在我稍稍适应了贵州山乡村寨的生活节奏和习俗以后,我那不安分的心又不由自主地思念起书本,思念起由于生活环境的变迁而被迫停下的创作来。可要学习、摸索创作规律,那又是多么难啊!知青点集体户里没有学习空气,周围找不到可以请教的老师,借不着书本不说,就是写作所需的最基本条件——放张桌子铺一叠稿纸的安静环境也没有呀!

我插队的寨子上共有六个上海知青,四男两女,我们四个男知青住在一间刮风就摇、下雨就漏的茅屋里,放下四张床,茅屋挤得只剩人勉强能转身的过道,连张桌子也放不进了。

每当我写东西的欲望强烈的时候,我就只能掀起褥子,在床铺上就着油灯闪烁的光亮写下一个个字。这情景是很别扭的,我趴在那儿写,不是人家醒着影响我,就是人家睡着了我影响大家。即使熬到夜深人静,写得正来劲儿,也会不时地欣赏到伙伴们的梦话和隔壁女生屋里磨牙齿的声音。那年头山乡里的煤油质量也差,灯焰儿闪烁着、摇曳着,冒出一小股一小股烟气,我那雪白的帐子,全被油烟熏得一道道黑条条,洗也洗不干净。

有天清晨,我听到茅草屋后传来低低的啜泣之声。绕过山墙去一看,同户的知青小冯,两个膝盖上放一块搓板,垫在那儿一边给上海写家信,一边在哭泣。我走近去轻声劝慰他,心里却在暗忖:瞧,这地方真不错,不但清寂得无人打扰,且景色宜人。我们的茅草屋紧挨着一大块肥沃的秧田,水田里的秧子,顶着银光闪亮的露珠儿,绿如茵的,一直铺展到寨外门前的大坝子,坐在这儿,一眼便可以看到远远近近逶迤连绵的群山和乡间的条条小道。从第二天开始,我就变夜晚写作为清晨早起,趁着拂晓时分山里的蒙纱雾徐徐飘散,坐在后屋檐下的板凳上,膝盖上放块搓板,搓板上再搁一张硬板纸,写上一阵,抬起头眺望一下寨外的流水和浮云,满眼里收尽山野的绿色,倒也不坏。取这种姿势写封家信还可以,坐在那儿一气往下写,滋味儿就不好受了。

亏得寨上的喻老汉。

那天他在我们茅屋后的秧田里翻犁,水田大,他连续犁了几个早晨,见我坐在那儿写,就对我说,寨外山头上有座古庙,那里曾办过政治夜校,既清静又有桌椅,何不上那儿去。说着还用赶牛鞭指了指那岭巅绿荫丛中露出一角的古庙。

我听了心中不觉一亮。每逢赶场天就往古庙里跑。出寨子过小石桥,沿着一条弯弯曲曲的上坡路爬到山巅,也就一里半路的样子,很近。庙门前台阶旁,长着一棵枝干粗壮的百年老桂花树,月洞门就掩隐在树荫底下。进了略比人高的月洞门,是个光滑的青岗石铺砌的院坝。院坝上头的宅基上一溜平顺地立了四间屋子,两间茅草房、两间砖木结构的瓦房。走进去一看,哪里还有啥庙的痕迹,连菩萨的影踪都见不着了。满屋的桌椅板凳蒙满灰尘,乱七八糟堆在一起,全都是缺胳膊断腿的。所谓桌子,就是一般小学校里的课桌,椅子呢,干脆就是两叠砖头上放一块板,垫得不牢实,坐下去还得跌跤。不过这地方确实清静安宁,除了飒飒的风声和点水雀儿的低声啁啾外,忙忙碌碌的农民们是没有闲情逸致上山来的。比起我们知青挤住的茅草屋来说，这儿称得上是个写作的良好环境了。

于是，我便带上一块抹布，整理出一套稍微像样点儿的桌椅，每天一大早，就踏着晨露，穿过山乡清晨的雾霭，夹着稿纸书本步行到庙里去，在砖块石头、破败的四壁陪伴之下，在大自然的风声、鸟声的伴奏之下，潜心地写着我想写的一些东西，几乎从未遇到什么人上来过。那年头是集体出工干活，贵州的偏僻乡间，头一顿饭总要挨到十点来钟吃，吃完了，队长寨前寨后地吆喝。在小小的土地庙前集合起队伍正式出工，总要拖到十一二点了。所以，一上午时间我尽可以放心在庙里写作，反正到了吃饭时候，同我一起插队的妹妹自会到山脚喊我的。

文思不顺，写不下去的时候，我就搁下笔，走到房屋外头，站在高高的山巅之上，迎着阵阵扑面而来的山风，向四处眺望。每当这时，一股说不出的感慨总要涌上我的心头，那便是一面由衷地感叹山乡的壮伟美丽，感叹"大山是主，人是客"，一面却又为偏僻村寨上的贫困感到揪心。

每年的8月和10月里，月洞门外台阶旁的那棵老桂树，总要先后两次开花，8月里头一次的花儿开得繁艳，香味淡雅一些；10月里的那一次，花儿团团簇簇地开，香味儿浓郁扑鼻。秋风送爽的日子，那浓郁的桂花香味，会随风送到十里八里之外，寨上的乡亲，既图秋后刚收粮食，又图桂花盛开的吉利，都爱在这时节娶亲嫁女。那时候满寨的喧哗总要持续两三天，锣鼓鞭炮的声音不时地传到山巅上来。

哦，那段艰难的日子早已随着岁月的流逝而埋在心底深处。但是，一看到庙宇佛堂，我自然而然还会想起那个幽静的环境来，就在那前后几年时间里，出工劳动之余，我在庙上，约莫练笔几十万字，其间写下的处女作草稿《高高的苗岭》和《绿荫晨曦》等，后来在上海、北京出版社编辑的帮助下，较顺利地出版了。

后来有人告诉我，那上头除了院墙和月洞门是原来的样儿，四间房屋都是破四旧推倒了古庙后新修的。

唯一值得提一笔的是，1982年深秋，中央电视台的同志来黔拍专题，我带他们去过那儿，山巅之上，新崭崭盖了一排教室，娃儿们坐在里面上课。原先的青岗石大院坝拓宽加长，变成了孩子们的操场，像个小学的样子。遗憾的是，院墙推倒了，月洞门拆除了，连那棵百年桂树，也连根刨了。可惜，可惜。

三棵树

窗外有三棵树。

三棵水杉。

那是在我插队落户的年代就熟悉的树种。贵州黔东南的苗寨侗乡，放眼远眺，连绵无尽的山山岭岭上全是郁郁葱葱的杉树林。尤其是锦屏县的18年杉，树干通圆挺直，树枝朝着四侧延伸。成材以后，伐倒在地，滚落山坡，到河滩地上扎成简易的筏，顺着一泻千里的清水江，运送到省外去，运送到沿海大中城市去。

从幼苗到成材，看够了杉木生长期的种种形态和面貌，也就不觉得有什么稀奇了。只是，窗外的三棵树，天天陪伴着我，用它悦目的绿，以它摇曳的树枝，显示着它的存在。每日的清晨或是没睡的夜晚，来到阳台上开窗关窗，我总要情不自禁地端详它们几眼。久而久之，不但看出了感情，还看出了一些过去在偏远山乡没读到的意味。

盛夏的烈日里，无风，它们是纹丝儿也不动的，仿佛它们也像我一样懂得动了容易出汗。狂风暴雨中，它们忍受着风雨的抽打，颤抖着东摇西晃地躲避着。惹得我多次想象着该怎样使它们少受伤害。

记得，我当初搬进新村的时候，三棵树都只有二层楼那么高。站在阳台上或是里屋的窗户边，我能清晰地看到三棵树的树冠，尖尖的细嫩的时常还是不那么挺直的树冠。几年时间里，它们直直地往上蹿，蹿得和三楼的窗台一般高了，蹿得接近四楼的阳台了，蹿到四楼窗户边了。随着它们的个头往上长，它们的主干也在粗壮起来，挺直起来，而朝着四周延伸的枝叶，更是弥散一般尽可能地向外张开，就如同一把把使劲撑开的绿伞。

但是，我很快发现了，三棵树虽然挨得那么近，沐浴的是同样的阳光雨露，可生长的速度是不一样的。仿佛都是15岁的少年，在一个班上，有的长得人高马大，足有一米八，而有的个子矮小，一眼看去活脱还是小孩。

我开始寻找它们生长不一的原因。

这是不难发现的。长得最高最壮的那棵树，占尽了天时地利，它离我家的窗户最远，却离新村拐弯的十字路口最近。风拂过来，最先享受凉爽的，是它；太阳升起来，最先照耀到的，也是它。因为挨近十字路口，周围再没其他的树遮挡，它的枝干树叶也伸展得最为潇洒自在。

挨下来是中间那棵树，它不如前头那棵长得高，枝叶的舒展也不如前头那棵自由自在，它的旁边还栽着一棵玉兰树，和它争夺着土壤的养料、水分和光照。前头那棵树蹿得越快，长得越高，枝干树叶伸开得越舒展，它就生长得越慢。

当然，生长得最慢最矮小的，是第三棵树，也是离我家窗户最近的那棵树。太阳升起和落下的时候，都照不到它。斜斜的阳光辐射，都让它前面的两棵水杉和一棵玉兰树遮挡住了，吸收去了。只在太阳当顶的时候，它才能公平地得到阳光的亲吻。由于它离楼房太近了，一楼院子的围墙妨碍了它往里面的发展。而沿新村道路那一侧，又让第二棵树和玉兰树挡住了去路。

故此，我搬来时长得一般高的三棵树，三棵同宗同族的水杉，在我居住了几年以后，成了自高而低、自大而小的三棵树。

在窗户边远眺，在阳台上读书，抬头看见这三棵树，我总像看着一道风景，甚至还为三棵树列成一排，树冠由高向低倾斜的线条而发出赞叹。起风了，三棵树一起婆娑起舞。变天了，三棵树同时摇头晃脑，发出飒飒的响声。

总是生长得最高最壮的树最先有动静，表现出的形态也最为扬扬自得。

我时常忖度，这一道有序的三棵树的风景，会很长久地陪伴着我，陪伴着我的家。可这仅仅是我的愿望和想象。

那是一个风雨之夜，随着一声震天动地的雷响，我听到窗外响起一声霹雳。很惊心的，把我从梦中惊醒。听明了是在下暴雨，我又沉沉睡去。

第二天一早醒来，雨过天晴，是清新明朗的早晨。我习惯地打开窗户，窗外的景象让我大吃一惊。那棵长得最壮最高的水杉，被拦腰折断，劈倒在地，尖嫩的树冠埋在树丛中。那样子活像一个壮汉佝偻着腰跪倒在地呻吟。我想起了昨晚那声惊雷，随之听到的其实不是霹雳而是水杉主干被拦腰折断时的惨叫。

完了。这棵占尽了天时地利之先，平时最先得阳光雨露滋润生长得也最为令人欣慰的水杉，看来是成活不了了。

但它活着，一枝细嫩的树冠，从被劈断的粗壮的树中央长出来。弱不禁风地往上试探地长着、长着，竟然从最初的半尺高，长到一米多高。在这一缓慢得犹如嫁接上去的重新生长过程中，旁边的第二棵树蓬蓬勃勃地往上蹿了起来。没有了遮拦，没有了阻挡，现在是它占尽了天时、地利之先了，现在是它最先享受阳光雨露的滋润了。看得出它迫不及待地抓住了这一难得的机遇，在跳跃般的往上蹿了。蹿得树干挺直，蹿得枝叶舒展。不用说，现在是它的形态最为潇洒最为诱人了。而挨着它的第三棵树，也在不动声色地生长着，虽然不如它蹿得高、伸展得自在如意，但它那形态，同样地惹人注目。

6年过去了，三棵树还在生长。中间那棵长得最高最壮，一左一右各有一棵树陪伴扶持着，它还长得最为挺直。原先最瘦弱矮小的第三棵树，如今名列第二。它的树干挺直却不粗壮，它的枝叶伸展却不能无拘无束。而原来长得最为结实粗壮、高挑挺拔的头一棵树，现在看上去总有些别扭，它的下半截是粗圆挺直的，而在被折断的横面上长起来的上半截，显得过于纤细，过于柔弱，一眼看去，我常常觉得它活像个鹤脖子。

窗外的这一道风景，又能维持多久呢？我时常想。

窗外有三棵树。

三棵水杉。

两副目光

19岁那一年,我离开了上海,去到遥远的对我来说仅仅只在地图上读到过的贵州乡间,拿当时的话来说,走的是一条上山下乡的道路。更准确地说,是到偏僻的村寨插队落户。

也许因为我在上海居住在繁华的市中心,也许因为我读书时几乎天天要在人流不息的南京路上至少走两回,我对城市的景观太熟悉了,故而乍然来到群山连绵、层峦叠嶂的高原,我强烈地感受到了城乡之间巨大的差别。

那些年里,我在学做一个农民的同时,情不自禁地睁大了不无忧郁的双眼,好奇地观望着山乡里的一切:幽深的河谷、呼啸的山风、连绵无尽的群山和一座一座大大小小的村寨,还有稀疏的或是密密的树林子。尤其是栖息在这片土地上的老少农民们,他们的风情俚俗、他们的生活方式、他们的衣着服饰、饮食习惯,都激起了我强烈的兴趣。那时候,我自觉不自觉地用一双都市人的眼睛,观察着山里的一切,并且力图去理解那些陌生的有时甚至困惑的人和事。也是在这种观察、理解和思考的基础上,我提起笔来写下最初的一些作品。无论是写到我们这一代人命运的小说,还是写到农民们的生活形态,甚或是那些描绘少数民族诸如苗族、侗族、布依族生活的小说,我得承认,那全都是我用一双都市人的目光观察山乡生活的结果。

随着岁月的流逝,我在山乡里浸染得愈来愈久。我会讲一口流利而地道的乡间土话,我的衣着在农民们中间几乎和他们浑然一体,我的脉搏已经随着农民们血液的流淌而搏动,我习惯地用一双乡间农民的目光,留神节令的变化,关心气候对庄稼的影响。春天里为天旱犯愁,夏日里因山洪暴发而怕涝，秋天里担忧西北风刮得太早，冬季里盼一场下得透透的大雪——特别是在区里、县上的干部下来催粮、催款时，我的思想感情，几乎完全是站在农民们一边的。偶有机会外出，坐在火车上，我总是习惯地交叉起双手，用一双局外人的眼睛，观察那些拿工资吃饭的人如何行事。他们的言谈举止，经常还会逗起我内心深处不屑的情绪。跑进了城市，我更是用一双乡下人的眼睛，疑讶而愕然地瞅着省城、瞅着北京、瞅着上海一年和一年不同的新景观，并且把这些新的人和事带给我心灵的震颤运用小说的形式写下来，竟然也会给读者们带来欣喜哩。

　　后来，命运又使我回到了城市，回到了生于斯长于斯自小熟悉的但如今又有点儿陌生的上海。于是我不知不觉就用一双乡下人的眼睛来观察上海这座大都市里今天正发生的一切，我惊喜地看到自己有那么多新的发现。我贪婪地呼吸着城市里的空气，这空气虽然没有山乡里的清新宜人，多少遭了点污染，但我认真地让自己去适应，让自己已显迟钝的脚步适应都市的节奏。在融入这个城市的同时，我又开始用一双都市人的目光，来回顾我在乡间已经历和体验过的一切。稀奇的是我顿时觉察到了很多原先并没意识到的东西。我觉得一些艺术的光点光斑在闪烁，在激励着我拿起笔来……

　　就是这样，我渐渐习惯了用一双当代大都市人的眼睛观察遥远山乡里的现实，用一双偏僻乡间山民的目光看待今天的城市。当这样两双眼睛碰撞在一起的时候，我总是感到心头又有新的写作欲望在萌动。而这种碰撞又是那么多，几乎不用我费劲去寻找。谁都知道上海是我们国家数一数二的现代化大城市，谁都知道贵州在我们国家的经济上是居后的，如此鲜明的对比造成的落差使得我经常能观察得和别人不一样。这是命运的恩赐呢还是我的局限，我讲不清楚了。但有一点我是清楚的：我是摆脱不了这一切的了，就让我生命的环，在都市和乡村的两极之间摆动碰撞吧。

告别砂锅寨

连续下了几天的大暴雨,引得山洪暴发,淹没了大院坝,知青点的茅草房泥墙被泡酥了,住不得人。我先在老乡家厨房上头的阁楼里借宿了两个多月,后来就让我住进了大院坝旁边的土地庙。

这土地庙统共只有五六个平方米那么大,就是晚上栖身睡个觉,趴在桌上可以写个字,其他时间,我几乎都是在庙上的小学校待着。

1974年,我的小说被上海文艺出版社选中,让我去上海改稿子。由于当时知青慰问团里有人给出版社提意见,说"柏油马路上栽不出万年松",他们让我住进高楼深院改稿子,是脱离群众,脱离贫下中农,培养"白尖"苗子。在长篇小说稿修改好交上去审读期间,出版社就让我回寨子继续劳动。

在上海改稿期间,出版社根据砂锅寨一个劳动日4角钱的工值,每月给我12块钱的误工补贴。我的吃饭钱算是有了,那年头,12块钱饭票,在上海出版社食堂,可以吃上中等水平的伙食了。比在砂锅寨边劳动边自己开伙煮饭吃,强得多了。至于那个年头吃饭少不了的粮票,都是出版社老编辑和上海亲友接济我的。

拿了误工补贴,就不能再在生产队里拿工分。没有工分就分不到粮食。回到生产队,没粮食吃怎么办呢?

出版社说会出公函同修文县商量,一商量就没下文,事情也就拖下来了。我的吃粮问题就悬乎乎吊起。好在时间不长,办法出来了。

1975年冬,修文县化肥厂招工40名,久长公社知青中也有名额。因为有出版社为我在上海改稿出过公函,其间又有北京电影学院导演谢飞看中了我的小说清样《高高的苗岭》，要借我去北京改电影剧本，县里面就让化肥厂招收我这个学徒工，不要化肥厂发学徒工资，只要他们把我招为职工，发我粮票，就把我的粮食问题给解决了。

砂锅寨和公社很高兴，就把我的关系转到县里面去了，并且告诉我，可以到化肥厂去领每月的粮票。这是1975年12月底的事。我去了化肥厂，化肥厂回答我，有这事儿，但你的关系还在办理之中，现在还不是化肥厂职工，没有你的粮票额度。说老实话，我们化肥厂招收一个发学徒工粮票的人来干什么呢？我们要的是工人，干活的工人。

我听话不好听，转身就走了，心头想：等关系转来了再说吧。

那时候我是单身知青，也不忙于结婚。又有好几个稿子要出版，光是要改定出版的，就有上海少年儿童出版社的《高高的苗岭》《深夜马蹄声》，上海文艺出版社的《岩鹰》，北京电影学院和北影合作的《火娃》，人民文学出版社的《绿荫晨曦》，而且还有我正在写作中的《我们这一代年轻人》《风凛冽》以及《蹉跎岁月》的笔记……我哪有时间为每个月30斤粮票一趟一趟跑啊！

这一走就是一年多。1977年，"四人帮"打倒了，我的书一本一本出版了。1978年，《火娃》公映了，北京电影学院带着样片，到贵州来答谢放映了10场，那年头这算是一件大事，省里主要领导接见了剧组，问他们有什么要求。剧组只希望省里解决我的工作问题，反映了我至今没一分钱工资，也没一个地方发粮票的情况。

在省里领导的关怀下，贵州省作家协会决定招收我去搞专业创作。作协秘书长把我从北京催回贵阳，让我务必在1979年10月31日之前，把户口迁到省作家协会来。

我先去了县里，县里有关部门已经换了人，说他们只知道我的关系始终在扯皮，故而几年里没地方给我发粮票，让我先到化肥厂去问问。

我到了化肥厂，化肥厂说我们厂里没有你这个职工，当然不会给你发工资、发粮票。我说我的关系在哪里呢？化肥厂说你从哪里来的，就到哪里去问。

我又去了县里，县里说：这样吧，你先回久长去，查一查你的关系究竟转到哪去了，我们估计化肥厂把你的关系退回公社了。

我马上从县城走30里地赶到久长，这时候我心中早已不想什么粮票了，我是担心七转八转把我的关系转没了，那就惨了。

公社又让我去砂锅寨，找干部写一个户口转移情况，盖上公章。砂锅寨老乡倒干脆，对我说，你的情况，你最清楚，你自己写一个吧。我写了一个，他们抄了一遍，盖上公章（谢天谢地，总算有公章了）。我把证明材料带到公社，公社民政干事翻出户口迁移本，指着我的名字说：你看，你的户口，我们肯定给你迁了。只是你的个人插队落户表现材料，化肥厂当时不愿接受你，退回来了。现在我们已经封好，你带到县里去。

在久长街上一个熟人家中睡了一晚，第二天我又往县里赶，县里再让我去化肥厂，化肥厂这下认了，说你的户口在我们这里，但不发粮票、工资，是当初厂领导决定的，我们工作人员只能执行。现在省里要调你去，我们给你定一个一级工待遇，这也是破格的。总不能让你30岁的人当学徒工。

我还能说什么呢，办完手续，又去县里盖章，盖了章，我再一次去往砂锅寨，把存放在老乡家里的两箱子书，让马车拖着，送去火车站托运。

这一天，是1979年10月31日。

我的苦涩的、艰辛的、充满青春追求和思索的插队生涯，就是在这一天结束的。

这一天之所以值得我牢记，还因为当老乡的马车拖着我的两箱子书走过久长街时，我遇到了同一大队的上海女知青小丁，她嫁给了当地农民，手牵着娃娃走到我跟前和我告别那一幕，使我陡地萌动起多年之后写作长篇小说《孽债》的灵感。这个细节我在《孽债》的后记中已经写过，不再重复了。

永在流动的青春河

近半年来,不断地有人发来请柬,让我参加编撰和知识青年有关的丛书;不断地有人来约稿,希望我写一些和当年的上山下乡有关的文字;不断地有人送来一厚沓一厚沓的电视剧本,让我读一下这些准备投拍的、接近完成的本子,写的都是知识青年们的故事。仅近三四个月里,光这样的本子,我就拜读了近百集。

有关知青当年的故事,有关知青返城后的沉浮,有关美丽女知青坎坷命运及恋人的故事,有关知青的子女们和他们的父母间的故事,还有侧重写今日的知青子女在都市里闯荡的故事。

一切迹象都在提醒着我,20世纪60年代至70年代初中国发生的知识青年上山下乡运动,并没有从人们的记忆里抹去。有些剧本和丛书的编撰者则开宗明义地宣称,他们今天提起笔来描绘充满苦涩和辛酸的往昔,就是为了纪念插队落户30周年。

30年了。真是人生易逝,弹指一挥间。

读着这些充满感情的文字,看着一部又一部描述往昔岁月的剧本,不由得我一次又一次地扪心自问:是啊,这一段历史是翻过去了,今天很多很多的少男少女,已经很难理解我们经历过的那段貌似奇特的生活。那么,这一段难以忘怀的岁月,究竟留给了我们一些什么样的东西呢?重复地、喋喋不休地有时甚至是不厌其烦地去回顾以往,在今天究竟还有些什么样的意义可以探讨呢?

有人说:知识青年,是20世纪中国史册上一个无法抹去的凝重印记。

有人说：沉浸在知识青年们的如烟往事之中，一辈子也走不出那条青春河。

有人说：频频回首风雨人生中知青们的故事，是在努力寻找青春的足迹。

有人说：知识青年的自省、忏悔和反思，是我们民族自省、忏悔和反思中的一个重要组成部分。因为这一代人正在成为社会的中坚……

有人说：什么中坚啊，随着岁月的流逝，这一代人正在退出历史的舞台。

有人说……

各种各样层出不穷的话题和议论，搜集拢来几乎可以编成一本大书。

我也曾是一个知青。

在和读者的见面会上，在盛情相邀我去签名售书的那些城市，只要对方告诉我说他当年是一个知青的时候，我总是这么回答他们。当他们希望我说些什么和写些什么的时候，我往往就重复这句话。

我总觉得有这句话就够了。

我在偏远的贵州山乡整整待了10年零7个月的时间，一天也不多，一天也不少。我想，对于这么一长截漫长的日子，我能说些什么呢？

能说的我都已经写进了那些小说。插队10年，直接描绘知识青年命运的长篇小说，我一共写了六部：《我们这一代年轻人》《风凛冽》《蹉跎岁月》《在醒来的土地上》《爱的变奏》《孽债》。这六本书我都编进了《叶辛文集》，不是我格外偏爱它们，只因为它们是我们青春岁月的印记。

在这些书里，我说过我希望那样的日子再也不要回来了；我说过我的青春、我的追求、甚至于我的爱情，都是从那时候开始的；我说过就是在那样的岁月里，我才真正了解了栖息在祖国大地上日出而作、日落而息的农民，他们渴望过上基本达到温饱、祥和美满的生活，但他们的愿望实现起来往往又是那么困难。

更多的时候我不是说而是在回忆，默默地静静地回想那些已经逝去的，却又是那么清晰地留在我脑海中的画面。粗犷的远山连绵无尽地展示着古朴原始的高地，苍茫的云空中有鹰在盘旋，从绿得悦目、绿得诱人的山林里，传来小伙子奔放的时而又是逗人的歌声，传来姑娘们嘹亮得飞甩到谷地深处的歌声，这歌声和巍峨的大山，和轻柔的蒙纱雾，和郁郁葱葱的大树林和谐地交织在一起，撩拨着人的心绪，搅动着人的思绪。

哦，多少文思就在这样的场景中涌现出来。

我在一篇创作谈中写过：创作，是我生命意味的体现。而我生命的根，就是孕育在由高山河谷树林村寨组成的大自然中。我对大自然的情愫，对生活于广袤大地上的人民的感情，就是在上山下乡的插队落户岁月里从切身的体会中培养起来的。

知识青年的30年，是中国20世纪历史中的一道独特的风景。

我们今天又来叙说这一段往事，叙说关于昨天的话题，为的是更好地着眼于今天，迎接愈加美好的明天。

3 第三辑
生命彩虹

> 人的生命中会有彩虹吗?我的体会是只要脚踏着祖国坚实的大地,把自己的青春和人生的道路,自觉地和祖国的发展轨迹融合在一起,个人的生命中总有那值得留恋和回味的美好。

遥念山乡

我曾生活了14年之久的那一片乡土，以瑰丽多彩的风光闻名，那是"黔之腹、滇之喉"的安顺修文，古时候叫龙场驿。多年以前，当我在自己的小说中写到它的偏远闭塞，写到它的贫穷落后时，我也如实地写到了它的山水风光，它那古朴醇厚的乡风民俗。

两年之前的今日，我离开了贵州回归故乡上海。两年中在忙忙碌碌、紧紧张张、琐琐碎碎的生活中，时常总会情不自禁地回想和牵挂山乡里的一切。"有朋自远方来，不亦乐乎"地要对乡间的事问个够；得到一张那里的报纸，大大小小的消息也要看个够。不是眼馋那些醉人的湖光山色，不是为如今开发得更为便利、舒适的旅游胜地入迷，不是欲故地重游、陶醉于美不胜收的风景之中。想得最多的，恰恰就是山野里的安宁，偏远寨子上的静谧。还有那里的风、那里的雨，和伴随自然界的风雨栖息在那块土地上的人们。

说来难以让人置信，真正地开始懂得一点观察，真正地开始悟到一点创作的真谛，恰恰就是在那山也十分遥远、水也十分遥远、弯弯拐拐的山路，更是十分遥远的村寨上。曾与几位初学写作的年轻人说，我琢磨出一点小说的道道，是在"看风""听雨"的日子里品咂出来的。瞅着年轻小伙和姑娘诧异不解，认定我是在故弄玄虚的眼神，我只得如实道来：那年头清贫的生活逼得你只有以繁重的劳作去打发光阴，穷得一文不名且又不可能通过自己的努力马上改变那种状况，人便变得无所欲、无所惑。闲暇下来，生命需要延续，日子需要打发，于是一小点儿动静也会引起我的浓烈兴趣。茅草屋外头的竹林里声音嘈杂得像有野兔乱蹿、竹鸡拍翅，赶紧凑近窗前去看，却是啥也不见,而是豆大的雨点砸下来了。山野里一片细刷刷的声音,细密而又轻柔,别以为是什么轻风拂过麦田,那其实是绵长的雨在下。山乡里称作凌毛毛的霏霏细雨,飘洒起来是一点儿声息也没有的,那雨丝儿细小得你出门时都不想带伞,但只要走上三五里路,那细雨准把你的衣裳沉甸甸地浸透。就是这让人编进歌里唱的毛毛雨,我也是听得出来的。当然不是听它如何飘洒,而只消听听屋檐下的动静就行了。细雨飘洒得久,时不时隔开一点时间,屋檐下就会眼泪似的滴下一颗雨珠,清晰地滴落在青岗石阶沿上。翻书翻乏了,山野里又没有更多的东西可看,看够了山,看够了雾岚,仰起脸来,看得最多的,竟然是偌大无边的天。天上云跑得快,风必然刮得凶。从峡口那里吹来的风,我往往一眼看得出,瞧啊,坡上的丝茅草全朝着一面倾斜颤动。山巅上的云层在往下压过来,风声里带着雨,那云层下就像拖着扫把;风劲吹时,雨斜斜地落下来;风小了,雨丝儿会像蚊蝇般飞舞;风挟着雷雨时,往往从山峦那边先亮起来,遂而拖带着阴云,自远而近、排山倒海地横扫过来。风轻柔温存时,蝶儿在飞,蜻蜓在翔,花瓣儿也得意,还有阳光……由风雨雾岚而山岭峡谷,由自然界而栖息在这块土地上的人们:男女老少,形形色色。我记不清自己在乡居的插队生涯里潜心入神地写下了多少与气象有关的日记,记不清自己那本像户口册一般给山寨上每户农家编号的本子是怎样密密麻麻地写满了的。

怪得很。"听雨""看风"使我的山乡生活充满了情趣和色彩,住久了感觉麻木的山寨、田野、树林、河川和莽莽苍苍、千姿百态的群山,也变得亲切起来。

逢到赶场天,年轻调皮的小伙长声悠悠地唱:

"山路弯弯细又长,七天七天赶一场;不买油盐不买米,赶场只为看姑娘。"

哦,这歌声里蕴含着多少乡情,多少诙谐和俏皮,它由远而近地传来,在嘹亮清纯的和声里,伴着山谷的回音,唷哎——唷哎——又由近而远地传入群山，久久不散。仿佛非得让人感觉那回肠荡气的滋味，仿佛非得让人随着这歌声心魂摇荡……

回到了上海，这一切的一切自然都已远去。唯正因离得遥远，思念得也就格外真切。不过我毕竟在那块土地上实实在在地生活了21年，在遥念山乡的思绪泛滥得最为猛烈时，我也还是记得，我居住的茅草屋是滴漏的，一大张厚实的塑料布一年四季总是遮在帐子顶上，睡觉时倾听漏雨的小鼓点。雨季里泥泞的道路上布满了深深浅浅的蹄印，非得赤脚走过去，才会觉得合适。雨只要一下得大或久，井水、堰塘水必然是混浊的。那倒不怕，挑回来沉淀半天，总还能吃；怕的是天干的旱年，堰塘里的水发了臭，而深沉的井眼里，一点水也不往上冒，那日子才叫人发慌哩！至于吃，至于其他生活条件，那就更不消言……

有人要说了，既如此，那你又何必这么思念？说实在的，我自己也在经常地扪心自问，且得不到一个能够自圆其说的答案。

若要勉强回答，那倒也不难。古代文人中就有例子，400多前的1508年，被贬谪居住在龙场驿的王阳明，心情抑郁时，形容贵州修文的山是："连峰际天兮飞鸟不通，游子怀乡兮莫知西东。"而他高兴时就写道："天下之山，聚于云贵；云贵之秀，萃于斯岩。"

另有一种解释，不知能否说通。

记得俄罗斯《文学报》的第一副总编辑来作协访问，他说在他的国家里，有二十几位作家享受的是一般人根本得不到的待遇，他们有别墅，可以随心所欲地到世界任何一个国家访问……他举例谈到的名字中，第一个就是我们多半都熟悉的艾特玛托夫，还有一位拉斯普京。在他介绍完以后，我的思绪就甩了开去。我注意到他提到的这几位作家，几乎都是描绘俄国乡村的高手，在他们笔下，表现得最生动最感人的，往往是偏僻乡村里的那些故事。他们自己有别墅，住房条件想必比中国作家好一点。那他们又为何要纠缠不休地描写泥泞的道路、用原始方式割草的农民、担水过日子的农妇、眷恋故土对开发建设有抵触情绪的老农、安卡拉河上善良的勤扒苦挣的少妇、森林里几乎未曾接触现代文明的孩子呢？莫非他们的创作思绪中也有着对乡土的眷恋和遥念吗？广而言之，在那些偏远荒蛮的山乡，在保存着无法避免的落后、原始、古老的生活习俗的同时，不也同样保存着朴素、稚拙因而令人感到奇特新鲜的东西嘛。这些东西不容置疑地显示出一种日见消逝的朴素、天真之美，透露着人类某种返璞归真的意向，某种回归自然的美学意趣。

这样的阐述自己似乎自相矛盾的思乡情结，解释自己沉浸于山乡回忆的遥念，不知是否能说得过去，不知是否能获得读者们的理解？便写下这篇短文，求教于高明者。

一家人回贵州

重访砂锅寨

砂锅寨是我插队落户的寨子。

1969年3月31日,我和近千名上海知识青年离开了黄浦江畔,坐了三天两夜的火车,又坐了整整一天的卡车,于4月4日傍晚,走进了这个黔北高原大山褶皱里的小村寨。那天,正下着寒冽的倒春雪,冷到我们的心上去了。

1998年3月31日,整整29年后的今天,我于清晨离开上海的家,坐了两个半小时的飞机,又坐了一个多小时的汽车,于当天下午2时,再次来到了砂锅寨。

离开砂锅寨以后,这不是我第一次回插队落户的山乡。整个20世纪80年代,因为在贵阳工作,北去遵义和黔北山区,只要路经这里,我都要下车来走一走、看一看,有两次还请老乡抽根烟,在寨上逗留了整整一天。

但是这一次,却是整整隔开了10多年,才又回到这块熟悉的土地上。

是什么促成了我的这一次第二故乡行呢?

说起来也极简单,去冬以来,不断地受到出版社编辑的催逼,约写一些关于上山下乡的稿子,关于插队落户岁月里的故事,关于知识青年的话题。春节过后,白天上班,晚上就在家里处理插队年月里的书信,其实就是我和妻子王淑君当年互相之间的通信。我们在山乡里恋爱了10年,其中7年半的时间,是在两地分居和相思中度过的。相互之间写了很多的信,这些信是我们插队生涯最真实的写照。我心里想,与其煞费苦心绞尽脑汁回忆当年的情景,不如将这些书信整理出来,比搜索枯肠重新写作要真实得多。我把这想法给热情的编辑一说,不料她倍加赞赏,还把我两张在贵州山水间拍的照片，请美术编辑设计了一个别致的封面，在首都的报纸上发表出来，冠名为《旧日的情书》寄给了我。而且还说，她约了10位知青作家，每人写一本回忆录，组成回忆录丛书，这些作家全都交了稿，出了片子，唯独我这一本，没交稿。

于是我就急了，不能因为我一个，拖了其他同行的后腿啊！天天夜里，晚饭过后到12点，我都在拆信、看信，把它们整理归类，复印以后重新收藏，读着所有这些往日的书信，青春岁月里的往事，历历在目地呈现在眼前，久久地挥之不去。夜半三更，想到第二天要上班，只得停下案头作业，躺到床上，但是却睡不着。那些个苦涩的日子里的一切，即使回味一遍，也是十分辛酸的。妻子几次对我说，别整理了，退休以后再说吧，她仅偶尔读了几封信，心头都沉甸甸的，这不是自寻烦恼么。我心里说，既然开了头，心中再不好受，我也要把它们搞完。再说，出版社的编辑三天两头都在打长途电话问进度呢。

3月下旬，我总算把第一批书信150多封整理出来了。除了雨水锈蚀部分实在难以辨别的，除了信中涉及的具体人名通通以小李小张小王小周代替，以避免不必要的麻烦，所有的信，全部保存原貌发表。我和妻子同是没名的小知青，我们在书信中谈的全是自己的劳动、日常琐事、文学追求和当年对遇到的形势和大事件的看法，表露的是真实的思想感情，叙述的则是真正的知识青年的心态和情感。

没有虚伪，没有矫饰，更没有当年极为流行风头十足的豪言壮语。

交稿以后，我对介绍我参与这套丛书的作家赵丽宏说，这本书纯粹是文学的副产品。

他却说，你别小瞧了它，也许它会成为你最值得珍视的一本书。

想想也是，稿子寄走了，我的心头涌起一股强烈的想要回砂锅寨去看一看的念头。我们在信中时常提及的树林、山路、草坡、水井、房屋和老乡们，今天变得怎么样了，那些我们天天去劳作的田块、坡土和桦树林、小竹

第三辑 生命彩虹

林，还像原来一样么？

这一欲望强烈得使我做不成其他的事。于是我决定了这次重访砂锅寨。

正是3月下旬，读过我一些散文的朋友提醒我，你当年不是3月31日走的吗，真要走，干脆就把票订在3月31日。

从去年起就在编撰我一本摄影册《半世人生》的上海画报社，派了责任编辑陪我前往，说可以补拍几张照片。上海电视台《今日印象》节目组，也毅然决定拍一个《叶辛回"家"》的专题。

重访砂锅寨，就这么成行了。

下了飞机，在贵阳定下住处，吃了午饭，我们就直驱砂锅寨。

车出阳关，就是一条高等级公路——贵遵公路。我们插队的20世纪六七十年代，从贵阳坐车到我落户的公社久长，最快也得一个半小时。可今天车子只开了20分钟，车窗外的山野田坝和树林就熟悉起来。这是离久长不远的扎佐林场，郁郁葱葱的苍松翠柏愈加密集了，我小说中写到的森林景致，就是这一片连坡连岭的树木。不过，附近辟出了高尔夫球场，绿如茵的草坡连接着一片片的油菜花，在明丽的春阳下格外惹眼。

我插队时的久长公社，后来变成了久长乡，今年已是久长镇了。进镇街之前，要过收费站，那两个人一样高的镀金大字：久长，把我吓了一跳。这比沪宁高速的路标更醒目。车拐过十字街头，我认得原先的百货商店、供销社、邮局，依稀还能找到公社的办公室，只是29年前的4月3日雪夜住过一晚的那个茅棚饭店，一点踪影也没有了。

车出久长街，驶上修开公路，颠簸得就厉害起来。这条由修文县城通向开阳县城的公路，还是解放前贵州军阀周西成修的，系沙砾路面。那年头我们从寨子到久长来赶场，就得走这条路。插队落户10年又7个月，我在这条路上不知走了多少个来回：顶着烈日，下着暴雨，冰凌满地，飘飞雪花，落着绵绵细雨，老阴天……各种各样条件下，每一截路要走多长时间，我都能算计出来。

车在沙砾路上行了5里地，从变电站旁边，拐进了一条小石块和细石子铺就的马车道。驶上这条路，小车就像船一样在海洋里摇晃，晃出20分钟，还没走上3里路。

车窗外是沙雁二队低洼的田坝，偌大的一块水洼地，一下大雨就要淹。1973年，大雨落了三天三夜，终于引得山洪暴发，大水冲垮了田埂、坝墙，蜂拥进老百姓的泥墙茅屋。在沙雁二队落户的上海知青小管，听到床头水响，拧亮电筒一看，吓得惊叫出声，随手抓起床头一条裤子，跳出窗户往山上跑，刚跑出十几步，整幢泥屋就在水声中垮了。看看茅草顶在大水中漂浮，天空中雷声隆隆，电闪阵阵，她欲哭无声。这一细节，后来被我写进《蹉跎岁月》杜见春的遭遇里，不知引来多少知青读者写信给我，叙述他们插队时相同的境遇。可见当年多少知青，有过相同的不堪回首的经历。

我等不及车子慢吞吞摇进砂锅寨去，下了车子，步行往寨子直冲。

过了垭口，风大起来，门前坝大田里一片金黄色的油菜花儿，开得真艳，风声里夹杂着浓烈的油菜花的香气。这又是我熟悉的一派景致，胡豆熟了，麦子黄了，春耕大忙季节又将来临。我的两眼紧紧地盯着寨前的小山巅上，那里的小学校怎么不见了呢？走近了去看，哦，原来坐落在山巅上的耕读小学，已经迁移下来，重新修在门前坝的大土中间。这块大土，当年不正是生产队专门拨给我们六个上海知青的自留地嘛！用城市的目光看，小学校显然仍是简陋的；可用历史的眼光去看，今天的小学校比当年我教书时山巅上的学校，不知好了多少倍！

在乡亲们热情的招呼下，我和他们一起，沿着小石桥走进了砂锅寨。

砂锅寨变了，砖瓦房多了，泥墙茅草屋找不到了，连集体生产时少不了的大院坝里，也都建起了两层楼的房子。寨门口老少乡亲们涮洗衣袜鞋子的堰塘水，被抽干了。堰塘坝上的五棵大柳树，连根拔除了！我惊问，大柳树呢？乡亲答：树根里出了虫子，只得忍痛砍了。现在正想方设法铺自来水管，把清澈的山泉水引进寨子。

砂锅寨又没变,寨路还是这几条寨路,一家一户的小院坝,除了比当年陈旧一点,可以说面貌依旧。连一张张熟悉的脸庞,尽管添加了皱纹,我都还喊得出名字。我在寨子上居住过的泥墙茅屋,连屋基都难以辨识了。大水冲毁了茅草屋之后,我曾经栖身的土地庙还坐落在那里,我借住过的老乡家的二层小阁楼,模样儿一点没变,连那些楼廊上的栏杆,也还搭着娃娃的尿片,仿佛我昨天刚刚离开一般。年近八旬的老房东当年常对我说:坡是主人人是客。对于砂锅寨,对于砂锅寨周围的山山水水,我现在真正地成了一位客人。对于历史,对于大自然,我们这些匆匆活过一回的男女老幼,芸芸众生,不也是一个客人嘛!

　　摄影记者在"啪达啪达"地照相,他仿佛对寨子上的一切都有浓郁的兴趣。电视台记者在采访,在挑选镜头,他们问老人,也问娃崽,他们还把镜头对准寨子外面的树林田野。我站在一边,心潮翻滚地面对着越涌越多的乡亲们,机械地回答着他们的问候。我想对他们说,30年了,30年前的一切,恍如眼前,历历在目。30年后的今天,我特意挑了这么个日子,又来了。我是来了却时常悬在胸口的心债的,我是来又一次回味逝去了的青春的。我还想告诉所有的人,下过乡的知青和不曾下过乡的年轻一代,岁月不是空白的。

　　砂锅寨是我插队落户的寨子。我的青春,我的艰辛繁重的劳动生活,我那漫长的知青生涯,包括我的憧憬、我的追求,甚而至于我的爱情,都是从这里开始的,都是从偏僻山乡的崎岖小路上一步一步迈出去的。

　　这就是我重访砂锅寨的意义。

别 亦 难

说要走、要走、要走，临到真正获知同意我走时，我的心又惆怅地悬浮起来。连续多少个夜晚扪心自问，当真要走了吗？当真要走了吗？

1985年的春天，75岁的老母来信告诉我，她的一只眼睛开始看不清东西，很希望我回去照顾她。她说我离家已有16年了，很多插队落户的上海知青都回去了，我也应该可以回家。据此我交了请调报告，当时上上下下是一片挽留之声，领导还派了干部去上海探望我母亲，说服了她。我也便留了下来。一留便是整整四年。1989年3月，母亲双目失明，她已不能执笔给我写信，信是亲戚写的，告诉我老人很烦恼，天天喊着请人写信要我回上海，那时我正在中央党校学习，便写信托自小一起长大的同学，设法送她进一所市级医院动手术。12月，我赴京开会后，绕道上海看望母亲。母亲手术后效果不好，眼睛老流泪水，配了深度的眼镜，只能勉强辨识人影在她身前晃来晃去。我回家10天，她天天要我同意设法调归。她说你19岁离家，现在已41岁，当年说把青春献给祖国，你已经献了，为什么那些家庭没困难的都能回来，你就不能回来照顾老人，你还要我盼多久？

我知道母亲的记忆里还残留着她对贵阳的印象。那是抗战初期，日本人打进江南，她携我的大哥逃难路经贵阳，住过一阵。我决定出来插队落户那一晚，她整夜在我床边踱来踱去，翻来覆去讲的只是一句话：贵阳只有一条街。何况你去的是乡村，真是不懂事啊！

这一次，亲戚朋友们更是站在我母亲一边，有劝的，有说激愤话的，总而言之是要我回归。

我只能据实说我何曾不想回上海，这是我的故乡，我自小生活的地方。但调回上海岂是像买一张戏票那么容易？我去找了上海作协，说了我的困难，请求他们帮助。上海作协的领导立即请示研究并以最快的速度正式答复我，同意照顾我调归。

于是，我在上海当着母亲和亲属的面写下请调报告，回黔后和妻儿商量定下来，就把报告交了……我十分感激各级领导和省委几位主要领导同志的盛情挽留，我也十分感激他们最终对我家庭遇到的困难表示理解和同情。当我确知领导终于同意我调回上海时，整整一个通宵我没睡觉。除了预感到这是我命运中一个巨大的转折之外，袭上心头更多的是一股依恋的情绪，是由即将到来的离别引出的莫名的惆怅和汹涌的思绪。

是的，到贵州那年我19岁。19岁的小伙子懂什么呢，1969年，又瘦又小的我除了虔诚便是盲目。

是贵州的山水土地哺育了我，是贵州勤劳朴实的各族人民养育了我，是贵州的各级领导培养了我，使我从一个少不更事的青年，成长为一个作家。

我忘不了，在偏僻村寨的山野田坝间，跟着世代栖息在这里的农民们学犁田、钻煤洞、敷田埂、采茶叶、熬更守夜看谷场、挖野菜、抗旱、摘红子檬充饥，学做一系列的农活。记得那是一个飘飞凌毛毛、冰雪封山的日子，我高烧病倒了，孤身一人躺在茅屋里。每天，一个14岁的娃娃，用竹壳热水瓶给我送来满满一瓶豆浆。那四天里，我就全靠着这豆浆维持着身体。后来，还是我的这个学生，冒着寒冽的北风和雪凌满地的泥泞，到另外一个寨上喊来了医生，打了针、退了烧（今年我才从寨上来贵阳的另一个学生嘴里知道，这个孩子在出外打工时，让倒下的砖墙压死了，我非常难过）。记得那年夏天，不知怎么搞的，我脖子后面生了一个疮，吃药、打针都医不好，反而一天比一天严重，痛得日夜不得安宁。是山寨上那个平时说话不多、干活时爱唱几句山歌的老汉，特意为我跑到高高的山坡上采来了草药，敷了几天，竟神奇地消炎退肿了。后来人们告诉我，他虽不是医生，但治毒疮的中草药是他家的祖传秘方，不是他看得上眼的人，他还不一定肯呢……记得我在乡间的那些年里，外面的世界纷纷扰扰地不太平。我在山寨上过日子，虽然生活得艰辛而清苦，却享受着一份出奇的清静。除了累人的劳动之外，倒没几个人来歧视你、折磨你，清贫的日子过得还是相对安宁的。正是在这样的年月里，我萌生了学习创作的愿望。那年头，就连一同来插队的知青中也有人说我这是资产阶级名利思想，是没有接受好"再教育"。但是纯朴的农民并不这么想，他们看我劳动之余还要起早贪黑写作，干脆把我调进耕读小学执教，让我在教学之余可以有更多的时间"写书"……哦，就是在这样的岁月里，在这些渴求着过吃饱穿暖的生活，然而温饱恰恰又不得很好解决的普通农民中间，我开始认识了祖国农村的广袤大地，开始熟悉了"日出而作，日落而息"的农民。多少年以后，我才意识到这一段生活给我留下了深深的烙印。如今不论遇到什么风波，遇到什么想不开或是不悦的事，我首先想到的是乡间的农民们，和他们比比，人在物质生活上会感到知足；想想他们，很多想不通的问题自会迎刃而解……

我同样忘不了，当我的第一本书于1977年2月出版，当我的其他作品随着文艺春天的到来一本接一本与读者见面时，贵州人民和各级党组织，给了我很大的荣誉：第六届全国人大代表、全国青联常委、全国自学成才优秀青年、首届五一劳动奖章、贵州省十大优秀青年新闻人物、第七届全国人大代表……当这些荣誉接踵而至的时候，我真有些受宠若惊了。我深知自己其实并没有做过多少值得夸耀的事，我只不过写了几本书而已。

正是因为这样，我一点也不敢怠慢、松懈。牢牢抓着手中的笔，尽自己的能力创作着。这十几年里我出版了28本书（长篇小说19部，中篇小说与集子9部）。所有这些书全是在贵州的土地上写出来的，评论家们对这些书评头品足，读者们给我写来2000来封热情洋溢的书信……我想，一个作家的本分，无非就是写作，勤奋地写作。正如巴尔扎克说的：今天写作，明天写作，后天也写作……天天都在勤奋中度过。记不清是哪一位伟人讲的："逆境的美德是坚韧，顺境的美德是节制。"在贵州的21年，我想，我基本是这么做的。要走了，要离开贵州了。从申请调动，到获准并办理一切手续的这段时间里，消息传开后，一些工厂的职工和干部，一些大中学校的师生，曾给予我巨大支持的省青年联合会的朋友们，一些新的、老的朋友们，邀我去他们那里走一走、看一看，家里坐一坐，吃一顿饭。形式虽是极为简单的，但却充满了人间的温情……

别了，贵州的父老乡亲！别了，朋友们！

别亦难啊，别亦难！

乡　　情

我心里有一阵感动，插队落户快50年了，这里的老乡仍然记着我，还替我的养老着想，并建议我修房子，这是何等的深情！而且他们特别委托80多岁高龄的石老师郑重其事地告诉我。

我相信，所有步入晚年的知青们，都会为这一份浓浓的乡情而感动。

2016年春夏之交，有上海和吉林两家电视台随我回砂锅寨拍摄专题：《回家》。下雨了，风大，天阴沉得厉害。拍摄只得暂停。40年前和我一起在乡间耕读小学任教师的石光扬约我到他家的青冈石院坝里小坐。

石老师80多岁了，身体仍很健朗，现在还从事一些轻便的农活，眼不花、耳不聋、腰不弯，说话声气清晰。这些年，只要我回到久长镇的砂锅寨，他听说以后总要从下边的大坡脚赶上来，和我见上一面，聊几句。电视台记者见了，时常也请他出镜讲几句。教书那些年，我20岁出头，他40来岁，有很多真实的往事可以回忆。

坐在他家清净的院坝里，他要煮茶，我阻止了他，说我带着茶杯，难得忙里偷闲，我们好好聊几句。看着院坝里放着的农具，鸡在啄食，我说村寨上真的安静。他说现在也不安静了，高速公路从二三里地外穿过，修筑的时候，路两旁都挖开了；现在高铁也要从寨后头过，就在一里地不到的地方。你没看到，斗篷山那边，鸭子塘已经没有水，那里也有人要投资建现代农庄。

鸭子塘、斗篷山，这些地名都在我小说里出现过，这几天拍摄，我都去转了来。原先出寨子，过三岔口，爬雷打石，崎岖山道十分难行，如今修了路，好走多了。

石老师继续说，不过和上海大城市相比，这里还是安静的，特别是空气好，喝的水质也改善了，天天可以吃到新鲜的蔬菜瓜果，适宜你写作的。他停了一下，又用十分庄重的语气道：

"这次你来，村子里的支委会和村委会专门开了个会，做了一个决定，要我转告你，在砂锅寨、鹿子冲、大坡脚几个寨子的范围内，随你在竹林边、山脚下、半坡上选一块地，你可以建一幢房子，材料钱你出，大家一起帮忙，房子建起之后，你随时可以来住，平时你写你的，空下来大家在一起摆摆龙门阵，多好的事。现在永兴和杨柳合并成一个村了，叫永柳村，小王也可以一起来住的。"

他嘴里的小王，是我的妻子。当年在修文县插队落户，我妻子在杨柳大队，我在永兴大队，只隔着一个山垭口，走十几分钟就到的。

我心里一阵感动，插队落户快50年了，这里的老乡仍然记着我，还替我的养老着想，并建议我修房子，这是何等的深情！而且他们特别委托80多岁高龄的石老师郑重其事地告诉我。

我向石老师并村支两委会表示感谢，向寨邻乡亲们表示感谢。我说砂锅寨上，已经在我插队时住过的土地庙前挂了一块牌子，说明是"叶辛旧居"，并且把当年在永兴大队、杨柳大队八个寨子插队落户的36个上海知青的名字刻在石头上，为修文县曾经接纳过上海知青的历史留下一点痕迹，这已经足够了。

我相信，所有步入晚年的知青们，都会为这一份浓浓的乡情而感动。

西江华彩路

西江苗寨，巍巍雄奇苗岭上空一颗闪烁光芒的星星。

西江苗寨，郁郁葱葱的雷公山白水河畔的一颗明珠。

半个世纪以来，西江苗寨和我结下了一生的情缘。

2018年的初夏时节，一个阳光明媚的日子，我又一次走进了西江苗寨。

这是我熟悉的西江苗寨吗？这是我无数次走进过的西江苗寨吗？是的，是的，偌大的敢称"世界干栏式建筑地标"的1472幢苗家木楼，鳞次栉比地呈巨大的牛角状仍然气势雄伟地坐落在东山坡上。石板铺砌的街道，那浓郁的飘散着酸香气息的苗家风味，仍然久久地弥散在空气之中。只是，只是我为啥感觉有点陌生了呢？只是我为啥还是感觉新奇、新鲜和有那么点诧异呢？

于是我决定住下来，像年轻的时候在苗寨上住进苗族老乡家中一样，在西江苗寨住上一晚，至少感受一下西江苗寨的白天和夜晚，黄昏和清晨，感受一下西江苗寨今天的24小时。正像苗歌里唱的：住在哪里都一样，哪里都是好家乡。

午歇时分

吃了西江苗寨风味独特的酸汤鱼，品尝了久违了的苗家颗颗米粒晶莹的糯米饭，我坐在西坡高处的露台上，喝着雷公山的银球茶，俯瞰整个西江苗寨的风景。

发源于雷公山的白水河，翻山越岭，蜿蜒曲折地淌到东山西坡之间的峡谷里，养育着西江苗寨的7000多儿女，滋润着每天涌进这雷公山深处的近万名游客。夏日午间的阳光之下，白水河显得分外的白，从高处到谷底，落差该有近千米吧，但从那白得耀眼的轻浪流水，仍可以想象那河水的清澈和明朗。

白水河上，苗家儿女架设的七座风雨桥，在我居高临下的视野里，历历在目。远远地俯视，更觉得倚山临水的西江苗寨恰似一幅画卷，百看不厌。青春岁月里，我曾居住于苗寨，对苗家特有的风雨桥入迷。记得老乡告诉过我，风雨桥是黔东南苗寨侗村的一大特色建筑，引得世界瞩目。只因这桥清一色选用黔东南的杉木，讲究用木料穿榫衔接，横穿竖立，通常由桥、楼、塔、亭及门几部分组成，既供人们过路，又让干累了活计的乡亲们和游客有个地方休憩。夏季的夜晚，风雨桥上可以纳凉摆古、男女对歌；遇上忽风忽雨的多变气候，还能遮风避雨。而今天，风雨桥更是一道独特的景观，如织的来客中，大都以风雨桥为背景拍照留念。春、夏、秋、冬四季之中，时常还会有美术学院的师生们，专程到西江苗寨来写生，画风雨桥，画吊脚楼，画苗家特别中看而又耐看的门楼，这门楼上悬挂有牛角银饰和蝴蝶图案。那是苗族的图腾，是苗家的圣物。大牯牛是力量的象征，而蝴蝶则是苗族人传说中的蝴蝶妈妈。苗族的古歌里唱道：蝴蝶妈妈是从枫树的树心里生出来的，她生了12个蛋，经吉宇鸟孵化出人类的始祖姜央和大森林里的各种动物。

奇怪的是，在这饭后的午歇时分，自上而下7座风雨桥附近，为啥没有多少游客呢？连廊檐下的桥面上，也没有几个人在走动呢？不是说，早晨从凯里、从都匀、从省城贵阳纷涌而至的游客们，都已在午饭之前到达了吗？怎么这天天足足有八九千上万的游客，没啥动静呢？

我问苗家服务员。姑娘莞尔一笑，细声细气地说："吃了长桌宴，喝了汤，听过了芦笙演奏，这当儿，游客们都在休息呢！你不觉得，这会儿的太阳火辣辣的么？"

我恍然大悟！姑娘又补充说，在西江苗寨，每天都有三波游客高潮。午饭前的11点左右，坐飞机、坐高铁和动车、坐大巴的游客，是第一波的高潮。下午3点以后到太阳落坡时分，是第二波热潮。这一波热潮人数最多，游客数量最为集中，上半天来的游客要抢在离去之前玩个畅快。下半天来的游客们兴致更浓，故而这第二波热潮延续的时间也最长。第三波热潮则是在晚上，夜幕降临以后，在欣赏过西江的万家灯火景色之后，人们都会去观赏"美丽的西江大型歌舞晚会"。晚会通过歌舞整体展示苗家儿女千百年来的历史和文化、劳动和生活，看到最后，游客们都会受邀和演员们一起跳一场芦笙恋歌，最后尽兴而归。

青石古街

许多来过西江苗寨的贵州人，都以为这西江是一个村寨。给外省游客们介绍起来，都会习惯地说，那是最大的一个苗族寨子。其实不然，这里有四个自然村寨，分别为羊排、东引、平寨、南贵。以往数次来这里，问到省有关部门的人，问到州里和县里干部，他们都会有把握地告诉我，西江苗寨共有1200户人家，每家一幢木楼，木楼顺坡而建，为典型的苗家干栏式木楼。

这一次我走进村委会，查验户籍，发现西江苗寨其实共有1472户，共计5668人。苗家木楼约有1500多幢。在所有的人口中，99.6%是苗族。

"还有0.4%是什么族？"我追着问。向我出示户籍表册的村干部笑道："是我们苗家小伙娶了你们汉族姑娘住进来的。她们嫁给了西江苗寨有魅力的小伙子，入乡随俗，个个都有一身苗族服饰。"

明明是5668的人口，前头我为什么说西江苗寨上常年居住着七八千人呢？

今年45岁的莫世海告诉我，光是他担任总经理的"西江千户苗寨文化旅游公司"旗下，剑河、凯里、黄平几个县市来打工的，就有700多人。"叶老师，你想一想，西江苗寨今年已有380家的饭店、酒家、农家乐，也都雇人，加起来只怕七八千还不止！"

这是西江苗寨发展旅游之后的新气象。记得我多年前曾来这里采访过，那时候西江苗寨的中青年，都涌到广东、浙江沿海一带打工去了。散落在西江几个村寨的老人和娃崽，遇到要干重一点的体力活，竟然找不到一个青壮年。苗族老人唉声叹气地告诉我："不瞒你说，要办白喜，抬棺材的人都找不着，得花高价到别处求人帮忙。青壮年都跑外乡赚钱了！"

下午3点多钟，我信步在青石和鹅卵石铺设的古街上。古街上的人流，堪比上海的南京路步行街。家家铺子里，挤满了观看、购买民族服饰和工艺品的游客，人流潮水般的从这头涌过来，又从那头淌过去，耳里尽是悦耳的歌声，满眼里看到尽是即兴的舞蹈。宽敞一点的地势，只要有人放声一唱，就聚起了人堆，远方来的游客被吸引，停下来观赏风情浓郁的苗家歌舞。电瓶车按响喇叭，慢吞吞地在人潮中前行，人们刚刚避开的过道，旋即又被欢声笑语的人群填满了。

有节奏的鼓声"砰咚砰咚"敲击着，所有人的目光不由被吸引过去。原来是一帮苗族老汉和老奶奶，他们两人一排并肩而行，老奶奶们佩戴着闪闪放光的银饰，老汉们则穿着苗族汉子的传统紧身衣衫，每人手中撑着一把油纸伞，不疾不慢、不慌不忙地踩着鼓点前行。围观的游客顿觉这支队伍独特的美，他们有的用相机，有的用手机，拍下苗族老人们风姿绰约的形象，有的游客干脆亮起嗓门："好一场独有的广场秀！"

从贵阳陪我下西江的小杨，本身就是雷山县的苗族。他介绍说："西江的老人，个个都有事儿干。看嘛，这些老人，每天这个时辰都到古街上走半个小时，活动了筋骨，给古街增添了一道景观，天天都有人朝着他们叫好！"

74岁的苗族老人宋国伦对我说："西江的娃娃们忙读书，老人们现在都有事儿干，有工作，有工资，参与分红……"

我追着问："分啥子红？"

"门票的18%，拿来分给西江的每家每户，看你工作的多少，钱不少的呢！老人们的积极性高得很！"

小杨补充道："过去老人们在家忙种田，上雷公山砍柴、烧炭，现在这些活都不干了！"

"为啥？"我又问。

"忙不过来啊。"宋国伦老汉道。

"那么，农家的活谁来干呢？每天有八九千的游客涌进西江，都要吃农家饭菜，都要尝尝酸汤鱼，那么多的糯米和蔬菜，那么多的鱼，总要有人养殖和种植呀！"

"鱼是剑河大水库里喂养的。"宋国伦老汉说，"每天有汽车运过来。"

"粮食和蔬菜，也是附近几个县供应过来的。"小杨接着说，"要不怎么说，西江苗寨的游客，带动了周边几个县的经济呢！"

"我那旅游公司的700多农民工，除了剑河的，还有台江、黎平、施秉的。为啥雇那么多人呢？就是西江人忙不过来了呀！在西江，老的有老的事干，年轻的有年轻的事干；漂亮的有漂亮的事干，长相一般的有长相一般的事儿干。人人都活得很充实。"莫世海说。

雷山县检察院的郭苏斌平时喜欢摄影，这一次在西江苗寨碰到我，对我说："1982年，我在西江中学教书，放农忙假，要带着娃娃们到水田里干活。凌晨4点钟就起床，紧赶慢赶走到田头，天刚刚亮。你想想这段路有多长。"

郭苏斌的话给我留下很深的印象。西江苗寨这地方，是紧挨着雷公山的最末一个苗寨，再往山下走，就要进入雷公山的原始森林了，不适宜种植业和养殖业。重视民族文化，发展旅游产业，西江苗寨找准了路子，走对了道。

熙熙攘攘的游客们，像电影院散场般在古街上涌动，不绝于耳的欢声笑语，掀起阵阵鼎沸的气息。这个时辰，正是西江苗寨第二波热潮的高峰。

苗疆之夜

我不是第一次领略西江苗寨夜色的美。

有几次，在西江吃过晚饭，我都是等到夜幕降临，登上观景台，把万家灯火的苗寨夜景看个够才离去，回凯里或是贵阳下榻。除了年轻时代在苗寨的阁楼上居住，我都没在西江苗寨的旅舍里过夜。

这一回不同，我入住的农家乐位置比观景台还要高，地势还要佳。

东山坡两座山峰，犹如两只巨大的突兀而起的水牛角。西江苗族视牛为圣物的老祖公们，仿佛受到先辈灵魂的点拨和启示，要求世世代代的西江苗人后裔，随山就势修村建寨。一代一代遵从祖训的苗家儿女发挥聪明才智，巧夺天工，经几十代人的努力，建成了今天呈现在我们面前的中国独有、世界无双、气势磅礴的苗族大寨。

如果说，白天我在露台上把苗家的田园风光、新型的旅游民族风情细细观赏了的话，这会儿，沐着夜色坐在露台上，更觉苗寨的流水啊、绿树啊、古树木桥啊、吊脚木楼啊，交相辉映，犹如苗族古歌中的童话世界。

苗家小姑娘来给我续水，我向她打听："这灯光每天亮到什么时候？"

她还是甜甜地笑着，用轻柔的语调告诉我，过了半夜，两三点钟的样子，灯光才会渐次熄灭。"西江苗寨常对客人们说，我们这里的西边山坡，每一处农家乐都是观景台；东边山坡呢，处处都是舞台。你听，《美丽西江》的歌舞剧，正演到尾声哩！"

西江苗寨正中央的表演场，苗家歌舞时而激越，时而舒缓。我甚至能分得出哪是抒情的飞歌，哪是盘古开天地的古歌，哪是欢乐的节日庆典歌，哪是情意绵绵的男女对歌……一整个晚上，与其说我是坐在栏杆边出神，不如说我是在凝神倾听。

我想到了当知青时代，住在苗寨的阁楼上，那时真是穷得恼火。说得含蓄一点，是温饱没有得到解决；说得直率一点，那就是冬天得靠政府拨下寒衣寒被，才能把冬天对付过去。而年年青黄不接的五荒六月间，还得依赖政府拨下回销粮、救济粮，才能渡过难关。即便到了改革开放初期，温饱虽然解决了，苗族老乡还是坦率地对我说，饭是有吃了，娃崽一年也能穿新衣衫了，我们还是又穷又酸呀，靠酸菜辣椒下饭，一年到头吃一回肉，喝上一趟酒。青壮年纷纷跑到外头的世界去打工，有客人来了，拿点酸菜、苦薯酒就算迎客了。你那些年来时，不是还说，我们苗乡侗寨山水自然风光美，人仍然穷，是富饶的贫困嘛！

那些年里，不止一个成了家的壮年汉子、青年小伙对我说过：叶老师，到外头打工，是能赚到比家乡勤扒苦挣多得多的钱，可我们精神上也苦啊！过年回家乡，娃娃认不得亲爹了。远在他乡，挨骂受训不用说，思念娃娃、想念婆娘、牵挂老人那种滋味，真是难得熬啊！这种远离亲情、远离歌舞的痛苦，更难忍受呀。

我保存下来的采访本上记录：那些年里，西江苗寨到外省去打工的青壮年，占到了96%—98%。而现今，除了读书当上教授、副教授的，进步快当上干部的之外，西江苗寨所有的青壮年，都在家门口就业，过上了安定祥和、合家团聚的生活。

袁刚县长给了我一组数据。独特丰厚、风情浓郁、历史悠久的苗族大地域文化，促进了西江苗寨的大旅游，这股井喷式的势头，促进了西江苗寨的大发展。而发展起来的西江苗寨，愈加珍惜家乡方方面面的文化资源。

我眺望着夜色里的西江苗寨全景，陡地感到，灯光闪耀之中层层叠叠、鳞次栉比、气势恢宏的吊脚木楼群，恍若一只振翅欲飞、凌空而起的银色巨蝶。哦，那是不是和苗族神话、古歌中吟唱的蝴蝶妈妈灵犀相通呢？

西江清晨

下半夜，雷公山巅上照常地打雷了，惊天动地的雷声把我从酣睡中震醒过来，恍恍惚惚间，我只觉得千百根巨大的圆木从山上滚落下来，轰隆隆，不绝于耳。

清醒过来之后，像知青时代在苗寨上生活时一样，我辨别着一阵一阵的雷声：这是滚山雷，这是闷雷，这是落地雷，这是炸雷……雷声震耳，睡不着了，我索性亮了灯，坐起身子，枕着雷公山谛听。脑子里不时地掠过下西江之前，在贵阳读到的几篇学术文章：《西江的文化拐点》《"西江模式"引领贵州全域旅游新方向》《用旅游扶贫模式迎接千户苗寨5A景区的创建》……读的时候，只感觉到西江苗寨这10年来的发展，已经引起了学术界的关注，人们已经纷纷把它当作研究对象。在游客数量剧增、苗家收入提高、生活安定祥和、吃肉成了常事的今天，历来信奉有酒同喝、有肉同吃的苗家儿女，最大的变化是什么呢？

雷声渐去渐远。我熄灯入睡。是叽喳啁啾的鸟语把我唤醒的。推开窗户，雷公山原始森林的气息扑面而来。哦，那是甜美的、清新的、沁人肺腑的草香原木气息，而这是市井喧嚣的城市呼吸不到的。

西江苗寨正在我的眼前苏醒过来。此时，我仿佛不认识眼前的景象了，下半夜的一场雷雨，把西江苗寨的妆容彻底地洗了一遍，山啊、水啊、吊脚木楼啊、田坝坡上啊、一座座风雨桥啊，就连田埂小路、袅袅娜娜的轻烟薄雾，都似乎被画笔涂抹过一般，格外地清丽、明晰、悦目。雷公山的原始森林上空，乳白色的晨雾似乎凝滞不动，而飘飘悠悠的雾岚缭绕着翠绿欲滴的杉木林，轻纱薄绫般幻化开来。

太阳从东坡后面无声地跃出云层，整个西江苗寨的山水河谷树林村寨顿时镀上了一片光华，而交汇融合在一起的雾岚，变幻、升腾，万千气象一一地呈现在我的视野里。

这是西江苗寨的早晨，面对着东边山坡苏醒活跃起来的舞台，我又一次醒悟道：生活在西江苗寨的苗家儿女，为什么对这方山水如此敬畏、如此珍惜？他们自古以来遵循万物有灵的生存法则，故而在听到我的问题时，他们会用质朴的语言说出一番深奥的道理。

到外头打工回来的农家乐店主、37岁的侯艳江对我说："外头的农家乐店主，都信奉去适应游客的口味。西江苗寨不一样，我们是要让客人们来适应苗家的口味。酸汤鱼、牛肉、农家小炒、糯米饭、牯藏肉，这些都是我们的饮食特色。我们不仅要保护这种饮食文化,还要传给子孙后代。"

吃饭是这样,盖房子也是一样。在北京打工15年回到家乡的毛雨,他的专业是搞文创设计,他自豪地说:"西江苗寨每幢新盖的木楼,都要修成传统的吊脚楼模样。在我们这里,决不会出现钱多了盖洋别墅那种事儿。只因为,我们每个人都晓得,我是西江人。"

我是西江人,吃西江的饭,穿西江苗族的服饰,住苗家的木楼,就连喝酒唱歌也一样。

在西江,有一首喝米酒时必唱的歌,我年轻时就会跟着唱,那里面最出名的两句,听来有点霸道:"你喜欢要唱,不喜欢也要唱……"

这是西江苗寨千百年来的酒文化,就如同他们的歌文化、舞文化、芦笙文化、银饰文化、建筑文化一样。

一个苗族老汉在风雨桥上由衷地对我说:"在我们这里,不但不能见钱眼开乱建房,随便拆自家的老房子也不行。寨邻们都晓得,一拆,就是拆文化……"

村支书蒋仕杰今年47岁,2008年之前一直在广东打工,看够了在外头世界赚钱的门道。他对我说:"西江苗寨,纯朴的景,就是文化。这是大家的共识。我们西江的旅游得以发展,就一条,民族文化人文旅游。全省那么多旅游的地方,来西江苗寨的游客数量仅次于黄果树大瀑布,排名第二,靠的就是文化。"

我想,这就是西江苗寨和我当知青时不同的最大的变化吧。

太阳升上了雷公山高高的山巅,把万道霞光挥洒到苗岭的座座山头上,挥洒到西江苗寨的山水土地上。

路车掌故

2015年底，贵州传来一条喜讯，88个县、区、市全都通了高速。

看到这条新闻，喜悦之余，我不由得在心中默算了一下，从贵州出现最早的那条可以开汽车的贵阳环城公路竣工通车，到2015年，恰好是89年。

建成于1926年的这条路，长约3公里，车道宽8米，只是一条粗粝的碎石泥沙公路。

之所以要修这条路，是因为当时的省政府主席周西成从外头买来了一辆小轿车，要在公路上行驶。

关于周西成买小轿车和修公路的轶事，在贵州城乡，有好多传说和演义，并有几个版本。30多年前的上世纪80年代初，我刚由乡间调进省文联工作，和同事们聊天发现，省文联里年纪大的同事，讲到喷水池这个闹市中心，经常会讲那里是铜像台。我问何为铜像台？老同事们便会说，那里原先有个铜像。在上海，唯三角花园才竖有普希金的铜像。喷水池那么热闹喧哗之处，能竖铜像之人，一定了不起。于是我追问，铜像竖的是什么人？

答曰：周西成。

一说周西成，土生土长的老同事们顿时眉飞色舞，说及他的好多故事和传闻，并且微带神秘地告诉我，周西成还有后裔，就在楼下省书法家协会当工作人员。

在同事们七嘴八舌争相说及的周西成趣闻中，说的版本最多的，是关于他买进贵州第一辆小轿车的往事和大张旗鼓修公路的举措。

修公路举措之一，就是改贵阳市政公所为贵州省路政局，任命几个局长。用今天的话说，就是机构升格。之二，动员市民和师生员工义务劳动，全民动员，大造声势，并且亲自参加破土动工的典礼、剪彩。

买雪佛兰黑色小轿车，我听到过三个版本。一个是周西成命令他的姑爹，黔军驻南京办事处处长熊逸滨，花五千大洋买下小轿车，用船运至重庆，由黔军驻渝办事处处长罗维舟接收，并组织专人拆卸抬运进贵阳。另一版本谓小轿车由缅甸仰光进口，经云南昆明转而进贵阳。传播最广的，是说黑色小轿车从广州购得，然后从广东运至广西柳州，又由柳州走船运到三都县。三都既无水路通贵阳，又无陆路可行，经请示周西成，他下令派出260名强壮苦力，将小轿车拆开后搬运。

时值盛夏酷暑，不是烈日当空，就是暴雨如注，还有山洪暴发，崎岖狭道泥泞难行，200多苦力起早贪黑、昼行夜宿、翻山越岭、蹚河涉水，费尽九牛二虎之力，足足50多天，才把车弄进贵阳省城。消息传开，便有人调侃道：这不是车运人，而是人抬汽车。

小轿车组装成行，周西成让秘书长公告市民，注意交通安全，秘书长拟了个文告，周西成嫌文告不易记，就口授了四句20个字：

汽车猛如虎，莫走当中路。

若不听劝阻，轧死无告处。

让我稀奇的是，给我讲这轶闻的老同事，还能把这顺口溜般的文告，背得清清楚楚。

在贵州省县县通高速的今天，回顾一下89年前的这点掌故，不也颇有意味嘛！

我怀念重安江

我怀念重安江,为什么呢?

那是青春时代永难忘怀的记忆和一些活灵活现的画面。

是47年前的往事了。

从1970年秋冬之交,到1972年。我们在重安江边的山岭上,整整度过了近两年的时光。

那是参加湘黔铁路大会战。现在还流传着那首《铁路修过苗家寨》的歌曲,就是那两年里唱出来的。

我所在的单位全称是湘黔铁路大会战安顺民兵师修文民兵团三营十连一排四班。

名义上是民兵,其实每天干的活是配合铁二局十四连的铁路工人们平整路基,修建岩英一号、二号大桥和鲤鱼塘隧道。

初上路的时候,工棚没修好,我们就住在鲤鱼塘寨子上,一个纯粹的苗族村子。我的处女作《高高的苗岭》的构思,最初就完成在这里。

工棚修好后,离岩英街很近,离重安江同样很近。那两年里,每天干的都是繁重累人的体力活,抬木头,扛木头,挑粗砂和细沙,把一块一块几十斤上百斤的坚硬大石头,抬到石料粉碎机前,粉碎成小石料,打混凝土用。要不就是开山放炮,打炮眼,填炸药,抡大锤,有几个月的时间,干脆就分配我们站在齐膝深的重安江河床里,捞鹅卵石。

天天从早干到黑,最忙的时候,一天上16个小时班。工作8个小时,休息8小时,再干8小时,没白天没黑夜,连轴干了三个多星期。天天下班的时候，不是干得满头大汗，就是汗流浃背，每当下班的时候，最大的希望，便是能够痛痛快快地洗一个澡。

可是工地上哪来的沐浴条件啊！

下班后只能打盆水，里里外外擦洗一遍就对付完了。

从春夏之交到中秋时节，我们男民兵找到了一个办法，那就是下班的哨子一吹响，我们就脱得光光的，赤身裸体躺倒在重安江的河床之中。江水让一天的阳光晒得暖洋洋的，江面宽阔，水波闪烁着光斑光照，最深的水也只及膝盖。累了一整天，看着江水中的小鱼儿在自己的身旁乃至身体上游来游去，河岸边一侧是壁立的悬崖，时而有岩鹰盘旋飞翔，另一侧是矿场的砂石地，堆着一座座小山样的鹅卵石。劳累了一整天的身子在水中一泡，哦，那真是最大的享受。

收工回寨子的苗族妇女们从河岸边走过，看见了我们躺在江水中，惊叫着嘻嘻哈哈地操着苗话远去。

难得两个星期轮到一天休息，如果恰好又是晴天，民兵连队所有的男男女女，不约而同地汇聚到江面更为宽阔的拐弯处，在一坨一坨大石头旁边，清洗被褥，洗涮内衣和工作服，河岸上一声声不绝于耳的欢声笑语。每当这时候，我妹妹、我的恋人，我们就会一起把洗干净的被单、衣裳晾在清洁的大石头上，让灿烂的阳光尽快地把它们晒干，晒出一股香喷喷的味道。

哦，那真是艰辛岁月中难得欢乐的日子。

我怀念重安江。

黄果树的彩虹

去过黄果树大瀑布好多次。从年轻时坐着卡车路过,在公路上眺望大瀑布;到成了作家,应邀细游大瀑布。从陪着到大瀑布来游览的客人观瀑布,到在大瀑布旁的旅馆里过夜。从一个一个详尽地游览大瀑布群落的每一挂瀑布,到大瀑布周边的景点。从冬游瀑布,到春夏游瀑布。从大雨中的瀑布,到细雨中的瀑布。从夜间看彩灯瀑布,到晨起望雾中的瀑布……

可以说,黄果树大瀑布的各种景观,我看了一个够。

但是,唯一的遗憾,就是从来没有看见过黄果树大瀑布的彩虹。

看见过黄果树彩虹的游客,回来以后形容起来,那眉飞色舞的神情,逗得我心里痒痒的,好一阵羡慕。

黄果树管理局的朋友告诉我,你要看黄果树大瀑布的彩虹,是要有几个先决条件的。

我问:啥子条件?

天气要好,要选出太阳的日子。

我连忙说,出大太阳的日子我都去过几次,从来碰不到。

光是出太阳还不够,还得是水雾多的时间。

水雾我也见过多次,太阳照在水雾上,只见水雾蒸腾,看不见彩虹,我连连摇头。

还有一个条件,是观察的角度。必须选择人的眼视角和太阳光照折射的角度约莫45°,彩虹就显现出来了……

哎呀呀,这么复杂啊!怪不得我去过那么多次,都没见过彩虹呢!

介绍的朋友仍在喋喋不休地宣传：要选在秋天，早上9点前后，太阳光从东南那侧照到大瀑布时，人站在水帘洞第三、第四、第五个窗洞往对岸和犀牛潭看，就会看到双彩虹。你多待一会儿，彩虹会随着阳光上升，会看到对面象鼻岭看台上的游客们，仿佛恰好在彩虹顶上。

我伸了伸舌头：完了，这么多苛刻、讲究的条件，我是没福分看到黄果树的彩虹了。

不过心底深处，我又不服气。去澳大利亚访问时，游览英国女皇盛赞过的"世界最美的地方"岚山时，我在雨后还见过彩虹呢！澳大利亚朋友都说我有运气。

贵州举办全国图书展那一年，还没立秋，我和上海文艺出版社的社长游黄果树。那天一大早从贵阳出发，不到9点就进入了焕然一新的景色。晨雾尚未散尽，游客也还不多，来到大瀑布前，哈，我们看见了什么？

除了雪浪纷飞的大瀑布，悬在雪白的瀑布前的，显然是美轮美奂的彩虹！犀牛潭侧边斜着的一条，成弧形弯到山崖上；旁边稍低处，又有一条，它似乎在尽力伸展腰肢，要费劲地把大潭布拴住；最长最美最为神奇的一条，是悬在大瀑布中间的彩虹，太阳光斜斜地照射过来，让它焕发出炫目的色彩。游客们兴奋地纷纷朝着彩虹招手、欢呼、又喊又叫，争相以它为背景拍照，仿佛黄果树的彩虹是大家的一位久违的朋友。

我站在那里，心里忖度着：哦，黄果树的彩虹，我终于看到你了。

世界的茅台镇

我写过一篇小文《世界名镇茅台》，登在上海发行量颇大的《劳动报》上。

上海的友人读了，问我：世界名镇是什么国际组织评的？

我说：没人评过。

友人追问我：没有权威机构评选，你怎么认定它是世界名镇？

轮到我反问他了：你去过贵州吗？

友人道：没去过。准备去，听说贵州夏天很凉爽……

我截住了他的话：那你知道茅台酒吗？

友人答：当然知道啰！还喝过。

我说：那你知道茅台酒产自茅台镇吗？

友人笑起来了：你绕什么口令啊，我当然知道这酒出自赤水河畔的茅台镇。

我逮着理由了：这就对了。茅台酒是世界名白酒，世界上的人都知道这款酒产自中国贵州的茅台镇。茅台还不是世界名镇吗？

友人仍不服气：世界的名镇啊，总得有个依据吧。

我也和他顶上了：最好还有个什么机构和组织，给发一个证书什么的，是不是？告诉你，《劳动报》发行几十万份，我这篇文章登在副刊的头条，那么多人读了，提出疑义的就你一个人。

友人连忙申辩：我不是挑剔，我只是有这么个感觉罢了。

我告诉他：我也不是强词夺理。我参加过世界白酒高峰论坛，来自世界各国的酒庄文人、名白酒营销商人、品酒专家,众口一词地公认茅台酒是世界级的名酒,那么,茅台镇自然也是名副其实的世界名镇了。

贵州省的旅发大会在茅台镇举行,赤水河两岸的茅台古镇,沉浸在欢乐和沸腾的气氛中。山上山下,河谷台地,杨柳湾老街,全都给璀璨的灯光映照得辉煌绚丽、美不胜收,连茅台河的水,都亮晶晶地似在欢笑。夜深沉时,我坐在露台上,久久地眺望着茅台镇上的夜景,由衷地感觉到,古老而年轻的茅台镇,犹如镶嵌在赤水河畔的一颗明珠,正在放射出它独特而又诱人的熠熠光芒。

参加中美大学生重走长征路活动,我又一次在茅台镇上过夜。恰逢一场秋雨哗然而下,我撑一把伞,听着雨点在伞面上敲打小鼓,踏着杨柳湾老街的阶石,走到茅台河边,闻着空气中弥漫着的茅台酒香味,再一次感觉到,即使是在这秋雨声中的夜晚,茅台镇仍然充满了它那极具魅力的美。茅台河水是灵动的,茅台镇上的空气是香的,茅台的风情是浓郁的,茅台的美食是令人食之回味无穷的,茅台的氛围是祥和的,茅台的雨也让我感受到它的韵味……瞧啊,河面上缓缓晃动的霓虹灯光扫过来了,扫过来了,像是在引导着游人的目光,再细细地观赏一下雨中的茅台镇,如梦似幻的茅台古镇。

哦,世界的茅台镇。

与巴金合影

新春佳节话贵阳

贵阳正在悄悄地发生变化。

临近春节了,我的这种感觉愈发强烈起来。1982年早春,从猫跳河畔的深山峡谷里搬进贵阳到现在,我在这座云贵高原的城市里居住了将近四年,充分领略了贵阳一年四季的风光,感受了贵阳作为一个省城所特有的风情和民俗,开始习惯了街头巷尾的米粉铺子和"恋爱豆腐果"飘散的香味,对那些令人目不暇接的小吃摊,我也有了一种从陌生到熟稔的亲切感。尤其是紧挨着我家的黔灵山,简直可以来为它那随着天晴雨落、雾去雾来而变幻莫测的面貌写一篇散文。每当阅读、写作得有些疲倦的时候,我常常会久久地伫立在阳台上,凝望着黔灵山的峰峦出神。冬天,它壮伟的雄姿时时被缭绕的蒙纱雾笼罩着;夏夜,阵阵凉爽的山风徐徐拂来,拂去我身上的困乏,吹来那悠然而至的文思。

是的,贵阳正在发生变化。

不仅是甲秀楼修缮一新,不仅是南明河床的淤泥正在有计划地清除,也不仅是日夜长流的花溪水更有了迷人的吸引力。贵阳的变化,是我在同往昔的对比之中深切地感觉到的。记得,头一次进贵阳,是1969年的8月,我在乡下被牙痛折磨得夜不能寐,打了一个证明,坐上班车,沿着蜿蜒曲折的盘山公路朝贵阳颠簸而来。车刚进三桥,还没看到市容,只听路对面"砰砰"地响起阵阵尖啸的声音,车上有人惊呼着:

"武斗、武斗!在开枪。"

好些乘客纷纷把身子往下缩,我却踮起脚往车窗外望,想看稀奇:这是我长到20岁,头一次听到真正的枪声。又过了几年,也是临近春节的日子,大队干部终于发了慈悲心,同意给我任教的乡村小学校买两把教学用的三角尺和圆规,买点教学必须的粉笔刷和备课本。接受了这个出差任务,挤上拥挤不堪、无数人不买票的火车,我又一次来到了贵阳。我买了东西,有大半天的时间可以在省城里脚踏柏油马路游逛。带着一双久居山寨的乡下人的眼睛,我细细地把这座城市观察了一遍。黔灵公园的动物园里,即使是在冬天仍然散发出一股恶臭,河道堵塞,池塘里有乱甩的纸屑、枯枝和污秽物。从喷水池到大十字那一段最热闹的马路上,满街都有痰迹。印象最深的是公共汽车,横冲直撞地开到站满了人的车站上,不是驶过了站头,就是离站头老远就停下了,等到候车的人群蜂拥着向车扑去,它却又发疯似的开走了。要不,一停就是半天,车门也无法关,还有人从车窗里进出。以后的年头里,我又有几次到过贵阳,不是听二戈寨的姐姐说"五一"节的肉票到"十一"还没买上肉,就是听人讲两拨流氓打群架动了刀子还开火药枪,拎包抢人的小偷横行无忌……哦,十年"文革"期间的省城贵阳,给人留下太多太多的难堪……

是的,贵阳正在发生明显的变化。

岁末这些天,大街小巷里带着笑脸的人们,农贸市场上鲜灵鲜灵的蔬菜,多种多样的副食品、活鸡活禽、山珍野味,马路两边各式商店里挂出的艳丽的衣裳,随处可见的家用电器。80年代以来鳞次栉比地升起的楼群,都令人欣喜、惊叹,光从我家阳台上望出去,半里之内目力所及之处,短短的三四年间,就新建了13座六层以上的宿舍楼,添盖和维修的还不算。

节日之际,是不是数一数这些变化,高兴一通,陶醉一番,便可自得自在呢?我想每一个正在欢度佳节的贵阳人都不会这样容易满足。贵阳的不足之处还是显见的。100多万人口的省城贵阳,是3000万人口的贵州省的脸面,脸上有了炭灰和尘土,一目了然。从这个意义上来讲,贵阳的工作是不是可以做得更好些?我曾想写一篇"五讲四美在贵阳"的文章,我想在这篇文章里说,马路是不是可以扫得干净一点,清洁工们是不是可以不在行人最多的上下班时间扫地请人吃灰尘，公共汽车是不是可以更准时一点，候车一等二三十分钟的情况在我来说几乎是常事，公共汽车上吵架打仗的情形，是不是可以少一点，还有营业员们的态度，旅馆服务人员的态度，楼房的建筑质量，城市该有的一座两座象征着精神文明的雕塑……所有这些事情，大概无需花太多的钱，而只需我们更有主人公的精神境界，只需我们少扯皮、少踢皮球、少开些无谓的会，多拿有力的措施，令行禁止，造成一种良好的社会风尚，就可以像已有的很多成绩一样见成效的。

是的，贵阳正在发生并即将发生更大更可喜的变化，变得越来越美丽，越来越可爱，像所有的贵阳市民一样，我真挚地巴望贵阳成为名副其实的第二春城。

我想，我的这个愿望是虔诚的，也是很快会实现的。

辣椒与我及其他

本来想的题目是《我与食品》。斟酌一番，觉得这题目实在太大了些，所以改成现在这样子。细细想来，即使改了题目，这类文章还是不好做。原因是极简单的，因为在此之前，有过很多介绍美味佳肴的文章，有过许多详细介绍烹饪的节目。电视台开辟的《学烧中国菜》专栏，已深入千家万户，成为家庭主妇们互相传经送宝的热门话题。名目繁多的中国菜肴的雅名，什么"雪映红梅"（银耳菜心），什么"凤入竹林"（竹笋鸡丝），什么"玉树金钱"（冬菇菜心）、"花好月圆"（虾仁鸽蛋），更是令人目不暇接。随着生活水平的提高，不少带有异国情调的风味菜肴与点心，也正在逐渐走进中国人的家庭。携三二同学好友，团聚日至爱亲朋兴之所至，会不约而同地步入品位高雅的餐厅宾馆，去一尝带有特色的各式菜肴。闲暇时交谈一番品尝丰盛筵席的体会，再不会让人扣一顶帽子遭来非议了。于是乎众多的杂志上，谈吃谈食品的文章也多了起来。诸如去什么湖畔食鱼，到某一名胜之地吃到带点稀奇的野味，或是在哪个风景地尝到了一道名点心。至于怎么吃得更有营养，如何吃得更舒服，吃的时候有什么讲究的短文，在报章杂志上也是屡见不鲜。众多与吃与食品有关的文章，真可谓在这一领域，也已发挥得淋漓尽致、面面俱到。

而我既非营养专家，更非令人羡慕的美食家。这辈子中度过的好些日子，时常还在为填饱肚皮、为解决温饱在挣扎。于是自然而然便想到了辣椒。

记得我初到贵州，欢迎我们去插队落户的乡间农民们，摆出一桌丰盛的菜肴招待我们。我一眼注意到桌子上有只耳朵连在一起的瓷罐，釉光闪烁，造型别致。这是我在上海的餐桌上不曾见过的东西。于是询问，答曰：盐辣罐。亦即一边盛着盐巴，一边放着烤干舂碎的辣椒（当地人称糊辣角）。当一大锅热气腾腾的清水煮白菜端上来的时候，农民们便热情地将一些葱花和辣椒、盐巴拌和着菜汤水搅匀，然后客套地让我们夹着清水白菜（当地唤作炉菜）蘸来吃。盛情难却，我们便夹起菜学着尝一点儿。哪料菜一入口，就辣得我们咳的咳，喊的喊，吐的吐，半天回不过神来，有的上海姑娘连眼泪都给辣出来了，当即逗起农民们一阵畅怀大笑。而看着农民们吃那老炉菜蘸辣椒水，菜皮皮上还沾着一颗颗尖头辣椒的籽儿，我们更是目瞪口呆，不无担忧地暗忖，以后的时日里如何同吃得这么辣的老乡们打交道？谁料想，没过几个月，我们一些知青，已经习惯地在煮菜炒菜时放上一点辣椒了；而两三年后，一些上海知青，吃起豆花蘸油辣椒、泥鳅辣椒（直接将新摘下不去籽的辣椒放微量的盐水煮熟后形如泥鳅）来的水平，比一些当地农民还要高。连我自己，对辣椒很不适应的，竟也能吃一些颇有特色的辣味菜了。甚至在下面条、煮火锅、吃豆花时，不放那么点辣椒，吃来还不过瘾。

这是何原因呢？

简单的答复自然是入乡随俗，口味变了。往深处询问，为何在短短几个月甚或两三年的时间里，人的口味就会变得这么快呢？

这就不得不提到气候与地域了。

提起贵州，人们就会自然而然说起"天无三日晴"的民谣。这话虽然有些夸张，但是贵州山区的多雾多雨，却是实情。绵雨期长，山野河谷里雾岚浓重，空气中的湿度大，自然就潮湿。农作物受此影响稍不留神便易变质发霉，人体其实也是同一道理，在乡间潮润的空气中待久了，端起饭碗就想吃点儿刺激的食物。到了深秋初冬季节，寒凝降临，不但想多吃点辣椒，甚至想喝几口醇厚绵甜的白酒。故而贵州人的食品中不但少不了辣椒，酒文化也是相当的发达。流经黔北高原的赤水河岸上，星星点点布满了驰名中外的酒厂，以致赤水河被称作一条"淌酒的河"，不是没有缘故的。

我的孩子是在贵州山乡出生并在那里长大的,在他每天的菜肴中绝对不能少了辣椒。童年时代带他回上海探亲,去北京、天津游玩时,也曾带他去品尝过一些名点名肴,本意是想让他开开眼界、尝个鲜、过点瘾,却不料无论是什么好吃的菜肴点心,他都吃来寡然无味,大摇其头说不好吃,并且多次宣称,世界上最好吃的东西就是辣椒。为此,我们一家人调归上海的时候,特意为他备下了五六斤辣椒,包括前面提到的油辣椒、糊辣角、辣椒酱、酸辣椒多个品种,心头还在担心,这些辣椒一旦吃完,不知通过什么途径可以得到补充。因为上海的各种辣椒、辣火、辣酱实在是不能同山乡的辣椒可比,拿孩子的话来说就是"上海辣椒没香味"。哪晓得,初回上海吃什么都嫌没味的孩子,在上海住过了几个月,已经不馋辣椒了。最近一次家中包馄饨,照以往惯例给他舀上了一小勺辣椒,他竟"哇啦哇啦"喊起辣,并且申明,吃馄饨不要放辣椒。因吃起来没鲜味还辣得喉咙痛。我们原先的担心因此也就不翼而飞了。看看瓶子里,带回的五六斤辣椒,还没吃去一瓶呢!

至于我和妻子,在贵州时多少也都每天吃点辣椒的。回到上海之后,竟已毫无吃辣椒的欲望。

贵州人食辣,上海人不吃辣,看来仍同地域气候的差别有关。

另一件事大约也可以说明点问题。1983年我赴京参加六届全国人代会,开饭时代表驻地有零卖酒供应,让有酒瘾的同志自己掏腰包买来喝。那年头的茅台酒在市场上非常少见,来自贵州的几位年龄稍长的工作人员见柜台上有茅台,兴高采烈地争相你二两我三两地买来聚在一张桌上畅饮。当天晚上,这几位同志都流了鼻血。第二天早餐时,他们连连摇头说:"喝不得,喝不得。北京天气干燥,这几天又晴朗,气温高,一喝白酒就糟了。"尽管在贵州时,即便是酷暑时节喝茅台酒都不碍事的。

贵州还有一道土菜叫"折耳根"。其实就是鱼腥草。中药堂里历来是把它当作药的。但在贵州,却是一道名副其实的家常菜。田埂、土坎、沟渠的泥巴里挖来洗净,和葱、姜、蒜、芫荽、白糖、香醋、辣椒拌和,食来辛辣苦涩中透出股惬意的清香，别有一番风味，确是一道独特的土菜，以致自然生长的折耳根已供不应求，现在已经人工大量培植供应市场。土生土长的贵州人远离家乡后时常怀念这道菜。一些亲戚朋友不远千里百里送到北京、天津、上海，奇怪的是，这些身处异地的贵州人，食了这道菜却又纷纷说味道不如在贵州吃起来香。

我想，其实这也是食品因地域气候条件而异的缘故吧。

各种名目繁多的食品之产生，是同气候地域有着密切关系的；而食品也因地域气候的不同大有差异。

人类的口味也是如此。

把这一点肤浅的体会谈出来，我想大概不会是无益的吧。

两种生命环

在贵州生活了21年之后，意外惊喜地回归故乡上海，除了感觉到气候上的差异，口味上的区别以外，另一强烈的感受，便是生活节奏的陡然加快。最初那半年，我甚至有些适应不过来。似乎久违了的喧嚣的市声，嘈杂的声浪，几近咆哮的汽车喇叭，常常把我搞得心烦意乱。公共汽车里的拥挤，上海人挤公共汽车时的机巧灵活和不择手段，困在车厢里而车子又蜗牛似的爬行，几乎常常憋得我无奈地闭上眼睛。一天一天，上海人就这样地生活着，匆匆忙忙地赶路，匆匆忙忙地吃饭，匆匆忙忙地坐车，匆匆忙忙地打瞌睡，连操笔墨生涯的同行们，也是匆匆忙忙地写，匆匆忙忙地发，匆匆忙忙地读。回上海不到两年，出国热、装修住房热方兴未艾，紧接着投资热、房地产热、股票热又掀起来……有人颇为认真地告诉我，这就是现代生活的快节奏、高速度，你必须适应。于是乎我也不知不觉地卷入这快节奏的旋涡中，把一天一天地计算时间的方式，改成一小时一小时地计算时间，让生命的环，旋转得更为迅速一些。

但是，我毕竟在山乡里生活了那么多年，了解另一种生命环的转动。闲暇下来，抱一本书，并不想匆匆忙忙地读，于是眺望晴空，情不自禁地忆及乡居岁月里的种种情景。

贵州那大山褶皱里的村寨，即使是在农忙时节，也是安寂而清静的。而一旦进入农闲，你才会真正地感觉到那份安适闲静。

栖息在荒寂乡间的农民们，起得都较晚。鸡鸣过后，往往还会贪睡一阵。若是拂晓时分有雨，雾气笼着山头，那早晨的这一觉必然还要睡得久长一些。

一家子中起得最早的，往往是主妇。趁着男人和娃崽还在酣睡，农妇便用豆荚秆或葵花秆引燃灶膛里的火，煨热水盥洗，同时在小灶上的甑子里蒸上一家人一天吃的饭，在大铁锅里用猛火煮猪潲。

饿得不耐烦的肥猪、猪崽把圈槽板拱得咚咚响时，一家子人也随着灶房里飘散出的饭香先后醒来了。于是家家户户都有了一些大同小异的响动，院门打开了，喂养的鸡鸭和完成了一夜值更任务的狗蹿出门，四散跑开去。寨邻乡亲们打了照面，互相懒懒地搭问几句，多半说的也是昨夜的雨水大小，老板田里是否有了点花花水儿，或是做了个稀罕的梦，梦见了啥。

吃过早饭，时间总是在上午的10点来钟。一家的活动也便正式开始了，农妇们刷洗完碗筷，去园子或自留地里淋粪松土。一家之主的男人们，则是拿着镰刀、扦担上坡去，割草回来垫圈。至于细娃嫩崽们，背上背篼，骑上牛背，尖脆着嗓门呼喊要好的伙伴上坡去放牛。

午后的二三点钟，放牧薅猪草的娃儿们把牛马拴在地桩上回家来了，上坡去的男人们挑着满满两大捆草也回来了，娃崽性子急的，催着要吃饭。而男子汉则往往端条板凳，坐在堂屋前咂一杆叶子烟，随着那蓝色的烟雾飘起来，男人眯缝起眼睛，似在眺望着远山近岭沉吟，又仿佛在出神地思忖，其实他啥都没想，只是坐在那里休息，山乡里的话叫"歇气"。那是他最好的享受之一。

时近黄昏，太阳落坡了。汉子们在寨旁的河沟边洗净手脚，担起水桶去把家里的石缸挑满。水井边是个热闹的地方，挑水的，洗净菜肴的，吃晚饭的，全聚拢来，说说笑笑，打情骂俏，用以消除一天来的闷愁和疲劳。

晚饭后，有两件事是必须做的。一是铡马料，一是斩猪草。边干着活，边有一句没一句地闲扯着。若是在冬夜，一家子就会聚在火塘边，天南海北地摆龙门阵，讲盘古开天地的事，讲民间的传说，讲城市里人如何了得又如何不要脸……

一家子人中，睡得最早的往往是戏耍了一天的娃娃，其次便是妇女。到夜深人静时，一大家子人也就全入睡了。有电灯的地方省电，没电灯的地方省油。

于是乎，一整个寨子沉寂下来，笼罩在黑黝黝的山脚下，笼罩在不知不觉从峡谷、山林里弥漫出来的雾气里。时而，这里一点，那里一点，农舍里会闪出点儿光亮，那必然是勤俭的妇女在赶夜工，可能是在纺线，可能是钟情的姑娘在给意中人绣鞋垫，可能是聚起了一帮汉子在赌博，通宵地耍……

日子就这样一天一天地打发过去，不同的只是节令气候，不同的只是农事的更迭重复。今天和昨天一样，明天必然和今天一样，只要老天爷帮忙，只要风调雨顺，这一份人世间的日子，就是如此地悠闲逍遥，如此地辛劳不尽，如此地悠长缓慢。

山寨和外界多少是有一点联系的。其一是依据赶场。城市工厂把卡车开来乡场，把鸡蛋全搜罗了去，于是鸡蛋价格上涨一点儿；街头的百货店运来了花色鲜艳的布料，四乡八寨的姑娘少妇全争着去扯，于是晓得花布的式样又多了一种。其二便是寨子上多少出去几个打工的小伙子，他们出去抬石头、砌包坝、修房子、挖土方，赚回一点儿劳力钱，同时也带回一点儿外面世界里的信息。其三是有幸参军或考上大学又回来度假探亲的凤毛麟角般的人物，讲着更远的山外头的新鲜事物，很多与山乡里不同的风习，很多村寨上的人闻所未闻的情形，惹得那些闲来无事又好奇的小伙姑娘们一阵阵感慨、羡慕和叹息……

但是正如在电影里看到演员们吃宴席而他们吃不到一般，这些由外界带进来的信息，对山乡人们的冲击波是不大的。听过之后，他们照样回去睡自己的觉，照样按山寨规矩打发自家的日子。

一天又一天，一月又一月，一年又一年。

命运使得我在前后两种截然不同的生活形态里浸染过，我情不自禁地常常要将这两种生活的世态拿来对比，发出一些自觉深沉而别人觉得莫名其妙的感慨。

——那激荡的波涛何时拍击到我曾生活过的偏远的山乡呢?而那同大自然一样自若坦然,充满绿色浓荫的生活,又在何时回归到城市的喧嚣嘈杂中来呢?它们交汇融合得起来吗?

莫非我们的生命环,必然要在这两者之间摇摆吗?读者诸君,你说呢?

20年的蹉跎村

云南电视台约我去昆明,做一个"人生"节目。他们看到我的一本小书《半世人生》,觉得我的半辈子,多多少少和云南有一点关系,要我就这点关系谈一谈。

节目间隙,有半天空闲时间,旁边一位小伙子建议,去蹉跎村看一看吧,我们带一只机子,顺便拍一些镜头,也好穿插在谈话节目中用一用。

蹉跎村,就在昆明去石林的大路边上,不堵车的话,20分钟就到了,很近的。20年前的1982年春天,电视连续剧《蹉跎岁月》在云南拍摄,插队知识青年在湖边寨的戏,主要选了两个景点:一个在澄江、江川、华宁三县交界处的抚仙湖畔,那主要是取的湖景;另一个就是阿拉彝族乡,简称阿拉乡的。由于这里树木葱茏,一条河流绕村而过,河岸上架起一座高高的石拱桥,风光十分秀丽,和我插队的贵州山乡里的村寨十分相像。还有一个具体的原因,使得剧组下决心在这里拍了一个来月的戏:当时是20世纪80年代初,可要在省城昆明近郊,找到一处像我插队在贵州偏僻山乡里的泥墙茅草屋,已经是很不容易了。而在阿拉乡的小树林子与河流之间,恰恰找到了独门独户的一幢泥墙茅草屋,茅草发灰发黑了,泥墙龟裂了,和当年我下乡时的知青屋相像极了。一问,这幢泥墙茅草屋早已废弃不用了。原来,它是阿拉乡的牛圈,土地联产承包以后,集体的耕牛都已分归各户喂养,牛圈用不上了。所以它连门也没有!更令人惊喜的是,与阿拉乡的村干部一联系,他们说,只要200元,这幢牛圈就能尽剧组使用,需要用多久就用多久。于是乎,剧组当即付了200元,然后根据我的意见,在屋顶上请农民工加盖了一些茅草,最主要的是,又花几十元请当地彝族农民编了一扇竹笆门,在门上敷满牛屎,权做知青屋的门。这么一改造,简直就同我插队时的知青屋没甚两样了。这以后的一个多月时间里,《蹉跎岁月》中知青们在知青点上的戏,在村寨上的戏,在寨子附近树林子、小河边、拱桥上的戏,全部是在这里拍摄的。成本低不说,还真正起到了情景交融、形象生动逼真的效果。饰演杜见春的肖雄当时就对我说过:"不知为什么,一走在山道上,从石桥上那么大步走下来,我就会找到你们下乡时的感觉。"

好事多磨。磨到1982年的秋天,是10月,《蹉跎岁月》在中央电视台播出了。随后这部电视连续剧逐渐又在各个省台重播。20年前,好多省台自己还没开始制作电视剧,于是他们不断地重播比较优秀的剧目。据我所知,当年贵州电视台和云南电视台,就不止一次地重播过《蹉跎岁月》。对于贵州来说,我是省里的作家,这个剧是我写的,他们播的次数就多一点。而对于云南来说,则完全因为这个剧是在云南拍的,云南的观众看了自有一番亲切感。

从《蹉跎岁月》开始播出,昆明城里就有一些人,自发地找到拍摄地阿拉乡去玩,去实地看一看。一传十、十传百,昆明人都晓得了。阿拉彝族乡里,还有这么个漂亮的小村寨。

到了1984年,阿拉乡干脆打出"蹉跎村"的牌子,吸引城里的游客来玩耍。村里的彝族老乡,准备一点茶水、饮料、瓜子、花生,搭起简陋的棚子。而城里来的游客,则把塑料布铺在桥头河边,把吃的、喝的放在塑料布上,他们在河边散步,到村寨上游逛,特别是小树林里,时常传来他们的欢声笑语。

1989年,我在北京学习,同班几个云南来的学员告诉我,"蹉跎村"成了昆明人自发去的最为踊跃的一个小小旅游点。去得最多的,是一对对青年男女,他们时常双双骑着自行车,一呆就是一整天。

1994年,一个下海经商积累了点资本的老知青肖培荣,也看中了这块地方。他投资400万元,沿着小河边的荒坡,修建了一排二层楼的乡间别墅,别墅里的客房一律装修成宾馆式样，还有餐厅。小河上架起了桥，河畔小路铺设了石子。穿过别墅区，沿着弯弯拐拐的小路，就能走进郁郁葱葱的树林子。

别墅区正式对外打出了"蹉跎岁月度假村"的牌子。

千万别以为配备了现代化设施，就是蹉跎村的特色了。

蹉跎岁月度假村主要的特色，在于别墅区旁边，还建起了一座知青纪念馆。纪念馆门口书着两行红字对联。纪念馆橱窗内的陈设，全是当年的知识青年捐献的实物：有上山下乡通知书，有和通知书一起发的乘车证，有红袖章、毛主席像，还有当年知青们用的搪瓷碗、筷子、军用水壶、草帽，有插队落户时的劳动工具，锄头、镰刀、扁担、水桶、竹箩筐，和一盏盏知青们自制的小油灯。当然少不了很多陈旧的黑白照片，学习过的《毛泽东选集》，各式开本的《毛主席语录》，最为难能可贵的，这里还有当年知识青年记的日记、画的素描。

我一一看过去，翻阅着到过这里的老知青们写下的随想录和感慨万千的语录，惊讶地发现，这些对于逝去的蹉跎岁月充满感情的老知青，写下的一段段话不但带着思辨、带着反省，还带着人生的感悟和哲理。不少人还为办好这个纪念馆、这个度假村主动捐了钱，少的50、100，多的800、1000，看了不得不使人动容。

不过促使我下决心再访蹉跎村的，不是想去回忆往事，也不是想到那里再去获取什么灵感，而是云南省的同志告诉我，由昆明通往石林的高速公路正在拓宽，蹉跎度假村也在拓宽的范围之内，即使像小树林、古石桥没划在拓宽的路面中，其周围的三千亩土地，也被统一规划成一片景区了。

换句话说，我若是明年再来云南，就见不到蹉跎岁月度假村了。同行的云南电视台小彭望着我说："看着以你的长篇小说书名和电视连续剧命名的度假村从眼前消失，叶老师，你有没有一点伤感？"

我笑了。

20年的蹉跎村，已经完成了它的历史使命。正如我们已经进入了新的世纪、新的千年一样，蹉跎岁月那一页历史，已经翻过去了。从这一意义上来说，我应该为蹉跎村的消失而高兴。

但愿我们的岁月不再蹉跎。

但愿蹉跎岁月永远成为我们的历史。

贵州给了我们什么

那一天，是个雨日。

在上海的贵州菜馆"黔香阁"，我们几个曾经在贵州生活和工作过的老乡，说起了一个话题：贵州给了我们什么？

有的说：学会了吃辣椒。

有的叹道：一言难尽。

有的则深有感触地道：难忘的记忆。

他们指名道姓要我讲，说：作家讲、作家讲，你得讲详细点。

我说：在贵州生活的21年，给了我一个对比的参照系。城市和乡村的对比，平原和山区的对比，沿海和内陆的对比……这一种对比让我经常用一双贵州人的目光看上海，用一双上海人的眼睛看贵州，看得多了，就有小说写出来。

于是话题开始往深处谈，一位留美回来的教授道：我有同感，我的族群认同的专论，就是对比着做的。

一个学者道：贵州让我安静。住在大山里，清心寡欲，我的学者生涯就是从大山深处开始的。

有人插话：现在你有名了，想安静也安静不了，一会儿这里请你讲课，一会儿要出国交流，一会儿研究生又要找你。

学者答：所以我喜欢参加我们这种贵州人的聚会，聊聊天，没有任何压力，回忆回忆往事，找一点当年的感觉。

所以贵州还是给了我们很多东西。提出话题的人接着道，我再提一个问题：无论当知识分子的，当普通职工的，甚至当知青的，他们不但在贵州待过，有的离开贵州之后，去过河北、到过新疆、东北，有的去过澳大利亚、美国，可在他们的心目中，贵州始终占有一个特殊的地位，一谈起来就很动情、很难忘，这是什么原因？

一位当过领导的沉吟片刻道：但我看更主要的，还是贵州撩得我们动心吧。

学者正色道：贵州确有它诱人之处。你们想，光是大瀑布，就有两个——黄果树大瀑布，还有赤水大瀑布（原先叫十丈洞瀑布）。至于山奇、谷幽、林深、竹秀、水美、石绝的景点，比比皆是。

领导说：不光光是景色秀丽啊！

学者不服道：秀丽景色也养人哪！养我们这些和贵州沾亲带故的人。

我说：看来吃顿饭说不完这个话题。我们不妨往深处想想，二回再来。众人都表示赞同。

回到家里沉思默想，于是就有了这一组专栏文字。请有兴趣的读者诸君，一起来参与讨论。

第四辑
4 我与新中国

> 我出生于1949年的10月。
>
> 今年,新中国迎来了70周年大庆的日子,我也70岁了。我用手中的笔记录了新中国从站起来到富起来、强起来所走过的每个历程。人生七十古来稀,我已经老了,可是祖国永远年轻,祖国仍将永远蓬蓬勃勃地前进。

难忘的处女作

处女作，对每一个作家来说，都是难忘的。对于我来说似乎更是如此。

在我的一生中，《高高的苗岭》这本儿童中篇小说，是一个新的开始，一个新的起点。今天抽闲再翻读这本小说，我自己都能感觉到它的稚嫩之处了。但是我仍对它有着一份深切的感情，关于它的一切：校样、版本、改编的连环画本、电影文学剧本、插曲、剧照、电影放映时期的广告宣传画、朝鲜文本……我都保留着，隔开一长段时间，不时还要翻出来再看看。

我忘不了，第一次看到《高高的苗岭》初校样时的情景。那是一个秋高气爽的9月里的夜晚，我从同学家聊天回来，已是夜半11点钟，发现桌上放着责任编辑送来的两本校样，我欣喜若狂，倦意顿消，当下守着台灯，一口气把它校改完了。翻过最后那一页，我看了看表，是上海这座大都市的凌晨4时许，我家楼下马路上的16路头班车隆隆地开过去了。我相当困乏，但我仍无睡意，还是着了迷似的反复翻阅着那些散发着油墨香味的校样，只觉得这些校样充满了亲切感和诱惑力，好些往事不断地涌来，我的思绪万千，翻腾不已。

天，不知不觉地亮了。我凝望窗外，聆听着苏州河上隐隐传来的汽笛和电喇叭声……我想，读者一定能体会我当时那种激动得不能自已的心情。哦，在艰难的插队落户生活中，我的劳动和追求并没白费。

我也忘不了，1979年冬天，在上海少年宫里，少年儿童出版社的施雁冰同志介绍说，这是《高高的苗岭》的作者，小朋友们蜂拥着向我扑过来时的感人情景……哦，那时我又一次感到，在艰难的插队落户生活中，我的劳动和追求并没白费。

　　记得是1973年，一年一度的凉秋又来到了贵州的山区，我插队落户的第五个年头快过去了。一年的农事基本上干完了，在贵州山区的僻静村寨上，照例有一段农闲时节。我在这段农闲时间里，干些什么呢？除了学习着写点东西，我还能怎么样呢？总不能让大好的光阴，白白地耗去呀！

　　为了避开报纸上一再要求的写现实生活中的阶级斗争、两条路线斗争，为了把我感受到的独特的生活写出来，我这次写，得写一个小孩子，这个小孩子生活在过去的年代，生活在解放初期。这是我在胡思乱想吧，是在瞎虚构吧，解放初期的1950年，我才一岁，我怎能感受那时的生活呢？

　　我思之再三，觉得不是在胡思乱想，也不是在编"聊斋"——山寨上老百姓爱把好幻想好摆龙门阵称之为编"聊斋"。

　　在五年的插队落户日子里，我时常听一些老贫农告诉我：嗨，现在变多了，工作组喊开会，哨子吹了几道，人也到不齐。清匪反霸那年头，工作队一喊开会，我们穷得穿条单裤儿，打着光脚板，在雪地上跑得可欢哪！话是简简单单一句，可这句话是个多么清晰的画面！穷苦人对党的信赖，对工作队的信任，对清匪反霸闹土改的热心，都出来了。类似的话，我听得多了，对解放初期的山寨形势、人情风俗，逐渐有了底儿。

　　在苗岭腹地修建湘黔铁路的日子里，我借住在一户苗族老乡家里。冬腊月间的夜晚，苗家老人陪我在火塘边摆龙门阵时说：如今你们汉族老大哥成千上万人进到我们苗岭深山，帮我们修铁龙，汉苗之间亲如兄弟。解放前，可不同，历代反动统治者搞汉苗隔阂，造成了民族怨仇，造成了不少流血的事件，听来让人触目惊心。当然，很多往事随着历史大河的向前奔流早已消逝了。我听到的更多的是有关汉苗亲如一家的故事。有一次，一个苗族汉子告诉我，清匪反霸时，一个解放军飞行小组的战士，负伤后被土匪追赶，幸亏当地苗家群众保护了他，让他躲进山洞，给他送吃的、喝的，还给他采草药，才把他救了。

第四辑　我与新中国

从铁路工地回到山寨上,在一次田头歇憩时,我听一个农民说,隔邻公社有个供销社主任,当年还是个少年,为替剿匪民兵送信,被土匪围在一所寺庙里,亏得他是木匠家的孩子,会脱榫头,趁着天黑脱落了木结构寺庙的后壁,钻进树林脱了险。

在我刚插队的第二年夏天,县里面下令,全县出动围捕逃跑的三名罪犯,每个山洞都要搜,我也随着民兵,钻进了山洞。这使我对贵州山区溶岩形成的喀斯特地形,有了非常形象的感性认识,知道了这些洞奇妙无比,洞中套洞,别有一番天地。

所有这些零零星星的感受和体验,在农闲时节到来的那些日子里,全都浮现在我的脑子里,逐渐变成了一个小故事。随着故事中的人物一天比一天清晰,故事线索一天比一天明朗,我的创作冲动一天比一天强烈,似乎到了非要把它写出来不可的地步。

要是写出来不成功怎么办呢?我犹豫着,踌躇着,决定这次写稿不用稿纸了,先把它写在随便什么纸上再说。在偏僻山寨,要找一叠纸还真不容易,我七拼八凑地买了几本练习簿,找了几张白纸裁开,又把同学给我写来的信也利用上——在反面写!总算凑齐了将近一百张纸。寨子上一说不出工了,我迫不及待地抱着那叠纸,跑到村寨外山头上的一所破庙里,用了一个星期的时间,把想好了的小故事写了出来。这就是我的处女作《高高的苗岭》最初的草稿。

写完了,我感到一阵轻松,一点欣慰。我跑上山巅,眺望着远山近岭,心里说,在这山也遥远、水也遥远,路途自然也是十分遥远的偏僻村寨上,我没有在农闲的日子里白白浪费时间,没有在吹牛聊天打扑克中耗费光阴,而是多少做成了一件事。不过,我的故事中没有"三突出",也没有尖锐复杂的两条路线斗争,人家要不要呢?因此,尽管故事写出来了,我也不敢送出去,只好找来张牛皮纸,封成一只纸袋,把这一百来张不规则的稿纸装进去,存到箱子中间。不是我能预见到它会印成书,而是这四五万字,是我的心血啊！

这一放，就放了整整两年。

1975年，我被叫到上海修改长篇小说《岩鹰》，住在出版社的作者宿舍里。很巧，住在我隔壁的是《矿山风云》的作者李学诗同志，他看我年轻还未脱尽稚气，话语中一再鼓励我写点儿童文学。每周必定要来看他的少儿社编辑余鹤仙同志，也鼓励我写。在他多次鼓动下，我的心也热了。我要了一百张稿纸，把《高高的苗岭》誊抄在上面，送到了少年儿童出版社。我碰上了两位热心的责任编辑姜英和周晓，他们给我提意见、出主意、理清人物思想脉络，前后经过三次比较小的修改，在文字上作了详尽的润色，竟然定稿了！经过画插图，看校样，这本薄薄的小书，在1977年的春天出版了。小说第一版20万册；1979年5月印行的第二版17万册。美术出版社很快改成连环画本，北京电影制片厂和北京电影学院又根据小说由我和谢飞共同改编拍摄了儿童故事片《火娃》公映。以后又被译成了盲文、朝鲜族文字。

所有这些，都是我当初在偏远的贵州山巅破庙里写这本小说时做梦也没有想到的。

一晃眼，十几年时间过去了。离开我写作《高高的苗岭》的草稿，竟有近20年了。近些年里，时常收到一些好心的读者们来信，询问我的第一部作品是什么时候写的，处女作是怎么出版的，我用《后记》把它写在这里，不至于是多余的吧。

我和《蹉跎岁月》

1983年4月末,一个普通的不能再普通的日子,我病了。抱病在家里写作长篇小说《三年五载》的中卷《拔河》。9点40分,来了两位新华社记者,他们含笑告诉我,在有681个代表参加的省人代会上,刚刚宣布了选举结果,我以666票的得票数,被选为全国六届人大代表。闪光灯一亮,记者同志为我摄下了一张有纪念意义的照片。

当天夜里,我躺在床上,辗转难寝,我在想着,该怎样勤奋地工作,不断地努力,为祖国、为人民尽可能地多贡献我的一份微薄的力量。我在想着那些逝去了的岁月,想着蹉跎岁月中成长起来的一代人的命运……

我们这一代人,在当年也好,在今天也好,都有一个简单的不能再简单的称呼——"老三届"。由于我写了几本知识青年的书,写到了这一代人的命运,近五六年来,我经常收到各种各样的读者来信,累积起来,共有一千六七百封。这些信里,有的人和我谈及知识青年上山下乡这一段历史,有的人和我讲到书中一些人物的命运和遭际,还有的和我探讨一些书本以外的问题,大量的来信,都是当年的"老三届"、当年的知青们写来的,他们写了很多好话,温暖了我的心,使我深受感动。尤其是长篇小说《蹉跎岁月》改编成电视连续剧播出以后,更有好些热心的文学青年、好些念中文系的大学生,在信中问及,你是怎么走上文学之路的,你是怎么想到写《蹉跎岁月》这部书的,你是不是书中的某人,你本人当过知青吗,等等等等。

记得,那是1978年的10月,我带着自己在深山峡谷里写成的长篇小说《我们这一代年轻人》坐火车回上海去。在车厢里,我遇到几个户口由云南迁回上海的知青，闲聊之中，他们对我说："10年前我们扛着红旗，唱着红卫兵战歌，怀着改造世界的雄心壮志，上山下乡去闹革命，去反帝反修、去屯垦戍边。10年之后我们又扛着背包回上海，还不知道回去以后干什么。生活真会开我们的玩笑。"是生活开我们这一代年轻人的玩笑吗？

夜深沉了。车厢里熄了灯，白天和我聊天的几个知青早已东倒西歪地睡着了，我却大睁着一双眼睛，久久地沉浸在对往事的追怀之中。

我想到了待了10年的那个偏远的山乡，想到了山乡那一条又一条弯弯拐拐、崎岖不平的羊肠小道，在那里我挑过多少粪、担过多少灰啊。早春时节，跳下冰冷刺骨的秧田里去捧起一团又一团稀泥巴敷田埂，一敷就是整整一天，一天下来，脚冻得通红，沾满污泥的双手发僵，嘴唇发紫，回到屋里还不敢连忙坐到火塘边去暖一暖身子，怕贪图了一时畅快而落下关节炎、怕生冻疮。栽秧打田的大忙时节，常常是天不亮就让牛角号吹醒，太阳还没出来就跑到田地里去干活，一直要干到月亮落坡，夜深人静才歇下来。人走进屋里，经常是累得脸不想洗一把、水不想喝一口就往床上倒。夏日里的农活不多，我们就去坡上挖煤，去砖瓦窑打小工。酷暑天气，太阳火辣辣地晒得人头皮发麻，还要钻进歇窑不久的乡下土窑子，抱起烫手的破瓦，闷热、空气窒息不说，窑子里那满窑飞扬的煤灰，呛得人不敢张一下嘴。一窑砖瓦出完了，我们这些打小工的知青，从头到脚满身都是黑灰，只好一家伙跳到水渠、堰塘里才能洗干净。挖煤不那么热，洞子里还挺凉爽的。可那一个又一个土煤窑，只有半人高，非得蹲下身子，小心翼翼地踩住一根根尺把长的脚窝杆子，才能往洞子深处走。近的走三四百个脚窝，远的要走千把个脚窝，到了煤层前，抡起煤镐，借着小油灯的光焰，把煤挖下来，装进拖船。进洞一次不容易，总想把船装满，满装一船乌金般的煤，最少有250斤，然后把拖绳勒上自己的肩头，拖起煤船往洞外爬。那是双膝跪在地上，死死地踩稳一个个脚窝，往上使劲地爬啊。到了洞坡陡的地势，那一船煤在身后拼命地坠着你，你非得咬紧牙关，才能将船往前拖动一步。每次拖出一船煤来，我只

第四辑 我与新中国

觉得头晕目眩,天翻山摇,总要紧紧地闭上几分钟眼睛,才能逐渐缓过气来。要这样进出10次,计算一个劳动日。而一个劳动日多少钱呢?五角九分六。这是我们生产队的劳动日工值,也是远远近近最高的工值。下乡之初,我们不在乎工分,我们不讲究什么报酬。我们是来接受再教育的,是到广阔天地里来炼红心的,是来参加三大革命运动的,是在改天换地改造客观世界的同时改造我们的主观世界的,我们怎么能讲劳动的报酬呢。可当我们付出了那么艰辛的劳动、流了那么多汗水之后,听到报酬仅仅是五角九分六的时候,我们不讲了。我们开始议论,我们开始思考了。

这是怎么回事呢,乡间为啥这么贫困呢?五荒六月间为啥还有农民上坡去挖蕨苔、挖野菜充饥呢?

现实生活是严峻的,随着在山寨上待的时间越来越长,我们想到的问题越多,思考得也愈来愈深入。

就在这个冬天,我听说了这么一件事情:有个干部子弟,由于父亲被打成黑帮,关进牛棚,插队落户到了一个偏僻闭塞、有山有水的村寨。在那里,他和一个出身不好的姑娘相识了。姑娘在生产队里放鸭子,他在河滩地上放羊。在那些受歧视的日子里,是同病相怜也好,是命运的安排也好,这一对知青恋爱了,爱得很深沉。随着漫长的插队落户岁月的流逝,两个人的感情越来越好。打倒了"四人帮",痴情的姑娘满以为命运会给她露出微笑,却不料事实给了她狠狠一棒。受迫害的干部官复原职以后听说儿子找了个出身不好的姑娘做对象,大为光火。父母亲自出面以高压手段干涉儿子的恋爱,儿子抵挡不住大城市和舒适的工作岗位的诱惑,抛弃了女友,酿成一个结局很惨的悲剧。

听完这件事,我脑子里受到很大震动,没有心思继续聊天,一个人悄悄地回到屋里,找出记事本,先三言两语把此事记下,并在下面写了两句话:

"这件事可以写成一部长篇小说,不过我要把它的结局写好,绝不能写成悲剧。"

要是说写作《蹉跎岁月》直接的起因,就是这么一件事。

在记事本上写下了自己的决心和愿望之后,我躺倒在床,任凭泛滥的思绪跑着野马。往事一幕一幕浮现在我的眼前。

1966年,一帮煽风点火的红卫兵来到我们学校,兴一套新规矩,每一个进出学校的师生员工,都得自报家庭出身。当我的一个同学,报出他的出身是"小业主"时,一个红卫兵抡起皮带骂道:"资本家就是资本家,还什么小业主!"话到手到,手里的铜头皮带一下子抽到我那位同学的头上,把他的脑壳打破了,血流不止,当下倒在地上。要不是抢救及时,生命也危险。

1975年,有个工矿单位到我插队落户的公社来招工。那两个招工的干部,用当时惯常的调包法,把一个出身不好的上海知青挤下来了。这位知青听说后去找他俩论理,那两个人气势汹汹,蛮不讲理,其中一个把桌子拍得"咚咚"响,吼道:"我们宁愿牵去一条狗,也不愿招走你这个狗崽子!"

我恰好在现场,听得一清二楚。当然,年岁大了,人也成熟了,不至于像我同学那样拿起刀去和那两个人拼命;更重要的,是这样的事见得多了,我也不会像十七八岁时那样气得抽搐发抖了。但我的内心深处着实愤怒,着实震撼。把人糟蹋到这样的一种程度啊!站在那里,我脑子里想,有朝一日,我要写本知识青年的书,一定要把这句话写进书里去。

1978年,打倒"四人帮"已经两年了,某个单位搞选举,选举一个没有实际权力的名誉职位,差不多众口一词,要让一位有威信有水平的同志当选。可群众怎么呼吁、怎么选也没用,理由是:此人出身不好……

那个夜晚,我几乎是一整夜都没合眼。类似的事情,在逝去了的岁月里,我见得太多、太多了。

"红卫兵"运动刚兴起时,上海的南京路上展开大辩论,每一个登台讲话者都要自报成分;在马路上、学校里,到处贴着两条风行一时的标语:"老子英雄儿好汉,老子反动儿混蛋";插队落户时无论走到哪儿,是赶场,是去县城看病,公社、区、县的有些干部遇到知青,开口第一句话就是"什么成分"。和我同一个公社，有一个表现非常好的知青，一天到黑除了干活，话也不多说一句，大队领导几次亲自上知青办替他说话，只因为他出身不好，接连几次推荐他，都被刷下来了。

"血统"在那几年里成了衡量一切的标准。

可以说，极左的"血统"论对我们整整一代中国人的戕害，那是太严重、太厉害了。这是我写作《蹉跎岁月》的一个主要原因。

写这本书一个更重要的原因，是我想写一写我们这一代年轻人的命运，我们这一代人在十几年里走过的路。

我们这代年轻人，走过了一条"之"字形的人生道路，都经历了这样三个阶段，三个思想层次。

第一个阶段，是1966年到1969年，这一阶段我们思想上的特征是盲目、虔诚和狂热。我们一拥而起地横扫一切"牛鬼蛇神"，"破四旧、立四新"，我们为一次又一次最高指示的下达和《红旗》杂志社论的发表而欢呼，我们坚信，一个红彤彤的世界一定会在我们这一代人的手里实现。当号召我们上山下乡接受再教育的时候，我们千百万人一起涌进了广阔天地，要去那儿练一颗红心，滚一身泥巴，要去那儿开展轰轰烈烈的三大革命运动，大干一番事业，要把农村建设成为祖国的大花园，真可谓豪情满怀走天下。

第二阶段，是1969年至1972年，即"九一三"事件的真相向全国人民公布以后。这一阶段我们的特征是由盲目、虔诚、狂热而一下跌入失望颓丧而彷徨迷茫，徘徊一段时间，逐渐地走向更深层次的思考。到达乡村之后，严峻的生活现实本身给我们上了最好的一课。繁重的体力劳动，当日复一日枯燥乏味地打发日子成了我们生活的内容，当乡村的贫穷使得我们触目惊心、不能理解时，我们是多么的失望啊！有的人自暴自弃、得过且过，有的人牢骚满腹，怨天尤人；有的人抽烟喝酒，打牌赌博；有的人忧郁颓废，苦闷至极；更有甚者，走向歧途，就此堕落了……想大干一番的美好理想被铁一样的事实击碎而破灭。就在这时，震惊中外的"九一三"事件发生了。消息传到偏远的山寨，知识青年们震惊之余，都在议论，都在思考，他们中有的人为自己以往的所作所为脸红心跳，有的人深叹自己在"文革"初期的"革命行动"是上当，有的人在思考着，为什么我偏偏看不出历史发展的轨迹。思考于人是有益，思考能促使人振作，我们这一代人中的好些代表，都是在20世纪60年代末和70年代初的思考中觉醒的。

拿我自己来讲，就是通过那一段时间的思考和探索，逐渐意识到，靠豪言壮语、靠谁的恩赐来走未来的路靠不住了，必须得靠自己，脚踏实地地从偏僻山乡的崎岖小路上，一步一个脚印地往前走。也是在那个时候，我开始提起笔来学习着写一点东西，试着把自己经历过的、感受到的、经过一番思考的生活写到稿子上去。可是……

学习创作，谈何容易啊。

我们插队时的知青屋里，放下四张床，就找不到放桌子的地方了。到了晚上，没有电灯。再说，白天还得虚心接受再教育呀，劳动有多累人哪，挑粪、耙田、铲田埂、钻进煤洞挖煤拖煤，在土砖窑上当小工、背灰、打煤巴，栽秧、薅秧、收割……一天干下来，那张床有多大的吸引力啊。

这些还在其次，可以想办法克服。没有桌子，我掀起铺盖、以铺板当桌子，坐在小板凳上写。没有电灯，用墨水瓶改制个小油灯，点起来照样写。劳动累人吗，我挤一切空余时间练笔。清晨，搬条板凳，带块搓衣板，坐在后屋檐下，把搓衣板搁在膝盖上写；夜里，伙伴们睡了，我以床铺当桌子，点起小油灯写。油灯摇曳的火焰，把我的帐子熏得漆黑。我妹妹曾给我洗过一次，后来，她不愿洗了，我更顾不上了。下雨天不出工，知青们聚在一块儿，抽烟、打牌、吹牛、聊天、喝酒、发牢骚消磨时间，我找一个安静处去写。赶场天，别人往街上跑，我躲在屋里写。贵州山乡到了农闲时节，出工很晚，我就起大早，到山寨外岭巅上的古庙里去写。那儿只有破败的四壁和缺胳膊断腿的桌椅陪伴我，非常安静。我可以写到妹妹在山下招呼我，该吃饭了才搁笔。

我在羊肠小道上跋涉着，艰难地跋涉着。为我的这些努力和追求，我开始付出代价，牙齿在连年剧痛后一颗一颗地脱落，遇到天阴雨落，膝关节就隐隐作痛。那当然都是这段生活给我留下的纪念和烙印。但我仍在往前走、走……

第三个阶段，是1976年到1978年。这一阶段我们这代人的思想特征是急于要求兑现，要求有个归宿，是振作起来奋进。打倒"四人帮"，解放思想，拨乱反正，给我们带来了希望。落实多年老知青的政策，大学恢复高考，给我们带来了欢欣。大家在这一时期的共同想法，是把逝去了的青春追回来，是要重新从自己的脚下，迈开步子，踏出一条新的人生之路，新的追求之路。

我自然而然地想起了唐朝诗人李颀的诗句："莫见长安行乐处，空令岁月易蹉跎。"

哦，这10多年来，我们就是在蹉跎中度过的。

写一写"血统论"对我们这一代人的戕害，写一写我们这一代人走过的路。同时，更希望写出我们当年那些知青各不相同的形象。可以说，这是我要写作《蹉跎岁月》的第三个原因。

啊，知识青年。

在那些年里，差不多每家每户，都有知青，都受到这场运动的波及。不论走到哪儿，都能听到关于知识青年的议论。

起先说他们如何地有志气，风华正茂，开创了一代新风；跟着说他们如何地光荣，如何在乡村里大有作为，有的当了赤脚医生，有的当了记工员、会计，有的当了山乡的教师，有的当上了农技员，有的还提拔起来当了干部；接着说他们在乡村里呆久了，开始变了，变得调皮捣蛋，偷鸡摸狗，坐车不掏钱，问题严重，得好好地管教。只要一提知青，人们不是唉声叹气，便是连连摇头，将他们说得一无是处、一团糟。

实实在在地说，知识青年们在乡村的生活，是复杂而又丰富、艰苦而又充满了向往色彩的。"知识青年"，这个普通得不能再普通的字眼，在20世纪60

年代末到70年代的蹉跎岁月里，是我们用汗水和眼泪、期待和希冀、探索和追求充实起来的。看到这个字眼，不该只让人仅仅想起艰辛的生活，不该只让人想到留在城里的待业青年，它应该让人想到更多的一点东西。就是我们这一代知识青年，也不是完全相同的。和任何一代年轻人一样，我们中间有奋进者，有为祖国做出了杰出贡献的人，有普普通通的劳动者，有退伍者……一句话，这是整整一代人的青春，有各种各样不同的命运和遭遇。我应该把这一点写出来，告诉所有关心我们这一代知青的人。我的青春、我的追求和事业，甚至于我的爱情，都是从那儿开始的，我有责任写。

由于这样三个主要原因，促使我要写《蹉跎岁月》这本书。长篇小说的人物、故事、情节，整本书的结构、层次、段落，我都是基于这么一个认识来酝酿的。当然啰，写作一部书，是由于多种多样的因素促成的。要在一篇短文中，把诸多因素逐一讲明白，几乎是不可能的。但正是有了这三方面的认识和理解，有了我本人近10年的知识青年生活积累，写作这么一本书的愿望才一天一天地明确起来，并且不断地像浪花般激起我的创作冲动，逼着我去思索、去实现自己的创作计划。

于是乎，我找出了一个本子，把以上的认识和想法一点一滴写下来。同时，开始我写作之前的另一准备工作，写作人物分析，给每一个主要人物作传……这已经是另一篇文章的内容了，不在此啰嗦。唯一可以讲的，是写作《蹉跎岁月》的时候，我还没有工作，既没有工资，也没有人给我发粮票。那是1979年的夏天，10年岁月蹉跎过去了，我个人可以说是一无所得，但是我得到的似乎又比任何人都多。我手中那支笔的笔端上凝聚着写作最需要的感受和情绪，于是我写、写、写……一直写到今天，并将写一辈子。

在当年蹉跎岁月拍摄地云南抚仙湖畔

一支难忘的歌

——电视剧《蹉跎岁月》主题歌创作背后故事

《一支难忘的歌》：知青聚会联欢必唱曲目之一

今年是改革开放40周年。

对于我们同时代的伙伴们来说，也是上山下乡的知识青年奔赴农村的50周年。可以说，亲历了改革开放40年来历程的一代知青人，愈加珍惜今天这一段步入晚年门槛的日子。

几乎是从去冬今春开始，全国各地的"知识青年"们，都在以各种各样的聚会形式，缅怀青春岁月里的日子，军垦农场知青、国营农场知青、茶林场知青、北大荒知青、西双版纳知青、渔场海岛知青、海南椰林知青、插队落户知青、当年投亲靠友的"自行出路"知青……都在分别地以编撰回忆录，创作小说、剧本，整理下乡日记等等各种形式，回顾那段岁月，感慨自己这大半辈子走过的路。上海郊区、江浙两省的旅游点、农家乐景区，甚至为此推出了"精彩人生"聚会酒店，专门接待老知青。延安、黑龙江、泸州还专门向知青们供应"知青酒""老知青酒"。只要知青们聚在一起，就要唱歌，一唱歌就会唱到电视剧《蹉跎岁月》的主题歌——《一支难忘的歌》。

现在互联网发达了，现场唱歌的视频几乎总是在同一时间，转到我的微信群里。澳洲知青会把他们在悉尼大剧院演唱这首歌的视频转给我，上海知青会把站在徐家汇公园合唱这首歌的视频转来，黑龙江知青在重返北大荒雪野围着篝火唱这首歌的视频转过来……昨天晚上，北京知青在聚会时，以男女声合唱的形式,在第一时间转到了我的微信上,他们是一个知青音乐沙龙。

知识青年群体爱唱这首歌,我很理解。自从2009年庆祝中华人民共和国成立60周年,中央电视台以"共和国的歌"的形式,再次请关牧村向全国观众演唱这首歌以来,《一支难忘的歌》成了知青一代聚会联欢必唱的歌曲之一。

让我没想到的是,这一次贵州省委常委、宣传部部长慕德贵率队到上海来交流考察,相聚言谈甚欢,其间有贵州老乡提议:让我现场唱一下这首自己写的歌。

我不会唱,我说,但我可以讲一讲这首歌是怎么写出来的,作为弥补。众人以拍手鼓励。没想到讲完以后,还有人提议,你应该把这个过程写下来,蛮有意思的。

于是,我就有了这篇小文。

往事年轻气盛揽苦差——又不是要登天?

说起来是35年前的事了。1983年盛夏时节,云南大理城郊,部队的招待所走廊里。《蹉跎岁月》剧组结束了在大理、洱海、苍山、下关一带的外景拍摄,第二天就要赶回昆明,在昆明火车站补拍完最后一组镜头,准备回北京了。剧组里的所有人都在忙忙碌碌地整理行装,毕竟他们出差几个月了,归心似箭。

随剧组活动的我,也请剧务定好了第二天晚上8点回贵阳的火车票。应导演蔡晓晴的邀请,我也在大理住一个月了。

恰在这时候,中央电视台的音乐频道编辑,从北京飞昆明,又风尘仆仆赶到剧组,给导演送来了他辛辛苦苦约来的电视剧《蹉跎岁月》的主题歌词。他特地说明,这是他请几位有名的词作者分别创作、好中选优定下的。

他之所以这么急迫地赶来,是因为这之前他约来的两次歌词稿,都被蔡导否了，还责备他延误了时间。

蔡导站在走廊里看完歌词，随手递给了旁边的我说："小叶，你看看，提意见。"歌词不长，看后我不满意。那年头我年轻啊，也没顾及音乐频道编辑的面子，就把意见当面说了。

音乐频道编辑刚赶到招待所，晚饭还没吃，都晚上8点多了呀！听了我的意见，他当面变了脸色，气冲冲地说："我约3次稿了，有名的词作者我都找了，好不容易定下这一稿，我是没办法了。你有意见，你不也是作者嘛，你自己写，别烦扰我们呀！"

话很不好听。我也火了。我说："自己写就自己写，这又不是要登天。"

音乐频道编辑提条件了："要写你就快，曲作者我都请好了，是写过《红色娘子军》主题歌的黄准，人家等着谱曲呢！"

蔡导瞥了我一眼："小叶，行吗？"

"行啊！我试试看，不行你们可以不采纳。"话说出去了，压力也随之来了。这等于是说，在第二天晚上回贵阳之前，得把歌词写出来。

喧闹的车厢终于安静——但哪里还敢打瞌睡？！

这天晚上我没睡好，翻来覆去地忖度，该从什么角度入手写作这首主题歌的歌词。客居电影学院将自己的小说《高高的苗岭》改编为电影剧本《火娃》时，我去听过关于电影插曲的课，那一位音乐教授，讲授了很多关于写作电影插曲的方式、方法和小故事，边讲边让学员们欣赏电影插曲以及和电影的关系。听课时，我收获颇丰，但现在马上要写出《蹉跎岁月》的歌词来，我一点招儿也没有，一句"歌眼"也寻找不到。

第二天天没亮就催起床了，每人带上随身行李上车之前，一人领一包早点，早饭在车上吃。昨晚上制片主任说了，大理到昆明419公里，清晨6点准时发车，才能在晚饭6点前赶到昆明市郊我们预定的旅馆。

我和导演、制片及一帮演员坐一辆面包车。眼看完成了任务的演员们兴致特别高，车开出大理没多久，就说唱开了。你表演一段小品，我说个笑话，他讲个段子，个人演完了不算，还来男生小合唱，来全车厢合唱，唱的绝大多数都是电影插曲。

欢声笑语不绝于耳，唯独我，被照顾坐在司机边上的副驾驶座位，心里一阵阵干着急。车厢里闹腾成这样子，我怎么写得出主题歌的歌词？

时近12点，7辆面包车组成的车队停靠在一个镇子的饭店门前。制片主任满意地宣布：上半天我们已经行驶了两百多公里，照此速度，路况好，晚6点之前我们准定能到达目的地，为此中午饭可以喝啤酒。

车厢里的男演员们一阵欢呼。

一顿啤酒喝完上车，闹腾了半天的女演员们不约而同地闭上了眼睛，随着车的前行打起了瞌睡。一大早起床，这会儿都困了。

蔡导合眼之前，还特地对我说："小叶，你也睡会儿，我看你昨晚也没睡好。"

我哪里敢打瞌睡啊！得趁着车厢里好不容易安静下来，想歌词啊！可这歌词，该如何来找第一句？找准这"歌眼"呢？冥思苦想，也没点头绪啊！

面包车反光镜——你就是我的魔镜？！

毕竟昨晚上没睡好，清晨又起得早，我的疲倦劲儿也袭了上来，想打瞌睡了。不成！得顶住疲倦，钻头觅缝地写下几句，交个差啊！我盯着面包车厢外右侧的反光镜，心里忖度：反光镜，今天你能给送来灵感吗？

为什么这样想呢？

初中二年级时，学校组织下乡劳动，我也坐在公交车的这个位置上，望着反光镜里一掠而过的上海市郊江南水乡的景色，写过一篇作文！

后来老师把这篇写景的作文在全班面前念了出来，表扬了我，给了92分的高分,还让我谈体会:为什么其他同学都写"劳动的光荣""劳动的艰苦""劳动的欢乐",你却偏偏写水乡景色?是什么给了你灵感?

我说是公交汽车的反光镜给了灵感。从反光镜里,看到的江南风光是不一样的。您的作文题目不是出的春天的郊野吗?言下之意,不是非得写劳动啊!老师让我把作文端端正正抄出来,还要我把那点体会也写在后面。他用红笔批道:独特的观察角度。

今天,面包车的反光镜,会给我灵感吗?

嗨!灵感没出现。望着望着,反光镜让我望出了一点儿异样之处。

那圆圆的反光镜中央偏下一点的位置,汇聚了一点儿火柴头似的光亮,那点儿光芒雪亮雪亮的,闪烁着我的眼睛。

我好奇心上来了。

是什么让反光镜出现这么个光点呢?峡谷里的矿石?煤层?还是……

我环顾车外,面包车行驶在蜿蜒曲折的盘山公路上,左侧是高耸入云的悬崖峭壁,右侧就是深渊般的峡谷。峡谷里可能蕴藏着金矿、银矿、锑矿……云南的大山里,矿藏丰富啊!

我忍不住拉开了车窗,探出头去张望。崇山峻岭的上空笼罩着氤氲的淡雾,从两座山头夹峙的垭口那儿,一条河流弯弯拐拐地流过来,直淌到我们的车队正驶过的峡谷深处,太阳灿烂地照耀着河流,河面上闪烁出万千光斑、光点、光波。车子反光镜里聚焦的那个烁人眼的银色光点,原来是水的光波。我推上车窗,收回目光,身上往椅背靠去,心里说:闹清楚了,是一条河!

正是这一瞬间,我的脑子里闪现了一个念头:方才那一眼看到曲折地连续沿着山势拐过来的那条河流,多么像我们知识青年一代人这些年里走过的路啊!曲折的路,弯弯拐拐一路探索着前行的路。

蔡导请我这个编剧到这个剧组里来,不是一次又一次地让我给年轻的男女演员们讲一讲知青们的所思所想,所憧憬所追求,知青们经历的从虔诚、盲目、狂热，到沮丧、迷茫、无解，又到思考、振作、追求这样几个思想历程，他们的人生走过的"之"字形的路么？

对了，有了！一句歌词浮上了我的脑海：青春的岁月像条河……

在烟壳白纸上——写下这首难忘的歌！！

有了"歌眼"，后面的事情就好办了。岁月的河啊汇成歌，啥歌呢？消沉迷茫的歌啊！思考振作的歌啊！奋起追求的歌啊……

思绪在我的头脑里奔涌。我已然毫无睡意，虽然身子靠着，眼睛闭着，一句句歌词都在我脑海里浮现出来。

半个小时之后，我要求蔡导停车。司机不解：才开出不到一个小时啊！

扮演邵玉蓉父亲的人艺老演员牛星力大声说："我赞成编剧的提议，车子开到的这个小镇上，有我喜欢的小刀刀，我去买几把。"

扮演邵玉蓉伯父的人艺老演员李翔说："满足老牛吧，他的业余爱好就是收藏小刀。"

蔡导一锤定音："小叶突然说要停车，肯定有戏，停！"

下得车来，我问争先恐后跑去小镇的演员们："你们身上谁有纸？"

牛星力从兜里掏出一包烟，抽出烟盒里仅剩的一支叼在嘴上，说："只有这烟壳，你把中间那层白纸抽出来，够了吗？"

"够了！够了！"我连声道。

当演员和剧组所有人逛了一圈回到车上时，我已经把几段歌词写在老牛给我的烟壳白纸上，安心地揣进兜里。

晚上，草草吃过晚饭，我和剧组所有人告别，去昆明车站赶8点20分的火车时，音乐频道编辑边跟我握手，边问我："歌词写出来了吗？"

蔡导责备地斜了他一眼："哎，你别为难小叶，一天都在路上，能写吗？"

我从兜里拿出了那张折叠的小小的白纸："行不行你们看着办，反正我是写了。"

蔡导展开白纸，音乐频道编辑凑过脑袋来，故意边看边念："青春的岁月……"蔡导把歌词看完，往音乐编辑手上一放，"我看就是它了！你快联系黄准老太太……"

《一支难忘的歌》的歌词，就是这么写出来的。

后 记

3年之前，我和黄准老太太在上海接受电视台访问，她对主持人："那一天夜里，中央电视台音乐频道编辑是在长途电话里，一句一句把歌词报给我的，我一边复述他的话，一边让老伴在边上把歌词逐字逐句记下，完整地记录下来。读过一遍，我的音乐细胞就被唤醒了，激发了！这辈子，我写下了317首歌曲。作为一个作曲家，我多么希望每一首歌都能在全国人民当中传唱啊！但那是不可能的，我谱下那么多歌曲，只有两首传唱一时，至今仍有人在唱，一首是《红色娘子军连歌》，一首就是今天和我一起接受采访的叶辛同志写的《一支难忘的歌》。"说完，年近九旬的老太太的脸上露出欣慰的笑容。

对一种生活现象的思考

还是在青少年时期，朦朦胧胧对创作有点儿兴趣的时候，我们几个爱好文学的伙伴们，曾聚在一起热烈地议论过一个有趣的话题：一个作家怎么能在写这本书的时候，又去构思另外一本书。大家都对此感到奇怪和神秘，难道作家会有两个脑子？

事情过去了多年，没想到我最近完成的长篇小说《省城里的风流韵事》（北京出版社出版）的构思恰恰起源于前一本《家教》。这两本书题材不一样，组成故事背景的地域环境完全不同，题旨似也相去甚远，怎么可能扯到一处去？

话还得从《家教》说起。

小说在《十月》杂志发表以后，我曾经收到过一封读者来信。除了谈到对小说的一些看法，信中特地谈起倪家唯一的儿子梦岩这个人物。读者在信中称他曾去过农村，字里行间透出他的感情经历似和梦岩有相同之处。他有心灵上的恋人的倩影，可是回到城市之后却由于种种自己都说不清道不明的原因娶了另外一个女人做妻子。因此他觉得梦岩很值得同情。他感谢我在《家教》中写出了人物感情隐秘的一面，还感谢我未对梦岩使用谴责的笔墨大张挞伐……且在信尾感慨：只有在命运中有过大起大落感情经历的人，才能真正体会梦岩这样的人物。

不久，小说改编成20集广播剧，在中央人民广播电台数次播出。播出后我也陆陆续续收到过一些听众来信。其中有些来信在谈及梦岩这一人物时，所持态度却与前面那位截然不同，大意是说，梦岩是个道德品质败坏的家伙，是生活中时有所见的脚踏两只船的卑鄙之人。他不但害了自己，整天魂不守舍地做不成事业，他还几乎同时害了两个女人。而作者对这样的人物谴责不够。一时间这种意见还很有代表性，以致我在改编电视文学剧本时，有的同志郑重其事地要我对梦岩这一人物进行态度鲜明的批评。当我笨拙地在电视连续剧《家教》中以画外音表达了那一点儿公允正确的谴责时，接戏的演员却对我有意见了。刚认识我两天他就迫不及待地说：

"你干吗在画外音中加那么句谴责的话呀？梦岩有什么错，要是他错了，我就无法演好这个角色了。交两个女朋友又怎么啦？"

他的话顿时引起了其他一些年轻同志的兴趣。这个说，人的感情怎么可能受条条框框的限制？《家教》这个本子好就好在写出了梦岩感情不能自控的一面；感情要是都能理智冷静地进行处理，那也不叫感情了。那个说，人的丰富复杂时有变化的感情，有时是不能用道德尺度去衡量的……

我陷入了沉思。

事情是明明白白的，年轻人有年轻人的道理。人那激荡幽深有时如波涛汹涌的大海、有时又似涓涓细流的溪水般的感情，有它神秘莫测的一面。作家的使命不在于对什么样的感情进行评判和褒贬，而在于将其准确地把握并如实地表达出来，使其如一面镜子般给人以映照。我想起了一些仿佛是毫不相关的事。

在一本社会学杂志上，登载过这样一件真人真事：一对各有家室的中年男女，在各自的单位里都是令人称道的人物，由于两个人偷偷摸摸持续多年的私情突然被大白于众人，而双双匆忙赶赴另一旅游地服毒自尽……

在一篇纪实报道中，一位中年妇女，众人差不多异口同声地称道她有追求有事业心，羡慕她既有门当户对的丈夫又有可爱的儿子；可她却与一洋人堕入情网……

而在我们生活于其中的社会，时常可以耳闻目睹这样的现象。当某人一有男女问题，有时甚至仅是涉嫌男女关系，更有时可能还是一些人的捕风捉影，但只消传言一起，流言蜚语就会以十倍乃至百倍的势头传播开来，流传广泛且十有八九会变形。"舆论"自然而然会将这个人物描画得十分可卑可憎，直到这个人自己也觉得精疲力竭、心灰意冷甚感懊恼不迭为止……

我绝无替这些男女辩护的意思。家庭的稳固和睦、幸福安宁确实是我们社会安定的一种保证。轻率的男女们的某些行为造成家庭破裂之后，对下一代的成长确实会造成极大的影响。我只是想提出，透过这种种现象我们是否该有一些思考。

思考之一是，在男女两性关系中，除了如我在《家教》中所描绘的人类的恋爱、婚姻、家庭伦理受其所处时代的政治、经济、文化、观念的影响之外，是否还有涉及每一对具体的男女生理、心理复杂微妙，甚或变幻莫测的因素。在关于夫妻或男女的性道德、性心理、性体验的命题之下，是否存在一种颓丧、失望、漠然的情绪或者说下意识和令人陶醉难以忘怀的至善至美的境界？我们又该如何来评判和理解这一切？

思考之二是，即便确实犯有这种过失的男女，周围的人们，以及与他们有关无关的舆论有没有必要大动于戈？这么一种社会心态和文化氛围或者说是俚俗，究竟是有利于我们调动一切人的积极性、发挥他们的聪明才智呢还是反之？是在维护我们这个民族的传统美德呢还是夹杂着封建礼教对人性和人与人关系的抑制？

用小说这一艺术形式形象地来探讨和思考这些生活现象，显然是一件十分有趣味且有意义的事情。于是，在《家教》之后，我写了这本《省城里的风流韵事》。尽管我写到的一些人物和事件并不是典型的，我还是将其写了下来，以求教于每一位读者。

接受记者采访

说说《孽债》

情债难偿

还是在《孽债》出版的第二年，澳大利亚红公鸡出版社的休·安德森先生来到上海。他是个粗通汉语，能简单会话的澳大利亚人，见了我的书，他便问及我"孽债"这两个字是什么意思。那时候《孽债》还没有改成电视连续剧播放，一同参加座谈的老翻译家任溶溶先生思忖片刻，用英语给他做了回答，并且对我道："这是不大好翻的。汉语丰富的含意，靠直译是很难达到那种准确性的，更别说意境了。只能解释成'难以还清的债'。"

我补充说："感情债。"

他点头，又对安德森先生用中文和英语分别说了一遍："难以还清的感情债。"

安德森先生沉吟着点头，似乎是明白了。

没几天，丹麦研究中国的盖·玛雅女士来访，也曾提过这一话题。幸好已是答过一遍的老问题，我就用"难以还清的感情债"做了回答。她的汉语水平比粗通问候语的安德森先生好，能用流利的普通话和我们交谈，理解得也更快些。

在字典或《辞海》上，"孽债"这两个字的解释还要复杂一点。不过，"难以还清的感情债"却是比较清楚地解释了我的书名。

电视连续剧改编前以及改编定稿过程中，拍摄以及拍完播放以后，这个题目仍然被一次一次地提出来讨论，情形和当年我的长篇小说《蹉跎岁月》改编成电视剧时几乎一样。我已经有过一次经验了，于是便表了一个态：你们要怎么改都可以，但改出的题目一定要比我这个好，我才能同意。记得当年嚷嚷着要给《蹉跎岁月》改名字时，我也是用这句话回答的。

后来好像还是没有想出更好的名字。《孽债》也便用原名播出了。

正如同当年我敢于坚持用《蹉跎岁月》这个题目一样，我之所以敢于坚持用《孽债》，只因为这本书的创作，源于我那漫长的10多年的知青生涯，源于那段生活本身。

记得21年前，我接到调令，由乡间调到贵州省作家协会去当专业作家。经过10多年的插队生活，山寨上已没有什么东西再值得带往省城去。况且进了省城，我没有住房，只能暂时在小招待所里栖身。故而我只将两箱书整理出来，用马车载着去托运。10多年当知青的日子，是这两箱子书陪伴着我，度过了无数个夜晚和雨天。书页都发黄了，我还舍不得丢掉。马车驶进街子，那一天正逢山乡里赶场，人很多。一个女生叫了我一声，我看着她从人堆里挤出来，一手拉着一个娃娃，另一只手挽着提篮，显然也是来赶场的。在人群中一挤，她的脸涨得通红，因为怀着身孕，肚皮腆得高高的，她还喘吁吁的。她曾是我同一大队另一个寨子上的女知青，后来和一个相貌英俊的山寨小伙子恋爱结婚，插队期间就出嫁了。我离开寨子以后，她就是这个公社留下的最后一名上海知青了。我告诉她，我要去省城里报到了。她说，已经听说了。望着她略显黯然的神情，我不由得问她：你怎么办呢？她愣了一下，说：我也要走的。我点了一下头，想说愿你走成功，又想说几句安慰的话，但最终一句也没说出来。想想一起从上海来到这块土地，一共60个人，现在走得只剩下她一个人了，说什么也是多余的。马车拐出乡场，我回过头去，望着消失在人潮中的她和孩子，不由自主地思忖着：她要走，走得了吗？眼看着她又要生第二个娃娃了，她走了，这两个孩子怎么办？如果她真走成了，两个孩子长大以后，问及自己的母亲在哪儿？又会是一个怎样的情形？

可以说长篇小说《孽债》的最初构思，该是起源于那一段生活本身。

在知识青年大返城的潮流中，在一列一列回归的火车上，我听说过几个类似这样的故事。只是，那年头城市的诱惑力是那么的强大，谁也没往深处去思考这一问题。

就是我自己，也不可能想象这些孩子将来和生身父母之间会演出什么样的悲剧和喜剧来。

但是，创作的构思往往是这样，一旦你生了心，留了神，生活本身就会不断地提醒你，催促你，撞击你。

那是80年代的一个夏天，我在回上海探亲时，听说了附近弄堂里的这么一件事：一个宁波农村的中年汉子带了两个孩子，到上海来找当年的妻子。而他的妻子在回归上海分配到工作之后，早已重新嫁了人，并有了孩子。于是乎，一个女人、两个男人、三个孩子的故事，顿时成了弄堂新闻：有人说女人离开农村时根本没办妥正式离婚手续，谎骗男人回归上海之后还将把他和孩子接去；有人说第二个男人根本不晓得女人原先的婚史；有人说你们知道什么呀，这件事从一开头就是个骗局，说好的是假离婚，后来弄假成真了；有人说两个男人打起架来了，这个家庭热闹非凡有戏文可看……

我没去穷究这个故事的结局。但是这件事情那么有力地撞击着我。我觉得这会是一部长篇小说的素材，我把它记了下来。连续好几天，我冲动得都想赶紧伏案写作。

但是我没有写，往往到了真想写的时候，又觉得无从落笔。几个月以后，我读到了一个短篇小说，五六千字，名字也记不得了，能记得的只是这篇小说的内容，几乎同我听到的弄堂新闻相差无几。我还特意留神了小说的结尾，作者仍没交代出这一家人究竟怎么处理了那个难缠的矛盾，只说那一家人闹得不可开交……

乍听这个故事时的震惊、冲动和由此产生的联想，全没有了。读过这个小说以后，一切竟变得淡淡的了。这件事也给了我一个启示，即使是一个好的素材，贸然去写，仍然是写不好的，艺术的感染力也是出不来的。

我暂时放下了这个题材,当真正提笔写《孽债》,是几年以后的事了。

神奇的西双版纳

上山下乡知识青年返城大潮中发生的一些故事,我身边的一些人和事,虽然是可以构思小说的素材,但是离《孽债》的具体酝酿,还早着哪。

几年过去了,"知识青年"这个字眼,在飞速发展的现实生活中,已经让人感到陈旧和麻木。

记得是80年代的中后期了,我正在读长篇小说《爱的变奏》的校样,这是我的第五本和知青有关的长篇小说。一位相熟的朋友来访,听说又是一本和知青有关的书,他忍不住说:你就不能写写别的吗?

我说是啊,我在乡下整整待了10年,现在写出了五本长篇小说,我也对得起那段生活了。这本书出版以后,我想考虑写一点别的了。

但是,当年知识青年的命运,总是牵扯着我的心。也可能正是因为我一本一本地写了些和知青有关的书,有些人也总是愿意来找我,把他们生活中真实的经历告诉我。

那是1985年夏天,有两个山乡里的中年妇女找到省城贵阳来。她们简朴得几近寒碜的衣着、她们拘谨的神态、她们的言谈举止,几乎完全是一副世代居住在山寨中的农妇模样了。不是她们开口讲上海话,很难相信她们曾经是上海知青。她们到省城来是为求一个工作,是来诉苦的。知识青年由城市到达乡村时,从来都是听农民们忆苦思甜、讲述旧社会的苦难、虔诚地接受那份再教育的。曾几何时,她们自己却向人们诉起苦来。日子,对她们来说实在是过得太艰难了。是生活,逼着她们走到今天这一步来的呀:她们全是当年嫁给村寨农民的知识青年,其中一位还是优秀知青,她当年开创一代新风,同山乡农民结婚连同接受再教育的事迹,曾经在《下乡上山》刊物上登载过。这本刊物是免费发放的,我清楚地记得,这本刊物传到我们集体户时，大家对她的事迹还足足议论了半天。现在这两个当年与山乡农民相结合的典型，一个死了丈夫，拖着三个娃崽；一个丈夫虽还健在，但拖拉着两个娃娃，身处穷乡僻壤，日子很难过。她们来到省城，只是希图通过一定的渠道，为她们呼吁一下，在当地求得一个工作。

由于省里领导同志的关注和干预，这两位上海女知青在几个月以后，终于在偏远小县城的一家工厂里落实了工作，算是得到了归宿。但是她们的形象和经历，久久地留在我的记忆中。我时常想，其他知识青年呢，有没有落到生活的底层而无人问津的呢？

回上海探亲时，有人指着某个女子的背影告诉我，她也曾是知青，当年下嫁了当地人，挣扎着回到上海老家，栖居在住房紧张的娘家，没一份像样的工作，而她的丈夫和孩子，户口进不了上海。她在上海呢，生活不检点。

在我插队的那个县里，还流传着这么一个故事：两个知青在山乡里萌生感情，生下了一个小孩，考虑到未婚生孩子，以后永远也不能抽调；再说，孩子一生下来，就面临着营养及生计，根本养不活。有好心人出面，介绍了省城里一对结婚多年不曾生育的夫妇，收养了这个孩子。而这一对知青，回到上海以后，却又各奔东西，并没结成夫妻。

一次去昆明出差，我又听说了这么一件事：在西双版纳的一条街上，有位从北京来旅游的中年女子，始终在屋檐下徘徊，嘴里喃喃自语着后悔和懊恼一类的话语。原来这女子是当初来版纳的北京知青，回城时离了婚，遗下一个孩子给自己的前夫抚养。她走得很轻松，回归北京之后落实了工作且很快有了新家。世间的事情有时经常阴差阳错，二度婚姻之后她再没生育。随着时间的流逝她越来越思念遗留在西双版纳和前夫生的儿子。终于她征得现今丈夫的同意，赶到版纳找儿子。她记得版纳的山，版纳的水，版纳的道路，她恰恰忘记了这里的农民世代都有迁居的习俗，她照着知青岁月记忆中的地址寻去，再没找到她渴念的儿子。于是乎她便有些失态地踟蹰在赶场的街子上，逢到人询问，便讲她那后悔的心情和颇为曲折的经历……

这件事传到我耳里已经多人转述，但听来仍让人悲伤。

吸引我的不仅仅只是这个故事，而是这个故事提供的地域：西双版纳。哦，这是一块多么美妙无比的土地！那里的风情习俗和上海相比，简直判若两个世界。

上海是海洋性气候，西双版纳是旱湿两季的山地气候；上海众多的人口和拥挤的住房是世界上出了名的，而西双版纳的家家户户都有一幢宽敞的庭院围抱的干栏式竹楼；上海有那么多的高楼和狭窄的弄堂，而西双版纳满目看到的是青的山、绿的水；上海号称东方的大都市，而西双版纳系沙漠带上的绿洲，是一块没有冬天的乐土，既被称为"山国"里的平原，又被形容为孔雀之乡、大象之国，它有那么多的神秘莫测的自然保护区和独特珍贵的热带雨林；上海开埠150年的历史，孕育了海纳百川的上海人，而西双版纳由偏远蛮荒、瘴疠之区演变为世界闻名的旅游胜地的百年史，更富传奇色彩；上海人被人议论成精明而不高明、聪明而不豁达，而西双版纳的傣族兄弟姐妹、谦和、热情、纤柔、美丽，无论是在电影里和生活中，他们的形象都给人遐思无尽……对比太强烈了，反差太大了。而恰巧傣族婚俗中的结婚、离婚手续比较简单，恰巧当年的知青和傣族女子由于差别的巨大而更为相互吸引，在插队岁月中有过恋情、爱情和婚姻的双方，到了大返城时知青的离异也就更多一些。

在昆明的那个夜晚我失眠了，我想了很多很多，这些年里听说的知青情变故事，一一浮上心头。最初的构思逐渐在我心头萌动着，一些人物开始浮出水面，一些矛盾慢慢成形，这全都是西双版纳这块神奇的土地带给我的。直到今天我还和西双版纳保持着联系，2000年的夏秋之交，版纳州人民政府授予我为"西双版纳傣族自治州荣誉州民"，说我的创作对西双版纳州经济社会的发展做出了贡献。殊不知，《孽债》的创作本身，也从西双版纳这块土地上汲取了很多的养料。说着说着似乎离题了，至于《孽债》具体的艺术构思，我想在下一篇文字中接着谈。

第四辑 我与新中国

《孽债》最初的"单线条"

这是一个取单线发展的故事。

从一开始,我只想将这一题材写成线型结构的长篇小说,并且可以写得一点儿也不拖泥带水。

可能是因为我长期生活在贵州,接触过包括苗族、布依族、水族、侗族、彝族在内的众多少数民族;尤其是在民族节日期间,少数民族的姑娘们穿上精心缝制的服装,戴上头饰,去街子、花场上跳芦笙、赶街的时候,我常常会突发奇想,要是这么一个纯情朴素的姑娘,走进上海市民拥塞的弄堂,走进一个平静的三口之家,会是怎么一个情景?

也许是多次这么想过,到构思《孽债》的时候,我首先想到的是像美霞这样俏丽的一个小姑娘,到上海来寻找她的生身父亲的情节。

这是长篇小说的"核"。

所有的亮点都随着这一个"核"在闪烁,在跃动。

以后所有的故事和情节的展开,都随着这一个"核"在转动。

有了这一点想象,其余的人物和故事都像插上了翅膀,能够腾跃起来,能够飞起来。

小姑娘到上海,寻找的是一个什么样的父亲呢?

是沈若尘这样的父亲。他曾经在版纳待过,和美霞的妈妈有过恋情,有过婚姻,有过一段难以忘怀的过去。也正因为此,才有了美霞。他现在是一个中年知识分子,是一位杂志社能干的编辑。为什么恰恰是编辑职业而不是其他职业呢?原因只有一个,我对这个职业的工作很熟悉。当作家之前,当了作家之后,我一直在与各个年龄层次的编辑打交道。整个80年代的后半期,我也一直在《山花》文学杂志社出任主编,和各式各样的编辑们共事。只是我安排沈若尘当的是一本社会型杂志的编辑,这样便于"他"更多地和社会各方面的人士接触和打交道，为的是在行文时更加自如一些。长篇小说的写作总是这样，不可能构思得面面俱到，写着、写着，会有很多原先想象不到的东西冒出来，把自己笔下的人物框得太死，限制得太紧，反而会束缚了手脚。《孽债》已经是我的第21本长篇小说了，不敢说有多少经验，失败的教训我是有一些的。有了美霞，有了父亲沈若尘，必须还得给沈若尘像所有的正常中年男子一样，安排一个家。也就是说，他回上海以后，又结了婚，有了一个儿子，宝贝儿子。于是就有了梅云清和儿子焰焰（电视剧中为叫起来爽口改成了"扬扬"）。

在产生最初构思的同时，我就想过，我要把故事各方的人物，都写成是社会上的好人，或者说是正常人，决不把一些不好的习性和脾气安在某个我不喜欢的人物身上。"好人"和"坏人"是我们这一代人从小看电影时就养成的欣赏习惯。社会上确实是有好人和坏人，那些罪犯甚至是很坏的坏人。但在文学作品中，读者更希望读到的是具体的人，活生生的人。简单地说，即使是写好人和坏人，也得写出他为何好，或是为何坏。

设想梅云清的时候，我就想象她是上海滩上聪明能干的、勤俭持家的、美丽善良的但又是有着自己喜怒哀乐的现代女性。她不是十全十美的，小说的第五章我写到她失身于始终痴痴地爱着她的李爽，这是我产生构思的时候就预见到会发生的事（电视剧中为了人物的完美和观众的认同没让她和李爽走到这一步）。即使这样，她还是一个好妻子。焰焰就是我们最常见到的独生子女。

来自远方的、自小在西双版纳长大的美霞，要走进的就是这样一个三口之家。她要和他们朝夕相处，一起吃饭，一起入睡，一起打发长长的一段日子。她的出现是一个引子，也是故事的全部。她是一个导火索，更是一颗炸弹。

就是炸弹。在想象美霞走进生身父亲的家时，我脑子里最清晰的一个概念，就是要让美霞的出现，像在家中扔了一颗炸弹。这颗炸弹在冒烟，在丝丝发响，随时都要爆炸。可它就是不炸。

　　人在这样的尴尬面前，自己的本性就会展露无遗。焰焰的反应当然是最直接、最不会掩饰的。他也不需要掩饰，但他本能地意识到，美霞是他厌恶的对象，他恨美霞，美霞的出现会夺去他的父爱。这就是人，尽管他还是孩子。梅云清是位中年妇女，她的反应自然要比自己的儿子复杂得多，但她还是接受不了这样的事实。问题是接受不了她也得接受，除非她不要这个家。这样的矛盾放在一个人物面前，这个人物必然会引起读者的兴趣，像很多自视甚高一帆风顺的女性一样，梅云清同样追求她的那一份完美。很多日子以来，她认为自己是追求到了，结果不是这样！她怎能不伤心，怎能不失望！她只有更进一步地认识世界，认识"人"本身，她才能越过人生的这一沟坎。而沈若尘面对一个叫他"阿爸"的美丽女孩，面对一个他过去爱情的结晶，能做些什么呢？他只能无奈地、疲于奔命地、顾此失彼地尽可能地维持他不能放弃的亲情，他爱妻子，爱儿子，他也爱女儿，但要把这几种爱融合在一起是有冲突的……小说和电视剧问世之后，有人说，只有上海男人会这样处理。我倒要反问一声，豪气十足的男人该怎么面对这一切？你请指教。

　　有人问，怎么让你想出美霞这么个小女孩来的？你怎么把握这么个孩子的心理？原因又得讲到我插队那段生活。在山寨，我教过很多山乡里的男孩、女孩，天天和他们生活在一起。许多孩子，汉族的或是少数民族的孩子，从小生活在大山的怀抱里，使得他们非常渴望了解大山外面的世界。高兴的时候，他们会睁大一双喜悦的眼睛；痛苦的时候，他们会睁大一双噙着热泪的眼睛；震惊的时候，疑讶的时候，恐惧的时候……他们最常有的表现，就是睁大着一双眼睛望着你。美霞是我想象出来的傣族姑娘，美霞又是我心目中许许多多山乡孩子的综合。另一个原因是，当我写作《孽债》的时候，我本人正调动回上海。我的孩子那年才10岁，我时常观察自小随我在山乡里长大的叶田，对上海这个大都市的反应。那些日子我常常和他交谈，希望他能较快地融入上海这座城市。我发现他对上海有着很多误解，他对山乡有着自己的一份怀念，他要在身心上进入上海得有一个过程。我和他妈妈都是上海人，我们自小在上海长大，孩子也能讲一口流利的上海话，但都需要时间慢慢融进上海，别说像美霞这样的少数民族孩子了。

对了，小说就得从美霞进入上海写起，她为什么要来上海，她到了上海之后各式人等的反应，她自己如何面对着种种压力生存下来的，我要她的到来搅得所有的人为之心动，我要她生病，要她失踪，要她在上海出一点事故……想象使得我时时处于亢奋状态，恨不得拿起笔来直接进入写作。但是，再进一步想象下去，我发现了取单线条发展的不足，有许多我想表现的东西无法表现，作为一部长篇小说，人物关系也会稍嫌单调。特别是一部反映当代题材的长篇小说，社会面过于狭窄，也会给人以"杯水风波"之感。我该怎么办呢？

《孽债》的构思进入了停顿阶段。

《孽债》出炉前

但是《孽债》的构思并没停顿很久。

天天想着这部作品，我很快找到了构思上的突破点。

在《孽债》之前，我写下了五部知识青年题材的长篇小说。在每一部书里，我都有一组对应性的人物。由这一组对应性的人物，把其他所有的人物带动起来。

《我们这一代年轻人》中的程旭和慕蓉支是这样的人物。

《风凛冽》中的叶铭和高艳茹，同样起着作品骨架的作用。

《蹉跎岁月》中的柯碧舟和杜见春，也是贯穿全书的男女主人公。

隔开几年后写下的《爱的变奏》中，我干脆以矫楠和宗玉苏一对男女主角的不同视野，来展开叙述。

《在醒来的土地上》里的严欣和郑璇，也是这么一组相互对应的人物。

《孽债》如果仅仅只把沈若尘和美霞父女对应着来写，显然过于单薄了。

知识青年们已经回归到都市，他们作为一个群体，已经不复存在。他们已不像在乡间和农场一样，共同在集体户、知青点和农场宿舍里居住。回到大中城市之后，他们已经融入社会的各个层面，在20世纪70年代末、80年代初的大返城后，他们重新在都市社会的起跑线上，开始新的人生和追求。

可能正是因为我写下了前面所说的五部知识青年题材的长篇小说，我经常收到来自全国各地的知识青年们的来信。这些信多得我不可能一一作答，他们在书信中对我的作品或是作品中的人物品头论足，他们给我讲述天南海北的插队知青们的故事，特别是悲剧；他们时常在书信中宣称要将自己经历过的真实人生故事和体验告诉后代，他们认为这是20世纪即将进入21世纪最好的馈赠；他们说我们命中注定要遭遇这样的时代，我们有责任把这一时代的真实记录下来；他们觉得在这一过程中寻找人性，寻找良知，就是寻找我们这一代人自己。不论他们在书信中说什么，最后他们都会向我提出要求，希望我写一写知识青年们回归都市之后的生活。说回城之后的生活同样精彩，同样有感人肺腑、催人泪下的篇章，同样有着这个时代的生活原生相。

读着这些来信，我时常为之感动，为之陷入沉思。当了作家之后，走南到北，出差开会时，也会时常遇见当过知识青年的新朋友。甚至在某个外事场合，某个专业性甚强的学术会议上，也会有人悄悄告诉我，他曾经下过乡，他也是在内蒙古大草原放过羊的。会后余暇，往往就会有人找到客房来，讲一讲对于那段生活的感悟及与今天生活的关系。

不断地感受来自这些同时代人的信息，我心底深处时时涌动着表现他们今天生活的愿望。构思《孽债》的时候，我逐渐明白，仅仅写好沈若尘与美霞的关系，不能充分展示知识青年们回归上海后的生活，也不能充分地展示今天的上海。

要想充分地表达我对上海这座城市的感受，要想写一写不同个性、不同命运的知识青年回到上海以后的遭遇，最简单的办法就是增加人物，增加我要描绘的家庭。

想明白了这一点,我起先只想增加两个和沈若尘有关系、有联系的知青家庭。但是构想下来,仍觉得意犹未尽,觉得不过瘾。

20世纪80年代末、90年代初中国的城市生活,比起10年、20年之前的生活,已经大不相同。而且城市的生活形态,正在并且即将发生更大的变化。这种变化影响着当代人的价值观、伦理观和人生观。社会生活的氛围变了,粮票、肉票、蛋票、油票从我们的生活中正在消失,而新的东西包括感情领域,正在产生更多的令人惊讶也令人困惑的东西。

沧海桑田,文思更应神远。于是我下了决心,来写作五个上海八九十年代不同层次的家庭。这些家庭的主人,都曾经当过知青,都有过一段难以忘怀的往事。而今天,他们却又在上海,代表着不同的生活层次和阶层。无情的岁月和时间已把当年还是以为平等的知识青年们拉开了距离。由于所处社会地位的不同,对于找上门来的孩子,自己亲生的骨肉,他们的态度也必然是不同的。这么一想,创作的视野顿时豁然开朗,很多人物和故事涌上心头。他们联系着西双版纳的昨天和今天,他们也联系着上海这座城市的昨天和今天。而在昨天与今天之间,展示的是一代知青的感情经历。对于我这个作家而言,格外有利的也许正是这一点,我曾在西南山乡生活了21年,除了自己的生活体验,我还因写作的关系潜心入神地研究过西南各少数民族的历史、变迁、差别和他们独特的风俗。同时我毕竟出生在上海,在这个城市整整生活了19年,以后又因出差、开会、改稿不时地回归故里,兴味浓郁地以一个游子的目光和作家的目光,见到了上海那些年里的变化。于是乎新的构思形成了,新的人物呼之欲出,而当把这些人物放在西双版纳和上海的各个层次上展现时,多少艺术的亮点闪烁起来。

前面我提到"下了决心"四个字。在形成构思的时候,我为什么要下决心呢?

原因是极为简单的。那就是在动笔之前,我已经看出了这一构思的缺陷,尽管成千上万上山下乡的知识青年中有过类似的故事,尽管有的故事本身还要悲惨，但是五个来自云南西双版纳的孩子，约好了一同到上海来寻找他们的生身父母，这样的故事是不存在的，这样的巧合在现实生活中也是不可能有的。它只能产生在我的构思之中，只能发生在我的小说里。

这只是虚构。

既然知道这一点，我为什么还要下决心这样构思呢？

原因只有一个，那就是这样的构思来自生活的真实。尽管生活中不可能会发生相同的事，但是这样写出来，读者是会认同的，这恐怕也在间接地回答了艺术的真实和生活的真实之间的关系吧。

构思已经形成，我按捺不住创作的激情，开始写作这一部新的长篇小说。

《孽债》和老谢

提笔写作《孽债》这一本书的时候，正逢我面临着奉调回上海作协工作。谁都知道，调动和搬迁带来的是多少烦琐不尽的具体事儿，我整个人都处在生活、工作、环境、人际关系的变动和适应之中。但我还是分两次将这本书写出来了。写作这本书的时候，我的孩子10岁了。他是在山乡里出生、在省城里长大的。那里有山有水有河流，有他的小伙伴和习以为常了的一切。他对我们执意要回归是不理解的，当然我们在省城里的生活条件比较优越，他曾经几次闹过情绪。他不止一次地问过我：为什么非要回到上海去？我为了说服他还真伤了不少脑筋。但是伤这些脑筋是值得的，在写作《孽债》时我也面临着那些到上海寻找生身父母的孩子要问出的同样的问题。这个问题答不好，小说就无法感人。幸好我有了一些深切的体验，在写到这样的感情领域时，我把握住了小说。另一个题目是当年那些知识青年们今天怎么样了？他们回归了城市之后，今天已散布在社会的各个阶层，而今天的社会各个阶层，已经令人眼花缭乱地推出了一系列新的人物、新的价值伦理观念、新的交际领域、新的感情生活。无情的岁月和时间本身已把当年互为平等的知识青年们拉开了距离。我在写作他们的今天时，必须把这个题目做好。做不好这个题目，那么很可能将把这部小说写成个陈旧的伦理故事：没有历史的纵深感、没有宽广的社会面、没有时代气息。

我做到了吗？

小说上半部分刚刚在上海的《小说界》杂志上发表一两个月时间，亲朋好友们都关切地询问那几个跑来上海找父母的娃娃的遭遇怎么样了。在为赈灾签名售书的那天，人头簇拥的读者中冒出一张脸来郑重其事地询问我书中的一个孩子到底有没有人收养。甚至一些同样在搞创作的同行也问"那些孩子后来将怎么生活"。仿佛我构思的这些娃娃真存在似的。最为令人惊奇的是1991年9月17日的《新民晚报》上刊出了一篇真实的通讯报道《孩儿找妈泪花流》，写的是一个北方少数民族的男孩到上海寻找父母的真实事件。我的一位同学给我打来电话说："真稀奇……"

那么，《孽债》这一部书，为什么上、下两部分，会隔开一年多的时间，才在《小说界》杂志发表的呢？只因为这部书的上半部分，我是在贵州写成的。而下半部分，则是我在调回上海一年半之后，才写出来的。

那是1990年的春天，在我获知贵州方面已同意调动，手续正在办理之中时，我趁着贵州的工作已经交代出去，而人还没回到上海的这一段空隙时间，起笔写作《孽债》。

稿子带到上海，怎么会在下半部分还没写出的情况下，先发表出来了呢？这就不能不提到老谢了。写下半篇文字的时候，正逢老谢猝然去世一周年。这一年里，我时常想，要等心情安定下来，好好地写一篇文章，来纪念老谢。人到中年，我调回到上海，在作家协会工作。记得上班没几天，老谢就来看我，问我写了什么新作没有。

我告诉他，刚上班，事情多，对上海作协很不熟悉，况且生活还没安定下来，妻儿在岳母家住，我住在自己母亲身边，没时间写东西。他又问我，回来之前写了一些什么？他是我的老师，我就据实相告，我写了一部叫《孽债》的长篇小说，但是只写到一半，拿不出手的。

他说："我看看。"

稿子就放在我办公室的抽屉里。我取出来交给他。

三天以后，他打来电话："稿子可以用。先以中篇小说的样式发表。后面的写出来，再注明是长篇。"

过程就是这么简单。《孽债》在没写完全篇的情况下发表出来，第一功是老谢的。也正因为发表了上半部分，有了一定的社会影响，才督促着我，尽快地把下半部分写出来。

就让我以这篇回忆性的文字，作为对老谢逝世一周年的纪念吧。

《孽债》和另一位责任编辑

1992年早春，我赴京参加七届四次全国人代会。会议期间，《人民文学》的老编辑王扶来看我，并向我约稿。我告诉她，近期没有写出中、短篇小说。她即问我，那么你在写什么长篇小说。我心想她是杂志编辑（后任《人民文学》副主编），不会要长篇，于是便坦然相告，我在写作一部叫《孽债》的长篇小说。刚完成上半部分，正在考虑下半部分的创作。

这本书写些什么？她完全是用聊天的口吻问我。

我三言两语把《孽债》的故事讲了。

不料她郑重其事地向我约这部书稿，同时说明，她是受江苏文艺出版社委托，代他们约的，希望我不要推诿。

我和王扶是老朋友了，早在新时期文学蓬蓬勃勃发展的1978—1979年，就在北京相识。在贵州工作时，只要她从北京到贵州来组稿，她总要专程来我家或我工作的编辑部坐一坐。她如此认真地为他人做嫁衣，使我感动。回上海以后，我就把先在《小说界》杂志发表的《孽债》上半部分寄了过去。大约一个月以后，我接到她的一个电话。她说这本书是一定要出的，她已把杂志给江苏文艺出版社寄去，希望我把写完的《孽债》下半部分，尽快复印出来。

没多久，我上班的作协办公室走进一位年长我几岁的中年人。他说他姓周，叫周鸿铸，是江苏文艺出版社的编辑，专程出差来上海，取《孽债》下半部分的书稿。

初次相识，我对他说，上半部分我是寄给北京的王扶的，她也催过我，但她没说要把稿子直接交你。

他说读完上半部分，社里已决定尽快出书，故而特派他前来上海，不要把稿子再寄来寄去了。

我想这也很有道理，但作为朋友，我总得给王扶打个招呼。

于是就在办公室给北京打电话。中午时分，第三个电话打过去，总算在家里把王扶找到了。她很爽快，一口答应让我把稿子交给老周。

周鸿铸拿了书稿，一点儿也没耽搁，匆匆就赶回南京去了。

一个多星期之后，他给我来了信，说书稿他已全部读完，这是一部好稿子，相信社里的领导也都会这么认为，待他们看完，他就会把出书合同什么的，一起给我寄来。让我吃惊的是，他以十分肯定的语气写道：这本书出版以后，一定会有影响，并且不是在这里，就是在那里会获奖。

我想这话我自己是不敢说的。

但我仍十分高兴他能对我的书稿说这样的话。

从这以后，我就和《孽债》单行本的责任编辑开始了正式的交往。

屈指算来，《孽债》是我正式出版的第30本书了。每本书有一个责任编辑，我和老老少少、男男女女的各种性格的责任编辑，都打过不少交道了。

以后的一段时间里，《孽债》在编辑、发排、设计封面、校对的过程中，我不断地收到老周来信或是来电。每次有信息传来，他都是极为细微地告知我这本书在出版过程中的进度，进而就针对我书稿中写到的西南风情、生僻的字眼，以及口语作进一步的探讨。让我深为感动的是，有时候为了一字或字眼，他会翻查几种字典和辞典，然后在电话里一一把几种解释讲给我听，最后和我商量着，确定该用哪一个词。当书稿制版印刷时，他对我说，他敢保证这本书是不会有一丁点儿差错的。我想如果他没有为书稿付出大量的心血，是决不会这么说的。几年以后，《孽债》出现了大量的盗版本，里面错别字连篇，标点符号乱点，老周气得话都讲不出来，一再地说，抓到了盗版者一定要绳之以法，绳之以法。那年南京判决了一个盗版者，他高兴地把刊有审判盗版者的报纸给我寄了来。

《孽债》要正式印刷了，初版印数是2万册。在1992年长篇小说印数处于低迷时期，有这样的征订数已经不错了。他却在电话里对我说，远远不够，不够。过了半年，果然又印了1万册……

读者诸君可以看出，在频繁的书信往来和电话交谈中，我们已经逐渐地熟悉起来。1994年秋天，当他得知我在写作一部新的长篇小说《炫目的云彩》时，几次打来电话，让我继续把书稿交给他，由江苏文艺出版社出版。而且他说，在出版之际，他们会为之宣传。第二年秋，《炫目的云彩》在"十一"前夕推出了，第一次就印了5万册。

由于整整当了10年知青，根据知青生涯的深切体验和亲历，我写下了六部和知识青年有关的长篇小说。我很想把这六部书集中起来，统一格式、统一装帧设计推出。当我就这一想法和几个出版社商谈时，几家出版社都怕旧作重印，销路不佳，造成谁都不愿看到的亏损。而当我把这一想法对老周说时，他从一开始就表示积极支持，但他又说也得从实际出发，了解一下市场的情况。经他和社里同志商量，并作了预测以后，修订了我的想法，先出版三部改编为电视剧并有广泛影响的代表作。于是乎，《蹉跎岁月》《家教》《孽债》三部书，作为"叶辛代表作系列"推出。1994年秋天书稿发排，1995年春季书印出来时，恰逢《孽债》电视连续剧在全国各地播出并引起轰动，代表作系列三卷本一印再印，共印出6万套，仍供不应求。这一次，老周又不失时机地代表出版社主动给我打来电话，说由于《孽债》的轰动效应，书印出

20多万册，三卷本又取得成功，经他和社里领导商定，决定给我出版10卷本的《叶辛文集》。

这消息于我无疑是天大的喜讯。一个作家，还有比出版10卷本的文集更高兴的事吗？

于是我专程去了一趟南京，和出版社签订了出版《叶辛文集》的合同，和老周一卷一卷地拟订了文集的具体内容。回上海以后的那些天里，我天天夜里重读和修订近20年来陆陆续续出版的那些作品，从近30本书稿中编选出一套文集来。白天要上班，晚上常常工作到下半夜，连续几个月时间，我自己都奇怪身体竟然也挺过来了。

一年之后，10卷本的《叶辛文集》印了1.3万套，正式出版了。除了大众化的平装本，还印了精装本，红、白两色的豪华珍藏本。凡是看到书的人，都说这书出得精美漂亮。老周告诉我，为了保证书的质量，他除了自己埋头校改、跑印刷厂、叮嘱美编之外，还发动自己的老伴老杨同志（也是一位编辑），和他一道来看校样。两双眼睛校改，总比一双眼睛更为细致吧。

老周不但是一位认真负责、充满责任感的编辑，还是一位热心于学习、孜孜不倦的知识分子。他年纪比我大，却比我早学会了电脑。还把他初识电脑以后打印得十分漂亮的书信、合同文本及他业余写作的小说，寄给我看，鼓励我也尽快地掌握这一新的表达方式。

由于《孽债》的轰动效应，出版社发行科应各地新华书店的邀请，安排我去往全国各地大中城市与读者见面并签名售书有十几次。几乎每次都是通过老周和我商量，并做出安排。只要他工作上安排得开，他也总是陪同我前往。事前和书店的同志一起布置店堂，叮嘱他们该注意的事项和安全措施。签书过程中他则不时充当摄影师拍照，接受记者的采访，帮助维持秩序，征求读者对书籍的意见。同时他也做一个有心人，记下很多感人的瞬间。回南京以后，写下一篇又一篇见闻和随想，受到读者的欢迎。

对于我来说，1995年春天的北京、徐州、无锡之旅，盛夏时节的大连、沈阳、常州之旅，都是难以忘怀的美好的回忆。

一晃，我们之间的交往已有整整10年。1998年早春，他又编出了我的两部书《烦恼婚姻》和《风云际会宋耀如》。不知不觉间，老周成了20世纪90年代和我关系最为密切的一个责任编辑。随着年龄的增长，老周也会像很多老同志一样，离开他热爱的编辑岗位，退休养老。就让我这篇短文，作为对我们之间交往和友谊的一个见证和纪念吧。

愿天下的作家们都能像我一样遇到周鸿铸这样的好编辑。

《孽债》的电视剧本改编

还是我在贵阳刚提笔写作《孽债》时，云南电视台派了一位叫杨凯的编导专程来贵州，找到我，询问我正在写什么东西。

杨凯到我家时，已近中午，我们聊了一会儿，我招呼他就在家里吃饭。他见我妻子饭桌上准备了好几个菜肴，却执意再三推托，不愿坐下来吃。在我们的一再招呼之下，他才不好意思地道出了实情，说他正在拉肚子，一点儿也吃不下。希望我们给他下一碗光面条，不要有油水，有一点儿葱花和菜叶子就行了。

正是这一细节，深深打动了我。我想他生着病，还坐夜车到贵阳来组稿，很不容易。于是我便表示，一旦小说发表出来，一定首先给云南电视台选择。

杨凯回到昆明，不久就写了信来，说把我正在写的《孽债》向孙副台长作了汇报，孙副台长表示，这个小说发表出来，我们就请叶辛改成本子拍摄。

似乎为了证实杨凯的信，没几天我就接到了孙恒恬副台长的电话，他热情地向我表示，一俟小说发表，就请我进行剧本的改编。

他还没读过小说，就对我寄予这么大的信任，也感动了我。

所以，在小说全文发表以后，我首先把作品寄给了他们。在得到他们的确切答复之后，我就一头进入了剧本的改编工作。

在决定改编剧本时，我已回到了上海。为了使得改编更有把握，我去了一趟西双版纳。在澜沧江畔的傣族寨子里，逗留了半个月时间，捕捉当年知识青年们生活的足迹，感受今天西南边陲的风貌，和至今还留在这块土地上的北京、上海、昆明、成都知青们聊天。这些老知青中，有已在大返城时回到出生的城市，后来又因牵挂尚留在版纳的妻儿，重又二度来到这里的。通过这次旅行，对于展现连接昨天和今天的这块风光如画的土地，以及在这块土地上发生的故事，我心中更有底了，笔下也更有把握了。把握度还不十分大的，恰恰是目前生活于其中的变化中的大上海。上海太大了，那么多的文学作品和影视作品天天在展现它、挖掘它的方方面面，稍有点新鲜的东西或是新玩意儿，很快就被人写出来了，似乎很难找到更新的东西。

作为我这个从西南山乡刚刚回归不久的上海人，又该怎么准确地表现当代上海的蓬勃生机和实实在在的当代上海人呢？

改编之前，我细细地把小说回味了又回味。

严格地说来，长篇小说和电视连续剧是完全不同的两种艺术样式。小说是语言的艺术，而电视剧则是视听艺术。小说是提供给人阅读和想象的，而电视剧则是直接把画面和声音推到观众的面前。两者的表现形式不同，但有一点是共同的，都需要真挚的感情。

真挚的感情不需要煽情。煽情这个字眼是港台传过来的，一下子就在我们的报刊上泛滥成灾了。火不旺，才需要煽；感情不真，才需要煽。导演、演员们拼命煽出来的情，那只能是嘻嘻哈哈、叽叽喳喳、哭哭啼啼、嘶声拉气，因此也注定了大多数港台片只能停留在那么个档次上。

《孽债》不是我本身的生活体验，我当过长达10年又7个月的知青，我在西南山乡整整生活了21年，但我没有《孽债》这本书里写到的那些感情经历。当艺术的构思初步形成的时候，所有的故事都是凭借着我往常的生活积累而想象出来的。想象在创作中具有其难以言说的魔力。这一想象的魔力全部基于一点：如果我处于故事中人物这样的境地，如果我遇到了这样的事，我本能的反应将是怎么样的，我理智的反应会是怎么样的，我周围那些好友、同事、邻居们会怎么看待和议论这件事？在写小说的时候，我心里就是清楚的，要通过五个外来孩子的目光，展现今日上海各个社会阶层的形形色色，各个不同生活背景的今天的上海人形象。但小说的上半部分，是我在贵州写成的。那时我主要依靠的是往日的记忆和合理的联想。属于艺术的想象部分占大多数。在改编剧本时，我对天天置身于其中的大上海，增添了许许多多的感性认识。如果仅仅只是一般化肤浅地描绘当代上海人挤公共汽车的窘迫、自行车汇成的洪流的壮观、楼群的耸立、霓虹灯的多彩，或者说是住房的逼仄——那仿佛也是现实，但绝对打动不了人。这样的镜头我们在各种各样的影视片中看得太多太多了。

要挖掘当代上海人真实的心灵世界，要展现真正的当代上海人的风采，除了纵情讴歌，除了大开大合的方式之外，还应该有一种曲径通幽的方式，那就是从良知、从亲情这么一种人类所共有的细缕但又强烈的感情关系中去展示。当五个寻亲的外来孩子走进一个个陌生的又是有着血缘关系的家庭里时，情与理、情与法、情与爱、情与恨、情与嫉等一系列令人怦然心动的场面就在父与女、母与子、过去的夫妇和今日的夫妻之间展开了。这是多么动人的一幕幕戏啊！于是乎，所有那些艺术的光点就这样闪亮起来，连缀成篇，成了一本书。在进入改编的时候，我还得盯住这么一个找准了的角度，往深处开掘。同时我应根据电视艺术有世俗一面的特点，尽可能为广大的观众着想，为那些老太太或者说是小孩子也能一看就懂着想，删去横生出去的枝蔓，然后把小说语言描绘感情的部分，相对地集中到上海人大都熟悉的家庭场景和画面上，提供给导演、演员们，让他们在二度创作的时候有充分的施展余地。

在我们人人都在打发的那一段日子里，在我们人人都在经历的平平常常的生活中，父与子、母与女以及夫妻之间，天天都有着浓浓的或是淡淡的感情的抒发。那是很实在的关系，那也是很实在的几乎是可以触摸的感情。当在这样简单明了的亲族关系中突然掺进了个活生生的原先你不知道的前夫或是前妻生的孩子，你会怎么样呢？你的心灵里，你的感情中，会有些什么反应，会产生些什么样的波动，会做出些什么反常的行为呢？人的高尚和卑下，人的坦然磊落和自私嫉恨，人的委曲求全和自暴自弃，都会是瞬间或是压抑得过久而爆发出来——这一切的一切，就都是真挚的感情的基础。

从真挚的感情出发，描绘了人性的深度。那么，这感情里自会蕴藏有深厚的社会和历史的内涵。我想这一点就不用我来多啰唆了。

我就是以这么一条主线来改编电视剧本的。

该补充一句的是，尽管电视剧本最早是给云南电视台的，但阴差阳错，后来由于这样那样的原因，云南电视台并没接拍，我只得把剧本交给了上海电视台拍摄。

《孽债》播出前后

20集电视连续剧《孽债》，是在1994年的初冬拍摄完成的。我改编完成的文学剧本，是23集。而黄蜀芹导演的电视连续剧，则拍成了20集。她压缩的三集戏，主要是我的回叙性文字。在我，这是顺理成章的事。我必须要交代今天的这些孩子究竟是怎么来的。在长篇小说中，这些描绘占去了约五分之一的篇幅。在改编本子时，我适当地保留了这些内容，诸如沈美霞和梁思凡是沈若尘、梁曼诚与傣族女子爱情的结晶，而盛天华则是俞乐吟苦涩婚姻的结果等等。黄导则觉得，一进戏以后，观众更加关心的，是这五个孩子今天的命运。不断地回忆，会分散戏路。再说拍摄的经费也不允许整个剧组的大队人马在西双版纳滞留，那样开支太大。在这一点上，黄导的取舍显然是对的。电视剧播出以后，在众多的议论中，谁也不曾问及，这些孩子当时是怎么来的。看来我是过虑了。

记得样片是在1994年的12月里看的,与会的记者们在挨近肇嘉浜路的一家餐馆里整整待了两天,他们把原定三天的看片会缩短成了两天,一口气把20集戏完整地看完。我去听意见的时候,记者们纷纷说,很久没见上海有这么好的电视剧了,他们很感动,不少人掉下了眼泪,报纸上说他们哭湿了手绢。

1995年的元月,《孽债》开始播出,从那以后,整整半年时间里,全国各地的报刊上,刊登了数百篇报道和评价《孽债》的文章。强烈的反响波及全国,仅我自己搜集到的评论,即有200余篇。现在读一下当时来自各地的反映,也是颇有意味的。

黑龙江人在报纸上开辟了专栏"从《孽债》看到了什么"是这么说的:

"我想不到《孽债》竟如此动人!作为一个老知青,《孽债》里所反映的生活是再熟悉不过的,经历了返城大潮的知青,他们回城后的生活状况怎样?这已有不少作品来反映了,不外是富起来的贵起来的,沉沦的挣扎的,成就赫然的和平平淡淡的,偶尔也有'超凡脱俗'的,可是没有一部作品像《孽债》那样,从一个独特而又最为真实的最为具象的视角,淋漓尽致地反映了现今知青们的真实状况,而且它把20多年前的知青生涯和当下的现实,浑然天成地扭结在一起,并且揭示出当下的状况是怎样地由过去发展而来的!我觉得这一点是特别有意义的,别的作家都没做到,可是叶辛的《孽债》做到了!这无疑是创作深化的一个标志。

"这部作品一扫过去伤痕文学的矫饰、自艾自怜等弊病,它不张扬不呻吟,它以五个被遗弃的知青孩子进城找爸爸妈妈为出发点和切入点,显得别开生面,也把知青题材的创作引向一个新的层面。《孽债》在手法上是从一个侧面来写的,既机巧,又新颖,还比许多正面写回城知青的作品要深入得多。

"当年的知青,不论他们现在的社会地位如何,他们无一例外地人到中年,他们上要承担老的,下要抚养小的,而且被时代耽误了整整10年。一句话,他们比别人更艰难!《孽债》匠心独具地让你去咀嚼这份苦与难。"

《深圳作家报》以"从广阔天地到现代都市"为题,评价道:

"近来,因为一部电视连续剧,一股后知青文艺热迅即挑起一个遥远的话题。知青,作为特定历史时期一个特殊的社会群体,已经在20世纪的中国历史上镌刻了太多的荒谬和悲怆。虽然昔日热血融化着幼稚的知识青年如今已人到中年,但关于他们的话题,以他们为主人公的文艺作品正越来越多地出现在我们身边。

"电视剧《孽债》引起的热烈反响,以及以'老三届'为主题的音乐会、专题片、回忆录等文艺作品的不断涌现,我们发现又一次的'知青热潮'正在悄然涌动。当然,90年代的'知青热潮'有许多不同于以往的内容和品质。从内容上讲,上一次'知青热潮'是以文学为传播媒体的,《蹉跎岁月》《今夜有暴风雪》等小说风靡一时,然后才有人琢磨着把它们改编为电视剧。十几年过后,再度的'知青热潮'却要靠电视这种现代化的传播媒体才能完成轰动效应的制造。还是那个写《蹉跎岁月》的叶辛,写出了《孽债》,小说出版并依此拍成电视剧,引起广泛关注,文学作品也由此变成印数几十万的畅销书。

"一代知识青年在《孽债》中面对的是新的难题,他们如何处理事业与家庭的矛盾? 20世纪90年代的受众对这些问题更感兴趣,于是这类文艺作品就蔚为一种文艺热潮。

"七八十年代的'知青文学'是一种向后看的文学,无论是描述狂热的还是展示伤痕的,都是带着一种'怀旧'或者说是'伤旧'的情结去做过去时的描写。还是那一代知识青年,但他们的背景已经从'广阔天地'变成了现代都市,他们为自己营造'后知青时代'的家庭氛围和社会群体。知青们的人生轨迹在延伸,'后知青文艺'好戏正在后头。"

而《孽债》在北京,亦成了热门话题:

北京电视台播出《孽债》沪语版,中央电视台第三套播出它的普通话版,已在北京城形成了收视热,成为人们茶余饭后的新话题。

北京人之所以欢迎《孽债》,是喜爱这部片于有"不侃、不长、不假"的艺术特点。这"三不"反映出当今人们收看电视剧的心理状态。"不侃"者,当然不是一概反对"侃大山",而是在厌倦了"海侃神聊"之后,对平实朴素、贴近生活的艺术风格的呼唤;"不长"是对量体裁衣、篇幅适当的好评,尽管《孽债》中间部分仍有稍嫌拖沓之感;"不假"则是对其生活质感的肯定,也是对生编硬造、刀痕斧迹的作品施以白眼。《孽债》并非完美之作,但它基本上符合于这"三不",而能进入北方,走向全国,其中经验,颇堪品味。

天津的《今晚报》则以"浑厚、悲壮,知青题材的魅力"为题说道:

"曾经深爱过／曾经无奈过／曾经流着泪／舍不得……李春波一曲撼人心魄的片头曲与被遗弃的人撕心裂肺的哭喊声把电视机前的亿万观众带进了《孽债》的氛围中。

"知青题材电视剧以其独特的历史背景与强烈的平民意识,巨大的社会涵盖面受到群众的偏爱,显示了知青题材特有的魅力。

"知青题材为什么受到观众如此厚爱?当年知识青年上山下乡覆盖了整个中国的城乡。每个城镇家庭几乎都能摊上一个至几个下乡知青。从那时起,知青的命运就和人民的命运紧密联在了一起。在这一人生逆旅中,产生了亢奋与痛苦、迷惘与彷徨、孤独与欢乐,演绎出无以计数的故事。如今几十年过去了,喧嚣归于沉寂,记忆渐渐变得朦胧与淡忘了。然而对那些家庭与那一部分人的那些记忆永远是说不完也写不尽的故事,永远是与人类命运息息相通的社会热点。前不久首都体育馆以及全国各地的知青聚会告诉人们,他们没有忘掉那段刻骨铭心的历史。这是一种怀旧心理,而且随着社会的变革,这种心理会越发变得强烈起来。

"这就是反映知青题材的影视剧与小说一问世极易引起社会各界关注的原因。这不由得使我想到海明威的《丧钟为谁而鸣》、描写买卖奴隶的黑人迁徙小说《根》,以及《辛德勒的名单》《南京大屠杀》。尽管时间已过去几十年或一个世纪,人类依然能够从中获得启示与警醒,得到理解与接受。历史不会衰老，可怕的是人们自己变得衰老与健忘。"

在出版"叶辛代表作系列三卷本"和《叶辛文集》10卷本的江苏南京，报上几乎天天在刊登和《孽债》有关的文字，其中一篇颇有意思地以"遗弃与重逢"为题谈及：

"《孽债》不期而至的成功和轰动，很大程度取决于作品本身。遗弃与重逢，是文学艺术创作中恒久不衰的世界性题材，是借此展示人性变异的富矿和良港。已经成功地操练出诸如《蹉跎岁月》等知青题材作品的叶辛，既不想重复自己，也不愿重复别人。他以一种曲径通幽的方式，从良知、从亲情这么一种细缕而又强烈的感情关系中去展示人物的内心世界，而且通过他们，营造了一种自然熨帖的生态心绪及氛围，折射出当今大上海的世态人心。

"把感情扭曲了给人看，是叶辛在把握遗弃与重逢这个大命运时最成功的操作，也是《孽债》打动人的主要原因。'孽债'本来只属于沈若尘、梁曼诚、吴观潮他们，而不属于孩子。五个寻亲的外来孩子千里迢迢走进一个个陌生而又有着血缘关系的上海家庭，他们并不是来寻讨或索取，只是为了亲情，为了想念，为了那一丝触摸不着的血脉的相连。这本是纯洁而又真诚的情感，然而，他们却像做错了什么，整日惴惴不安，懂事地注视着'亲人们'的反应和脸色。当情与理、情与爱、情与恨、情与嫉一系列令人怦然心动的场面不合时宜地展露在他们本应单纯的生活空间时，他们只能抱着爱心而来，受着伤害而去，这怎能不叫人心酸难禁？这样的情感扭曲叫人怎能无动于衷？孩子们代大人们，代他们尚不知晓的那个年代承担'孽债'，这对一切有良知人的心灵世界的撞击无疑是巨大的。"

以上只是众多报刊评论中的零星几篇文字，说的都是好话。我想，在下面的一篇文章中，我也应该客观地写一写当时好评如潮中的一些批评意见。想必这也是今天的读者所关心的。

对于《孽债》的批评

在一片叫好声中,随着《孽债》电视连续剧的热播,也出现了一些感觉不足的议论和批评。

最先提出不满足的,还是上海的观众。他们认为:编导在这个剧中写了五种类型的家庭,笔墨用得较为平均。有时某一个家庭的戏刚刚看出一点味儿来,又跳到另一个家庭上去了。如果在某几个点上能写得更集中、更深一点,也许会更有看头。

还有观众认为,在某些段落和语言节奏的把握上,可以更紧凑一些。

读到这样的批评意见,我本人觉得是很善意、很到位的。

有北京的观众则比较直率地指出:我看《孽债》,透着假的模式。那拨找爹娘的孩子,也忒小了点儿吧。那时的孩子怎么说也该十八九岁了吧。还有,一边看演员表演,一边还要死盯着字幕,两集看下来真让人累得慌。我不喜欢他们说上海话。

不喜欢在荧屏上听上海话,是来自外地观众很集中的一条意见,而且相当的普遍。我想在"《孽债》沪语版引发的争论"这篇文章中,再来细说。

专业人士也在《孽债》热潮中发表了观感。一位导演说:这部戏开头几集抓人,叙事节奏和情绪节奏恰到好处。但是戏到中期有些拖沓,尤其是片头太长,让人有些坐不住。

在大连,两个台争相播出《孽债》,在众多赞扬声里,也有不同的意见和批评。一位女士很不理解地说:看完《孽债》之后,简直让人目瞪口呆。我本人就曾是黑龙江兵团的下乡知青,我们"老三届"一直接受良好的教育,为人朴实、正直、正统,有事业心、责任感。下乡时正值16岁至22岁,别说弃子,就是处对象也不多见,哪有这么多弃子铺天盖地而来。如果说在什么地方确有其事,也绝属偶然。这些人不计苦累,不计个人得失,看在他们几经波折、坎坷的伤痕上，请不要再抹盐了吧。

这条意见在《大连晚报》上引发出同感，有人说：这种事存在，是真实的，但不典型。反映知青题材中的这个侧面，消极多了点儿。更有人直截了当地说：《孽债》不能代表知青生活。我们也是那个时代走过来的人，"老三届"知青中没有不负责任的人。即使有，也不典型，不是知青生活的全部。把这种事集中在知青身上，根本没有代表性。如果有这种事儿，不是知青也可能有。为什么要集中在知青身上呢？这不公平！如果为了猎取观众的好奇心而创意的，这不能不说创作者不理解我们这一代人！看这种电视剧有一种压抑感、一种沉重感。那个年代已经把人们折腾得可以了。这部电视剧名叫《孽债》，难道是知青当年作的孽而留下的债？这种表达是同情知青命运还是谴责知青行为？我不理解。

在一篇《说不完的"孽债"》中，除了好话，意见还有：

"这就是大上海人的心胸吗？看了不舒服。"

"这个片名我觉得不太合适，这不是哪个人作的'孽'，留下的一笔债。而是那个时代、那个特殊的环境造成的。"

"这样的电视剧少拍点，软绵绵的上海话听起来特难受。片子看完后感觉特累。"

"过于写实，动人却不动情。"

"平均着力，人物形象模糊。"

"《孽债》不是完美的，有一些或大或小的缺憾。"

"结构形式略显呆板，没有一点变化，更不用说蒙太奇式的跳跃、符合生活逻辑的变异和诗意的幻化了，显得有些刻板。"

……

由于《孽债》最早是在上海以沪语首播的，上海播出之后，逐渐在各省的电视台播出。到中央台三套在白天安排播出《孽债》时，已经是1995年的4月份，离开上海首播整整三个多月了。在全国各地播出之后刊登的评论文章中，凡是批评性的意见，我都尽可能地保存和搜集起来了。以上摘录下来的，就是几乎全部有代表性的批评了。我得实事求是地说，这些批评意见，绝大多数是以观众观后感的方式登在报刊上的。没有一篇超过1000字。有不少就像我前面摘下的，只有一两句话。

但唯一的一篇超过1000字的批评文字，是在上海的《新民晚报》上发表的。标题做得很大的黑体字写着："上海女性，你在《孽债》里怎么啦？"这篇批评文字分成四个部分。第一部分："亭子间"你到底反映了什么。在列举了几位居住在亭子间里的女性助人为乐的事迹之后，文章说：……有多少女性在那些动人的故事中唱了主角。可是这几个找到自己的爸妈，却又被拒之门外的孩子，使人对上海女性油然而生一种憎恶感，上海的女人怎么都那么自私那么冷漠。第二部分：那个时代的女性。同样在举例子说明了那个时代的女性富于同情心、善解人意、有责任感以后，批评说：别说今天这些孩子找上门来认亲人，就说这些做父母的，生活相对稳定以后，难道不会想念当年的亲生骨肉吗？这实在是将这一代女性写浅了。是有一些女性心胸狭小、眼光短浅，但是更多的女性、母亲是最富同情心，具有博大胸怀、无限爱心的。第三部分：《渴望》与《孽债》。在盛赞了《渴望》中的刘慧芳以后，批评《孽债》里的母亲们说：国际大都市里的女性，应该如同这座城市一样，是开放的，是一座包容性的城市。上海接纳了几百万的外来民工，上海的千家万户住进了20多万知青子女，上海人抱养孤儿、收养孤儿，温暖了多少孩子的心。《孽债》让我们女性感到心中有一块铅堵着，将上海女性丑化了。最后一个部分：假如。在记录了《孽债》播出以后普遍流传的那个笑话"你有孽债吗？"以后，文章提供了一系列的信息。其一，现在观念开放了，就是丈夫有这样的事情，也已过去十多年了，夫妻间的共同生活，应该可以理解对方在那种特定环境下所发生的事情。其二，如果是一个像电视剧中那么乖的孩子来到我们家，太开心了，独生子女，正缺哥哥姐姐，一定留下他。其三，我婆婆说，隔壁邻里都能互相帮助，自己家里来一个人，怎么能不接受呢?其四,一部《孽债》,使人感到那一批人,怎么男的都是无奈于负责任的,女的又都是以自己利益为重,缺乏母爱的。文章的最后一句又重复道:上海的女性,你在《孽债》里到底怎么啦?!

……

作为长篇小说的原作者和电视剧的编剧,我感谢这些批评意见。一部作品,在有赞扬的时候,总会伴随着批评意见。这才是正常的。

由《孽债》引发的故事

随着《孽债》在全国各地的热播,不时地引发出一个又一个与《孽债》有关的故事,一些热心的素不相识的读者,就把这些故事通过书信转告我,或干脆就把报纸剪下来寄给我。

1995年5月23日的《中国环境报》上,登载了一条消息:蝴蝶王国的悲歌。副标题则是:《孽债》引发了版纳旅游热,标本生意兴隆。消息报道说:4月中旬的一天上午,我们由西双版纳傣族自治州首府景洪,驱车40公里,来到澜沧江畔的一个名叫橄榄坝的小镇。车刚停,一大群服饰艳丽的傣族妇女和姑娘蜂拥而至,她们手持大叠大叠五彩斑斓的蝴蝶标本向游人兜售。一番讨价还价之后,一枚美丽的蝴蝶标本竟会以一元钱低价成交。

自从电视连续剧《孽债》播映之后,京沪等地兴起了一阵西双版纳旅游热,游客大增。版纳堪称"蝴蝶王国",于是游客们又都喜欢购买价廉物美的蝴蝶标本当做纪念品,或馈赠亲友,或装点居室。据估计,单橄榄坝一处,蝴蝶标本的日销量不下于一万枚。

由于生意兴隆,更刺激了当地村民大肆捕杀蝴蝶,制作标本出售。据行家介绍,这种"标本"因未经专业技术处理,根本无法长期保存。而买主带回家后,观赏不了几天标本就会腐烂或风化成粉末,只能当垃圾一丢了之。惜乎?然而滥捕会使这些"会飞的花朵"终有捕尽杀绝之日,因它们的自然繁衍有个生长周期，远远跟不上被捕杀的速度。

遭乱捕滥杀厄运的野生动物远远不止蝴蝶。譬如珍稀罕见、繁殖能力低、属我国一级保护动物野生大象便是一例。这种大象名为亚洲象，现仅存于西双版纳原始森林等少部分地区，而且为数不多。在橄榄坝的集市上常见有象牙、象骨制成的饰品和象皮腰带出售，在景洪的某些饭店的门口，赫然张贴着"本店有象肉"的告示，看了让人心颤！允许饭店明日张胆地出售象肉，让嗜好猎奇的食客一饱口福，简直不可思议！

读到这样的报道，我真是瞠目结舌。事情怎么会是这样？这可不是我写作《孽债》的初衷啊！《孽债》歪打正着地引发了版纳的旅游热潮，倒是确确实实的。据版纳州旅游局长（当年也是上海知青）告诉我，1994年，西双版纳的旅游者，全年一共是24万人次。《孽债》播出以后的1995年，全年跃升至124万人次。以后的1996年、1997年，逐年递增，到1998年，已超过了200万人次。为此，西双版纳州还为我颁发了荣誉公民证书。

1997年春天，我应西双版纳州的邀请，重返版纳访问。到了橄榄坝的旅游品市场上，同样目睹了报纸上报道的情形：整版整版的彩蝶标本，仍在那里低价出售。我当即给州里陪同的同志指出了这一点。

在《孽债》播出过程中，还发生了这么一件事，那是《孽债》正播到一半的1995年1月19日，《新民晚报》登了一则消息：安徽来沪打工的男青年刘定海看了电视剧《孽债》，来到杨浦区控江新村派出所，请求民警帮助寻找自己的生身父亲张某。

张某于1962年在安徽白茅岭农场劳教，转场时同当地刘姓农家有了来往，并和刘家姑娘关系密切。之后刘家姑娘生下一子，当地农民经常戏称刘特别像张某。转场后的张某于1980年平反回沪，结婚成家并有一个孩子。刘定海对民警说，母亲临死前告诉他生身父亲的姓名，并说他住在上海杨浦区的控江路上，关照他一定要来上海找到爸爸。

刘定海和张某的脸型确实有点相像。张某还掏出300元钱给刘定海补贴生活。张对民警说，如果亲子鉴定两个人有血缘关系的话，他肯定要这个儿子。民警对记者说，亲子鉴定将争取安排在春节前进行。

比起南京少女陆宁来，安徽小伙刘定海的故事是令人宽慰的了。在1995年4月13日，南京的《服务导报》以"超重的《孽债》"为题，用整整的一版篇幅，报道了18岁少女陆宁的故事：

南京少女陆宁，18岁，父母住在邯郸市，她随着在南京生活的爷爷奶奶长大。读到高三时，无论是农村户口或是城市户口，她都没有。高考在即，没有户口，陆宁将失去高考的资格。天下竟有如此不负责任的父母。消息见报后，引起南京市民议论纷纷。

《孽债》在东方电视台播出后，在上海引起轰动的纪录片《不了情》《情未了》两片的男主人公——西双版纳回沪知青夏兴德向《劳动报》记者表示："我不敢看《孽债》，往事一件件，太触目惊心了。"他还给记者谈了自己回上海后的生活现状。

而在上海市文联组织的"我看《孽债》"座谈会上，上海的一批作家朋友纷纷为演员吴冕叫"屈"，认为她在剧中出类拔萃的表演没有得到新闻界的肯定。

《孽债》随即被广西有线电视台盗录播出。

上海电视台为维护自己的合法权益，向广西壮族自治区南宁市中级人民法院提起民事诉讼。

经法院查明，原告上海电视台于1993年10月与作家叶辛签订了协议书，致使原告取得了将小说《孽债》制作成电视连续剧的合法权。被告广西有线电视台未经许可，擅自在上海陆续转录了电视连续剧《孽债》，并于1993年2月17日开始在南宁地区播映。

据悉，南宁市中级人民法院已于1993年3月31日发出民事调解书，双方当事人已达成协议：(1)被告广西有线电视台未经许可，擅自播放原告电视连续剧《孽债》，侵犯了原告的合法权益，被告愿意向原告赔礼道歉；(2)被告主动撤销在上海的录制点,并保证在上海不再犯擅自转录的错误;(3)被告赔偿原告经济损失9万元,并承担诉讼费8110元。

在《孽债》的播出过程中,上海的各大报纸也在介绍评论《孽债》的同时,连续报道了一些和《孽债》有关的花絮。《劳动报》在1995年1月18日和19日分别以《停播一天,牵动万人心》和《〈孽债〉连播两集,上视损失不小》为题,报道说:真实反映老百姓生活的20集电视连续剧《孽债》,在本市播放数集以后,已在广大观众中引起轰动,白天谈论《孽债》,晚上在荧屏前坐等看《孽债》,已成为本市各行各业议论的"热点"。

上周星期天,上海电视台因播出"群星爱心演唱会"节目而使《孽债》停播一天,尽管事先电视台多次打出字幕说明,但上了"瘾"的观众抑制不住收看《孽债》的强烈渴望,不少观众打电话询问电视台,并说明再晚播放也没意见;还有不少老同志打电话到市委宣传部,表示当天想看《孽债》。鉴于观众这种热情已多年未见,上海电视台及时调整播放集数,每晚播两集,"饥渴"的观众才稍稍过了点儿"瘾"。

另外,报纸刊登的关于"上海知青谈《孽债》"几篇文章也引起读者很大的反响,不断收到当年插兄插妹的来信来电,有的动情地抒发对那段知青生活的感想,有的激动地赞赏上海拍出了一部老百姓爱看的电视佳作,也有的观众感慨地叙谈类似《孽债》的亲身经历。

在整个电视剧市场"只愁没广告,不嫌广告多"的情况下,上海电视台为满足观众日益高涨的观看《孽债》的热情,决定将原每天播放一集的《孽债》改为每天播出两集。这样,该电视剧制片商——上视,要损失整整200万的广告费。而上视宁可少赚这笔巨额广告收入,也不"欠"观众一分"债"。

据上视有关人士透露,这笔广告收入的损失,主要因素有两个,一是《孽债》所签订的是黄金时间8点档的广告合同,现在每天放两集,后一集播放时已不是黄金时间,因此这部分的广告价格落差自然要电视台退回;二是原签订的广告合同是从第一集做到最后一集,现因每天播两集,缩短了整部电视剧播放的天数，广告播放的天数也相应减少，因此，当然要退还余下天数的广告余额。电视台虽然损失，但得到了观众的赞许。

《新民晚报》在1995年1月18日的"生活热点半月聚焦"中以"申城女性为《孽债》泪湿衣襟"为题，报道说：当初上山下乡，如今已人到中年的一批女性，这些天，为《孽债》流了不少泪。一些女性认为，时代造成的悲剧不仅给当年的知青带来感情上的冲击，而且又延续到下一代人。她们说，生活在上海的孩子对我们的过去了解太少，只看到父母做了经理、当了厂长，提要求无止境，这五个孩子的遭遇对他们是个教育。

自从《孽债》播出以来，写过多篇跟踪报道的《新民晚报》记者俞亮鑫在播完全剧后，又以"《孽债》受宠殃及《三国》，收视率创近年来上海最高纪录"为题，总结报道说：20集电视连续剧《孽债》在申城引起热烈反响，据全市收视率调查显示，《孽债》收视率创下近年来上海电视收视率的最高纪录。而同期播映的《三国演义》在其冲击下，由15％降为8.6％。连日来，市文联、作协、视协和团市委、广播电视学会等一些部门团体分别举行《孽债》研讨会，对《孽债》在上海引起的轰动展开热烈讨论。

与会者认为，《孽债》之所以轰动上海，一是因为拍得真实，展现了上海人实实在在的生活，这与前一阵出现的一些都市言情片、商战片的浮华虚假形成了对比。二是因为此片呼唤真情，这适应了商品大潮冲击下人们的心理需求。三是此片描写了令人关注的人物命运，出情出戏，比较好看。

讨论会上也对《孽债》的某些不足提出了意见，如几户人家在接纳这些知青子女时显得有些犹豫、有些难堪，心理反应形式有点单一。又如对几位知青当年抛弃子女的生活过于淡化，使有些观众感到难以理解。对于上海话的运用，大家在肯定其尝试成功的基础上，也提出了需要过滤个别粗俗的切口的意见。

上海《解放日报》的两位记者，则以"母子情深"为题，报道了演员吴冕和云南小演员罗振华的一段"戏外戏"：在剧中扮演母亲的上海电影演员剧团的吴冕（剧中杨绍荃的扮演者），真的认云南哈尼族孩子罗振华（饰杨绍荃的儿子安永辉）为儿子，关心他的成长，成为一段佳话。属牛的吴冕显然对这个"儿子"情有独钟，谈起此事，一口一个"阿拉伲子""阿拉伲子"，舐犊之情溢于言表。吴冕说：罗振华今年15岁，是云南西双版纳一个普通初中学生，虽从未演过戏，但小振华纯朴、有灵气、有感情，在一起拍摄《孽债》的时光，成了他俩感情交流的好机会。"不知怎么搞的，我真的喜欢上小振华了。"在云南拍戏时，吴冕又特地拜访了小振华的父母，在父母面前，小振华也甜甜地叫吴冕为"上海阿姨"。在《孽债》拍摄完直到如今，吴冕和小振华还经常有书信来往，俨然是一对情深意笃的母子。

至于社会上借《孽债》这个题目，引发的种种话题，更是层出不穷，一个接一个。诸如：虹口区法院和肯德基联手，请来《孽债》中的三位云南小演员，开展了"同龄说《孽债》，同心话未来"的活动，在联欢的同时，设立了"青少年保护中心"，给回沪知青子女更多的关爱。

港商在内地包二奶，也被报纸以"一个男人几个家，'孽债'增多"加以报道。连美国名演员施瓦辛格被私生女告状一案，也被称作外国"孽债"。而众多嫁给回城知青的女性，看完《孽债》，纷纷以各种玩笑的形式，盘问今天的丈夫，有没有"孽债"，有的话快点从实招来。一时成为各种场合的趣谈延续良久。

出版《叶辛文集》10卷本的南京，则在《孽债》播完之后，在江苏电视台二套节目中，重播了我的另两部代表作《蹉跎岁月》和《家教》，受到观众欢迎。

《孽债》引发的话题、趣闻和故事还有许许多多，播出多年后，仍在成为人们特别是当年的知青们茶余饭后的谈资，并且勾起一个又一个当年插队的故事。就在我写这篇文字中间，我去北京怀柔参加中国作协的主席团会议，会后有半天的候机间隙，就和几位作家去了长城。陪同我们前去的一位十七八岁的小姑娘袁晓丽，跑到我面前来，主动要求道："叶老师，我能和你握个手吗?"随后她告诉我,看《孽债》那年,她还在初中读书,每天晚上看了电视,就要哭一阵。随后她由衷地说:"哎呀,今天我真没白来,能见到你,可太好了!"

望着她真挚的脸,我竟感动得一句话也讲不出来。

是啊,一个作家的作品,能得到众多读者和观众这样的回应,我还指望什么呢?

《孽债》沪语版引发的争论

写下这个题目,当年围绕《孽债》沪语版引发的争论,似还历历在目。

在回忆这场有趣的争论之前,我想先讲一件与此有关的小事。我曾收到"第二届国际吴方言学术研讨会"王维周同志寄来的一篇论文:"《孽债》现象与语言立法"。

这是一篇很长的学术论文,作者寄给我的仅仅只是中篇第五节及以下的部分内容。他从沪语版电视连续剧《孽债》讲起,讲到《孽债》现象,讲到《孽债》与方言的关系,继而探讨了方言与文化、方言会不会长期存在等等语言学上的问题。我饶有兴味地读了这些文字,觉得作者的研究和探讨很有意思,不但对语言专家会有启示,就是对作家的创作,也有一定的启迪作用。

关于《孽债》沪语版引发的争论,其实在《对于〈孽债〉的批评》这篇文章里,我已提及一二。记得,沪语版《孽债》刚在北京播出,就有人说:"这部长达20集的连续剧在上海播放时曾出现火爆局面,创下了电视剧收视率最高纪录。相比之下,北京的观众反应比较温和,其中的重要原因是听不懂上海方言。"许多北京人说,上海话"阿拉阿拉"的像外语,一句都听不懂,虽说下面有字幕,可效果毕竟不一样,让人干着急。还有的北京人对用方言来表现上海人生活的"原汁原味"不以为然。他们举出最有说服力的例子就是外国电影一律用普通话配音,却不会让人感到不是原汁原味。

在中央电视台决定播出普通话版的《孽债》时，天津《今晚报》特地报道：《孽债》虽好，沪语难懂，此是非吴语地区观众看沪语版《孽债》之憾。为此，上海电视台求索制作社赶制了普通话版，中央电视台将在第三套节目8点档黄金时间向全国播放《孽债》普通话版，以后还将在五频道播放。

北京、天津两地区的观众反映，在其他地区的观众中也有同感。可以说，在不讲上海话和听不懂沪语的省市的报纸版面上，几乎都有类似的批评意见。可能也正是这种批评来得较为普遍和直率，剧组听到了这一反映，及时制作出了普通话版，供中央电视台和各地省区台选用。

但是，看过普通话版的上海观众，则普遍反映普通话版不如沪语版生动、过瘾。导演黄蜀芹在报纸上专门就此介绍说："以往，沪语出现在影视中只是偶尔说几句，点缀一下，大规模地采用沪语这次还是首次，目的是想表现上海人实实在在的生活，真实地再现上海人的生存状态，甚至原生状态。演员们经过一周的努力才渐渐适应，而且兴趣越演越浓。运用上海话，还帮助演员更真实准确地找到感觉。《孽债》中的演员表演几乎个个到位，这与运用上海话有关。"

在上海，沪语版《孽债》得到的是一片赞誉之声，有人说："听《孽债》中上海人的满口上海话，不禁想起60年代电影《大李小李和老李》以及《满意不满意》，这两部以沪语为主的方言喜剧片，后来也制作了普通话版本，两种版本我都看过，感到沪语版的艺术感染力要强一些。这次《孽债》用沪语，又有新的突破，效果更佳。"

还有人反映说："目前使用居多的'沪语版'引发了一股学说上海话热。而沪语的使用，使不少渴望了解上海的外地观众有了一个很好的机会，连上海本地33家外资银行的不少人也都希望通过此剧学说上海话，以备商战中的不时之需，外地观众学说上海话也就不是什么稀奇事了。"

这种情况可以说是《孽债》沪语版的意外收获了。

还有报纸以"赞浦东阿奶"为题，专门评说了这一剧中并非主要人物的老人，之所以给人留下深刻的印象，就是她利用了上海话的优势，活灵活现地演出一位真正的上海市井老太。

上海的《采风》杂志，在沪语版引发争论的高潮中，在1995年第4期上，做了一栏"热门话题"——从《孽债》看上海话的魅力。

编者：电视连续剧《孽债》在上海播出后，其轰动程度是惊人的，远远超出当时的《渴望》与《编辑部的故事》。关于《孽债》的讨论，一些报刊已有刊载，本刊从语言民俗学的角度邀请各界人士对《孽债》进行探讨。

俞亮鑫（《新民晚报》记者）：我记得要搞沪语影视片是三年前由谢晋提出来的。当时谢晋提出后，很多名作家提出反对意见，感觉不美，以为沪语只能达到滑稽戏水平，而滑稽戏只能拍出轻喜剧，插科打诨，不大可能拍出上乘的东西。当时觉得要拍上海的母语片，语言是个关键，上海的语言优势没有发挥出来。真正体现出沪语魅力的作品倒是《孽债》，《孽债》为了生活化，是用语言的陌生来展现环境的陌生，没想到效果会这么好。这次《孽债》成功我有几点感想：首先，剧中许多话如用普通话讲，上海演员就有装腔作势之嫌。现在是原生态的东西，沪语的间接效果使演员拍到后来，自己有了创作欲。演员真正进入了状态，并且是愈演愈有劲。其次，使用上海话关键是能否将剧中本身的主题及人物行动表现得恰如其分。大规模使用，《孽债》属首次，这将对以后上海影片的走向很有影响。语言表现的好坏不在于语言本身的形式，而更在于真实性。剧中许多话只能用原汁原味的沪语讲出来，才能有魅力和韵味。

《孽债》用沪语表现人物性格是非常传神，非它莫属的。如吴冕演的角色有句话："侬哪能放心得下啊？"表现出其善良的特性；还有马老板的那句："侬放只码头给我跳跳，我也拎得清。"非常符合他的身份，用普通话就难以达到好的效果。

葛明铭（上海人民广播电台节目主持人，"滑稽王小毛"编导）：看了

《孽债》，最令我开心的就是大量运用了沪语。普通话在上海推广失败，是因为上海人讲上海话的根基很深，但为何在文艺领域里人们反对用沪语，我觉得可能是滑稽戏作为舞台艺术没有弄好的缘故。

电视剧《孽债》完全反映的是生活的愿望。电视剧在语言处理上有特色，就易产生共鸣。剧中表现上海的生活非沪语莫属，细微的表情只有在讲上海话时才能表现出来。比如吴冕演的角色中，有一句"怪勿啦？"说时就有一种特殊的表情，是上海人的语言表情、动作，别人不一定能学得像。因为剧中运用沪语的恰当，才能淋漓尽致地表现上海人独特的气质、表情与精神风貌。

《孽债》没有媚俗，是生活化的艺术，因而获得了语言上的成功。我有种感觉：《孽债》中的沪语运用不但没有过分，有的甚至没有到位。《孽债》开了一个运用沪语非常成功的电视剧先例，使人们更加树立起上海人讲上海话的信心。

巢宗祺（华东师大中文系主任、教授）：《孽债》中的角色使用的方言与人物的环境、文化背景吻合，因而使人物更丰满，更有层次感。

我们对使用方言要有信心，但也要慎重，不要在兴奋当中滥用，语言要提炼，更要恰当地运用。希望《孽债》带来的成功作为一个契机，将滑稽戏也提高到一个新的层次，带动海派文化提高到更新的层次。

钱丽芳（上海金沙江大酒店总经理）：看了《孽债》把胃口吊起来了，我作为普通观众谈些想法。使用沪语不是猎奇，而是突破。如叶辛所说，当初上海话作为密码使用，为了怕云南孩子听懂，但到后来，产生了亲和力。我感觉严晓频演的梅云清的三场感情冲突戏，沪语的魅力极佳，一是得知丈夫隐瞒了过去事实时，二是与李爽在一起，差点儿控制不住自己的感情，三是终于想明白，去阳台晾晒衣服。特定的感情都展示了出来。比如那句"价长价大的一个小囡来了"，如翻译成普通话："突然之间，又高又大……"味道全不对了，而且只能她讲，别人代替不了她。

当然沪语也有缺点，南方话和北方话不一样，北方话有豪言壮语之势，战争片就不能使用沪语，譬如《高山下的花环》就不行。

语言是一种载体，载体要与内容相结合。《孽债》有感情戏，使用沪语能抓住观众，沪语容易出感情，引起心灵共鸣，但不能因《孽债》中使用沪语的成功，就出现一窝蜂的现象，滥用是要失败的。

一晃眼，自沪语版《孽债》于1995年元月在上海首播，已是第七个年头了。记录下关于沪语版引发的争论和不同看法，也还是颇有意味的罢。

在印度圣坦尼克坦泰戈尔花园

我为什么写《孽债Ⅱ》

记得,我青年时代写作的长篇小说《蹉跎岁月》引起轰动的时候,不少读者问起我,小说里的几位主人公,后来怎么样了?特别是那些曾经下过乡,后来几经坎坷终于回归到都市里来的上山下乡知识青年,都对我说,我们回归的经历,我们初回到都市挣扎生存的经历,我们迟到的婚姻和家庭,都有很多精彩的故事,你仍可以写一写。那个年头,刚刚允许和鼓励一部分人自己创业,干个体户。一些没及时找到工作、求得安定的知青,就下海干起了个体户,有的人甚至很快尝到了甜头。他们也对我说,你写啊,写写我们回到城市经商的酸甜苦辣,也是很有意思的。

我知道那确实是很有意思的题材,但我没像他们所说的那样,接着写《蹉跎岁月》的续集。最主要的原因是,蹉跎岁月中的一代人,没有续下去的"题材"。或者更准确地说,他们回归都市以后的生活还刚刚开始。就如同我们当年,初下乡那几年,也是激情澎湃,也有很多故事,却产生不了作品一样。

可能是由于这种心理吧,当长篇小说《孽债》随着改编成电视连续剧又一次轰动全国的时候,上至担任各级领导的干部,下至里弄里的老头、老太太、老妈妈,碰到我都说,你应该趁热打铁,把《孽债》的续集写下去,一定会受欢迎。我们都盼望着。

面对一张张充满期待的笑脸,面对一双双真挚的眼睛,除了笑,我一时答不出话来。为什么呢?原因也是相同的,《孽债》里的五个孩子,或者说这五个孩子代表的知识青年下一代,他们刚刚经历了大起大落的生活,突然之间，又要表现他们长大了的生活，这样的反差似乎是太大了。

实事求是地说，一些出版社、杂志社的编辑，一些影视公司的编导、制片人，一些曾经当过知青的企业老总，都曾找到我的办公室来。有的极力怂恿我尽快写出《孽债》的续集；有的根据读过和看过《孽债》的感受，还写出了续集应该表现的主题思想、人物脉络，故事该往哪里发展，要写几对恋人；更有甚者，连续剧的故事梗概和电视剧每一集的大纲都拉出来了；当然，还有热心的企业家多次表示，只要一有续集，我们立刻投资拍摄，等等。

我一直没有写。不过，我始终怀着浓郁的兴趣，关注着知识青年下一代的生活。他们在想些什么，他们在追求些什么，他们如今的生活现状，和我们年轻的时候，有些什么不同？理想有什么不同？对待人生、对待世界有什么不同？

有一次，我应邀和浙江大学的一些文科研究生座谈，一位小伙子站起来对我说："叶老师，我就是'孽债'的产物。我的妈妈是城里的下放知青，而我的父亲是当地人。但是大返城时，妈妈没有离开农村回上海去。我们一家人现在生活得很幸福。你也应该写写像我们这样的家庭。"

上海的杂志曾经报道过一个引人瞩目的案子。一个远在新疆的知青子女，按政策可以回上海报进户口。由于经济的原因，她没有及时到上海来办理手续。几年以后，当她总算可以承担到上海的费用，回到上海来办理入户手续时，她发现，已经另外有一个人用她的名字报进了户口，成为一个名副其实的上海人，而且至今仍使用着她的名字在工作。于是引发了一场不大不小的官司。

还有一回，一个在某大型超市担任播音员的年轻女子走进我在作家协会的办公室。她说她是一个知青子女，一个"孽债"。她现在和自己的丈夫都在上海打工，租了一间房子，还有一个孩子，日子过得还可以。不过她不知道自己的父亲是谁，也不知道母亲是谁，只知道她的母亲曾经是一个知青，爱上了一个当时有工作的男人，但那个男人是有家的。当她的母亲有了她以后,那个男人消失了。母亲在农村里生下了她,把她托付给了一家农民,说是进城去找男人,去找孩子的父亲。从此以后,母亲也一去不复返了。她就是在那户农民家庭里长大。当她中学快毕业的时候,村里人把她出生的真相告诉了她。于是她的世界崩溃了,她再也读不进书,再不想在偏僻的小村庄里生活下去,她借口要进城去寻找父母,踏上了进城打工的路,辗转了几个省会城市,才来到了上海。她洗过碗,当过服务员,干过清洁工、营业员、接线员,最终在超市里当上了广播员。她今天的丈夫也是一位知青子女,她和丈夫还有孩子生活在一起。不过这孩子不是她生的,而是丈夫和另一个打工女子生的。那个打工女子也像她的母亲当年一样,失踪了……

我瞠目结舌地瞪着这个还很年轻,说着一口标准普通话的女子,怀疑她在对我谈她构思的小说还是她的真实经历。她大概看出了我的怀疑,于是又说下一次把小孩带来。然后,她又给我讲她丈夫闯荡都市的经历……她讲的经历比一部长篇小说的情节还要曲折和多变。那个下午,我只得出了一个印象,这些知青的孩子,融进了当代生活的进程,原来竟也如此艰难。

于是乎《孽债Ⅱ》的轮廓在我的头脑里逐渐地有了一些雏形。

既然是《孽债Ⅱ》,那就得扣紧五个孩子的命运来展开,那就要同"孽债"这两个字紧密相连,那就得准确地写出这一代孩子融进生活中经历的坎坷、困惑和碰撞。

有一对知青夫妇,他们当年插队落户时,算是幸运的,先后被抽调到当地的中、小学任教。他们在共同的命运中相知、相恋,结婚成家,他们为最初分到的一小间婚房欢喜雀跃。为了教好书,在生下女儿以后,就把女儿送到上海外婆家哺养。多少年过去了,他俩双双面临退休,于是决定回上海来同女儿生活在一起,共享天伦之乐。可是长大了的女儿对父母没有一点感情,外婆已经辞世。外婆留给外孙女的一小间房子恰逢动迁,女儿得到了一套小户型的二室一厅,和新婚丈夫过着其乐融融的三口之家生活。他们不欢迎小家庭里又挤进两位老人。于是母女间爆发了冲突,母亲说她才是外婆的嫡亲女儿,她当年是听从党和毛主席的号召去上山下乡,现在退休回沪,理应成为亭子间的当然继承人。而女儿也不示弱,她说父母的户口不在上海,况且外婆辞世之前,都是她在悉心照料,外婆临死留下遗嘱,房子归外孙女……《孽债》的故事,现在倒过来了。当年是父母不想认远道而来的儿女,而如今,却是女儿不欢迎回归的父母。

看上去很像是同义的反复。但是,时代毕竟不同了,下过乡的一代人,嘴里说的是世界革命,解放世界上生活在水深火热中的三分之二劳动者,心里盼的却是有一份安定的工作,几十元固定工资,分到一小间房子就欢欣鼓舞,能有一小套房子,那简直受宠若惊了。而知识青年的下一代,已经不会唱高调,他们变得实在而又实惠,他们要的是挣大笔的钱,过上舒适的生活,世人有的,他们觉得自己也该有,能享受的他们尽情去享受。就是去当志愿者,他们考虑的也是在当志愿者的过程中自己能得到一些什么,对于他们来说,这一切是天经地义的。用票证购买东西,"新三年,旧三年,缝缝补补又三年"的岁月虽然过去了没多少年头,但是在他们心目中,那已是恍若隔世的事情。尽管如此,在他们步入社会生活,融进五光十色的当代社会各个阶层时,面临着恋爱、婚姻、家庭、经商、事业、工作的种种现实,同样会受到财富的诱惑,同样会遭遇欺骗,同样会陷入情感的难以抉择,同样会感到委屈和困惑,同样有种种意想不到的烦恼和苦闷,同样……

《孽债Ⅱ》,要表现的就是长大了的五个孩子,今天遭逢的这一切。理清了这一思路,一切对于我来说就显得清晰了。五个孩子的个性是我熟悉的,五个孩子的家庭情况及变迁是时时放在我心上的,甚至五个孩子的未来,我都能看得到。于是乎,从去年秋冬开始,笔记本上的点滴收获逐渐汇拢,人物在我脑子里呼之欲出,一些细节那么鲜明地展现在我的眼前。从元月一日起笔,经过九个月的写作,《孽债Ⅱ》成形了。

可能是插队落户的岁月中,栖身在茅草屋里、土地庙改建的小房子里守着煤油灯写作的日子,在我身上留下了深深的烙印,我养成了珍惜时间的习惯。只要一有时间，我就愿意坐在书桌前沉思、书写，把稍纵即逝的思绪随时记录下来。有了一块一块的时间，我就愿意进入写作状态。几乎每一个夜晚，我都是临近十二点才入睡的；几乎每一个双休日，我都是在写作中度过的。我们国家实行"黄金周"已有二十多个年头了，我可以坦率地说，每个黄金周我都是在从早到晚的写作中度过的。写作当然需要有种种条件，具备种种素质，但是勤奋创作、埋头苦干是最基本的条件和素质。

《孽债Ⅱ》的写作也不例外，我利用了每一个双休日，除了推辞不掉的讲座，我把所有的业余时间都用上了。特别是气温高达35℃以上的整个暑期，我一天也不敢浪费，天天躲在市人大常委会406那间小小的办公室里，从早写到晚。可能办公室的空调是从天花板上泻下冷气来的，以至于不知不觉间患上了"网球肘"，至今未愈。借此机会我还要感谢市人大教科文卫委员会的同志，除了不可请假的会议，他们免去了我的一切活动，使我得以专心致志沉浸在《孽债Ⅱ》的世界之中。

愿每一位关心我的读者，愿每一个当年的知青伙伴，同样能喜欢我的这本新书。

关于长篇小说《华都》

问：叶辛同志，你最新创作的《华都》，是你第几部长篇小说？从读者们的记忆来说，虽然时常能在报刊上见到你的文章，但是你的长篇小说新作，却有点儿久违了的感觉，是不是这样？

答：你的第一个问题，实际包含了两层意思。让我来逐一回答你。从我1978年出版第一部长篇小说至今，算起来，《华都》是我第24部长篇小说。但是我相信，你和很多读者一样，大概记得住的，也就是《蹉跎岁月》《家教》《孽债》……不多的几部。从24部的数量来说，《华都》有点不同以往我写的书，以往我的每部长篇间隔时间都不长。而这一部，和在1995年9月出版的第23部长篇小说《眩目的云彩》间隔了近九年时间。相隔九年，至少说明了以下几点：其一，这一部作品，我构思的时间比较长，思考的也比较多。事实上，从上个世纪的90年代初开始，我就在考虑要写这么一本书，在写创作笔记了。其二，从2000年起笔写第一章，到2003年底落笔完成40万字的整部书，我整整花了三年多写作的时间。其三，之所以前后要花这么长时间来完成构思和写作，是随着年岁的增长，比较慎重，我希望这是一本有分量的作品。从最初走上创作道路以来，我就对长篇小说情有独钟。长篇小说这一形式，一直是我矢志不渝的追求。可以说，我努力希望自己能写出比较完美的长篇小说。

问：你为什么要取《华都》这样一个书名？这一书名有些什么寓意？像你过去的一些长篇小说比如《蹉跎岁月》《孽债》等都富有一定的蕴涵那样，这一书名有些什么寓意？

答：就字面上来说，"华都"指的是我书中写到的一幢大楼，华都大楼。其实，华都大楼也是一个舞台。我想写的是一百年来发生在这个舞台上的故事，或者说居住在华都大楼里那些人物的命运。自然，一般来说，一部小说，尤其是一部较为凝重的长篇小说，作家往往会赋予一定的象征性。从这一意义上来说，我取名华都，还有一层寓意，那就是用华都来象征上海，或者说得更大一点，我想用华都这么幢大楼象征中国。

问：那么，是不是可以这么理解，《华都》写的是世纪中国的故事？

答：这么理解就有点儿简单化了。一本长篇小说，哪怕是很长的长篇小说，要概括一百年来中国的故事，也是很困难的，或者说基本上是不可能的。我只是想通过书中人物独特的属于他们的命运，来展示百年来许许多多中国人经历的精神史和情爱史，以及中国这一百年来诸如男人与女人关系的演变，欲望和理想追求的演变，以及包括"性"观念上的演变，等等。让读者在沧海桑田的变幻中感受过去和现在、昨天和今天的中国，感受历史这一巨大无形的铁轮的碾进。

问：读过这本书的朋友说，《华都》是当代中国的百科全书，今天中国的很多事情，都能在这本书里找到痕迹。如果真是这样，那么你这部书里，有没有精彩的贯穿始终的故事情节呢？

答：和我以往的小说一样，《华都》会是一本好看的书，这一点我还是有自信的。至于百科全书，那是过誉之词了。我只是在这本书里，想尽可能地涉及中国的现当代生活。

问：我们注意到，和你以往长篇小说主人公截然不同的是，在《华都》的主人公姚征冬这一人物的塑造上，既有他辉煌的人生一面，也就是我们时常在长篇小说主角身上读到的值得充分肯定的人性面，同时，在他身上，我们又看到其不可告人的、肮脏甚至于卑鄙的一面。我们该如何来理解这样一个贯穿始终的主人公身上相互矛盾的性格呢？

答：这正是我在《华都》的主人公姚征冬身上要展示和反映的东西。在解答这个问题之前,我想先举两个世人皆知的例子。一个是克林顿。作为两任美国总统,克林顿在他的人生旅程中,有其不容置疑的辉煌和值得炫耀的政绩。同时,我们也都知道,恰恰是在他担任总统取得令人瞩目的政绩的同时,美国和全世界传遍了他和莱温斯基的丑闻。另一个例子是戴安娜王妃。全世界都公认戴安娜王妃是一位杰出女性,把她称为英伦三岛的玫瑰,尤其是她的悲剧在1997年夏天发生以后,世界各地的民众都向她表达了深切的同情和哀悼追思之情。其余波至今未息。但是,几乎是在同时,我们也都读到,戴安娜生前有过不止一个情夫,以世俗的眼光来看,无论是作为两位王子的母亲还是一位女性,拥有多位情夫总是有悖情理的、不光彩的事情。

但是,无论是克林顿还是戴安娜,都得到了世人的肯定。克林顿总统在他任期的最后一段时间,民意测验的满意率一直居高不下。戴安娜就更不用说了。

这两个例子之外,也许我还可以提到最近刚发生的美国加州州长的选举。影坛巨星施瓦辛格在竞选州长的过程中,被人揭发出曾对六位女性有过人身侵犯和性骚扰,很多看电视新闻的人说,这下他完了,这种事都被揭了出来,当不成州长了。富有戏剧性的是,他本人很快承认了这是事实,并向民众和这六位女性表示道歉。同时他的妻子也大度地原谅了他,并且继续支持他竞选。结局大家都看到了,施瓦辛格没有因为有过这些见不得人的过失而落选,相反,他成功了!

问:噢,我明白了,你是想通过主人公姚征冬这样一个名人,来写出人复杂的两面性。

答:哦不,不仅仅只是想表现人的两面性。坦率地讲,人的两面性甚至人物的多面性,在中外文学史上表现得已经很多和相当充分了。连鲁迅先生也曾说过,人应该讲实话,但人是不能一如既往地讲大实话的。比如说:人总是要死的。这话没错,是实话。可你决不能对一个刚出生不久的婴儿说,这孩子要死的。(笑)人在复杂的社会中生活,总有他无奈地表现出的两面性甚至多面性。

问：那么，通过姚征冬这个主角，你是想阐述或者说表达什么呢？

答：我就是想探讨一位风云人物，或者说杰出人物，更准确地说是社会名流、名人，在取得令人瞩目的成就以后，同样也有他的隐私，他的虚荣和虚伪，或者说不光彩、不道德的行为。在西方，对"人"这一特定对象普遍的看法是，在其取得惊人业绩和巨大成就的背后，往往藏有不可告人的一面，甚至是藏污纳垢的卑鄙的一面。如同大自然有光明面，必然有阴暗面一样的道理。因而，"辉煌的社会角色和其肮脏的隐私或私生活"，成为很多作家试图涉猎的主题。写作过《解冻》的苏联作家爱伦堡，就深深地迷恋过这一题材，可惜由于种种原因和在1967年去世而未能如愿。和我同年龄、同时代的德国当代作家聚斯金德写过一本享誉世界的长篇小说《香水》，最充分地描绘了作品主人公格雷诺耶的天才，同时也充分地刻画了格雷诺耶的残暴。只是聚斯金德在作品的构思立意和人物描绘上是寓言式的，他的作品主人公更像是一位神灵而不是现实中的人物。

也许我把话题扯远了，其实，在当前中国的现实中，我们经常读到这样的案例，一些贪污犯、携巨款外逃的罪犯，在被揭露出来之前，都曾有过耀眼的桂冠和头衔。

在近年来公布的高官案例中，我们一再地读到几乎是雷同的情节。这些高官在大肆敛财、贪污、腐化的同时，仍在振振有词口若悬河地作着廉政报告。

很多善良的老百姓往往对此表示不解或嗤之以鼻。

这一现象固然像众多媒体说的，他们是在作秀，是在耍两面派手法，是在以此掩盖他们的罪行。但从深层次来说，仍是复杂的人性在这一个个具体人物身上的体现。他们曾经创造的业绩和成就是一种存在，他们犯下的罪行同样是一种存在。

文学通过具体的艺术形象来探讨生活的这一存在，探讨人性和人言的关系，探讨情爱和性爱对男女的诱惑和困惑，探讨文明与野蛮的冲撞是十分耐人寻味和有意义的。

问：在《华都》这本书里，涉及多位女主人公的"性"，有几位女性的命运中，她们从少女到中年妇女的一长段时间里，对性的感受和体验，都有较为细致的刻画和描绘。我们发现，这同你以往的长篇小说中涉及这方面时，写得较为含蓄截然不同。我们想直截了当地问一下：是什么原因造成了这种不同？你是否也受到这些年来"性"潮描写的影响？

答：感谢你注意到了这种不同。在《华都》中，我想描绘中国各个时代的女性对于理想男子的追求，对于爱情和幸福生活的追求，这种追求，其实本身已经包含了"性"。在她们一代一代女性的追求中，折射出男人和女人关系的演变，随着时代的不同，同样折射出"性"观念的演变。由此揭示人在欲望、妒忌、仇恨、友谊……各个方面的情态。在我们国家"性"历来是一个极为敏感的话题，我们这一代人的青少年时期，它更被视为禁区，讳之如洪水猛兽。随着改革开放和社会的发展，人们的思想观念有了巨大的转变。现在，任何一份和生理卫生健康有关系的报刊，都会讨论和涉及与"性"有关的内容。"性"观念已成为一个热门话题。20多年来的这一巨变，实际同样影响着我们每一个中国人的生活，许多报刊作过没有"性"福的夫妻是谈不上幸福的标题。在小说中，我当然要反映这种变化，那么，也就不可避免地要描绘到性的感受对人物情绪和心理的影响。况且，从"性"这一角度更能透析辉煌的社会角色和肮脏的私人隐私之间的反差。简而言之，过去的作品中，我写得比较含蓄，是创作的需要。在《华都》中，我写得比较放开，也是作品的需要。

问：在你看来，这本长篇小说还有什么特点？你既然花了这么长的时间，慎重地推出这本书，是想获一个什么大奖吗？

答：要说还有什么不同，我想它是我写作的二十几部长篇小说中最长的一部。

30年前，当我在贵州山乡的煤油灯下提起笔来写作的时候，清楚地知道，我写下的东西连出版的可能性都没有，别说是稿费了。我知道作家们、编辑们都在"五七干校"劳动，作家协会和出版社都被砸烂了。但是，我仍旧在默默地写。那是我觉得心里有话要说，需要表达。如今，走上创作道路30年了，我还是保持这样的创作心态去写。我创作，是因为我心里有话要说，尽管我很忙，会议、应酬、工作、出访，我仍挤出一切可以利用的时间创作，说实在，多少年里我从来没松松闲闲地休息过一个黄金周和双休日。我不会为达到什么功利目的去写。

我写作，那是我心灵倾诉的需要；如果允许，我想说，这本书，像我的《蹉跎岁月》《家教》《孽债》一样，是我作为一个作家，留给今天的读者和下一代人的备忘录。

问：你的下一部作品是什么？

答：下一部作品嘛，我也有了一些粗略的考虑和设想。正像大家知道的，我曾经在贵州山乡整整生活了21年，并且在贵州这块土地上成了一个作家。回归上海以后，经常有贵州的老乡来找我。近些年来，过去并不相识的来自贵州的年轻人，也时有来找我的。他们向我叙述在上海这座城市里求学打工生活中的感受和故事，叙说他们遭遇的不平和所受的委屈，他们时常流露青春的苦闷和烦恼。表达他们渴望尽快地融入城市的愿望。有一些原汁原味的故事，跌宕是很大的。我的下一部书，就是想写写他们由西南山乡闯荡上海这座大都市过程中的追求、堕落、奋斗、沉浮。我想，这会是一部青春的作品、一本好看的书。

我的《华都》

1990年秋天，我由贵州调回上海以后，一直在考虑要写一部描摹上海现当代生活的长篇小说。在这之前，我写过一些和上海有关的小说，比如20世纪80年代我写的中篇小说《发生在霍家的事》、将小说改编成电视连续剧的《家教》、反映"文化大革命"初期市井生活的《恐怖的飓风》。这些作品虽然都先后发表、出版了，后来也被我收进了10卷本的《叶辛文集》，但是它们的影响始终不如我同一时期创作的《蹉跎岁月》和《孽债》。

这是怎么回事呢？

细究起来，这几部作品都是我在贵州写的，我自以为对青少年时期的上海历历在目，对今天的上海人还是了解、熟悉的。其实不然，在我离开上海的21年时间里，上海和上海人已经起了很大的变化。记得长篇小说《家教》改编成九集电视连续剧在中央电视台1989年的春节黄金时段播出时，全国各地观众的反响还是好的。为此，当时的《电视你我他》栏目，每周一次，连续四周播出了观众对《家教》的评价，可是在上海，观众反应平平。中央电视台的编导对我说：你想想吧，这是什么原因？

当时，我还有些不以为意，心里说，我写的是文学作品，只要全国各地的读者、观众喜欢就行了，不必在乎上海一个城市的反应。

"人生环形道，恰似一个圆。"在远离上海的贵州生活了21年以后，我又回来了。渐渐地，知青时代和贵州山乡离我远去，而上海生活的一切，那么鲜明、那么生动地天天展现在我的眼前。我当然还可以写西南山乡，当然还可以写知识青年，但我不能对扑面而来的生活风景视而不见。我的直觉在对我说，得写写上海，写写生我养我的大都市上海，我的故乡。很多作家会对故乡的一条小河，会对家宅面前的一棵老榆树，会对故乡的一条崎岖小路，写出充满深情的文章，难道我就不能对插队生活中日思夜想的故乡上海，交出一份答卷？

与此同时，我发现差不多所有的上海作家，都在他们的笔下描绘着上海，上海的昨天、前天，上海的今天、明天，上海的各行各业、各色人等，上海的一丁点儿新气象、新事物、新景观，都有人在写。年轻作家们在寻找新的角度，在探索新的途径，在挖掘无忧无虑长大起来的一代人的感受；老作家们回首往事，要表现上海开埠以来巨大的变迁，慨叹年事已高，叹息体力、精力、目力的不济。正在发表、出版和播出的作品中，所表现的上海不是长长短短、宽宽窄窄的弄堂，就是老城区各个年代的石库门，当然也有一些花园别墅，上海人称之为"洋房"里的生活形态。

我也要写，写些什么呢？我曾经构思过一个题材，还动笔写了12章：上海要造黄浦江大桥了，建桥就要动迁，动迁要涉及城市居民的利益，要涉及数百年来耕耘在土地上的农民们的利益，要改变城市景观，要和形形色色的上海人打交道，既能表现上海工人阶级的风采，又能展现领导阶层的果断决策，还能展示外来打工者在工地的生活，似乎场面宏大，仿佛热热闹闹……但是我很快察觉，这样写太实了，我表现了建桥工人的生活，我表现不了钢铁工人的生活；我表现了钢铁工人的生活，我表现不了医生的生活；我表现了医生的生活，表现不了教师的生活、营业员的生活、股票炒卖者的生活、数十所大学师生们的生活……三百六十行，作家不可能一一穷尽地写过来。创作，还得根据创作的规律来。于是我停下了关于这一题材的创作，我决定从"个别反映一般"的规律出发，从当代上海人的心灵史着手。这一心灵史要从现当代上海的日常生活、婚恋情态、精神追求写起，展现上海百年的历史沧桑感，追求真挚爱情的伦理观，寻觅幸福生活的价值体现，立体地展示多彩的人物在社会大背景下，感受历史这一巨大无形的铁轮的碾进。

于是，华都大楼逐渐清晰地浮现在我的眼前，一个个鲜灵活现的人物借助华都大楼这个舞台变得栩栩如生起来。

历史感：百年沧桑

在作品中追求沧海桑田的变幻，充分地展示历史，是很多作家都曾考虑的命题。我们确实也已经有了许多这样的作品。他们用第一次国内革命战争、第二次国内革命战争、抗日战争、解放战争展示1949年以前的历史；他们更普遍地用"三反五反""反胡风""反右派""反右倾机会主义""三年困难""四清运动""文化大革命""打倒四人帮"……展示解放以后几十年共和国的历史。作品中的人物，也就在这样的历史背景上翻来覆去地"摊烙饼"，慨叹命运的坎坷和多蹇。这当然也是历史，这当然也折射出历史对于个人命运的深重影响。但仍得实事求是地讲，如果作家们都这样写，未免会有雷同感，未免让人觉得似曾相识，甚至千篇一律。

况且上海这一都市，用历史的眼光来看，实在没有多少可以夸古的资本。我插队落户的贵州省修文县久长区砂锅寨旁的扯泥堡，是一个在地图上都找不着小点点的寨子，追溯起来都已有七百多年的历史。上海和古老中国的很多地方比起来，都没有夸古的优势。

上海的优势在于五口通商之后，屈辱的历史带出了门户开放，也带来了近现代直至当代的辉煌。

跨入21世纪的门槛以后，随着人口的迅速导入，城区的不断扩大，新的社会力量在增长，一方面是租界的蔓延，一方面是维新变法运动的兴起，革命潮流的激荡。随着辛亥革命打响第一枪，上海的光复带来了城市面貌的改变。大批新式学校的出现了，男女还可以同校，大批的出版社、报纸杂志和艺术团体随之出现了。政坛上也显示出民主自由的清新空气，上海滩政客云集，文人汇集。由此，上海的历史开始在全国引人注目，江浙两省和全国各地求学、求知、求生、求前程的年轻人，纷纷涌入上海。上海变成了全国公认的中外思想和文化碰撞之地，新思想新文化乃至新服饰新发式多萌发于上海，逐渐影响全国。故而上海会爆发反抗北洋军阀的斗争，上海的民族资产阶级趁第一次世界大战列强混战之机，赢来一个难得的黄金时期，获得一个发展的机会。也因为此，上海的工人阶级异军突起，且很快卷入了以后的政治运动，成为一支重要的社会力量。五卅风暴，充分显示了工人阶级的力量，三次工人武装起义，引得全球瞩目。在革命和战争的年代，在抗日和救亡时期，上海的左翼文化、上海的团结抗战、上海的租界，构成了五光十色的20年代末期和30年代的上海景观。直到今天，还有很多人用怀旧的语调写到这一时期。随后是痛苦的沦陷岁月，淞沪血战，孤岛上黑暗的日子，抗战胜利，解放战争时期的学生运动、工人运动、物价飞涨带给每一个上海家庭难忘的回忆，直至上海解放。

即使我用如此粗略的线条简单回顾，20世纪上半叶前50年的上海生活画卷，其每一个转折、每一次阵痛和跌宕，每一个阶段和历史时期，几乎都可以用一部长篇小说来表现。且别说还有20世纪下半叶的50年，且别说每一历史阶段各个阶级、各个阶层、各色人等的表现又是多么千差万别。

要想在《华都》这么一部40万字的长篇小说中展现上海的百年沧桑，实在是很困难的。于是乎我只能通过连茵芸和厉言菁两位女性的心灵感受，来勾勒历史的线条。连茵芸一辈子的悲剧命运，起始于她年轻时代对于显赫人物严泳臣的依赖，而把她金屋藏娇养起来的大老板严泳臣，到了腥风血雨的沦陷岁月中，都落得一个抑郁至极撞车而死。穷苦的百姓在那暗无天日的时期，其苦难也就可想而知了。厉言菁的性格，她的深情和善良，是同她的命运分不开的。而她自小到大的经历，难道不是千百万同时代人感受到的变化吗？我相信，透过连茵芸和厉言菁的心灵史，读者心中唤起的，绝不只是对两位女性命运的同情和感叹。

在《华都》中，我还有意识地选择了一些看似平常的细节，诸如骆秀音的姐姐骆秀芬、王关宝夫妇安贫若素的感慨,当年的日本兵来寻找曾经站过岗的电梯口……以增强普通百姓和名人的对比,增强渺小的个人与历史潮流之间的对比。让人由衷涌起世事沧桑之感,凸现百年上海的民风社情。

婚恋情:爱的追求

爱情是什么?

浪漫主义者说,爱情就是生命,爱情就是奔放的感情,为了爱可以舍弃一切,我不在乎结局,我只在乎过程,只要我全身心投入地爱过和被爱,那爱情就是永世难忘的。

实用主义者说,爱情就是男和女彼此互相需要,互相分享的一种情操。这世界上的男人没有女人,就活不下去。同样的,世上的女人若没有男人,也无法生存。爱情是为生存而战,爱情既是力量也是奴役。

女权主义者说,爱情说到底都会沦为性爱,而性爱仍然是女子对男人的"服务",女人的身体是男人买的东西,别以为"性解放"使得女性获得了自由,算了吧,自那以后,女性在社会上已丧失了起码的尊严,她们受到了更大的压力。

在《华都》这部小说里,我用不同的笔墨刻画了多个女性对于爱的追求。30年代的庄欣娜是一位记者也是一个作家,她成了严泳臣的外室,虽有一份安定享乐的生活,却没有真正的爱情,她爱上了一个名角儿,两个人的感情到了如胶似漆的地步,终以悲剧告终。60年代的骆秀音,可以说是功成名就,但她虽以美貌著称,这一辈子身旁也不乏男子追求,最后她终于明白,从少女时代直至临终,从来没有一个男人真正爱过她。她矢志不渝毕其一生追求艺术,为了演艺事业能抛弃一切。在心灵深处,她还是期盼着一份真挚的爱,她没有得到。90年代的女主持人林月,是一个事业上的成功者,她用自己出色的主持,赢得了鲜花、掌声、名誉、地位和满身的光环,几乎成了"大众情人"。表面上看起来，她的客观环境和外在世界，都要比庄欣娜和骆秀音好，她完全有能力、有条件做一个既成就辉煌事业、又享有真挚爱情温馨家庭的幸福女子，但她同样没有这种福气。

在这三位美貌聪慧的时代悲剧女性之外，厉言菁的婚外情，是在梦想追求爱的真谛，为了爱姚征冬，她可以不去美国，可以舍弃丈夫和儿子，她把这一辈子最浓烈深厚的爱，都奉献给了一心崇拜的姚征冬。她的这一爱情表现，正体现了今天的上海人受到浪漫、安逸、自由选择的性文化影响，性观念正在发生悄然的转变。这么一种变化，就连匆匆而来的外国记者们都已察觉到了。在寻觅追求真爱的过程中，她看到了姚征冬作为一个男人的真实面貌（这是另一篇文章的话题），她绝望了也退缩了，善良温顺如厉言菁这般，也不能原谅姚征冬的卑鄙和贪欲。是的，她没有歇斯底里大发作，她没有伤心得悲痛欲绝哭天抢地，她甚至没有更为强烈的表现。但这是一种更为深沉的失望，她的纯美至爱的理想破灭了，她的追求成了泡沫。怪不得西方社会的女性会对曾经波及全球的"性解放运动"愤怒地喊出：让性解放见鬼去吧！那根本是一派胡言乱语，那是专属于男人的性解放。

《华都》中的罗卉、舒宇虹当年插队对野蛮婚姻的抗争，她们长时期的等待终不得，何尝不是一种爱的追求？甚至姚征冬没有写出名字来的前妻、罗卉的商场朋友紫烨，心目中都有着对于真爱的追求。

爱情是需要持续的，美妙和谐的爱情更需要时间去证实。从这一意义上来说，爱的追求永不会停息。20世纪是这样，21世纪也不会例外。

价值观：幸福在哪里

一位读者看完《华都》，拿着一张做记录的纸片，对我说：你在书里描写12位女知青插队落户到杉木凼，我读完全书，看来看去，怎么只有七个人呢？还有五个人呢？她们五个女知青的命运是怎样的？

我知道这是一个细心的读者,他的问题带有普遍性。十多个知识青年插队到一个村寨,这是当年成千上万知识青年上山下乡落户的一个主要形式。一般情况下,知识青年插队,都是男女搭配,五对五、六对六,也有四对六、七对五的。同时,在各地,也有一些知青点集体户,由清一色的女知青组成。我在《华都》中描写的就是这种情形。当年,在离我落户的砂锅寨七八里地的泗溪大队,就有10个姑娘一起插队在寨子上。不知什么原因,清一色由女知青组成的集体户,故事特别多。隔一段时间,从她们那儿就会传来关于某个女知青的奇闻轶事,一会儿是女知青偷偷找了个卡车司机谈恋爱,一会儿是女知青和小学教师擦出了感情的火花,一会儿又说某个女知青转点到江苏常州去了,名义上是转点,实际上就是出嫁到江南农村……所有的传闻都同恋爱婚姻有关,所有的传闻都联系着女知青的归宿。

每一次听到这些传闻,我们这些周围村寨上插队落户的男男女女,总要议论上一阵子。有的人对此现象不以为意,有的人对此嗤之以鼻,还有的女知青流露出羡慕的神情,说我是没有这种关系,我若有这种关系,我也嫁,总比窝在这里受苦强。

那个年头,我们所有的人都明白,寻找归宿的婚姻,没有一对是真正的爱情。那些个可怜的女知青,只不过是想以后的日子,多少过得去一点,不至于总是在繁重累人的劳作中还要愁吃愁穿。生存是第一位的,求生存的生活首先是吃饱、穿暖、有一个窝。从这个意义上说,她们的选择,也是在追求幸福。只是这幸福的含义,显得十分苍白罢了。

12个姑娘插队落户到光棍村,同样也和当时千千万万个知识青年一样,怀着脱胎换骨接受再教育的崇高理想,怀着广阔天地大有作为改造祖国农村河山的雄心壮志。来到了杉木凼的现实生活中,她们顿时明白了,豪言壮语和美好理想全都没用,穷乡僻壤造成的巨大落差,使她们的精神顿时陷入了混乱。只有从这一点出发,才能理解这些女知青为什么会失魂落魄地出嫁,逆来顺受地接受命运不公正的对待。她们要活下去,她们也曾竭尽全力地希望以后的日子会好一点。

最初获得十几个女知青插队到光棍村的素材时，我就感到这本身就是一部长篇小说。我可以把12个姑娘的故事及感情经历一一铺陈描绘，一个女知青是在大热天里被邀去农民家中喝甜酒汤时被强奸的，两个女知青是在大院坝看守收获的谷子时被放倒的，还有一位女知青是在受照顾坐在谷仓里过秤时被扑在谷堆上失身的，正是黄昏，谷仓外头下着瓢泼大雨……我相信就是将笔墨集中在12个姑娘的命运上，仍会是一部精彩的长篇小说，令读者一掬同情之泪。我没有这么做，我把同义的反复的故事情节省略了，这就是12个女知青为什么只写了七个人的缘故。我把重点放到了今天，放到了如今衣食无忧的罗卉和舒宇虹身上。舒宇虹的精神错乱和罗卉的独身，本身就是那段岁月的延续。身患疾病的舒宇虹是不用说了，富裕了的罗卉，直到今日仍然找不到感情的归宿，她现在已经不愁吃穿，也没有人敢再性侵她了，可她还在寻觅，还在问着自己也问着世人：幸福在哪里？

时代变了，条件和环境也变了，价值观念随之也发生了巨变，唯有追寻幸福的心愿不曾变。

可是这幸福又究竟在哪里呢？

难道不令人深思之吗？

我的创作与贵州

我报告的题目是"我的创作与贵州"。为什么？因为是在贵州仁怀讲。还有一个更主要的原因，我创作的起步，就是从贵州开始的，是从贵州山乡砂锅寨的崎岖小路上，一步一步走出来的。

正像刚才周山荣主席说的，1969年，我19岁，我妹妹16岁，我们从上海一起到贵州修文县插队落户。来之前，我对贵州什么都不知道。贵州到底是怎么样一个省？我翻了地理书，地理书上只有一小段话，说贵州是一个内陆省份，是云贵高原的一部分，大部分由山地组成，山坡上种苞谷（玉米）。山和山之间比较平的地方，贵州人叫坝子，粮食就是从坝子里种出来的，也就是水稻。一个寨子跟另一个寨子之间有远有近，有的距离两三里，有的距离六七里。

为什么我挑选贵州呢？有个原因，跟我的生活习惯有关。我不吃鱼，我天生不吃鱼，妈妈曾跟我说，我两个月的时候，她觉得鱼很鲜，就把鱼骨头剔除掉，将鱼肉喂给我吃。我那个时候除了哭就会笑，其他什么都不会。她喂到我嘴里我就会全吐出来，因此我从小不吃鱼。上海人家家都喜欢吃鱼，而且煎黄鱼和带鱼最普遍，为什么？因为带鱼和黄鱼在我小时候的上海东海之滨最便宜！几毛钱就能买一斤。那个时候，上海家家户户都煎鱼吃，但我闻着味儿就觉得难受。小时候不吃鱼，我长大了也一直不吃鱼。我查过，说贵州的鱼不多，我想这地方可以去，就选择了贵州。

那个时候，我们对中国农村的了解实际上是一无所知。当我跟我妹妹一起来到砂锅寨的时候，住的是茅草房，生产队把三间原来堆农具的茅草房腾出来，中间那间让我们做杂务，左边那间让两个女知青住，右边那间让四个男知青住。

其实，四个男知青每人就只有一张床！摆放得已经紧巴巴了，不要说没有桌子，有桌子也放不下了。所以我们从走进砂锅寨那天起，吃饭都是直接舀在碗里，要么坐在板凳上吃，要么就站在门口吃，站在屋檐下去吃，没有在桌子上吃过饭。这就是我们插队落户的生活。

不仅如此，我们住的茅草屋也是漏的。原先里面不住人，只放一点农具，外面下大雨，里面下小雨，外面雨停了，里面还在滴水。我们每个知青的床上挂上蚊帐，幸好大家都带来了大的塑料纸，就铺在蚊帐上，雨点滴在蚊帐上滴答滴答地响，我们就知道外面下雨了，床上也有一张厚一点儿的塑料纸铺着。

那个年头，知识青年到农村去接受贫下中农再教育是每一个人都要做的，因此，要跟贫下中农搞好关系。但是上海人从小在家里爱干净一点，农村的农民进来，你要请他坐却没地方坐，因为桌子放不下，也没有板凳，就只好请农民在床沿上坐。因为农民穿的裤子上总是沾着脏兮兮的泥巴，你邀请人家坐，既要表现出你的热情，又要保持干净。所以，我们就在床上铺上一层塑料纸，农民一走，马上把那个塑料纸拿起来一抖，就把什么都抖掉了。我妹妹和另外一个女知青住的那间屋子因为只放两张床，稍微好一点。她们就在中间挖了个火坑，到了冬天可以烤火，我们要烤火就到女知青屋子里去烤。生活就这么一天一天的过去。

一年劳动下来，算工分的时候，我们砂锅寨的会计就很神气地告诉我们，说我们砂锅寨去年劳动一天的工资是五毛九分六，今年不会少于五毛五分钱。唉呀，我们就想不通，说工资只有一年一年往前进的，去年五毛九，今年应该六毛九，怎么变成"不会低于五毛五"了？那个会计告诉我们，生产队今年核算下来，副业款有的没有收回来，劳动一天的工资只能算到五毛五。有一个男知青就叫起来了，说怎么只有五毛五分钱？会计听出他的口气，说你不要小看这五毛五分钱，我们是方圆几十个生产队中工资最高的，旁边那个生产队才四毛一。

我后来的爱人也是跟我一起来的，当年我们在一起还没有谈恋爱，她是我妹妹的同学，在我隔壁生产队，劳动一天只有一毛六分钱。她老是想不通，别人跟老乡一起出工、收工，别人劳动一天可以得五毛五分钱，我劳动一天为什么只有一毛六分钱？我说我也不懂，也许你们生产队太穷了，只能分一毛六分钱吧。

我听了数字后就开始核算，无论是去年的五毛九分六，还是今年的五毛五分钱，就算五毛六吧。算到这，我倒吸一口凉气！我心里想不通，我们现在远离上海5000里路，听毛主席的话，跑到山沟沟里，每天跟着老乡挑粪、挑水、犁田、栽秧、收割，从春天忙到秋天，天天劳动，一天却只有五毛几分，为什么？

读中学的时候，我班上有个同学，家里条件比较差，住在徐汇中学后面那个贫民村里。那里解放以前是草屋，解放以后草屋改造成了简易的像民工房的房子，就是稍微住得好一点，用毛毡、砖等材料建成的，人们管它们叫南贫民村和北贫民村。我们读的徐汇中学是全市一个很好的中学，有一百多年历史了。

我们上午一起上课，下午他从来不上课，为什么？因为下午的课是自修课，像手工劳动课、体育课这种都是副科，副科在中考时是不考的，他就走了。他从学校后门一走出去，背一个捡垃圾的筐子，就捡垃圾。有时候我们在二楼上还看到他了，说你下午又去捡垃圾了，又不上课了？他说捡点垃圾嘛为家里维持生活。

记得是初一初二的时候，我们还小，不懂事，就问他："你昨天捡垃圾又挣了多少钱？"他说："唉哟！不行，昨天运气不好，才2元7毛。运气好的时候经常挣3元零5分或3元1毛等。"我脑子里就有了个概念，捡个垃圾，半天时间，他没有长大，还没有工作，也能挣2块7毛。我辛辛苦苦地挑粪、挑

在上海作协爱神花园接待比利时作家

水，干一天才五毛六，这算怎么回事？我心里这么想，其他知青也在想，都觉得工资养不活自己。就按照六毛钱好算一点，我们天天劳动，一年出工300天，一年的总收入也不过180块钱，扣掉每天一斤米的钱，还剩多少？

每个知青都会算数，既然天天劳动也养不活自己，那就不好好干活了，干这么苦这么累，才换来这点钱，那就算了。于是假装生病，今天我这里生病，明天又说那里不舒服了，女知青装病就更方便了。所以一年到头，365天有个一百天出工，表现就算好的了。男知青得找点理由，常常不成功，被批评说你不出工干什么？幸好贵州天无三日晴，农活忙的时候春天了，天总爱下雨，一下雨，生产队上就说下雨了，可以不出工了。不出工干什么？待在茅草屋里什么事也没有，就打扑克、下象棋，然后等天气稍微好一点，每人凑个五毛钱，六个男知青凑三块钱，三块钱可以去买一只鸡、几块豆腐，再买点蔬菜来打牙祭。

时间长了以后，知识青年不该做的一些事情都来了，如偷鸡摸狗，乱谈恋爱，坐车不掏钱等。大家交流着：昨天你到哪去了？到息峰去赶场。又到哪去了？到贵阳去玩了。从久长到贵阳，一张火车票一块多钱。我们知识青年坐车不掏钱，乘务员不查票算了，一查票就站在那里，装老实，说我们是知青，没有钱，我们的钱要到秋收分红以后才有，而且还不晓得分得到不。乘务员也不能把我们推下去。我们跑到贵阳玩一天，晚上又坐着火车回来。

我读初中的时候喜欢看书，不出工的时候就看看书。大家都出去玩了，而我却在看书，书看得久了以后，老想这样也不行。

我体力不好，生产队长说你挑个担子，最早只能挑二十几斤，后来算进步了，能挑三十几斤、四十几斤。劳动三个月以后，我可以挑到七十几斤、八十几斤了，而人家大概可以挑一百多斤。

第二年五六月份，洋芋好了，就分洋芋，我和我妹妹分到几千斤洋芋，但这几千斤洋芋堆在那里，要坏掉的怎么办？老乡说：卖掉，卖掉！

我们在上海从来没把自己的东西卖给人家过，不会卖，怎么办？老乡说，城里人会开着车到寨子上来买，一毛钱一斤。你花一点劳力在赶场天挑到久长街上，可以卖八分钱到一毛钱一斤。但是这吸引不了我们，老乡又说现在有个好消息，有贵阳的卡车停到遵义和贵阳之间的路上，叫黎安哨，贵阳城里那些"文化大革命"食堂老是来买，没有蔬菜供应的食堂或厂矿都到这里来，可以收洋芋，卖到三角钱一斤。我被深深吸引了！

老乡们每个人都挑一百多斤洋芋去卖，我跟我妹妹商量，我说你呢挑不动，我挑个60斤试试看。我经过一年多的锻炼，已经可以挑80斤了，我想减轻一点挑60斤。还没挑呢，就已经算好了：每一趟挑60斤，三毛钱一斤，三六一十八块，这样赚点钱，我和我妹妹就有零花钱用，可以买鸡蛋、豆腐、魔芋豆腐来吃喽。30里路，我这一辈子就挑了这么一次洋芋。

我写过一篇散文，题目就叫《挑洋芋》。这样艰难的生活，很累！你一开始挑五六里路，跟着老乡的队伍走。老乡们还唱山歌，因为他们觉得有钱赚了，一毛钱一斤的洋芋可以变成三毛钱一斤了。我根本挑不动，只在后面跟着！60斤洋芋，越走越觉得重，挑不动了。挑了一会儿，我累坏了。我回来把卖洋芋的钱交给妹妹，因为她负责开支。一次过后，我说我这辈子再也不去了，太苦了。

还有挖煤。我有一次挖煤，他们就和我说，你愿不愿意挖煤？我说挖煤是怎么回事？他说就是钻到煤洞里，把挖好的煤拖出来。我想我要体验生活嘛，就钻一次试试。他们说不行，一天不行，你要劳动一个礼拜。老乡们都是男的挖煤，要把所有的衣服裤子都脱了再钻进去。我想，脱个光身子钻煤洞，觉得难为情，所以我穿了三身衣服，我想万一脏了，就把外面一身脱了，丢在旁边再往里钻。结果第一回穿三身衣服，拖着200斤煤炭，要走400多步，一步一步这样走出来，开始还好，后来一步都爬不动了。400多步爬出来，我钻出煤洞那一分钟，就觉得外面的世界好明亮，好完美。老乡说挖煤太辛苦了，钻到那个洞里面去，又比较危险。但是平时干一天才10工分，现在挖煤，干一天活评30工分。虽然苦一天，苦那几个小时，但很划算,所以必须挖。第二天,我也脱了个光身子就钻进煤洞了。这一辈子我就挖了这一个礼拜的煤,就再也挖不动了。

过去艰苦的生活,我把它翻过去,读了书,脑子里想着这么苦,一个劳动力才这么点钱。我们这些知识青年,只当今天的一个中学毕业生,没有多少知识,但是小说读多了,老乡就说你身上有股酸劲儿,我喜欢。在农村待过的人都晓得,劳动的人在歇气的时候,喜欢把一根扁担放在两个箩筐当中,坐在扁担上歇气。歇气的时候他们就摆龙门阵,说哪里的姑娘出嫁了,哪里80岁的老人要做寿了……我也不喜欢打听这些消息,也就不听,只是望山。老乡经常问我,你望什么?我说这地方穷是穷,有一个很好——风景很好。老乡一边抽着烟,一边就跟我说,那风景再好,也当不得饭吃,你憨呼呼地看着,看都看不完,看个什么东西。于是我也就记着了,把它写在书上——憨呼呼地看个什么风景,再好也当不得饭吃。而现在的老乡都知道风景好也能当饭吃了。

有的知识青年偷偷地在早晨起来背英语。你别看"文革"当中,这上上下下有的人还喜欢读书。我不喜欢英语,其他成绩也一般。我比较好的就是作文,我还是得写点东西,写什么东西呢?我开始留心,我们上山下乡的知青,每一个集体户知青点都有一份《贵州日报》,每天由邮局送来。当时全国都在推广革命样板戏,提倡写作"三突出",就是在正面人物当中要突出英雄人物,好人当中要突出英雄人物,在英雄人物当中要突出主要英雄人物,也叫一号英雄人物。除了"三突出",还要有"三陪衬",社会上不都是正面人物,不都是英雄人物,还有一些人物,是好人但比较落后,落后分子或者他暂时还是落后分子,要用这些不好的人来陪衬。正面人物陪衬英雄人物,所有的人都要陪衬一号英雄人物。

我很认真地读毛主席的书,毛主席在《在延安文艺座谈会上的讲话》中号召我们创作要从生活当中来。我就想英雄人物在哪里?报纸上有一则报道英雄人物的事迹,他叫蔡永祥。报道上说钱塘江大桥的铁轨上横有一根木头,他把木头掀出铁轨,火车开过去了,他牺牲了;还有哪里发生火灾了,工人都扑上去扑火，产生了一个英雄集体；哪里又发生了水灾，英雄人物跳到水里把人救起来了。我想，砂锅寨怎么找呢？这里没有水灾，也没有火灾，更没有英雄人物。贫下中农天天教育我，说我成天憨乎乎的，连苞谷饭都不会做。所以，我在生活当中找不到英雄人物，也找不到正面人物。

我小时候喜欢看书，当时苏联有一本书，给我印象很深，作者叫盖达尔。我是从读这本书开始写读书笔记的，是我妈妈叫我从这本书开始写起的。我读盖达尔的小说，他写在苏联农村的生活给我的印象很深。我想，既然生活当中没有英雄人物，那我写农村娃娃可不可以？农村娃娃不讲什么英雄人物，但他们却是很好玩的，我就很注重观察他们的生活。他们互相之间起绰号或摆龙门阵，家里大人怎么说，娃娃也会这么说。我就这样东听西听的。

有两件事促成了我写最早的一本小说。

一件事是1970年我到湘黔铁路去修铁路，我到现在还记得，为什么？我们那个时候修铁路要学习大庆精神。大庆精神的核心是什么？是艰苦奋斗。到了铁路线上也是说先修路，再管修路的民工住的地方。我们到了大队，把行李从车上拿下来，都下午四五点钟了，晚上住在哪里呢？上面有安排，一人发一张芦席，一根棍子，先到山坡上找个平顺一点的地方，把棍子支起来，把芦席铺起来，在里面睡。我当时的恋人也是女知青，她说怎么办？她家里是资产阶级，是老板的女儿，没受过苦，她说晚上怎么就只靠一根棍子和一张芦席，睡在哪里？我就做她的思想工作，跟她说要艰苦奋斗，别人看你革命不革命，就看你能不能在野外睡觉。我妹妹陪着她，两张芦席和两根棍子撑起来，就这么睡觉。

后来大概领导也觉得让女娃天天晚上睡在山坡上怕出事，于是照顾她们住到老乡的牛圈上去。牛圈下面关牛，上面堆柴，我们就跟老乡做工作，把柴拿下来，把两张芦席铺在牛圈上，她们两个就睡在那个苗族老乡的牛圈上。我虽然睡在山坡上，但怎么睡得好呢？要拖得实在想睡觉了才睡！好在我妹妹也在，也有住处了，我就到她那个牛圈楼上去坐和耍。

老乡说，你们吃了晚饭，就到我们屋来，天慢慢冷下来，到里头来聊天。我们就天天在这一家苗族老乡的家里聊天，让我感受到了苗族老乡的人情味。老乡家那个媳妇是我看到的苗族女性当中的美女，我就跟我妹妹说，这个苗家的媳妇虽然长得黑一点，但是长得美啊！晚上，老爷爷、老奶奶以及漂亮的媳妇跟他儿子都陪着我们知识青年聊天。

那个苗族老乡，腿脚有点残疾，走路不方便。他一边收货，一边跟我们摆龙门阵。他讲，像你们这么多汉族人，跑到我们苗族地区来是第二回。我就问为什么是第二回，他说第一回是1950年，解放军进深山老林剿匪，还有清剿残余的国民党部队。1950年，土匪逃进我们深山里来，解放军的部队也来了。为了消灭这些土匪，解放军每个班分成两个飞行小组，专门抓土匪。有一次，有一个解放军战士在打仗当中把脚打断了，就躲在山洞里面养伤。土匪反扑过来以后，解放军大部分已经撤走了，解放军的伤病员就躲在山洞里面。他继续说，就是我们苗家的一个放牛的娃娃在无意当中发现了他。这怎么得了？他躲在山洞里没吃没喝的，放牛的娃娃就每天从家里带点水，带点吃的东西，送给解放军战士吃。熬过了十几天，后来解放军部队又打回来，才把那个解放军伤病员接走了。

我听了这个故事，觉得这个故事很好写，也很好玩的。我就是在跟苗族老人聊天的时候了解到苗族村寨的风情的。举一个例子，苗族的老人说现在不行了，现在的人要开会，队长把哨子吹了一遍又一遍，让全大队的人来开个会，还要每人评3个工分。但在1950年清匪反霸和土地改革的时候，工作队一喊开会，只需工作队长一声令下，四乡八寨的老乡都来了。我跟老乡聊天以后，笔记本上一些苗族风情的东西就收得多一点。

黎村苗家风情很浓郁，所有的苗族姑娘起床后第一件事情就是抹脸，她们喜欢抹脸。我就不理解，我说我们每天进行体力劳动，又不是去参加宴会，为什么你们起床第一件事情就要化妆，在脸上搽粉，搽得粉白粉白的，还描眉毛啊之类的。有一次,我就问一个苗族姑娘,说你们为什么起床后第一件事情要这样拿粉来抹脸?不是吃饭都困难吗,为什么还要抹脸?她说这是她们的风俗,至于为什么她也弄不清楚。她说你去问我们家老人吧,我搞不清楚。我又问她,你们苗族妇女,没有结过婚的戴什么头饰?结了婚的又戴什么头饰?

我在修湘黔铁路的两年中,了解到很多的苗族风情。

另一件事是,修完湘黔铁路回到砂锅寨的事。有一次秋收太忙,区供销社的一个主任挑着货物下来了。他说农民在农忙时节要抢收抢种,没有时间赶场,供销社要为农民服务,要为贫下中农服务,所以挑点针头线脑等一些东西下来卖给农民。村寨每天的生活,就是出工、吃饭,吃了饭,马上睡觉,就是这样的,很简单的生活,根本没有英雄人物。有一天,供销社有一个人又挑了货物下来卖,我们就去跟卖这种针头线脑的人交谈,问供销社还有些什么东西,一个老乡就悄悄告诉我,你别看他今天挑着货物下来卖,其实他是我们区供销社的主任。他在清匪反霸的时候还立过功呢!我问他怎么立的功?

事情是这样的,有一次,也是清匪反霸时期,一个解放军战士被土匪包围了,围在一个庙里面。那座庙是用木头修建的。把解放军战士子弹也打光了,身上可能只有手榴弹了。在1950年的时候,供销社主任还是一个十五六岁的少年,他家里是木匠,当时他也在庙里,他用木工手艺在墙壁上挖个洞准备逃走。土匪在山下扬言说要堆起火把把庙烧了,把共军烧死在里面。结果不等火烧上来,他已经带着解放军战士从喉头坡钻进树林逃走了。等到清匪反霸结束后,人民政府就到修文县把他从农村调到了供销社。

我听到这样一个故事以后,感到如获至宝。为什么呢?我在苗家寨上听到的那个故事有"着落"了。

那个故事很平淡,就是讲有一个苗族少年每天拿一点吃的喝的给解放军伤病员。一听到解放军战士被围在庙里脱身的故事,我想可以写一个小说了，于是就写了一个，就是后来大家看到的《高高的苗岭》。

写小说不要什么成本的，只要一支笔和纸。逢赶场天我就到供销社去买纸，三角九分钱一本信纸，只有30张。更糟糕的是那个信纸的纸张比较粗糙，那个时候贵州省的工业比较落后，那个纸只要钢笔一写上去，就会洇开。我很苦恼，我想我要写小说，看来不行了。我就跟我同学写信，我说你有没有办法给我寄一点稿纸来？我同学就给我寄了很多稿纸。那个时候，上海的500格的稿纸才一毛九分钱，做得很薄很划算。一毛九分钱，可以买50张，同学给我买了很多寄过来。看着洁白的稿纸，我却舍不得写。我写《高高的苗岭》的时候，没有写在这个稿纸上，而是写在同学寄给我的信纸的反面。

那时候，我们插队落户也没有手机的，大家天南海北，你在黑龙江插队，他在内蒙古插队，他在苏北插队，他在云南插队，知青同班同学比较要好的，都约好了写信。信通得多了，就知道云南知青现在过得怎么样，黑龙江是冰天雪地，零下30摄氏度。人家把信看了就丢掉了，我看见信的反面都是白的，就把《高高的苗岭》的草稿写在信的反面。

这是我写下的第一本小说。那个时候，我在上海的家离出版社很近，1966年"文化大革命"时期，所有出版社里面的知识分子都被赶出高楼深院，到五七干校去了。没有地方投稿，我想我写的草稿就这么放着吧。

后来发生了一件事。李庆霖给毛主席写信后，毛主席关于中国知识青年有一条批示：给李庆霖同志寄上300元，聊补无米之炊，全国此类事甚多，容当统筹解决。李庆霖是福建莆田县的一个小学教员，他的儿子在闽西北插队落户，叫李良模。在中国农村，不但贵州穷，很多地方都穷。秋收以后，他儿子回来，只见头发有两寸长，刚刚回来两天，吃饭都狼吞虎咽的。李庆霖就问他，你一年干到头这么辛苦，连个头发也不理，你到底在乡下干什么？儿子说劳动。劳动了不但没有分红，还要倒欠生产队多少多少钱呢。李庆霖想来想去想不通，就给毛主席他老人家写了一封信。

毛主席他老人家关心知识青年，这个批示作为中央文件发下来，公社说今天全公社的知识青年，尤其是上海知识青年不要出工了，都到公社来开会。我们兴匆匆地跑到公社去，而且有工分，听中央文件也有工分的。结果公社书记一干人来齐了，50个上海知青，几十个贵阳知青都来齐了。公社书记说，伟大领袖毛主席关心你们了，然后就念了那封信。刚才那几句话，两分钟就念完了："（给李庆霖同志）寄上300元，聊补无米之炊，全国此类事甚多，容当统筹解决。"公社书记大概觉得会开得实在太短了，就把伟大领袖毛主席的批示念了五六遍，所以我到现在还背得出来。

从此命运转变了，"容当统筹解决"，怎么解决？独生子女可以回去，身体有残疾的可以回去，还有每家的子女都在插队落户的，可以回去一个。政策半年以后就落实了，也落实到我家头上来。我哥哥姐姐在南京工作，不在母亲身边，我和我妹妹都出来插队落户，就剩我母亲一个人。不久上海就来调令了，说你们两兄妹自己商量好，不要闹矛盾，你们家里允许有一个人回到上海，而且由政府负责安排工作。当时是1973年，我妹妹1952年出生，才21岁。我1973年已经24岁了，比她年长几岁。我想来想去，我也很想回上海，做梦也想回上海，现在有个机会回去，也不用去讨好谁，直接就安排工作了，多么好的事啊！后来我想了想，就跟我妹妹说，还是你回去吧！第一，你才21岁，一个女孩子待在山寨上，我也不放心。我妹妹听后连说好好好，谢谢！谢谢！正因为这样，所以我们兄弟姊妹当中，她现在还是对我很好，就是这个道理。还有一个原因，因为我回去了，我对象却还在贵州呀！她在1973年就已经工作，已经在宏丰发电厂当学徒工人了。

知识青年谈恋爱很普遍，因为在农村，男女知青生活在一起，最需要互相帮助，互相关心。男知青可以帮着女知青挑水、挑煤、挑柴之类的，女知青也可以帮助男知青缝补衣服、被子。"你帮我干什么？今天晚上你不要煮饭了，我煮给你吃。""你有什么好东西给我吃，我有什么好东西，也给你吃。你喜欢吃什么？"等等，就这样，对话就多了，男女知青感情就培养起来了。

但现实也很残酷，无论是男知青还是女知青，先安排工作的那一个，很快就跟对方分手了。我要是调回上海去，我恋人还在宏丰发电厂上班，那肯定就不成了呀！算了，我想，我还是留在修文县吧，我就这么留下来了。

生产队里安排工作，根据"容当统筹解决"的指示，把男知青小冯分到化肥厂去了，把另外一个男知青招到县商业局当营业员去了。现在四个男知青只剩我跟小李了。小李是一个一米八二的漂亮小伙子，现在是房地产老板。今年中央电视台给我做节目，要我约几个当年一起插队的老知青，我就把他约来了。

当时知识青年就只剩我们两个了。有一天我跟他说，"小李啊，我书看多了以后，想写小说了！"他当时正倚在我的床上，翻那本《红与黑》。他咚地一下坐起来了："你说什么？"我说："我想写小说。"他说："你不要琢磨，小说不是这么好写的，这么厚一本书。"我跟他说："你看，你手里看的这本《红与黑》就是小说吧，很好写的呀。你看看第一章写什么？"我在床前走来走去，跟他说，"你看第一章写的是小城对不对？"他说："是啊。"

"小城维利亚坐落在法来西高地的半山坡，小城怎么样，街道怎么样描写。然后第二章写什么？既然有这么一个小城，就有个市长，对了，德瑞纳先生是一个53岁的男子，头发花白了，喜欢穿那个吊带的西装。怎么描写市长呢？在天气晴朗的日子，他喜欢走到街上，怎么跟老百姓接触？这市长有很多话要说对吧。第二章写完了，第三章就写市长有个漂亮的妻子，也就是市长夫人。德瑞纳夫人30多岁，唉呀美得要命。人家是大作家，把法兰西女子的美都写在她头上，美得不得了。他把市长先生的夫人描写一番，描写完了。下一章接着写德瑞纳夫人跟市长先生生了三个娃娃，对吧？……"

小李说："你怎么把人家的小说都背下来了呀？"我说："我都看七遍了，因为没有其他书看，就翻来翻去看出道道来了。读书要想读出道道来，就要多看，这是我的体会。这三个娃娃，大的11岁了，二的9岁了，还有一个还小，他们多么可爱啊！要接受教育了，再可爱的娃娃也要接受教育。我们市长家的孩子不能跟平民一样到学校去上课，我们要请家庭教师。谁能当家庭教师？只有小城里面最有学问的人才有资格当市长家的家庭教师。谁呀？一直写到第五章的时候，主人公出场了。唉呀！他聪明得不得了，其实是吹牛。关于描写，作家有时候会过分夸张的，说他对《圣经》倒背如流。说到《圣经》，现在大宾馆的抽屉里也有，你去看看，不要说倒背如流，顺着背都挺难的。说他倒背如流，而且有一个细节说，只要你翻到第几页第几行，随便你翻到哪一页哪一行，读出一句，他能接着背下去。作家夸大其词呀，说他不但聪明，而且漂亮。"

小李打断我的话说："人家写得再好，那是人家写的，你说你要写小说，你写什么？"我说："我想写一本《村庄》。""怎么写？"他问我怎么写？我说："很简单，第一章就写《村庄》，人家写小城，我写《村庄》可以吧？我们在这里插队落户四五年了，我们砂锅寨这里前前后后550亩土地，多少多少亩是水田，多少多少亩是苞谷地。"

他说："第一章你写村庄，第二章呢？"我说："第二章也很简单，写村长。人家一个城市有个市长，我也写一个村长总可以吧。我们村长也大有来头，他大字不识一个，但是他脾气很大，威信很高，心地也很好。你干活偷懒了，他骂你两句，骂过以后就忘记了，还朝你笑，跟你说两句好话，他也很有写头的。"他说："是啊，那后面写什么？"我说："市长有老婆，我们村长也有老婆呀，我们村长的老婆虽然没有像市长夫人漂亮，那也很有个性。她长得黑黑的，农民干活的时候，经常还要开她的玩笑，她就要跟他们吵架，很有个性。城里的德瑞纳夫人只生了三个娃娃，但我们村长的老婆跟村长生了五个娃娃了！对吧？五个娃娃很客气。"

当然，我那天谈话，只是为了演讲的需要。我跟他连讲了三本书，讲了《红与黑》以后，我又分析了《贵族之家》，又分析了普希金的《杜布罗夫斯基》。我分析完了，他就说："你不要担心了，我们两个人在一起生活，我负责煮饭、炒菜给你吃，你来写小说。"

第四辑 我与新中国

　　这很重要，我在四五十年以后为什么把他叫来拍电视，就是这个道理。他来煮饭，我一听这要节约我多少时间，而且他煮饭的手艺比女知青还好。为什么？他是南京路上百年老店邵万生副经理的儿子。邵万生是专门卖食品配料的，全中国各种香的辣的苦的什么样的调味在这里都能买到，点心也很好吃。同样一只鸡，我们几个知青打牙祭，凑了钱买个鸡回来，最多炒鸡块，煮个鸡汤就完了。他却可以做出五六样菜，每样菜的味道都很好。炒洋芋也不一样，做其他菜也不一样，反正他的厨艺我们早就知道的。

　　唉呦！我心里高兴，小李给我煮饭，我写小说。我写了我的第一本小说，有40万字。可我没地方投稿，就寄给同学。为什么？寄给他就表明你寄给我的800张稿纸，我没有拿来当烟盒纸用掉，我每页都写满了字。关于我同学，也可以多讲两句。我们上山下乡，他为什么没上山下乡呀？我们上山下乡高潮的时期，他得了肺结核。他得了肺结核以后也要求上山下乡，老师把他骂回去了。医生说肺结核传染人的，你到医院隔离病房住着。医生把报告给他，说你不能来上课，你来上课要传染给人家。他在医院的隔离病房住了一年半，这一隔离，上山下乡的高潮过去了。为了照顾他生过肺结核，就分配在上海工艺品进出口公司当仓库管理员。他没有多少文化，没有什么文凭，只能看仓库。但是他跟我很要好，你看他一个月才18块钱的学徒工资，还买了这么多稿纸寄给我，所以我就把稿子寄给他。

　　"文化大革命"当中，工艺品进出口公司外贸做得很少，他说两个星期这个仓库也难得有个来提货的，每天就端一个藤椅坐在仓库门口，把小时坐满了就下班。他有个怪脾气，喜欢打电报，有空了给我发一个电报。一有知识青年的电报，邮电局就紧张，那个小丁更紧张，肯定家里有事，或老外婆病危速归，或父亲出工伤速归……就这些事，所以他收到电报就骑着自行车直奔我们砂锅寨送电报来了。我还在田里劳动，小丁就把电报送到我面前，我心里想不要家里有什么事，打开一看，电报上八个字，很好很好很好很好。旁边小丁说，什么事情？什么很好？我心里明白的，我同学肯定把我的稿子看完了。因为他读书的时候作文成绩很差,我写作文经常能够拿到85分或92分,他经常被老师骂:"写的什么东西?59分都不能给你。"所以他就觉得会写作文的很了不起,所以他表扬我很好很好很好很好。他不但表扬我,还有行动,这个行动呢我这个时候还不知道。

半年以后,又一个电报来了。这一天呢,小丁一看又是长沙路115号寄来的,也就是我同学来的电报。他骑上自行车,还是按部就班,一个生产队一个生产队把报纸送来。他对我说:"你那个同学又给你来电报了。"我打开一看,电报上说的更加不得了了:"你的书要出版了!等我的信。"那个年头,打一个电报一个字七分钱的。唉呀!我看了电报,感到莫名其妙。他起先说很好很好,但仓库管理员说很好很好没有用,现在你说要出版了,像出版社的总编辑说的一样,这叫什么事?

于是又焦急地等信。从上海寄一封信到砂锅寨很麻烦,寄一封信要七天。我就想,那电报昨天发的,今天收到了,还要等六天,这不行。老在猜,怎么会要出版呢?难道我一写就写成功了?六天以后信来了,他在信里详详细细地跟我说明了:我看了你的稿子,有这么厚一摞,又给另外一个同学看了,他就问另外一个同学,我们水平不好,你水平蛮高的,你觉得怎么样?另外一个同学也说蛮好的。既然蛮好的,我们就做一件好事,看他这么辛苦,写了800页稿纸,我们该帮他投到出版社去,于是就投到出版社去了。出版社那个时候看了我的稿子以后,有点想法。

那个年头,出书要搞内查外调,要查三代,不是阿猫阿狗都可以出书的。他们就奇怪,说稿子写的是上海知青到贵州插队落户的事,投稿人却是工艺品进出口公司的一个姓谢的小青年投来的。一个电话打到工艺品进出口公司的组织人事部门,问:"你们工艺品进出口公司有没有这样一个小青年?""有的,是我们的仓库管理员。他到贵州去过没有?他没有去过,他患了肺结核,为了照顾他,就把他分配到我们单位,我们单位拿他没有办法,就叫他去当了仓库管理员。"出版社就奇怪了,出版社对投稿的人也要保护

第四辑 我与新中国

的,就给我的同学打了个电话:"你是不是投稿的某某某同学?"他说是的。出版社说:"你是不是下个星期四到出版社来,我们聊一下。"我同学就在信上把这些情况告诉我了。然后又说:"你想想看,你这稿子不出版,他们叫我去聊什么了,他们要找我聊嘛,肯定是书有出版的希望了。我为了让你在插队落户艰苦的生活当中有信心,所以给你打个电报,说你的书要出版了。"结果,哪里是要出版,出版社把他找去一谈,他把我的另一个同学也叫去了,两个同学一起谈。出版社问我同学:"稿子中把贵州的生活写得蛮生动的,但你没有到贵州去,是怎么写出来的?"他说:"这不是我写的,我是代我同学投的,我们两个人一起代我同学投的。"

出版社明白了这是一个误会,但是出版社也给他留下话了:"稿子的基础还是蛮好的,你把你同学具体的联系方式告诉我,我们看了稿子以后,会和他联系。我看是蛮好的,准备报送出版。"所以说我同学的估计还是对的。但是他们看我的同学很年轻,怕他不懂,就跟他说:"我们出版社出一本书,不是我一个人说了算,我是审第一线来稿的编辑。我觉得不好就退了,我觉得好就汇报给编辑部的主任或者副主任看。主任、副主任看了觉得也好,又送给总编辑看,总编辑看了,稿子就可以正式出版了。所以你可以跟你同学说,叫他今年秋收完了以后务必回上海一趟。我们想见见他。"我同学还是很兴奋,虽然书不像他想象的马上就出版了。他又给我写了一封信,把这些详细的情况告诉我了。最后说:"你无论如何要给我回来,出版社的一个编辑说,现在情况比较好,两个编辑部主任,一个看了同意。另外一个看了,说再给总编辑看一下就能定下来,就能出版。"

我听后很高兴,真是做梦也很高兴,我心里想:"这么说写小说还是蛮简单的嘛,是不是这样?"一个半月以后,我还在家里写小说,写得更兴奋了。小李去赶场,回来一脸的沮丧,他手里抱着一包我的稿子。我说你今天赶场,买的什么菜?他往旁边一丢,说:"那是你的退稿,唉呀,叫你不要写,你要写,看,这是你的退稿。"我一看,上面三页纸,太高兴。前半截表扬了

311

我一下，说你这稿子我们经过三级审查，充分讨论，决定如下：第一，你这个长篇小说有生活体验，但是没有反映尖锐复杂的阶级斗争；第二，没有反映现在我们要反映的两条路线斗争；第三，总之前面两条都是政治上的意见，后面才是具体分析作品当中的六条意见。这些意见，写了满满的三页纸。现在很少有这样详细反馈意见的编辑，我经常举这个例子。

小李说，邮包一来，其他知青看见这么一大包，以为是你家又寄什么好吃的来了。大家打开了准备要吃东西，一看是一包纸，不是很高兴。那些知识青年都在说，说我写信跟隔壁村生产队哪个哪个打架？我说为什么？他说了一句很难听的话，要是我能写出小说来，他脑袋当场落地。小李天天给我炒菜煮饭，他看着我每天熬更守夜，煤油灯都用去不少的。他再讲下去，我要跟他打架了。我想，完蛋了，本来你写小说，人家就说你是资产阶级，想成名成家，现在你又收到这么一大堆退稿，人家风凉话更多了，我心里也很难受。但是难受的季节也很快翻过去了。我想来想去，原来人家不知道，就小李一人知道就算了。

现在既然我知道了编辑给我提的六条意见，我在写下一本小说的时候就尽量解决，首先重点解决一个问题，其他的问题也兼顾到，不就可以了吗？在砂锅寨劳动的生活，白天出工劳动，晚上写小说，清早起来也写。在贵州农村还有个好处，只要不是农忙季节，出工时间都蛮晚的，要11点钟才吃早饭，一早起来还可以写会儿小说。当然，现在说起来很简单，但写起来还是很艰难。

第二本小说寄过去，又被退稿。我心里想，完蛋了，这次退稿肯定还有五条意见，我只集中解决了一个问题。结果退稿信上提了三条意见。我想我要进一步发扬阿Q精神，既然这次只有三条意见，如果再写一个，不是没有意见了吗？于是我又写了一本，这一本小说终于在1973年12月19日写完了。写完以后，我又通过小丁把稿子寄过去。上海人民出版社那个编辑经常跟我通信，已经不再通过我的同学转交稿子了。我们后来成了好朋友，他是一个好心人，改革开放以后，他到澳门当了澳门大学的教务长。后来他告诉我，当初为什么这样帮助我？他有两个弟弟，一个在安徽插队，一个在吉林插队，他们一年当中有半年住在家里，他妈妈说农村生活苦，父母没有照顾好他们。他对比自己的两个弟弟，想到我在贵州会更苦，我不但劳动，还写点东西，因此他无论如何要帮帮我。

我把稿子寄过去，12月19日寄出的稿子。12月25日，县里面的知青办通知我去体检，说这一次贵州省水利电力学校招生，公司有名额，公社推荐了你。你这两年教书，劳动表现不错，把你推荐出去，到水利电力学校去当学生，读两年就可以分到发电厂去了。12月25日体检，到1974年1月15日通知来了，通知上说，我在县里面体检的时候，那个招生组的老师特地关照我，说到冬天了，我们本来重点是照顾上海知青，要把你们留在县里，读读书就分配工作，就解决问题。你不要回去了，我们把通知发到生产队，等我们开学了，你拿到通知再回去。

果然，我在小学教书教到1月9日，放假了，因为招生的人有这句话，我就多待了一个星期。待到1974年元月15日，通知来了，大队书记开会，从公社给我带来了一张通知，你已经被贵州省水利电力学校1974年春季班录取了，请我收到录取通知书以后做好安排，3月2日到贵阳市环城北路××号去报到注册入学。我心里想，所有的知识青年收到招工通知都很高兴，说心里话，我不是很高兴，我说完蛋了，一去读书，文学梦不行了。

拿到通知，我赶紧把所有的东西都送给老乡。只把两箱子书钉在木箱里，送到大队会计的家里放好，其他东西都不要了。跟我要好的一个老乡请我吃了顿晚饭。第二天一早，也就是1月16日，我提起个包包，要3月2日才报到，还有一个半月，我想我可以到上海放心地玩一玩，我要变成学生了。在农村，我从1969年到1974年元月份，整整五年，现在我要当学生了。1月16日这一天正好下冻雨，这一天早晨的凝冻很厚，平时从我生产队走到公社，十里路一个小时就够了，那一天的路很难走，路边的树枝又哗啦哗啦不断倒下来，躲避着树枝上的冰块，走到公社整整三个小时。

那天晚上在老乡家混了一顿饭吃，第二天上午我想早点走，早饭都没吃，想着到公社只要一个小时，走到公社再吃早点。结果走了三个小时，走得又饿又累又冷。走到公社大院，公社办公室的门突然打开了，公社书记在向我招手，我一看，是温老三，他是久长人民公社副书记，革委会副主任，排名第三，知识青年私底下叫他温老三。他说："你过来，你过来。"我就去了。三个多小时的山路走下来，又冷又饿。我一走进公社书记的办公室，里面烧了一大盆火，很热乎的。我搓着手，他说你坐下，我就往那个板凳上一坐，说："唉呀！书记，你办公室好热乎！"我这句话刚刚落音，他往我膝盖上丢了一封信，他说："你自己看吧。"我打开信一看，是上海人民出版社寄来的，有一张信纸，盖了一个公章——上海人民出版社。文艺编辑说："你寄来的稿子，我们已经审阅完毕，决定在今年11月正式出版。但是稿子当中有的地方还需要修改，请你接信以后安排好工作，到上海来讨论修改出版。"

我很吃惊，有一个大公章，这不是假的，这也不是我同学。我拿着信读了好几遍，为什么？我心里想：这好事要么不来，一来两件事一起来，一是15日接到入学通知，二是16日叫我去上海改稿子。温老三在旁边发议了，他说："你自己记住，我安排你去读书是照顾你，你们家小王已经在宏丰发电厂工作。这个水利电力学校就是对口为宏丰发电厂培养青年技术工人的，你去学校里读两年，毕业了，就到宏丰发电厂工作，这样你们就可以成家立业了。"这是公社书记说的，他说得很实在。接着他又说："但是现在我也知道你家伙写小说写得也有点发疯了。"他以前从来没这么说过，为什么？他带着工作队到砂锅寨来，每天晚上看到我茅草房里那个油灯都是亮着的，他就悄悄地问老乡说："一般家里吃了晚饭，要节约点灯，煤油也很贵的，要五分钱一斤。他家伙怎么天天晚上点着煤油灯搞得这么晚？"老乡就说："他学习很认真，在写毛主席著作的体会。"老乡天天看我写，他觉得我肯定是在写学习毛主席著作的体会，其实他心里不相信。

还有一天晚上,我又在写东西,门没有关,他就悄悄地走进来,我没有听到。他将脑袋凑到我那个稿子上看了两眼,就很严肃地跟我说:"你不是写学习毛主席著作的体会吗?你这是在写什么东西?"我当初就跟他说:"温书记,我那是学习写小说。""噢。"他当初就这么嘀咕了一声,没再说什么,其实我给他的印象就是这家伙有点疯了。所以,他看到我拿到入学通知了,就对我说:"你写小说怕是写得有点发疯了,我不给你打主意,我也不跟你做决定,你自己拿主意,一个是读了书就有工作,改稿子当然是好事,问题是第一,今天书出版后是没有稿费的;第二,也不管你的工作;第三,我跟你说,基层干部有实际工作经验。这个年头,书改着改着不出版的也多了,你自己打主意,你自己考虑,我给你半小时考虑。录取通知书,你要不去读,还可以推荐另外一个知青去。"

我想想也对,就说:"好的,我想想。"我饿坏了,然后跑到面馆要了两碗面,第一碗面因为太饿了,怎么吃下去的都不知道。第二碗面吃起来的时候,心想:管它的,还是先回上海。想想又不对,我已经有一个对象了,我对象已经从当初的学徒分到六级电站,从三级电站分到六级电站,就是修文县中载六级电站,现在叫红岩电站。在六级电站工作,她给过我一个电话号码,是业务电话,但是外线电话不好打进去。我就跑到邮电局付给小弟7毛钱,打了个长途电话。小弟帮助我摇了半天,摇了20多分钟,好不容易要通了!喂,喂,我拿起来喊了两声,对方已经把电话挂断了。我想我已经表现过了,我要把情况跟她说明,现在电话也打不通。算了,我打定主意回上海去!自作主张,就回到公社,把那个录取通知还给了温书记。我说:"温书记,我想来想去,还得回上海改稿子。"他眼睛睁得老大,指着我说:"你想好了!你想好了?"他觉得这是人生的关键时刻。我说我想好了,不去读书就去改稿子。他说:"好,你已经自己打好主意,不是我给你做的主,就这样吧!"

这人生的这一步,后来事实证明,温书记还是有远见的。我1974年改了一年稿子，书没有出版。1975年又改了一年稿子，也没有出版。1976年改了一年稿子，还是没有出版。"四人帮"打倒了，文艺的春天来了，我的书印出来了。

为什么后来我的处女作会变成《高高的苗岭》呢？我改出一稿要送审的，那个时候送审一个长篇小说，要编辑看，主任看，总编辑看，出版局的还要看。出一本书不容易的，一年到头也没有几本长篇小说印出来。看人家总编辑、编辑主任也很忙的，他们不会天天坐在办公室里，一有时间就去看电影了，增加业务学习，一有会了就去开会。他们就对我说："唉呀，你不要回贵州去了，回到乡下干什么？你就补充生活，到上海郊区去走走，我给你开证明，然后，给你办张图书卡，借点你没有读过的书看一看。出版社当年有个作者宿舍，我住在作者宿舍，每天打乒乓球，这个宿舍里住了一个儿童文学作家叫李学诗，就是《矿山风云》的作者，少年儿童出版社的编辑。每个星期要来看望一次外省的作家。他来看望的时候，就和我们在一起打打乒乓球。

当时，他们叫我小叶。少年儿童出版社的两位老编辑就说："小叶，从你跟我们打乒乓的过程当中，我们发现你写小说，写儿童文学也合适的，你身上还有点童心。"被他们一鼓励，我就说好，现在反正天天等着，不是读书，就是到郊区的公社去。因为我在出版社改稿子，已经成为出版社的基本作者，签个字就可以领稿纸，于是我就在出版社领了200张稿纸。

为什么？我想起《高高的苗岭》来了！因为我在乡下写小说时把内容写在信纸背后，不好交去投稿的。我就把它一边抄一边又修改了一遍，共88000字，交给少年儿童出版社。结果少年儿童出版社的两位老编辑一看，两个礼拜以后就给我打电话，说："你到我们少年出版社来一趟，不过你要说是文艺社把你接回来的。你不要告诉他们，要不他们以为我们在抢作者，你就随便找个理由，请半天假，到我们少儿社来一趟。"我兴冲冲地坐96路公共汽车到少年儿童出版社，一坐下来，他说："稿子写得很好，你就适合写儿童文学，我们的意见都写在稿子上,都是一些小意见,我们用铅笔写在稿子旁边的,你一看就明白。"接着又对我说,"你如果还在改文艺社那个稿子,我们也不把你叫过来了,我们直接改掉就发稿了。现在,你的长篇稿子文艺社的领导正在看。"

我喜出望外。我就说嘛,我写的那个东西改了一稿又一稿,一会儿要我配合1974年的"批林批孔",一会要我配合1975年的"平反""批邓",一会儿要我在小说里反映跟"走资派"作斗争的思想。现在,就只有些对话,我用的是贵州话,上海人读,是用上海普通话。他就在那个地方画了一个问号,问这句话是不是这样写的?是不是这个意思?就这些意见。他说给我一个礼拜时间去改,我一个晚上就改完了。但是人家叫我一个星期交稿,于是我又把稿子拿回来看了几遍,我也觉得现在很好了。为什么?发稿是什么概念?发到印刷厂就变成书了,所以后来倒是《高高的苗岭》先发稿,成为我这一辈子的处女作。

从1977年春天出版第一本小说《高高的苗岭》,到现在2018年41年了,我一共出了140多本书了。最令人难忘的是在贵州乡下劳动,在砂锅寨接触老乡。其实,我的创作和贵州有很多的关系,贵州山乡的劳动使我学会了很多,我从上海来插队落户的时候,带着一副上海小青年自以为是的目光看待贵州山乡的一切。唉呀!觉得落后贫穷。娃娃们每天就在院坝里爬来爬去,身上脏得要命,还拖着鼻涕呢!满眼里看到的就是偏远、落后、荒蛮。但是天天和老乡在一起劳动,思想感情慢慢起了变化,就跟老乡坐在田坎上有话说了。老乡心里想些什么呢?唉呀!连续几天干旱,老乡就发愁,特别是老农民最发愁。唉呀,这个天又干旱,这要影响收成了。有一年秋天要收粮食,却连续下了37天雨,哪里见过这么长的雨天啊?我每天记日记,而且特别喜欢记气象日记,今天飘了一天毛雨,今天又下瓢泼大雨,下一阵停一阵。37天里写着,我所有的话都想出来了。雨还没有停,就觉得雨怎么这么多?老乡发愁,我也发愁,但我找不到形容词来形容了。

关于贵州的雨，我写过一篇很长的散文。贵州的雨听上去是有声音的，对吧？贵州的雨有贵州雨的特色，我就从雨上面受到启发。其实，风我也能看得懂，看风就知道是什么天气。上海人说，你怎么知道晚上要下雨，现在蛮晴的。这个看天象，贵州有农业谚语什么的我背过。我那个小本子不是白弄的，天天跟老乡在一起，老乡识字不多，我们生产队长跟我关系蛮好的，大字不识一个，却说得很好。

在劳动中，在生活当中，在10年7个月的砂锅寨的生活当中，我不但了解了砂锅寨农村，了解了贵州这块土地，也了解了贵州的各族人民。我是1969年3月31日插队，1979年10月31日调进贵州省作家协会，1990年8月31日调回上海的。所以，我在1995年出版第一套《叶辛文集》的时候，那个总序当中的题目就写的是《三个31日》，是我命运的三个转折。在劳动中感受生活，在生活中体会生活、思考生活，就不断地写。

我经常说这么一句话，写作这件事有时候跟农民种地一样，今年苞谷丰收了，今年稻米丰收了，农民心里很高兴，但是第二年农民还要种庄稼，写作也是这样。我老伴经常说："现在你又不缺钱，人家跟你一样年龄的人都不写小说了，你一天趴在桌子上干什么？对吧，写它干什么？现在是你儿子啊什么小青年的时代了。"我已经习惯了，我说："你看老农民，他不会因为六十几岁了，因为儿女在外面当教授了，就让他不要干活了？他会不高兴的。"创作也是这样，昨天要劳动，今天要劳动，明天也要劳动，在劳动当中寻找乐趣。

因为写作，我也得到了很多荣誉。我的小说《蹉跎岁月》后来改编成电视剧，轰动全国；贵州人民推举我当选全国人大代表，当新华社记者敲门到我家告诉我的时候，我根本不知道；我后来又当了《山花》杂志社主编……给了我很多荣誉。从这个角度来说，我对贵州这块土地，对贵州各族老百姓都是很有感情的。

现在有人说，唉哟，年龄关系嘛！现在很多领导比我小，我工作时的领导都老了,王村长80多岁了,还有的90多岁了,但年轻的领导对我也很好的,他们把我看成贵州的老百姓。还有一种可能是知识分子都会有的,就是恋旧。我总觉得过去是因为交通不便的关系,贵州各方面发展才滞后一点而已。改革开放使全国人民的生活有改善,贵州人民更应该享有改革开放的红利。我的创作与贵州紧紧相联,希望我们茅台的明天,仁怀的明天,贵州的明天更美好!

难忘的谈话

非常感谢青创会主办方邀请我参加这次会议。

走进会场,我都感觉到自己变得年轻了。我要由衷地对青年朋友们说一句:"年轻真好!"

青春之所以美好,是因为青春常常让人想到春天,想到朝气蓬勃,想到明天。青春蕴含着希望,蕴含着一切都有可能,蕴含着灿烂的未来。

看到一张张青年男女的脸,我不由得想起了40多年前我的青年时代,我最初叩响文学之门时的一件往事。

记得是那个难忘的1976年的秋末冬初,我回上海修改了多时的三本书稿,经历了打倒"四人帮"之后的又一次复审,分别由上海文艺出版社和上海少年儿童出版社送到印刷厂去排印了。

那个年头,一本书稿从发排到正式出版,至少需要半年的时间。出版社的编辑告诉我,到明年的春夏时节,三本书会先后出版。

青年朋友们和我一起想象那时的情景,想着自己辛辛苦苦写下的一行行文字,会变成书出现在人们眼前,我的心情整天处于亢奋之中。借用一句上海俗话来说,睡梦里头也会笑出声。

就是在这个时候,在1976年的冬天,我经历了一次"谈话",一次终身难忘的"谈话"。

出面和我谈话的,是出版社的两位老编辑,一男一女,男的是巴金先生的弟弟李济生,女的是后来出任上海少年儿童出版社社长的陈向明,当时是编辑。他们让我在沙发上坐下,又给我倒了一杯茶水,态度和蔼可亲,脸上始终挂着笑容。如此客气，反而让我感觉到了前所未有的郑重其事。

谈话是以聊天的形式进入的，他们你说一句，她说两句，十分亲切。

记得是老李用他浓重的四川乡音挑起的话头，他说："听说你的三本书，经过修改，分别发到印刷厂里去了。我和老陈两位，都为你这么年轻，很快就会有三本书出版而高兴！出版社认识你的编辑们，都在为你高兴。回家以后，讲起你的情形，还让子女们要向你学习。"

老陈随之说："是啊，所以出版社委托我们两位出面，来和你谈这一次话。我们是高兴地接受这一任务的。相信小叶你一定也听得进我们的话。"

我点头，我当然听得进，我投进出版社的稿子，就是他们二位负责阅读和编辑，从成百上千部稿子中挑选出来（这是他们曾经说过的原话），然后送进编辑室进一步编审的。

老李说话素来直来直去，和我谈话更是坦率。因为我会用一口贵州话，和他的四川话摆"龙门阵"。他说："小叶啊，书一印出来，几十万册摆进新华书店，出现在读者面前，虽然没有稿费，出版社只给作者送100本样书，但是你叶辛的名字印在书上，读者和群众就会把你看作是'作家'了。"这里我要说明两点，一是1976年我们的稿费制度还没恢复；二是我最初的这三本书，每本开印都是20万册。

老陈插话："和'知青'不一样了。"

老李开玩笑似的说："图书馆也不会把你拦在门外了。"我曾去图书馆借书，因既无工作证又无学生证，被人挡在门外。聊天时我跟老李说起过。

老陈笑着说："说这一番话，你一听就明白，人们对作家的要求，和对普通知青的要求是不一样的。从今往后，你得更加严格要求自己，一举一动都要注意一点，回到贵州山乡，以往和老乡们怎么相处，还是怎么相处，千万不要……"她显然在斟酌字眼。

"自以为是。"老李用四川话抢过去加重了语气说道，"自以为当上了作家，了不得了，尾巴翘到天上去了，目空一切了。那是要不得的。"

老陈笑起来了，朝老李摆着手说："小叶也不会这样的……"

"嗳，你不要说，"老李的眼睛瞪得很大，认真地一本正经地强调，"有这样的人的，出了一本书，自以为了不得，领导不在他眼里了，周边人他都瞧不起了，摆作家的臭架子。小叶，你要变成这样，我第一个不认识你！"

"好了好了，"老陈连连摆着手，笑得更欢了，"小叶你是聪明人，一听就懂了，我们和你谈话的目的就是一个，你还年轻，文学的道路很长，出了书成名成家之后，一定要谦虚、谨慎，走进文坛，踏上社会，会有很多诱惑……"

"漂亮姑娘还会给你写信。"老李又插话了。

"小王还好吧？"老陈问。

小王是我今天的妻子，当时我们还只是在处对象。她回上海探亲时到出版社作者宿舍来看过我，老陈认识。我说，她仍在电厂，现在带几个徒弟了。

谈话就在这样的氛围里结束了。但是这次谈话始终留在我的记忆里，后来我当了《山花》杂志社的主编，编辑部编发了一个新作者的处女作，我要求发稿编辑和一位老编辑，或两位副主编中的一个，也同作者谈一次话。每次谈话之后，无论是副主编还是发稿编辑，都说这种形式很好，对年轻作家们的成长是有益的。

40多年过去了。把我的稿子从海量的来稿中挑出来并和我谈话的两位老人，一位已经作古，另一位也已是百岁老人，需日夜陪护了。现在我也老了，再过不到一个月，我就要踏进"人生古来稀"的门槛。中国作协让我代表老作家给今天的青年作家们讲几句寄语，我不由得想起了当初出书前后的那一次谈话，把它说出来，和青年文友们分享。

上海作协会员和巴基斯坦作家合影

文集的题外话

《叶辛文集》正式出版了。

江苏文艺出版社的责任编辑老周同志给我打来长途电话，说这套书不必做什么宣传，更不必人为地去做些什么会被人觉得是"炒"的动作，因为第一次印了13000套，都是各地要的。出版社照着征订数发往全国各地，一套书10本，13万册书，自会有其影响。就像去年出三卷本的叶辛代表作系列，连印三次，印了5万套，15万册书发往全国各地，影响就出来了，出版社还不断地收到订单。

老周的话有他的道理，三卷本于去年分软、硬两种精装本出版的时候，上海所有的报纸，没发过一条哪怕是豆腐块那么大小的消息。书还是很快销完了。

但是收到印刷精美的文集样书，把它们一本本铺展在桌子上，翻阅一张张书页，我还是忍不住，觉得有几句题外话要说。

那是因为去年编定这套文集的时候，我没有给它写下一个总的后记。当时也是老周同志对我说，第十卷的后面，已经有了一个说明第十卷性质的后记，又比其他各卷多了叶辛简历和叶辛作品总目这样两个附录。如再附加上一个10卷本的总后记，显得过于累赘了。从书的体例考虑，我想想他的话是有道理的。但当这套文集真正摆在我的面前，每晚临睡前翻阅一本两本的时候，我总感到还有些话要说。

自从1977年早春出版处女作《高高的苗岭》，到这套文集出版，前后正好是20年。如若把出版第一本书之前在偏远蛮荒的山寨茅草屋里提起笔、守着煤油灯艰辛地学习创作的那几年一并算上，那就有二十几年了。20多年时间里，我总计写下了880万字的作品，出了39本书，其中《高高的苗岭》印了5次，《家教》印了6次，《蹉跎岁月》印了7次，《孽债》印了9次，其他一些书也有重印一次两次的，这些年里似乎总在出书，但是，出版总计字数达385万字的10卷本文集，对我来说还是第一次。实事求是地说，一个作家，一生中又能有几次呢？

这套文集收录了我写下的24部长篇小说中的12部，近30部中篇小说中的11部，以及自创作初期至45岁之前写下的一些短篇小说、散文、随笔、创作谈。其中包括我的处女作，六本反映知青命运的长篇，我的创作所涉及的儿童文学领域、少数民族题材、山乡农村题材、知青题材及都市题材五个方面的作品。它们是我20多年创作的一个小结，也是我45岁以前写下的作品的一个较为完整的版本。虽然限于篇幅，有一些我自认为也能选入的作品如《家教》《虎的年》《炫目的云彩》没能选进去。但我还是满意的，也是高兴的。

捧起这套文集的时候，我时常记起在山乡里度过的漫长而又清贫的日子。我清楚地记得，从1972年起，插队的寨子上只剩下我一个知青了。同队的知青，有的在县城小工厂里得到了一份工作，有的在上海闲居着，唯独我，孤零零地一个人生活在山寨里，一边劳动，一边在耕读小学里教书，一边熬更守夜地往稿纸上写下我青春岁月里对生活、对乡村、对我们这一代人命运的思考。春耕秋收大忙时节，农活繁重，经常要从太阳升起一直干到夜半月亮落坡，常常是顾不得抹尽头发上沾的草屑和脚背上的泥巴，就躺到床上去了。那几年里，一年到头，只能吃到两回肉，最长的一次，有整整11个月，没尝过肉的滋味。炒菜的铁锅，由于很长时间里不用油，洗净后抹干了，过一个晚上就又有黄锈了。正是在这样的日子里，我劳动着，感受着，体验着，咀嚼着，在油灯的光焰里，写着我的一篇接一篇的小说，做着我的关于文学的梦……我呢，也在这样的日子里，几乎变成了一个纯粹的山里人。连续几年的乡居以后回上海,出车站时查验车票,那验票员问我生长在哪个省,我脱口而出的就是贵州山里的土话。

20多年时间,一晃就那么过去了。所有的琐琐碎碎,所有的恩恩怨怨,所有曾经轰动一时、喧嚣一时的事件,都烟消云散了。20年前的老人离开了人世,20年前的中年人已是离退休闲居的老人,20年前风华正茂的青年一代,如今成了颇显成熟的中年人了。望着镜子里自己脸上爬出的皱纹,瞅着长得和我一般高的儿子,我似乎比谁都清醒地意识到,我们很快也将老去,抑或老之将至。时间和历史会无情地洗刷一切,冲走一切,荡涤一切,留下的只有我们对那段岁月的记忆。若干年以后,就连这些记忆也会消逝的。走进敬老院、福利院,我们自会有这样的体会。

我把这些记忆留在了纸上,写进了书里。这就是为什么我要把六本和知识青年有关的长篇小说选进文集的原因。这些书都是我亲身经历、亲身体验过的同时代、同命运的人生活的缩影。有过经历、体验和没有经历、体验写出的书是不一样的。小说写到今天,没有经历、体验,通过间接采访,通过想象,通过翻阅查看史料,通过其他途径感受,也能写出小说,甚至也能写出杰作。但是字里行间透出的情绪和意境,和有过经历有过体验的作品感觉是不一样的。

在知青题材小说最红火的那几年里,我经常收到相同命运的读者们的来信,他们常在信上对我说,他们并不爱好文学,平时也不读小说,但他们买了我的书,读过以后他们还要放着,等自己的孩子长大了,让他们也读一读,并且告诉他们,爸爸妈妈年轻的时候,就是这么生活过来的。这些年里从内地山乡到省城,又从省城回归上海,我搬过五次家了。这些来信我始终还像珍贵礼品一般保存着。

现在我把文集出版的消息告诉这些读者,想必他们也会高兴的。

最后我想说的是,文集的装帧设计,比我想象的要漂亮、有特点。交稿时我提过两个要求,说我四十五六岁,文集既不可像青年作家们的那样过于活泼、潇洒，又不要像老作家们的那样古朴、凝重。我希望文集要体现出庄重、典雅，更要透出一定的清新气息。美术编辑老连同志的构思甚至超过了我的要求，为调试出最佳效果，他日夜守在厂里，直到取得满意的大样。我愿借此机会，对于他付出的辛勤劳动和敬业精神，表示由衷感谢。

好作家的名字是写在人民心坎上的

叶辛是一位有着独特创作魅力的作家，他始终关注着一代人或一个群体的命运，并将创作的笔触伸进他们的心灵深处和精神世界，以此使自己的作品经受住时间的考验。叶辛表示，纵观他所写的100多本书，有的可能也会随着时间的流逝而流逝，但是只要你打开那些书，重读那些故事，你会发现他给这个时代是留下了一些东西的。

伟大作家的名字是写在人民心坎上的，只有写在人民心上的作品，才是经典，才会流传下去。

林影：知青时代已经走远，你的创作题材也发生了很大的变化，但是很多人仍然将你冠以中国知青文学的代表，你如何定位自己的创作？

叶辛：从文学的角度讲，我在知青题材之外还写了很多非知青题材的作品，比如《华都》《省城里的风流韵事》和我的处女作《高高的苗岭》，这些都不是知青题材。但是很多人还是把我当作知青文学的代表，一是基于全国有2000万上山下乡的知青群体，算上2000万知青的血缘关系，知青的兄弟姐妹、知青的父母，知青群体要波及一亿多人，再也没有一个群体如此庞大。这个群体十分关注知青题材的作品，因为这是他们经历过的事，他们对知青题材有一个认可度，会做出自己的判断，觉得我比较真实地写出了他们的生活和人生。二是正因为有这样一个庞大的群体，无论是当年引起轰动的电视剧《蹉跎岁月》《孽债》，还是比较有影响的长篇小说《客过亭》，以及《叶辛作品全集》（十卷本）、叶辛作品八卷本、七卷本、三卷本等文集，这些文集中除收入了《蹉跎岁月》《孽债》《客过亭》等一些产生过社会影响的作品之外，还有很多知青题材的作品。正是这两个原因，使很多人把我看成是一个知青作家，很多人在不知不觉间也认为我是知青文学的代表之一。

林影：知青文学这棵大树，曾枝繁叶茂，结满了伤痕文学的果实，现在失去了知青时代的养分，是已经枯萎还是变异或是转基因？

叶辛：对文学来说，题材不是决定的因素，就像抗日战争的题材、辛亥革命的题材，甚至更久远的一战、二战的题材，都不会因为历史的久远而消失。文学作品的消失与存留，要看是不是具有文学价值，是不是留在读者和人民的心目当中。为数不少的应景之作和追随形势炮制出来的文学作品，都会随着时间的流逝而流逝，但是真正走进读者和人民心中的作品，随着时间的推移，它的价值更会体现出来，并会成为经典。经典作品不会随着影视的热播而轰动一时，而是一直流传下去的，从这个意义上说，知青文学是不会消失枯萎的。

林影：也就是说一个时代结束了，这个时代的文学不会消失，优秀的文学作品会一直流传下去。你的《蹉跎岁月》和《孽债》已经出版几十年，出版社还在出版，有的出版社还要在知青上山下乡50周年出版珍藏版和纪念版，堪称经典之作。

叶辛：李白、杜甫、白居易、苏轼、韩愈等古代文学家的作品，在中国文学的历史上依然熠熠生辉，随着时间的流逝，更经受住了历代读者的考验，因为他们把笔触伸进了同时代人的心里。伟大作家的名字是写在人民心坎上的，只有写在人民心上的作品，才是经典，才会流传下去。

林影：你早年的《蹉跎岁月》是伤痕文学中最有影响力的作品，是带着伤感情绪的反思文学。在《蹉跎岁月》中，你反思的是知青一代人的人生和命运。知青岁月对知青一代人有怎样的影响？

叶辛：对2000万知青来说，他们的命运都与上山下乡经历有关。当年他们最大的愿望就是跳出农门，有的想方设法就业、读书，有的为了回归城市,转到无锡,再转到苏州,转辗回到上海,有的知青一生都没有回归,在小县城里工作到退休。生活的动荡,命运的多舛,对他们的人生有着深远的影响。

我怀念山乡的绿树山峦、溪水瀑布、云去雾来和大自然的风光,也钟爱大都市的繁华、现代与文明。

林影:你有漫长的知青生涯和坎坷的人生经历,你经历了挫折与磨难,也获得了鲜花与掌声,你的经历赋予你怎样的创作?

叶辛:我曾经在千里之外的偏远贵州山乡插队落户,度过了10多年的山乡生活,那段经历让我悟出了很多。

一是让我懂得了中国山乡的农民,是如何过他们日出而作、日落而息的那一份人世间的日子,了解了他们最大的愿望就是指望有一份温饱的生活,他们会经常发愁冬日没有衣服穿,青黄不接的时候填不饱肚子,而任何的社会动荡,都会给他们的生活带来巨大的影响,渐渐地我对他们产生了一种感同身受的情怀。

二是上海和贵州是我生命的两极。我眼里的上海,已经是一个浸淫过山乡目光的上海,有了一个乡村的对比度;而我所熟悉的云贵高原山乡,贵州偏僻、闭塞甚至带点荒僻的寨子,和走在中国时尚和开放前沿的上海形成强烈的巨大的反差和对比。命运跌宕,使我在两种截然不同的生活之中浸染着色,给我的生命打上了两种印记,我会不自觉地将这两种生活形态和两种风土人情、两种文化背景拿来作对比,我怀念山乡的绿树山峦、溪水瀑布、云去雾来和大自然的生态与风光,我也钟爱大都市的繁华、现代与文明。有时我就想:现代城市里迅速发展的滚滚洪流,何时能激荡到我曾生活过的那个偏远的山乡呢?而那些大自然的绿树浓荫,五颜六色的艳丽花儿,又何时回归到我正在生活着的喧嚣嘈杂的大都市来呢?我渴望着乡村能够摆脱贫穷与落后,像城市一样生活富裕,具有高度的文明和秩序;我也渴望着城市能如乡村一样怀抱大自然，环境生态，人与人之间真诚而又简单。这两种生命形态相距甚远，反差极大，正是我经历了这样两种生活形态和复杂的经历，对最先进的城市和偏远落后的乡村都有着切身体验，怀有深厚的感情，才使我看世界具有了独特的视角和方式，拥有了两副目光，我会情不自禁地用乡村的目光看待都市，用城市的眼光看乡村。两副目光，这是我独特的文学眼光，是我特有的观察世界和生活的方式。我在长篇小说《孽债》里，借助于来自都市的上海知青的目光来观照西双版纳，观照山乡，也借助从小生活在西双版纳山乡五个孩子的目光来观照都市。我用这两副目光看社会，看不同社会阶层的人，觉得是客观而真实的存在。

1996年冬天的一天，在日本东京召开的国际笔会亚洲、太平洋会议的会场上，43个国家的作家济济一堂，我作了"两副目光观照中国"的主题发言。这个"都市与乡村"的话题，引起了世界各国作家的强烈关注。原来我以为是我自己的感觉，没想到引起了世界各国各种肤色作家的共鸣，我的发言一结束，在场的外国作家们就饶有兴趣地频频向我发问，一些作家还当场与我热切交流，都说这是一个世界性的命题，每个国家都有城市和乡村，一些人久居城市，厌倦了城市的忙碌和喧嚣，就会向往乡村的田园生活；而乡村的人又会厌倦孤独、寂寞的乡村生活，萌生去信息化、现代化、交流方便的城市生活的愿望。一个黑人作家说："你说的是全人类都有的话题，无论在发达国家和落后国家都存在着乡村与城市，存在着你说的两种文明的碰撞，我们国家也是一样的。"没想到我的发言，使会场上的气氛热烈起来，会议一下形成了一个高潮，这说明世界各国的作家对此都有同感。

我的有些作品可能会随着时代的流逝而流逝，但是只要你重读那些故事，你会发现我给这个时代留下了一些东西。

林影：你的经历让你对中国农村有了深入的了解，你对笔下的人物更有了悲悯的情怀。

叶辛：两副目光，这是特殊的经历赐予我的，也是命运赐予我的。

林影：你是知青文学中最坚守的作家，你的目光从知青一代转向知青后代，来反思知青时代对知青后代的影响。

叶辛：澳大利亚红公鸡出版社的休·安德森先生来到上海，看到我的长篇小说《孽债》，不解地问："这是什么意思？"翻译家任溶溶先生思忖片刻解释道："难以还清的债。"我补充说："感情债。"后来丹麦研究中国的盖·玛雅女士来访，也问了同样的问题，我仍就用"难以还清的感情债"作解释。

林影：《客过亭》是另一种转型，关注的是老年知青的命运，描摹的是知青一代人的人生轨迹。人到老年，他们开始审视和反思当年的过错，并进行灵魂的自我救赎，他们的自赎是让灵魂得以安宁还是一种良心的发现？

叶辛：2016年是知青上山下乡50周年，说明所有的知青都已进入老年，他们已有儿孙辈，不会像年轻时愤世嫉俗，但是知青时代的印记会永远存在。知青一代多是共和国的同龄人，在知青下乡50周年的时候，我们的共和国也走过近70年的历程，每一个知青的足迹都带有共和国发展的印记。在很多年里，我都跟随他们的脚步创作，把笔触伸进了同时代人的心里，力图写出超越时代的作品，写好这代人的命运。我在《客过亭》扉页上写过一句话：所有的东西都会输给时间。但是有一个东西会留存下来，那就是对时代的反思和感悟，它会留给历史，要在这种感悟当中揭示出生活的哲理，升华成对无数代读者有意义的东西，不管时间如何推移，作品都会留传下去。

过了55岁的时候，在跟所有老知青的接触中，我发现无论是青春时期相当狂热的人，还是年轻时远避时代的逍遥派，或是始终追随时代的人，他们都开始感悟人生，会对当年做下的好事感到庆幸和沾沾自喜，也会对当年有过的过激行动和错误的、甚至是犯罪行为而受到良心的谴责。比如当年一些知青用卑劣的手段去上大学、招工，如今在很多老知青聚会的场合，大家都会以鄙视的眼光看他；当年被推荐去读书，他把自己到省城读大学的机会让给了恋人，而得到便宜的恋人，不但没有报答他，相反与他分了手。像这样的往事，在很多知青群体中存在，我是不是要写一部同时代人救赎的故事？时间的尘土似乎不露痕迹地掩盖了一切，但是任何人犯下的不光彩的错误和那些灵魂扭曲的事，都会留下痕迹，昭白于天下。我想警示后人，在人生的路途上，在追逐财富和向上爬的过程中，在争取个人利益的时候，不要不择手段，俗语说：好有好报，恶有恶报，不是不报，时机未到。这是一种因果关系，这些故事本身已经蕴含着这样的韵味。

林影：在你的小说中，很多都是生活在矛盾或是情感的纠结之中，在矛盾或是纠结的过程中建立了一个复杂的世界，复杂的人与复杂的世界组成了一个矛盾体，但又是真实存在的。你为什么总是塑造这样的人物主体？

叶辛：不是我刻意塑造这样的人物，而是生活当中本来就是这个样子。我们这一代人曾虔诚地学过雷锋，做过好人好事，很多人会在日记本上留下那一页，晚上记日记时会记录下今天做了哪些好事，做了哪些不好的事，今天对谁的态度不好，都会在日记本上表示自责，但是世界和历史的真相告诉我们，仅仅有这样虔诚的心态是不够的。我的《在醒来的土地上》这本书，写的是一个女知青的命运，我挖掘和探讨的是人生的依附关系，一个女知青在无奈的状态下，对男人的依附，对社会的依附，写到最后是很残忍的，但是世界就是这个样子。有一个外国名作家说过，我们指望这个世界随着我们的写作变得美好起来，但是当我渐入老年的时候，我觉得世界并非想象的那么美好，作家们都会从这样一个角度看待他所经历的人生，我期待我们的文学可以照亮生活。

林影：《在醒来的土地上》你还写出了一些人的心态。当女知青与一个当地农民结婚的时候，其实很多人都知道她是没有美好未来的，但是大家还是表面上高高兴兴地送她结婚，没有人来提醒她，说明人性是复杂的。

叶辛：世界是复杂的，人性当然也是复杂的。

林影：你的作品大多是从现实生活中获取创作素材，关注一个个体或是一个群体在时代里的生活与人生，你在小说里怎样打量这个时代？怎样表达这个时代里的自己？

叶辛：一方面作家所有的作品都在表现作家个人；一方面作家自己的主观意识在作品当中显得越隐蔽，他的作品越深沉。纵观我所写的100多本书，除了几部有影响、有代表性的作品以外，有的作品可能会随着时间的流逝而流逝，但是只要你打开这些书，重读那些故事，你会发现我给这个时代留下了一些东西，无论是思想上的还是文学上的，那些作品还将经受时间的考验。

林影：你的作品是对时代的思考或者是对人的命运的思考，这些作品里也包括你自己。

叶辛：每一个作家的作品，都会有自己的影子，但是优秀的作家和优秀的作品都要经受住时代和读者的考验，只有把笔触伸进读者心里的作品才能经受住读者的考验。我一直在说，好作家的名字会写在人民的心坎上。

林影：过去你的创作很少涉猎历史题材，近两年开始转向历史题材。在《圆圆魂》中，你笔下的陈圆圆与历代文人笔下的陈圆圆都有所不同，你赋予了陈圆圆一个崭新的形象，是在还原真实的陈圆圆，还是在还原你心中的陈圆圆形象？

叶辛：我力图还原的是作为一个人的陈圆圆，站得更高一点看陈圆圆，你会发现我之所以选择她作为主角，用《圆圆魂》作为书名，是因为她处于一个大明王朝覆灭、一个大清王朝兴起的转折之中，处于矛盾不断发生的战火之中，处于历史的巨变之中。但是陈圆圆恰恰处于这个巨变的风口浪尖上，这是这个人物吸引我的一个原因。另外一个原因，她是一个声色甲天下的美女，中国历史上有名有姓的大美女足有四五十个，人们都喜欢把笔触伸向她们。可能是受观念和时代的局限，陈圆圆的形象除了"声色甲天下"之外，就是"冲冠一怒为红颜"，吴三桂之所以叛变，是因为吴三桂为她冲冠一怒，把她视为红颜祸水，从明史、清史中文字不多的记载、吴伟业的《圆圆曲》和三百几十年里有关陈圆圆的传记及文章中看，基本上都是以上这两点。他们忘记了作为一个女性，作为一个绝色美女，陈圆圆也是一个人，她有少女时代，有青春时代，有中年时代，也有步入晚年的时代。陈圆圆的人生遇到了各种经历，她在苏州梨园接触了各种文人雅士、公子哥儿、纨绔子弟，她也看到过明朝的皇帝和大清的名臣，并与凶狠暴虐的刘宗敏斗智斗勇，还接触过众多与吴三桂同时代的高级将领，她尽管是一个女性，但是这样的地位使她可以更高地看待历史，看待人生，看待人与人的关系。我从她步入晚年开始写起，故事中包含了她如何看待人生和悟透人生真谛，有了一个高度，形象自然有所不同。

小说走过一百年应该有个新形式了，我探索的微信群体小说具有微信群的简洁明了，是一种新的文体，是前所未有的小说形式。

林影：你的创作一直在探索和变化中，《古今海龙屯》一改过去的创作表达，在文本上分成了现代、明代、当代三段式，每一个时代都是一本大书，你为什么抽取了三个时代的一些片断，而没有集中写一个时代？

叶辛：古今海龙屯这个题材，我思考了30年。遵义谁都知道，有中国历史转折意义的遵义会议，是红色文化的名城，但是我多次去往遵义，发现古代遵义叫播州，统治播州的是杨家的土司，这个土司在古播州广袤的山地上，建立起了一个土司王朝，绵延了725年。我不知不觉为这段历史所吸引，我写过一篇短文叫《杨应龙的年龄》，明朝皇帝派24万大军镇压第29代土司杨应龙，杀了22000多人，当时他不过49岁。站在历史的高度来看待这个人物，就会有更加客观、更加宏阔的目光。

我觉得这个人物是复杂的，是多变的，是狡诈的，也是英武的，也有时代造成的短视，所以是很值得写的。我选择了海龙屯被攻克几天里的生活，关照的是他跟几个妻妾的关系，又不仅仅是他跟女人的关系，还是他的女人和他的土司王朝的关系，更是他即将覆灭的那种悲凉境地。我把杨应龙和几个妻妾的关系与黄山松和杨心一的恋情做了一个对比。黄山松虽然是一个街道文化中心的绘画美术教员，地位不高，但是他有造诣，也有他的恋情。杨应龙是末代土司王朝的宣慰使,统治了湖南、四川、贵州等地相当于一个省的疆土,但是他和他的妻妾,他和他的家族的故事,他和大明王朝的纠结,展示的是恢宏的历史画卷。小说展示出的是这个历史画卷中各种男人与女人的命运。

杨应龙并不是一味地反对万历皇帝,他也曾想讨好万历皇帝。现在故宫里的金丝楠木,就是贵州四川交界处的播州生长的。他曾逼迫当地的老百姓进山,为皇帝砍下70根大楠木,砍树的人有的被压死,有的被毒蛇咬死,"进山一千,出山五百",随着赤水河运到乌江、长江,辛辛苦苦送到皇城。金丝楠木是木中极品,皇上抚掌大笑,欣然赏赐给他土司王的龙袍和大批的绫罗绸缎与瓷器。

我在小说中以一个古瓷瓶为道具,穿起了古代和当代的历史,上下几百年。我之所以选择这样一只古瓷瓶,一是因为杨应龙爱好青花瓷器,考古发现海龙屯的山地上随处可以挖出青花瓷的残片,我小说的真实是从历史的真实而来的。二是瓷器是中国的一个象征,是中华民族历史的象征,是中国命运的象征,在英文中"瓷器(China)"与中国(China)同为一词,它显示了中国古代文化的光辉。小难隐于乡,大难隐于市,瓷器非常易碎,不易保存。这样一个带着历史痕迹的瓷器,有着它独特的象征意义。而我写的青花釉里红水梅瓷瓶,一般农民不知道它的价值,杨心一的父亲杨文德肯定是知道。他十分珍视这个上海知青跟他长得"鬼魅妖美"的女儿的恋爱关系,他希望自己嫁不出去的女儿能获得幸福的未来,所以他将这只价值连城的古瓷瓶送给了黄山松。

我之所以从当代写起,是因为古瓷瓶显现了它的价值,黄山松不是一个贪财的人,他的画不但有深厚的功力,透过画面还有独特的思想性,他想找到这只古瓷瓶,以拍卖款实现进入澳大利亚画家村的愿望,古瓷器不但穿起了历史,还有它的言外之意,那就是黄山松的追求与梦想。

林影: 最近,你写了一组微信群体的小说,在探索小说的新形式,这样的探索很有意义,值得思考。文学来源于生活,你认为小说的形式也来源于生活?

叶辛: 这也是生活给我的提示,中国的现当代小说,连头带尾算起来也只有一百年,是从五四运动的白话文运动开始的,在一百年里,西方的小说有各种各样的探求,而中国一直固守传统的小说形式。中国作协组织作家重走长征路之后,作家们分别前建起了一个微信群。我还有一个老知青群和一个中学群,以往大家好长时间相聚一次,但是现在可以在群里经常见面。我去澳大利亚参加新书发布会,澳大利亚华人中间也有一个知青群,自从《孽债》英文版新书发布会以后,他们拉我进群,我了解了他们各式各样的联欢活动、上山下乡周年纪念活动,看到了刚出版的知青画册和知青回忆性的散文,遥隔万里,就如同对面而坐,侃侃而谈。

我一下意识到,微信形式不是也提供了一个小说的舞台吗?我首先写了微信群体小说《婚姻底色》,通过红松社区文化中心书画班群,大家不但知道了家长里短的事,还了解了学员于曼丽对书画老师李东湖的爱慕和于曼丽的婚姻底色。我又写了微信群体小说《梦魇》,是写退休以后的老人到美国去养老的一个悲剧,如是传统写法,起码要有中篇小说的文字,用微信群体小说形式,只是一个短篇就淋漓尽致地展现了一个精彩的故事。我还要写一篇微信群体小说《大山洞老刘》,用新形式写出老刘的一辈子。

小说走到今天已一百年,也应该有一个小说的新形式了,这种微信群体小说不同于长篇小说、中篇小说、短篇小说及微型小说,它具有微信群的简洁明了,是一种新型的表现形式,是一种新的文体,更是前所未有的小说形式。